Elementaire deeltjes

Boeken van Michel Houellebecq bij De Arbeiderspers:

Elementaire deeltjes
De wereld als markt en strijd
Lanzarote
Platform
De koude revolutie
Mogelijkheid van een eiland

Michel Houellebecq

Elementaire deeltjes

Roman

Vertaling Martin de Haan

Uitgeverij De Arbeiderspers · Amsterdam · Antwerpen

De vertaler ontving voor deze vertaling een werkbeurs van de Stichting Fonds voor de Letteren.

Eerste druk september 1999
Tweeëntwintigste druk mei 2006

Oorspronkelijke titel: *Les Particules élémentaires*
Uitgave: Flammarion, Parijs

Omslagontwerp: UNA (Amsterdam) Hans Bockting, Mijke Wondergem
Foto voorplat: Associated Press

ISBN 90 295 2232 1/NUR 302
www.arbeiderspers.nl

Proloog

Dit boek is vóór alles de geschiedenis van een mens, die het grootste gedeelte van zijn leven in West-Europa leefde gedurende de tweede helft van de twintigste eeuw. Hoewel hij over het algemeen alleen was, had hij van tijd tot tijd contact met andere mensen. Hij leefde in ongelukkige, roerige tijden. Het land dat hem had voortgebracht kwam langzaam maar zeker terecht in de economische zone van de middelarme landen. De mensen van zijn generatie werden vaak door armoede bedreigd, en ze brachten hun leven bovendien in eenzaamheid en verbittering door. Gevoelens van liefde, tederheid en menselijke verbondenheid waren er nauwelijks meer; in hun onderlinge relaties gaven zijn tijdgenoten meestal blijk van onverschilligheid, of zelfs van wreedheid.

Op het moment van zijn verdwijning werd Michel Djerzinski unaniem als een zeer vooraanstaand bioloog beschouwd, en men dacht serieus aan hem voor de Nobelprijs. Hoe belangrijk hij werkelijk was, zou pas enige tijd later blijken.

In de tijd waarin Djerzinski leefde, beschouwde men filosofie meestal als iets wat geen enkel praktisch belang had en nergens over ging. Het is een feit dat het wereldbeeld dat op zeker moment het meest algemeen verbreid is onder de leden van een samenleving, bepalend is voor de economie, de politiek en de zeden en gewoonten.

Metafysische omwentelingen – dat wil zeggen radicale, volledige transformaties van het wereldbeeld dat de grote massa aanhangt – zijn zeldzaam in de geschiedenis van de mensheid. Als voorbeeld kan de opkomst van het christendom worden genoemd.

Wanneer er een metafysische omwenteling is opgetreden, ontwikkelt die zich zonder weerstand te ontmoeten verder tot in haar uiterste consequenties. Ze vaagt zonder er ook maar de minste of geringste aandacht aan te schenken alle economische en politieke systemen, esthetische opvattingen en sociale rangorden weg. Geen enkele menselijke kracht kan haar tegenhouden – geen enkele kracht, behalve een nieuwe metafysische omwenteling.

Het is niet zo dat metafysische omwentelingen het speciaal gemunt hebben op verzwakte samenlevingen, die al op hun retour zijn. Toen het christendom opkwam, was het Romeinse Rijk op het toppunt van zijn macht. Het was buitengewoon goed georganiseerd en overheerste de hele bekende wereld, zijn technische en militaire superioriteit waren ongeëvenaard; desondanks had het geen schijn van kans. Toen de moderne wetenschap opkwam, vormde het middeleeuwse christendom een sluitend systeem voor het begrip van mens en wereld. Het diende als uitgangspunt bij het regeren van volkeren, bracht kennis en meesterwerken voort, besliste over vrede en oorlog en reguleerde de productie en de verdeling van de rijkdommen – niets van dat alles zou het voor ineenstorting behoeden.

Michel Djerzinski was noch de eerste, noch de voornaamste wegbereider van de derde metafysische omwenteling, in veel opzichten de meest radicale, die een nieuw tijdperk in de geschiedenis van de wereld zou inluiden. Maar door bepaalde, zeer bijzondere omstandigheden in zijn leven was hij van die wegbereiders een van de meest scherpzinnigen en vooruitzienden.

Wij leven nu onder een geheel nieuwe heerschappij,
En het netwerk der omstandigheden omsluit onze lichamen,
Omspoelt onze lichamen
In een halo van vreugde.
Waarvan muziek de mensen van vroeger soms een voorgevoel kon geven,
Dat brengen wij in praktijk in ons dagelijks leven.
Wat zij beschouwden als een absolute, onbereikbare realiteit
Is voor ons een heel eenvoudig, vanzelfsprekend feit.
Toch kijken we niet op die mensen neer;
We weten wat wij te danken hebben aan hun dromen,
We weten dat wij niets zouden zijn zonder het verdriet en de vreugde waarmee hun geschiedenis was verweven,
We weten dat zij ons beeld in zich meedroegen toen ze door haat en angst gingen, toen ze zich stootten in de duisternis waardoor ze werden omgeven,
Toen ze beetje bij beetje hun geschiedenis schreven.
We weten dat ze er niet waren geweest, dat ze er niet eens hadden kunnen zijn, als ze niet diep in hun hart die hoop hadden voelen leven,
Ze hadden niet eens kunnen bestaan zonder hun droom.

Nu wij leven in het licht,
Nu we hier leven dicht bij het licht,
En nu het licht onze lichamen omspoelt,

Onze lichamen omsluit
In een halo van vreugde,
Nu we hier zijn met de rivier in zicht,
In middagen die nooit verkoelen

Nu we het licht rondom onze lichamen voelen,
Nu we op onze bestemming zijn aangekomen
En van de wereld van het isolement afscheid hebben genomen,
De innerlijke wereld van het isolement,
Om te baden in de onveranderlijke, vruchtbare vreugde
Van een nieuwe wet,
Nu,
Voor het eerst,
Kunnen we het einde van de oude heerschappij beschrijven.

Eerste deel

Het verloren rijk

I

1 juli 1998 viel op een woensdag. Het was dus logisch, hoewel ongebruikelijk, dat Djerzinski zijn afscheidsborrel op een dinsdagavond hield. Tussen de vrieskisten met embryo's, waarbij hij een beetje in het niet viel, kreeg een koelkast van het merk Brandt de champagneflessen in bewaring; gewoonlijk diende hij om de gebruikelijke chemicaliën goed te houden.

Vier flessen voor vijftien man, dat was aan de magere kant. Alles was trouwens aan de magere kant: de redenen die hen bijeenbrachten waren oppervlakkig, een verkeerd woord of een scheve blik waren voldoende om de groep uiteen te jagen, ieder naar zijn eigen auto. Ze bevonden zich in een witbetegeld, airconditioned keldervertrek met aan de muur een poster van Duitse meren. Niemand had durven voorstellen foto's te nemen. Een jonge onderzoeker met een baard en een onnozel gezicht, die aan het begin van het jaar was aangekomen, maakte zich na een paar minuten uit de voeten, zogenaamd vanwege parkeerproblemen. Een steeds duidelijker merkbaar gevoel van onbehagen verspreidde zich onder de genodigden. De vakantie kwam eraan. Sommigen gingen naar een gezinshuisje, anderen deden aan ecotoerisme. De woorden die ze uitwisselden barstten langzaam in de lucht uiteen. Ze gingen snel uit elkaar.

Om halfacht was alles afgelopen. Djerzinski stak de parkeerplaats over in gezelschap van een vrouwelijke collega met lang zwart haar, een spierwitte huid en kloeke borsten. Ze was iets ouder dan hij. Waarschijnlijk zou ze hem opvolgen als hoofd van de onderzoekseenheid. Het merendeel van haar publicaties ging over het DAF3-gen van de bananenvlieg. Ze woonde alleen.

Toen hij voor zijn Toyota stond stak hij de onderzoekster glimlachend een hand toe (hij zag al enkele seconden aankomen dat hij dat gebaar zou maken, vergezeld van een glimlach, hij bereidde zich er mentaal op voor). Hun handpalmen haakten in elkaar en schudden elkaar rustig. Een beetje laat bedacht hij dat die handdruk warmte miste; gezien de omstandigheden hadden ze elkaar kunnen kussen, zoals ministers doen, of sommige populaire zangers.

Nadat het afscheid was volbracht, bleef hij vijf minuten, die hem heel lang leken, in zijn auto zitten. Waarom reed de vrouw niet weg? Zat ze zich te bevredigen terwijl ze naar Brahms luisterde? Of dacht ze juist aan haar carrière, aan haar nieuwe verantwoordelijkheden, en zo ja, verheugde ze zich daarop? Ten slotte reed de Golf van de genetica de parkeerplaats af; hij was weer alleen. Het was een prachtige dag geweest, het was nog warm. In die vroege zomerweken leek alles gestold in een stralende onbeweeglijkheid. Toch, zo besefte Djerzinski, waren de dagen al korter aan het worden.

Hij had in een bevoorrechte omgeving gewerkt, bedacht hij toen hij op zijn beurt wegreed. Op de vraag: 'Vindt u dat u in Palaiseau in een bevoorrechte omgeving woont?' antwoordde drieënzestig procent van de bewoners: 'Ja.' Dat viel te begrijpen. De gebouwen waren laag, met grasperken ertussenin. Er waren meerdere grote supermarkten, zodat je er makkelijk inkopen kon doen. Het begrip *kwaliteit van leven* leek nauwelijks overdreven, als het om Palaiseau ging.

In de richting van Parijs was de snelweg verlaten. Hij had het gevoel dat hij zich in een Nieuw-Zeelandse sciencefictionfilm bevond die hij in zijn studententijd had gezien: de laatste mens op aarde, na de verdwijning van elke vorm van leven. Er hing iets droog-apocalyptisch in de lucht.

Djerzinski woonde al zo'n twaalf jaar in de rue Frémicourt; hij was er gewend, de wijk was rustig. In 1993 had hij behoefte gevoeld aan gezelschap, aan iets wat hem 's avonds zou begroeten als hij thuiskwam. Zijn keus was gevallen op een witte kanarie, een angstig beestje. Hij zong, vooral 's ochtends. Toch leek hij niet vrolijk. Maar kan een kanarie vrolijk zijn? Vreugde is een intense, diepe emotie, een gevoel van geestdriftig stemmende volheid dat het hele bewustzijn vervult; het kan worden vergeleken met dronkenschap, vervoering of extase. Op een keer had hij de vogel uit zijn kooi gehaald. Doodsbang had die op de bank gescheten, om zich vervolgens op de tralies te storten op zoek naar het toegangsdeurtje. Een maand later herhaalde hij de poging. Dit keer was het arme beestje uit het raam gevallen; zo goed en kwaad als het ging zijn val brekend was de vogel erin geslaagd te landen op een balkon van de tegenovergelegen flat, vijf verdiepingen lager. Michel had moeten wachten tot de bewoonster terugkwam, in de vurige hoop dat ze geen kat had. Het meisje bleek redactrice van het tijdschrift *20 Ans** te zijn. Ze woonde alleen en kwam laat thuis. Ze had geen kat.

De nacht was gevallen. Michel haalde het beestje op, dat rillend van de kou en de angst ineengedoken tegen de betonnen afscheiding zat. Herhaaldelijk, meestal wanneer hij zijn vuilnis buiten ging zetten, kwam hij de redactrice opnieuw tegen. Ze knikte met haar hoofd, waarschijnlijk als teken van herkenning; hij knikte terug. Alles bij elkaar genomen had hij door het voorval een contact kunnen leggen in de buurt; in dat opzicht was het goed.

Vanuit de ramen van zijn appartement kon je een twaalftal flats zien, dat wil zeggen ongeveer driehonderd woningen. Doorgaans wanneer hij 's avonds thuiskwam begon de kanarie

* De met een asterisk (*) gemarkeerde termen zijn opgenomen in de verklarende woordenlijst achter in het boek.

te fluiten en te sjilpen, dat duurde vijf tot tien minuten, daarna ververste hij zijn zaad, schelpenzand en water. Die avond werd hij echter door de stilte begroet. Hij liep naar de kooi – de vogel was dood. Zijn kleine witte lichaampje, dat al koud was, lag aan de zijkant op het fijne grit.

Hij at een bakje zeewolf met kervel van *Monoprix* Gourmet* en dronk er een middelmatige valdepeñas bij. Na een korte aarzeling deed hij het vogellijkje in een plastic zak, die hij verzwaarde met een bierflesje, waarna hij het geheel in de stortkoker gooide. Wat moest hij anders doen? Een mis lezen?

Hij had nooit geweten waar die stortkoker met zijn piepkleine opening (echter groot genoeg voor het lichaam van een kanarie) uitkwam, maar hij droomde van gigantische vuilnisbakken vol koffiefilters, ravioli met saus en afgehakte geslachtsorganen. Reusachtige, met snavels gewapende wormen, even groot als de vogel, vielen op zijn lijkje aan. Ze rukten zijn poten uit, trokken zijn darmen kapot, pikten zijn oogbollen stuk. Hij kwam 's nachts trillend overeind; het was nog maar net halftwee. Hij nam drie Xanax-tabletten. Zo eindigde zijn eerste vrije avond.

2

Op 14 december 1900, in een lezing voor de Berlijnse Academie met de titel *Zur Theorie des Gesetzes der Energieverteilung im Normalspektrum*, introduceerde Max Planck het begrip energiekwantum, dat een doorslaggevende rol zou spelen in de verdere ontwikkeling van de natuurkunde. Tussen 1900 en 1920, onder impuls van vooral Einstein en Bohr, probeerde men het nieuwe concept door middel van meer of minder ingenieuze modellen in te passen in het kader van de bestaande theorieën; pas vanaf het begin van de jaren twintig werd duidelijk dat dat kader ten dode opgeschreven was.

Niels Bohr wordt niet alleen op grond van zijn persoonlijke ontdekkingen als de ware grondlegger van de kwantummechanica beschouwd, maar vooral ook vanwege de opmerkelijke sfeer van creativiteit, bruisende intellectuele activiteit, geestesvrijheid en vriendschap die hij om zich heen wist te creëren. Het Instituut voor Theoretische Fysica in Kopenhagen, opgericht door Bohr in 1919, zou een keur van jonge Europese natuurkundigen welkom mogen heten. Heisenberg, Pauli en Born liepen er stage. Bohr was iets ouder dan zij, en hij was in staat hun hypothesen urenlang in detail te bespreken met een unieke mengeling van filosofisch inzicht, welwillendheid en wetenschappelijke strengheid. Hij was precies, op het maniakale af, en duldde bij de interpretatie van onderzoeksresultaten geen enkele onnauwkeurigheid; anderzijds leek geen enkele nieuwe gedachte hem bij voorbaat onzinnig, geen enkel klassiek begrip onaantastbaar. Hij nodigde zijn studenten vaak uit in zijn buitenhuis in Tisvilde, waar hij ook wetenschappers uit andere vakgebieden, politici en kunstenaars ontving; de gesprekken gingen kriskras heen en weer tussen natuurkunde en filosofie, geschiedenis en kunst, godsdienst en het dagelijks leven. Iets dergelijks was niet meer voorgekomen sinds de begintijd van het Griekse denken. En in die uitzonderlijke context werden tussen 1925 en 1927 de hoofdelementen van de Kopenhaagse interpretatie uitgewerkt, die de bestaande categorieën van ruimte, causaliteit en tijd grotendeels op losse schroeven zette.

Er was geen sprake van dat Djerzinski een vergelijkbaar fenomeen om zich heen had weten te creëren. De sfeer binnen de onderzoekseenheid waarover hij de leiding had was niets meer of minder dan een kantoorsfeer. In plaats van de Rimbauds van de microscoop te zijn die een sentimenteel publiek graag in hen ziet, zijn moleculaire biologen meestal integere technici zonder bijzondere aanleg die *Le Nouvel Observateur** lezen en van een vakantie in Groenland dromen. Moleculairbiologisch onderzoek vereist geen creativiteit, geen vindingrijkheid; het is in feite een bijna volledig routinematige activiteit, waarvoor niet meer dan een redelijke tweederangs-intellectuele aanleg nodig is. De onderzoekers schrijven proefschriften en promoveren, terwijl een korte vervolgstudie na de middelbare school ruimschoots voldoende zou zijn om de apparatuur te bedienen. 'Om op het idee van de genetische code te komen,' placht Desplechin, de directeur van de vakgroep biologie van het CNRS*, te zeggen, 'om het principe van de eiwitsynthese te ontdekken, ja, daarvoor moesten de handen wel een beetje uit de mouwen worden gestoken. Vergeet trouwens niet dat Gamow, een natuurkundige, de eerste was die daar lucht van kreeg. Maar de ontcijfering van het DNA, pfff... Je ontcijfert maar door, de ene molecuul na de andere. Je voert de gegevens in de computer in, de computer berekent de verdere consequenties. Je stuurt een fax naar Colorado: zij doen het B27-gen, jij doet C33. Puur gekokkerel. Af en toe is er een onbeduidende verbetering van de apparatuur, doorgaans is dat genoeg om de Nobelprijs te krijgen. Geknutsel is het, kinderspel.'

Er heerste de eerste juli 's middags een ondraaglijke hitte. Het was een van die middagen die slecht aflopen, het onweer barst los en jaagt de ontblote lichamen uiteen. Desplechins kantoor keek uit op de quai Anatole-France. Aan de overkant van de Seine, op de quai des Tuileries, liepen homoseksuelen heen en weer in de zon, praatten met zijn tweeën of in kleine groepjes, deelden hun handdoeken. Bijna allemaal hadden ze G-strings aan. Hun spieren, die nat waren van de zonnebrandolie, glansden in het licht, hun welgevormde achterwerken glommen. Al kletsend masseerden sommigen hun geslachtsorgaan door het nylon van de G-strings heen, of staken er een vinger onder, waardoor het schaamhaar en het begin van de fallus zichtbaar werden. Vlak voor de grote ramen had Desplechin een verrekijker neergezet. Het gerucht ging dat hij zelf homoseksueel was; in werkelijkheid was hij, door zijn vele sociale verplichtingen, al een aantal jaren vooral alcoholist. Met zijn oog tegen de verrekijker gedrukt had hij op een middag zoals deze tot twee keer toe geprobeerd te masturberen terwijl hij strak naar een jongen staarde die zijn G-strings had laten zakken en wiens pik een aandoenlijke stijging in de lucht had ingezet. Zijn eigen geslacht was weer neergezakt, slap en gerimpeld. Hij had geen verdere poging gewaagd.

Djerzinski verscheen om precies vier uur. Desplechin had gevraagd of hij wilde komen. Zijn geval intrigeerde hem. Het was weliswaar gebruikelijk dat een onderzoeker een sabbatical nam om te gaan werken in een andere groep in Noorwegen of Japan, kortom in een van die sombere landen waar veertigers massaal zelfmoord plegen. Anderen – dat geval had zich regelmatig voorgedaan in de 'jaren-Mitterrand', toen de geldzucht buitensporige proporties had aangenomen – gingen op zoek naar risicokapitaal en richtten een onderneming op om een bepaalde molecuul commercieel te exploiteren. Sommigen hadden overigens in korte tijd een behoorlijk vermogen opgebouwd door op een schandelijke manier de kennis te gelde te maken die ze hadden opgedaan tijdens hun jaren van onbaatzuchtig onderzoek. Maar het verlof van Djerzinski, die geen plan, geen doel of ook maar de minste of geringste rechtvaardiging had aangevoerd, leek onbegrijpelijk. Op zijn veertigste was hij hoofd van een onderzoeksgroep, vijftien wetenschappers werkten onder zijn leiding; zelf had hij alleen – en op een volstrekt theoretische manier – Desplechin boven zich. Zijn groep behaalde voortreffelijke resultaten en werd beschouwd als een van de beste in Europa. Kortom, wat was er mis? Desplechin legde een geforceerde dynamiek in zijn stem: 'Heeft u plannen?' Het bleef dertig seconden stil, toen bracht Djerzinski uit: 'Nadenken.' Dat begon slecht. Zichzelf tot opgewektheid dwingend kaatste hij terug: 'Op het persoonlijke vlak?' Terwijl hij het serieuze gezicht met die scherpe trekken en droeve ogen tegenover hem aankeek, werd hij plotseling door schaamte overmand. Hoezo nou, op het persoonlijke vlak? Hijzelf had Djerzinski vijftien jaar eerder weggehaald op de universiteit van Orsay. Zijn keuze was voortreffelijk gebleken: het was een nauwkeurige, strikte, vindingrijke onderzoeker, ze hadden het ene succes na het andere geboekt. Het was grotendeels aan hem te danken dat het CNRS erin was geslaagd een vooraanstaande plaats te behouden in het Europese onderzoek op het gebied van de moleculaire biologie. De beloften waren ruimschoots waargemaakt.

'Natuurlijk', zei Desplechin tot slot, 'zullen uw passwords gewoon geldig blijven. U blijft toegang hebben tot de resultaten op de server en tot de internetverbinding van het centrum, dat alles voor onbepaalde tijd. Als u iets anders nodig hebt, sta ik tot uw beschikking.'

Nadat de ander was vertrokken, liep hij weer naar het raam. Hij transpireerde een beetje. Op de kade aan de overkant deed een gekleurde jongen van Noord-Afrikaanse origine zijn shorts uit. Er bestonden nog altijd echte problemen in de fundamentele biologie. Biologen dachten en deden alsof moleculen gescheiden stoffelijke elementen waren, die alleen werden verbonden door middel van elektromagnetische aantrekking en afstoting. Niemand van hen, daar was hij van overtuigd, had gehoord van de EPR-paradox en de experimenten van Alain Aspect; niemand had zelfs ook maar de moeite genomen om zich op de hoogte te stellen van de vooruitgang die de natuurkunde sinds het begin van de eeuw had geboekt; hun voorstelling van het atoom was ongeveer gelijk gebleven aan die van Democritus. Ze stapelden oneindige hoeveelheden repetitieve gegevens op met als enig doel er directe industriële toepassingen uit af te leiden, zonder ook maar een moment te beseffen dat het conceptuele voetstuk waarop hun werkwijze berustte ondermijnd was. Djerzinski en hijzelf, beiden oorspronkelijk als natuurkundigen opgeleid, waren waarschijnlijk de enigen op het CNRS die dat beseften: zodra men zich werkelijk met de atomaire basis van het leven zou gaan bezighouden, zouden de grondslagen van de huidige biologie in gruzelementen vliegen. Desplechin dacht over die vragen na terwijl de avond over de Seine neerdaalde. Hij kon zich geen voorstelling maken van de wegen die Djerzinski's denken zou kunnen inslaan; hij voelde zich zelfs niet bij machte er met hem over te praten. Hij liep tegen de zestig, op het intellectuele vlak voelde hij zich volkomen uitgerangeerd. De homoseksuelen waren nu weg, de kade was verlaten. Hij kon zich niet meer herinneren wanneer hij zijn laatste erectie had gehad. Hij wachtte het onweer af.

3

Het onweer barstte tegen negenen los. Djerzinski luisterde naar de regen terwijl hij kleine slokjes van een goedkope armagnac nam. Hij was net veertig geworden – zat hij in zijn *midlifecrisis*? Door de verbeterde leefomstandigheden verkeren mensen van veertig tegenwoordig in goede conditie, hun fysieke gesteldheid is voortreffelijk. De eerste signalen – zowel in het uiterlijk als in de reactie van de organen op grote inspanningen – die erop duiden dat er een overgangspunt is bereikt, dat de lange afdaling naar de dood is begonnen, treden meestal pas rond het vijfenveertigste of zelfs vijftigste levensjaar op. Bovendien wordt die befaamde 'midlifecrisis' vaak geassocieerd met seksuele verschijnselen, met name met een plotselinge, wilde passie voor de lichamen van heel jonge meisjes. In Djerzinski's geval misten die overwegingen elke grond: hij gebruikte zijn pik om te pissen, verder niet.

De volgende dag stond hij om een uur of zeven uur op, pakte uit zijn boekenkast *Het deel en het geheel*, de wetenschappelijke autobiografie van Werner Heisenberg, en ging lopend op weg naar de Champ-de-Mars. De dageraad was helder en koel. Hij had dat boek al vanaf zijn zeventiende. Zittend onder een plataan in de allée Victor-Cousin herlas hij de passage uit het eerste hoofdstuk waarin Heisenberg de context van zijn studietijd beschrijft en vertelt over de omstandigheden waarin zijn eerste ontmoeting met de atoomtheorie plaatsvond:

'Het zal zo ongeveer in het voorjaar van 1920 zijn geweest. De afloop van de Eerste Wereldoorlog had de jeugd van ons land onrustig gemaakt en in beweging gebracht. De teugels waren uit de handen van de diep ontgoochelde oudere generatie geglipt, en de jonge mensen verzamelden zich in groepen, in kleinere en grotere gemeenschappen, om een nieuwe, eigen weg te zoeken of althans een nieuw kompas te vinden waarnaar ze zich konden richten, aangezien het oude kapot leek. Zo was ik op een heldere voorjaarsdag onderweg met een groep van misschien tien of twintig kameraden, de meesten jonger dan ikzelf, en als ik het me goed herinner ging de wandeling door het heuvelland op de westoever van de Starnberger See; wanneer een gat in het glanzende beukengroen een blik bood op het meer links onder ons, leek dat bijna tot de daarachter zichtbare bergen te reiken. Op die wandeling kwam het merkwaardig genoeg tot mijn eerste gesprek over de wereld der atomen, dat in mijn latere wetenschappelijke ontwikkeling van grote betekenis voor me is geweest.'

Tegen elven begon de hitte weer toe te nemen. Toen hij weer thuis was kleedde Michel zich helemaal uit en ging liggen. De volgende drie weken waren zijn bewegingen uiterst beperkt. Je kunt je voorstellen dat een vis die van tijd tot tijd zijn kop boven het water uitsteekt om naar lucht te happen, een paar seconden lang een ijle, geheel andere wereld gewaarwordt – een paradijs. Natuurlijk zou hij daarna weer moeten terugkeren naar zijn algenrijk, waar de vissen elkaar verslinden. Maar in een paar seconden zou hij een vluchtige indruk hebben gekregen van een andere wereld, een perfecte wereld – de onze.

Op de avond van de vijftiende juli belde hij naar Bruno. Tegen een achtergrond van *cool* jazz bracht de stem van zijn halfbroer een subtiele *impliciete* boodschap over. Bruno zat ontegenzeglijk wél in zijn *midlifecrisis.* Hij droeg leren regenjassen, liet zijn baard groeien. Om te laten zien dat hij het leven kende, drukte hij zich uit als een personage uit een tweederangs politieserie; hij rookte cigarillo's, trainde zijn borstspieren. Maar wat hemzelf aanging geloofde Michel absoluut niet in die uitleg van de 'midlifecrisis'. Een man die in zijn midlifecrisis zit, wil alleen maar leven, nog wat langer leven; hij vraagt alleen maar om een korte verlenging. De waarheid was in zijn geval dat hij het volkomen beu was: hij zag eenvoudigweg geen enkele reden meer om ermee door te gaan.

Diezelfde avond vond hij een foto terug die was genomen op zijn lagere school in Charny, en hij moest huilen. Zittend achter zijn lessenaar hield het kind met zijn hand een schoolboek open. Het keek de kijker glimlachend aan, vol vreugde en moed. En dat kind, het was onbegrijpelijk, was hij. Het kind maakte zijn opgaven, leerde zijn lessen serieus en vol vertrouwen. Het betrad de wereld, het ontdekte de wereld, en het was niet bang van de wereld; het hield zich gereed om zijn plaats in de mensenmaatschappij in te nemen. Dat alles stond te lezen in de blik van het kind. Het droeg een kiel met een klein kraagje.

Een aantal dagen lang hield Michel de foto binnen handbereik, schuin tegen zijn bedlampje steunend. De tijd is een banaal mysterie en het is allemaal heel normaal, probeerde hij zich voor te houden; de blik dooft uit, de vreugde en het vertrouwen verdwijnen. Liggend op zijn Bultex-matras oefende hij zich tevergeefs in vergankelijkheid. Op het voorhoofd van het kind stond een klein rond kuiltje – een waterpokkenlitteken. Dat litteken was altijd blijven zitten. Waar was de waarheid? De middaghitte vervulde het vertrek.

4

Martin Ceccaldi werd in 1882 geboren in een dorpje in het binnenland van Corsica. Zijn familie bestond uit analfabetische boeren, en hij leek dan ook voorbestemd tot het agrarische en pastorale leven met beperkte actieradius dat zijn voorouders al een eindeloze reeks generaties lang hadden geleid. Het betreft een leefwijze die in onze contreien allang niet meer voorkomt. Een uitputtende analyse ervan heeft dus niet bijzonder veel zin, maar omdat sommige radicale milieuactivisten er vreemd genoeg af en toe toch naar zeggen terug te verlangen, zal ik er voor de volledigheid een korte, globale beschrijving van geven: je hebt de natuur en de gezonde buitenlucht, je bebouwt een paar percelen (het aantal is nauwkeurig vastgelegd door een strikt erfstelsel), af en toe schiet je een everzwijn. Je neukt links en rechts om je heen, vooral met je vrouw, die het leven schenkt aan *kinderen*. Genoemde kinderen voed je zodanig op dat ze hun plaats in hetzelfde ecosysteem kunnen innemen, je loopt een ziekte op en het is gedaan.

Het opvallende lot van Martin Ceccaldi is in feite volmaakt symptomatisch voor de integrerende rol die de niet-confessionele scholen ten tijde van de Derde Republiek hebben gespeeld in de Franse samenleving en de voortrekkersfunctie die ze hebben vervuld op het gebied van de technologische vooruitgang. Al snel begreep zijn onderwijzer dat hij te maken had met een buitengewone leerling, begiftigd met een abstractievermogen en een formele vindingrijkheid die binnen het milieu waaruit hij afkomstig was slecht tot hun recht zouden kunnen komen. Hij was zich terdege bewust dat zijn rol zich niet beperkte tot het verschaffen van een elementaire intellectuele bagage aan elke toekomstige staatsburger, maar dat het ook zijn taak was de bevoorrechte elementen te ontdekken die voorbestemd waren te worden opgenomen in de hogere geledingen van de Republiek. Het lukte hem de ouders van Martin ervan te overtuigen dat de toekomst van hun zoon zich onvermijdelijk buiten Corsica zou moeten afspelen. Met een beurs op zak werd de jongen in 1894 dus toegelaten tot het internaat van het Thierslyceum in Marseille (mooi beschreven in de jeugdherinneringen van Marcel Pagnol, die tot het einde toe de favoriete lectuur van Martin Ceccaldi zouden vormen vanwege de voortreffelijke realistische wijze waarop de auteur de onderliggende idealen van een tijdperk aanschouwelijk maakt aan de hand van de weg die een begaafde jongeman uit een achtergesteld milieu aflegt). In 1902 maakte hij de hoop die zijn vroegere onderwijzer op hem had gevestigd volledig waar door te worden toegelaten tot de École polytechnique.*

In 1911 vond de benoeming plaats die de rest van zijn leven zou bepalen. Er moest over het gehele Algerijnse grondgebied een efficiënt watervoorzieningsnetwerk worden aangelegd. Hij zette zich daar meer dan vijfentwintig jaar lang voor in, berekende krommingen van aquaducten en doorsneden van leidingen. In 1923 trouwde hij met Geneviève July, een tabakverkoopster met verre Occitaanse voorouders wier familie zich twee generaties eerder in Algerije had gevestigd. In 1928 werd hun een dochter geboren, Janine.

Je kunt een mensenleven net zo beknopt of uitgebreid navertellen als je maar wilt. De metafysische of tragische manier, die zich in laatste instantie beperkt tot de geboorte- en sterfdatum die traditioneel in een grafsteen gegrift staan, onderscheidt zich natuurlijk door zijn extreme beknoptheid. In het geval van Martin Ceccaldi lijkt het gepast een historisch-sociale dimensie ter sprake te brengen, die het accent niet zozeer op de persoonlijke kenmerken van het individu legt, als wel op de ontwikkeling van de samenleving waarvan dat individu een symptomatisch element is. Omdat ze worden gedragen door de historische ontwikkeling van hun tijd en er bovendien voor hebben gekozen daarmee in te stemmen, hebben symptomatische individuen over het algemeen een eenvoudig, gelukkig bestaan; een levensbeschrijving neemt dan doorgaans één of twee bladzijden in beslag. Janine Ceccaldi behoorde echter tot de ontmoedigende categorie van de *voorlopers*. Aangezien die aan de ene kant in hoge mate aangepast zijn aan de leefwijze van de meerderheid van hun tijd, maar daar aan de andere kant 'boven uit willen stijgen' door een nieuwe gedragslijn voor te staan of algemene bekendheid te geven aan een gedragslijn die nog maar weinig aanhangers heeft, vereisen voorlopers over het algemeen een wat uitvoeriger beschrijving, temeer omdat hun levensloop vaak tumultueuzer en chaotischer is. Ze spelen echter alleen een rol als historische aanjagers – doorgaans als aanjagers van een historisch ontbindingsproces – maar kunnen geen nieuwe wending aan de gebeurtenissen geven, een rol die voorbehouden blijft aan *revolutionairen* of *profeten*.

Al vroeg gaf de dochter van Martin en Geneviève Ceccaldi blijk van buitengewone verstandelijke vermogens, waarmee ze haar vader op zijn minst evenaarde, in combinatie met een erg onafhankelijk karakter. Ze verloor haar maagdelijkheid op haar dertiende (wat in haar tijd en milieu uitzonderlijk was) en besteedde haar oorlogsjaren (die in Algerije vrij rustig waren) aan uitjes naar de voornaamste bals die elk weekend plaatsvonden, eerst in Constantine, later in Algiers, dat alles zonder te verzuimen trimester na trimester in indrukwekkende schoolresultaten te grossieren. Toen ze in 1945 medicijnen ging studeren in Parijs, verliet ze haar ouders dus gewapend met een diploma met eervolle vermelding en reeds behoorlijk wat seksuele ervaring.

De jaren van vlak na de oorlog waren moeilijk en zwaar. De industriële productie-index had een dieptepunt bereikt, en de rantsoenering van het voedsel werd pas in 1948 opgeheven. Maar binnen een kleine, hooggeplaatste bevolkingsgroep kondigden zich reeds de eerste tekenen aan van een ontspannende libidineuze massaconsumptie, afkomstig uit de Verenigde Staten van Amerika, die zich in de loop van de daaropvolgende decennia over de gehele bevolking zou verbreiden. Als studente aan de Parijse geneeskundefaculteit kon Janine Ceccaldi de 'existentialistische' jaren zo van vrij dichtbij meemaken, en ze had zelfs een keer de gelegenheid een *bebop* te dansen met Jean-Paul Sartre in café *Le Tabou*. Ze was weinig onder de indruk van het werk van de filosoof, maar werd des te meer getroffen door de lelijkheid van het individu, tegen het gehandicapte aan, en het voorval bleef zonder gevolgen. Zelf was ze heel knap, met een geprononceerd mediterraan uiterlijk, en ze beleefde talloze avontuurtjes voordat ze in 1952 Serge Clément ontmoette, die toen zijn specialisatie chirurgie aan het afronden was.

'Zal ik u een portret van mijn vader geven?' grapte Bruno jaren later graag. 'Neem een aap, geef hem een draagbare telefoon, en u hebt een idee van de man.' In die tijd beschikte Serge Clément natuurlijk helemaal niet over een draagbare telefoon, maar hij was inderdaad nogal behaard. Om kort te gaan, hij was ronduit lelijk; zijn persoon straalde echter een krachtige, ongecompliceerde viriliteit uit, waar de jonge co-assistente niet ongevoelig voor bleek. Bovendien had hij plannen. Een reis naar de Verenigde Staten had hem ervan overtuigd dat de plastische chirurgie aanzienlijke toekomstmogelijkheden bood voor een ambitieuze arts. De geleidelijke uitbreiding van de verleidingsmarkt, de daarmee gepaard gaande ontploffing van het traditionele huwelijk, de hoge vlucht die de West-Europese economie waarschijnlijk zou gaan nemen – alles wees er inderdaad op dat de sector op voortreffelijke groeikansen kon rekenen, en het was de verdienste van Serge Clément dat hij dat als een van de eersten in Europa begreep, en zeker als eerste in Frankrijk. Het probleem was dat hij het benodigde startkapitaal miste. Martin Ceccaldi, die een gunstige indruk had van de ondernemingsgeest van zijn toekomstige schoonzoon, was bereid hem geld te lenen, en in 1953 kon er in Neuilly een eerste kliniek worden geopend. Mede door de tamtam van de informatiepagina's in de vrouwenbladen, die destijds volop in ontwikkeling waren, was het succes inderdaad enorm, en in 1955 werd er een nieuwe kliniek geopend op de heuvels van Cannes.

De twee echtelieden vormden destijds wat later een 'modern echtpaar' zou worden genoemd, en Janine werd eigenlijk alleen per vergissing zwanger van haar man. Ze besloot het kind niettemin te houden; het moederschap, dacht ze, was een van die ervaringen die een vrouw moet hebben meegemaakt. De zwangerschap was trouwens een vrij aangename periode, en Bruno werd geboren in maart 1956. De eentonige beslommeringen die de opvoeding van een jong kind met zich meebrengt leken het stel algauw slecht te combineren met hun persoonlijke vrijheidsideaal, en in onderlinge overeenstemming stuurden ze Bruno in 1958 naar zijn grootouders van moederskant in Algiers. Inmiddels was Janine opnieuw zwanger. Dit keer was de vader echter Marc Djerzinski.

Gedreven door bittere armoede, de uithongering nabij, verliet Lucien Djerzinski in 1919 het ertsbekken van Katowice, waar hij twintig jaar eerder was geboren, in de hoop werk te vinden in Frankrijk. Hij trad als arbeider in dienst van de spoorwegen, eerst als spoorlegger, later als onderhoudswerker, en trouwde met Marie Le Roux, een dochter van dagloners van Bourgondische oorsprong, die zelf beambte bij de spoorwegen was. Ze schonk hem vier kinderen voordat hij in 1944 om het leven kwam bij een geallieerd bombardement.

Het derde kind, Marc, was veertien toen zijn vader stierf. Het was een intelligente, serieuze, een beetje droevige jongen. Dankzij een buurman kwam hij in 1946 als leerling-elektricien in dienst van de Pathéstudio's in Joinville. Hij bleek meteen erg geschikt voor het werk: aan de hand van beknopte instructies maakte hij voortreffelijke achtergrondbelichtingen voordat de hoofdtechnicus er was. Henri Alekan had veel waardering voor hem en wilde hem als zijn assistent hebben, maar in 1951 besloot hij over te stappen naar de Franse staatsradio- en televisiemaatschappij ORTF, die net was begonnen met haar uitzendingen.

Toen hij begin 1957 Janine ontmoette, werkte hij aan een televisiereportage over het wereldje van Saint-Tropez. Centraal in het geheel stond de persoon van Brigitte Bardot (met *En God schiep de vrouw*, uitgekomen in 1956, werd de Bardotmythe echt gelanceerd), maar zijn onderzoek strekte zich ook uit tot bepaalde kunstenaars- en schrijverskringen, in het bijzonder tot wat later de 'bende van Sagan' is genoemd. Die wereld waartoe ze ondanks haar geld geen toegang had fascineerde Janine, en ze schijnt werkelijk verliefd te zijn geworden op Marc. Ze had zich ingebeeld dat er een groot filmmaker in hem stak, wat overigens waarschijnlijk ook het geval was. Werkend binnen de condities van het reportagegenre, met lichte verlichtingsapparatuur, maakte hij door een aantal voorwerpen te verplaatsen verontrustende scènes, tegelijkertijd realistisch, kalm en volmaakt wanhopig, die aan het werk van Edward Hopper deden denken. Hij liet over de beroemdheden met wie hij omging een onverschillige blik rondgaan en filmde Bardot of Sagan met evenveel eerbied als wanneer het pijlinktvissen of kreeften waren geweest. Hij sprak met niemand, sympathiseerde met niemand; hij was werkelijk fascinerend.

Janine scheidde van haar man in 1958, kort nadat ze Bruno naar haar ouders had gestuurd. Het was een scheiding in der minne, met wederzijdse instemming. Grootmoedig stond Serge zijn aandeel aan de kliniek in Cannes, die alleen al volstond om haar van een comfortabel inkomen te verzekeren, aan haar af. Samen met Marc nam ze haar intrek in een villa in Sainte-Maxime, maar hij bleef in zijn eenzame gewoonten volharden. Ze drong er bij hem op aan dat hij zich met zijn filmcarrière

moest bezighouden. Hij zei ja maar deed niets, nam er genoegen mee het volgende reportageonderwerp af te wachten. Wanneer ze een diner organiseerde at hij liever van tevoren alleen in de keuken; daarna ging hij langs het strand wandelen. Vlak voor het vertrek van de gasten kwam hij terug, met als smoes dat hij een montage moest afmaken. De geboorte van zijn zoon in juni 1958 bracht een begrijpelijke verwarring in hem teweeg. Hij bleef minutenlang staan kijken naar het kind, dat opvallend veel op hem leek: dezelfde scherpe gezichtstrekken en vooruitstekende jukbeenderen, dezelfde grote groene ogen. Kort daarna begon Janine hem te bedriegen. Waarschijnlijk leed hij eronder, maar dat valt moeilijk met zekerheid te zeggen, want feit is dat hij steeds minder spraakzaam werd. Hij maakte kleine altaartjes van keien, takken en schalen van schaaldieren; die fotografeerde hij dan in strijklicht.

Zijn reportage over Saint-Tropez kende een groot succes in het wereldje, maar hij weigerde zich te laten interviewen door de *Cahiers du cinéma*. Zijn waarderingscijfer steeg nog verder met de uitzending van een korte, zeer scherpe documentaire die hij in 1959 maakte over *Salut les copains* en de geboorte van het *yéyé*-fenomeen*. De speelfilm interesseerde hem absoluut niet, en hij weigerde tot twee keer toe met Godard samen te werken. In dezelfde tijd begon Janine om te gaan met aan de Côte verblijvende Amerikanen. In de Verenigde Staten, in Californië, was zich iets radicaal nieuws aan het voltrekken. In Esalen, vlak bij Big Sur, ontstonden communes gebaseerd op seksuele vrijheid en het gebruik van psychedelische drugs, die geacht werden het bewustzijn te verruimen. Ze werd de maîtresse van Francesco di Meola, een Amerikaan van Italiaanse afkomst die Ginsberg en Aldous Huxley had gekend en medeoprichter van een van de communes in Esalen was.

In januari 1960 vertrok Marc om een reportage te maken over het nieuwe type communistische samenleving dat in de Volksrepubliek China aan het ontstaan was. Hij kwam terug in Sainte-Maxime op 23 juni, midden op de middag. Het huis leek verlaten, maar in de woonkamer zat een meisje van een jaar of vijftien, helemaal naakt, in kleermakerszit op het tapijt. '*Gone to the beach...*' zei ze in antwoord op zijn vragen, om vervolgens weer in apathie te verzinken. In Janines slaapkamer lag een grote man met een baard, zichtbaar dronken, dwars op het bed te snurken. Marc spitste zijn oren: hij hoorde gekreun of gereutel.

In de slaapkamer op de bovenverdieping hing een verschrikkelijke stank. De zon, die door het grote raam naar binnen viel, wierp een fel licht op de zwart-witte tegels. Zijn zoon kroop onhandig over de vloer, af en toe uitglijdend in een plas urine of uitwerpselen. Hij knipperde met zijn ogen en kreunde zonder ophouden. Toen hij de aanwezigheid van een mens gewaarwerd, probeerde hij te vluchten. Marc nam hem in zijn armen; doodsbang trilde het kind tussen zijn handen.

Marc ging weer naar buiten. In een nabijgelegen winkel kocht hij een babystoeltje. Hij schreef een kort briefje voor Janine, stapte in zijn auto, maakte het kind op het stoeltje vast en reed weg in noordelijke richting. Ter hoogte van Valence sloeg hij af naar het Massif Central. De nacht viel. Van tijd tot tijd wierp hij tussen twee bochten door een blik op zijn zoon, die achterin zat te dommelen; hij voelde zich bevangen door een vreemde emotie.

Vanaf die dag werd Michel opgevoed door zijn grootmoeder, die na haar pensioen weer naar de Yonne was verhuisd, de regio waar ze vandaan kwam. Kort daarna vertrok zijn moeder naar Californië om in de commune van Di Meola te gaan wonen. Michel zou haar niet terugzien voor zijn vijftiende. Zijn vader zou hij trouwens ook niet vaak terugzien. In 1964 vertrok die om een reportage te maken over Tibet, dat toen net door het Chinese leger was bezet. In een brief aan zijn moeder liet hij weten dat het goed met hem ging, en hij verklaarde dat hij onder de indruk was geraakt van de riten en ceremoniën van het Tibetaanse boeddhisme, dat China op gewelddadige wijze probeerde uit te roeien. Daarna kwam er geen nieuws meer.

Een protest van Frankrijk bij de Chinese regering bleef zonder gevolgen, en hoewel zijn lichaam nooit is teruggevonden, werd hij een jaar later officieel overleden verklaard.

5

We schrijven de zomer van 1968, Michel is tien jaar oud. Sinds zijn tweede woont hij alleen met zijn grootmoeder. Ze wonen in Charny, in de Yonne, vlak bij de grens met de Loiret. 's Ochtends staat hij vroeg op om het ontbijt klaar te maken voor zijn grootmoeder. Hij heeft een speciale kaart gemaakt waarop hij heeft genoteerd hoe lang de thee moet trekken, hoeveel boterhammen hij moet maken en andere dingen.

Vaak blijft hij tot het middageten op zijn kamer. Hij leest Jules Verne, *Pif de hond* of *De vijf*, maar meestal verdiept hij zich in zijn verzameling van *Het hele universum*. Daarin gaat het over de weerstand van materialen, de vormen van wolken, de dans van bijen. Er is sprake van de Taj Mahal, een paleis dat is gebouwd door een heel oude koning als eerbewijs aan zijn gestorven koningin; of van de dood van Socrates, of de uitvinding van de geometrie door Euclides, drieduizend jaar geleden.

's Middags zit hij in de tuin. Met zijn rug tegen de kersenboom geleund, in korte broek, voelt hij de verende massa van het gras. Hij voelt de hitte van de zon. De slakroppen zuigen de hitte van de zon op. Ze zuigen ook het water op, hij weet dat hij ze tegen het vallen van de avond zal moeten besproeien. Zelf leest hij verder in *Het hele universum*, of een boek uit de reeks *Honderd vragen over*; hij zuigt kennis op.

Vaak ook gaat hij fietsen op het platteland. Hij trapt uit alle macht, vult zijn longen met de smaak van de eeuwigheid. De eeuwigheid van de kindertijd is een korte eeuwigheid, maar dat weet hij nog niet. Het landschap glijdt voorbij.

In Charny is alleen nog maar een kruidenierswinkeltje, maar de bestelwagen van de slager komt woensdags langs, die van de visboer vrijdags; vaak maakt zijn grootmoeder zaterdagsmiddags kabeljauw in roomsaus. Het is voor Michel de laatste zomer in Charny, maar dat weet hij nog niet. Aan het begin van het jaar heeft zijn grootmoeder een attaque gehad. Haar twee dochters, die in voorsteden van Parijs wonen, zijn voor haar op zoek naar een huis dat niet al te ver van hen vandaan ligt. Ze is niet meer in staat het hele jaar alleen te wonen en voor de tuin te zorgen.

Michel speelt zelden met de jongens van zijn leeftijd, maar hij heeft geen slechte verhouding met hen; hij wordt een beetje als een eenling beschouwd. Op school heeft hij voortreffelijke cijfers, hij begrijpt alles schijnbaar moeiteloos. Hij is altijd de beste geweest in alle vakken; natuurlijk is zijn grootmoeder daar trots op. Maar hij wordt niet gehaat en ook niet slecht behandeld door zijn klasgenoten. Bij proefwerken maakt hij er geen punt van dat ze van hem afkijken. Hij wacht tot zijn buurman klaar is en slaat dan de bladzijde om. Ondanks zijn voortreffelijke cijfers zit hij op de achterste rij. De bestaansvoorwaarden van het rijk zijn broos.

6

Op een middag toen hij nog in de Yonne woonde, had Michel door de weilanden gerend met zijn nichtje Brigitte. Brigitte was een knap meisje van zestien, vreselijk aardig, dat een aantal jaren later zou trouwen met een ontzettende klootzak. Het was de zomer van 1967. Zij pakte hem bij zijn handen en zwaaide hem om zich heen. Daarna vielen ze in het pas gemaaide gras; hij vlijde zich tegen haar warme boezem. Ze droeg een korte rok. De volgende dag zaten ze onder de rode blaasjes, hun hele lichaam jeukte verschrikkelijk. *Trombidium holosericum*, ook wel oogstmijt genoemd, komt in de zomer zeer algemeen voor in grasvelden. Zijn doorsnee is ongeveer twee millimeter. Zijn lichaam is dik, vlezig, sterk gebold, felrood. Hij boort zijn rostrum in de huid van zoogdieren en veroorzaakt daardoor een ondraaglijke irritatie. *Linguatula rhinaria*, de tongworm, leeft in de neus-, voorhoofds- en kaakholten van de hond, soms van de mens. Het embryo is ovaal, met een staart naar achteren; zijn mond bezit een boormechanisme. Twee paar aanhangsels (of stompjes) hebben lange haken. Het volwassen dier is wit, lancetvormig, en tussen de achttien en de vijfentachtig millimeter lang. Zijn lichaam is plat, geringd, doorzichtig, bedekt met chitineuze spicula.

In december 1968 verhuisde zijn grootmoeder om in de buurt van haar dochters in Seine-et-Marne te gaan wonen. In het begin veranderde er weinig in Michels leven. Crécy-en-Brie ligt maar zo'n vijftig kilometer van Parijs, maar in die tijd is het nog platteland. Het is een mooi dorp met oude huizen; Corot heeft er een paar doeken geschilderd. Een stelsel van grachten leidt het water van de Grand Morin om, wat Crécy in sommige folders de misleidende kwalificatie *Venetië van de Brie* oplevert. Er wonen maar weinig mensen die in Parijs werken. De meesten werken in kleine ondernemingen in het dorp zelf en vooral in Meaux.

Twee maanden later kocht zijn grootmoeder een televisie. De reclame had net zijn intrede gedaan op het eerste net. In de nacht van 21 juli 1969 kon hij live de eerste stappen van de mens op de maan volgen. Zeshonderd miljoen kijkers verspreid over het planeetoppervlak waren tegelijk met hem getuige van dat schouwspel. De paar uur die de uitzending duurde vormden waarschijnlijk het hoogtepunt van de eerste periode van de westerse technologische droom.

Hoewel hij halverwege het jaar aankwam, paste hij zich goed aan op de middenschool* van Crécy-en-Brie, en zonder problemen ging hij over naar de tweede klas. Elke donderdag kocht hij *Pif*, dat een nieuwe formule had. In tegenstelling tot veel andere lezers kocht hij het niet zozeer voor het gadget, maar voor de complete avonturenverhalen. Aan de hand van een verbazingwekkende verscheidenheid aan tijdperken en omgevingen voerden die verhalen een paar eenvoudige, diepe morele waarden ten tonele. Ragnar de Viking, Teddy Ted en de Apache, Rahan, 'zoon der barbaarse tijden', Nasdine Hodja, die spotte met vizieren en kaliefen: ze zouden zich allemaal in één en dezelfde ethiek hebben kunnen vinden. Michel werd zich geleidelijk aan bewust van die ethiek, die een onuitwisbare indruk op hem zou maken. Het lezen van Nietzsche bracht niet meer dan een kortstondige ergernis in hem teweeg, Kant bevestigde alleen maar wat hij al wist. De zuivere moraal is uniek en universeel. Zij ondergaat in de loop van de tijd geen enkele verandering, noch wordt er iets aan toegevoegd. Zij is van geen enkele historische, economische, sociologische of culturele factor afhankelijk; ze is absoluut nergens van afhankelijk. Ze wordt niet bepaald maar bepaalt zelf. Ze is niet aan voorwaarden gebonden maar stelt zelf voorwaarden. Met andere woorden, het is een absolute waarde.

Elke in de praktijk waarneembare moraal is het resultaat van een mengeling, in variabele verhoudingen, van zuiver morele elementen en andere elementen van min of meer duistere, meestal religieuze oorsprong. Hoe groter het aandeel van de zuiver morele elementen, hoe duurzamer en gelukkiger de samenleving die de moraal in kwestie draagt. In het uiterste geval zou een samenleving waarin de zuivere beginselen van de universele moraal zouden heersen net zo lang blijven bestaan als de wereld.

Michel bewonderde alle helden van *Pif*, maar zijn favoriet was zonder enige twijfel Zwarte Wolf, de eenzame indiaan, een edele synthese van de eigenschappen van de Apache, de Sioux en de Cheyenne. Zwarte Wolf trok eindeloos over de prairie in gezelschap van zijn paard Shinook en zijn wolf Toopee. Hij liet niet alleen zijn daden spreken door zonder aarzelen de allerzwaksten te hulp te schieten, maar hij becommentarieerde die daden bovendien voortdurend op basis van een transcendent ethisch criterium, dat soms dichterlijk werd verwoord in de vorm van verschillende Dakota- of Cree-spreekwoorden, soms soberder door middel van een verwijzing naar de 'wet van de prairie'. Jaren later zou Michel hem nog altijd blijven beschouwen als het ideaaltype van de kantiaanse held, die altijd handelt 'alsof hij, door zijn grondbeginselen, een wetgevend lid in het universele rijk der doelen is'. Bepaalde afleveringen, zoals *De leren armband*, met het aangrijpende personage van het oude Cheyenne-opperhoofd dat de sterren zocht, stegen daardoor uit boven het enigszins beperkte kader van het avonturenverhaal en baadden in een zuiver poëtische en morele sfeer.

De televisie interesseerde hem minder. Niettemin volgde hij met een bedrukt gemoed de wekelijkse uitzending van *Het le-*

ven der dieren. Gazellen en damherten, ranke zoogdieren, sleten hun dagen in angst. Leeuwen en panters leefden in een apathische versuffing die af en toe werd doorbroken door korte uitbarstingen van wreedheid. Ze doodden, verscheurden, verslonden de zwakste, oude of zieke dieren; daarna verzonken ze weer in een stompzinnige slaap, waaruit ze alleen werden gewekt door de parasieten die hen van binnenuit verteerden. Sommige parasieten werden zelf ook weer aangevallen door nog kleinere parasieten, die op hun beurt een voedingsbodem voor virussen vormden. Reptielen gleden tussen de bomen en troffen vogels en zoogdieren met hun giftanden – als ze al niet plotseling uiteen werden gereten door de snavel van een roofvogel. De gezwollen, stompzinnige stem van Claude Darget voorzag die wrede beelden van commentaar met een niet te rechtvaardigen bewondering. Michel huiverde van verontwaardiging en voelde ook hier weer een onwrikbare overtuiging in zich groeien: over het geheel genomen was de woeste natuur niets anders dan een weerzinwekkende smeerboel; over het geheel genomen rechtvaardigde de woeste natuur een totale vernietiging, een universele holocaust – en de missie van de mens op aarde was waarschijnlijk die holocaust uit te voeren.

In april 1970 verscheen er in *Pif* een gadget dat beroemd zou blijven: het *levenspoeder.* Bij elk exemplaar zat een zakje met eitjes van een minuscuul zeeschaaldier, *Artemia salina.* Al enkele millennia lang bevonden die organismen zich in een staat van sluimerend leven. De procedure om ze te reanimeren was tamelijk ingewikkeld: je moest water drie dagen lang laten bezinken, het opwarmen tot het lauw was, de inhoud van het zakje toevoegen en zachtjes schudden. De daaropvolgende dagen moest je de kom bij een licht- en warmtebron houden, regelmatig water van de juiste temperatuur toevoegen ter compensatie van de verdamping, en het mengsel voorzichtig roeren om er zuurstof in te brengen. Een paar weken later krioelde er in de kom een enorme hoeveelheid doorzichtige schaaldiertjes, die om eerlijk te zijn een beetje weerzinwekkend waren, maar ontegenzeglijk springlevend. Michel wist niet wat hij ermee aan moest, en uiteindelijk gooide hij alles in de Grand Morin.

In hetzelfde nummer deed het complete avonturenverhaal van twintig bladzijden een aantal onthullingen over de jeugd van Rahan en de omstandigheden die van hem een eenzame held in de diepe duisternis der prehistorische tijden hadden gemaakt. Toen hij nog een kind was, was zijn stam gedecimeerd door een vulkaanuitbarsting. Zijn vader, Craô de Wijze, had hem toen hij stierf alleen een ketting met drie klauwen kunnen nalaten. Elk van die klauwen symboliseerde een eigenschap van 'hen-die-rechtop-lopen', de mensen. Er was de klauw van de trouw, de klauw van de moed, en de belangrijkste van allemaal, de klauw van de goedheid. Sindsdien droeg Rahan die ketting en probeerde zich de symboliek ervan waardig te maken.

Het huis in Crécy had een lange, smalle tuin met een kersenboom erin, iets minder groot dan het exemplaar in de Yonne. Hij las nog altijd *Het hele universum* en *Honderd vragen over.* Voor zijn twaalfde verjaardag gaf zijn grootmoeder hem een doos van *De kleine scheikundige.* Scheikunde was zoveel boeiender dan mechanica of elektriciteit; raadselachtiger, afwisselender. De stoffen zaten in hun potjes, allemaal verschillend van kleur, vorm en textuur, als eeuwig gescheiden essenties. Toch hoefde je ze maar bij elkaar te brengen of ze gingen een heftige reactie aan, waarbij ze in een flits geheel nieuwe verbindingen vormden.

Op een middag in juli toen hij in de tuin zat te lezen, besefte Michel ineens dat de chemische fundamenten van het leven volkomen anders hadden kunnen zijn. De rol die koolstof, zuurstof en stikstof spelen in de moleculen van levende wezens had ook toegewezen kunnen worden aan moleculen met dezelfde valentie maar een hoger atoomgewicht. Op een andere planeet, in andere druk- en temperatuursomstandigheden, hadden silicium, zwavel en fosfor de levensmoleculen kunnen zijn, of germanium, selenium en arsenicum, of tin, tellurium en antimonium. Er was niemand met wie hij echt over die dingen kon praten; op zijn verzoek kocht zijn grootmoeder een aantal boeken over biochemie voor hem.

7

Bruno's eerste herinnering ging terug tot zijn vierde jaar; het was een herinnering aan een vernedering. Hij ging destijds naar de kleuterschool van het Laperlierpark in Algiers. Op een herfstmiddag had de juffrouw de jongens uitgelegd hoe ze halskettingen van bladeren moesten maken. De meisjes zaten halverwege de helling te wachten, toen al getekend door een stompzinnige vrouwelijke gelatenheid; de meesten hadden witte jurkjes aan. De grond was bedekt met goudkleurige bladeren, er stonden vooral kastanjes en platanen. Steeds meer klasgenootjes hadden hun ketting af, die ze vervolgens om de hals van hun lievelingetje gingen hangen. Hij schoot niet op, de bladeren braken, alles ging kapot tussen zijn handen. Hoe kon hij hun uitleggen dat hij behoefte aan liefde had? Hoe kon hij dat uitleggen zonder de bladerketting? Hij begon te huilen van woede, maar de juffrouw kwam hem niet helpen. Het was al afgelopen, de kinderen stonden op om het park te verlaten. Even later ging de school dicht.

Zijn grootouders woonden in een heel mooi appartement aan de boulevard Edgar-Quinet. De herenhuizen in het centrum van Algiers waren gebouwd volgens hetzelfde model als de Parijse herenhuizen uit de tijd van Haussmann. Door het appartement liep een gang van twintig meter, die toegang gaf tot een salon met een balkon vanwaar je over de witte stad uitkeek. Jaren later, toen hij een ontgoochelde, verbitterde veertiger was geworden, zou hij dat beeld terugzien: hijzelf, vier jaar oud, die op zijn driewieler uit alle macht door de donkere gang trapte naar de heldere opening van het balkon. Waarschijnlijk had hij op die momenten zijn hoogste aardse geluk gekend.

In 1961 stierf zijn grootvader. In onze windstreken trekt een zoogdierkadaver allereerst bepaalde vliegen aan (*Musca*, *Curtonevra*). Zodra het enigszins door de ontbinding wordt aangetast gaan er andere soorten meedoen, met name *Calliphora* en *Lucilia*. Door de gecombineerde werking van de bacteriën en de verteringssappen van de larven wordt het kadaver min of meer vloeibaar en een haard van boterzuur- en ammoniakgistingen. Na drie maanden hebben de vliegen hun werk voltooid en worden ze vervangen door de bende schildvleugeligen van het geslacht *Dermestidae* en de schubvleugelige *Aglossa pinguinalis*, die zich vooral met vetten voeden. Van de gistende eiwithoudende stoffen profiteren de larven van *Piophila petasionis* en de schildvleugeligen van het geslacht *Corynetes*. Het ontbonden kadaver, dat nog een restje vochtigheid bevat, wordt vervolgens het domein van de mijtachtigen, die er het laatste bloederige vocht uit opzuigen. Wanneer het eenmaal is uitgedroogd en gemummificeerd, herbergt het nog altijd profiteurs: de larven van *Attagenus* en *Anthrenus* en de rupsen van *Aglossa caprealis* en *Tineola bisselliella*. Zij voltooien de cyclus.

Bruno zag zijn grootvaders doodkist weer voor zich, mooi diepzwart van kleur, met een zilveren kruis erop. Het was een geruststellend en zelfs aangenaam beeld; zijn grootvader moest het wel goed hebben in zo'n prachtige doodkist. Later zou hij horen van het bestaan van de mijtachtigen en al die larven met namen van Italiaanse filmsterretjes. Toch bleef hij het beeld van zijn grootvaders doodkist aangenaam vinden.

Hij zag ook zijn grootmoeder weer voor zich op de dag van hun aankomst in Marseille, zittend op een kist midden op de tegelvloer van de keuken. Kakkerlakken schoten tussen de plavuizen heen en weer. Waarschijnlijk had haar verstand het op die dag begeven. In een paar weken tijd was ze geconfronteerd met de doodsstrijd van haar man, het overhaaste vertrek uit Algerije en de moeizame zoektocht naar een woning in Marseille. Het was een smerig wooncomplex aan de noordoostkant van de stad. Ze had nog nooit eerder voet op Franse bodem gezet. En haar dochter had haar in de steek gelaten, ze was niet naar de begrafenis van haar vader gekomen. Er moest een vergissing in het spel zijn. Ergens moest er een vergissing zijn begaan.

Ze kwam weer op de been en leefde nog vijf jaar. Ze kocht meubels, zette een bed voor Bruno in de eetkamer, schreef hem in op de lagere school van de wijk. Elke middag kwam ze hem ophalen. Hij schaamde zich wanneer hij dat oude, gebroken, uitgemergelde vrouwtje zag dat hem bij de hand nam. De anderen hadden vaders en moeders, er waren nog maar weinig kinderen met gescheiden ouders.

’s Nachts liet ze eindeloos de stadia van haar zo slecht aflopende leven voor haar geestesoog passeren. Het plafond van het flatje was laag, ’s zomers was de hitte verstikkend. Ze kon doorgaans pas vlak voor het licht werd in slaap komen. Overdag liep ze op oude sloffen door het flatje rond, hardop pratend zonder het te merken – soms herhaalde ze dezelfde zinnen vijftig keer achtereen. Het geval van haar dochter bleef in haar hoofd rondspoken. ‘Ze is niet naar de begrafenis van haar vader gekomen...’ Ze liep van de ene kamer naar de andere, soms met een dweil of een steelpan in haar handen, waarvan ze was vergeten waar ze toe dienden. ‘Begrafenis van haar vader... Begrafenis van haar vader...’ Haar sloffen gleden schurend over de tegelvloer. In zijn bed kromp Bruno angstig ineen; hij besefte dat het allemaal slecht zou gaan aflopen. Soms begon ze er ’s ochtends vroeg al mee, in haar kamerjas en met haar krulspelden in. ‘Algerije is Frankrijk...’ Dan nam het geschuur een aanvang. Ze liep op en neer tussen de twee kamers, met haar ogen op een onzichtbaar punt gericht. ‘Frankrijk... Frankrijk...’ herhaalde ze met geleidelijk aan steeds zwakker wordende stem.

Ze was altijd een goede kokkin geweest, en dat was haar laatste vreugde. Ze maakte overdadige maaltijden voor Bruno klaar, alsof ze voor een gezelschap van tien personen moest zorgen. Paprika's in olijfolie, ansjovis, aardappelsalade: er gingen soms vijf voorgerechten vooraf aan het hoofdgerecht – gevulde courgettes, konijn met olijven, soms couscous. Het enige wat ze niet goed kon klaarmaken, was gebak. Maar op de dagen dat ze haar pensioen kreeg, nam ze doosjes noga, *crème de marrons* en geglaceerde amandelgebakjes mee naar huis. Beetje bij beetje werd Bruno een dik en angstig kind. Zelf at ze bijna niets. Zondagsochtends stond ze iets later op; hij kroop bij haar in bed en vlijde zich tegen haar uitgemergelde lichaam aan. Soms stelde hij zich voor hoe hij gewapend met een mes 's nachts opstond om haar recht in haar hart te steken. Dan zag hij zichzelf gebroken en in tranen voor haar lijk staan. Hij stelde zich voor dat hijzelf kort daarna zou sterven.

Eind 1966 ontving ze een brief van haar dochter, die haar adres had gekregen van Bruno's vader – ze schreven elkaar elk jaar met kerst. Janine toonde geen bijzonder berouw over het verleden, dat als volgt ter sprake werd gebracht: 'Ik heb gehoord dat papa dood is en dat jij bent verhuisd.' Ze kondigde verder aan dat ze uit Californië zou vertrekken om weer in Zuid-Frankrijk te gaan wonen; een adres gaf ze niet.

Op een ochtend in maart 1967, toen ze courgettebeignets probeerde te maken, gooide de oude vrouw een pan met kokende olie om. Ze had nog net de kracht om de gang van de flat op te gaan, de buren werden opgeschrikt door haar gekrijs. 's Middags zag Bruno mevrouw Haouzi, de bovenbuurvrouw; ze nam hem rechtstreeks mee naar het ziekenhuis. Hij mocht zijn grootmoeder een paar minuten zien. Haar wonden werden door de lakens aan het zicht onttrokken. Ze had veel morfine gekregen. Toch herkende ze Bruno, en ze nam zijn handen tussen de hare; toen werd het kind weggevoerd. 's Nachts begaf haar hart het.

Voor de tweede keer werd Bruno met de dood geconfronteerd; voor de tweede keer ontging de betekenis van de gebeurtenis hem vrijwel geheel. Jaren later, als hij een proefwerk Frans of een goed gelukt geschiedenisopstel terugkreeg, nam hij zich nog steeds voor er met zijn grootmoeder over te praten. Meteen daarna bedacht hij natuurlijk dat ze dood was, maar dat was niet meer dan een gedachte tussendoor, die hun dialoog niet werkelijk onderbrak. Toen hij zijn volledige lesbevoegdheid als taaldocent behaalde, besprak hij zijn cijfers uitvoerig met haar. Toch geloofde hij er in die tijd nog maar bij tussenpozen in. Voor de gelegenheid had hij twee blikjes *crème de marrons* gekocht. Het was hun laatste grote gesprek. Nadat hij zijn studie had voltooid en op zijn eerste leraarspost was benoemd, merkte hij dat hij was veranderd, dat hij er niet echt meer in slaagde met haar in contact te komen; het beeld van zijn grootmoeder verdween langzaam achter de muur.

De dag na de begrafenis vond er een merkwaardig schouwspel plaats. Zijn vader en zijn moeder, die hij allebei voor het eerst zag, bespraken wat ze met hem gingen doen. Ze bevonden zich in het hoofdvertrek van het flatje in Marseille; Bruno zat op zijn bed naar hen te luisteren. Het is altijd vreemd anderen over jezelf te horen praten, vooral wanneer ze zich niet van jouw aanwezigheid bewust lijken te zijn. Het kan gebeuren dat je je daar zelf ook niet meer bewust van bent, dat is niet onaangenaam. Kortom, hij had niet direct het gevoel dat het over hém ging. Toch zou dat gesprek een doorslaggevende rol in zijn leven spelen, en later zou hij er talloze malen aan terugdenken, zonder overigens ooit in staat te zijn er een echte emotie bij te voelen. Het lukte hem niet een direct contact, een lijfelijk contact tot stand te brengen tussen hemzelf en de twee volwassenen, die hem die dag daar in de eetkamer vooral troffen door hun grote lengte en hun jeugdige uiterlijk. Bruno zou in september in de eerste klas van de middelbare school komen, ze besloten dat er een internaat zou worden gezocht en dat hij in de weekends naar zijn vader in Parijs zou gaan. Zijn moeder zou proberen hem af en toe mee op vakantie te nemen. Bruno had geen bezwaren; die twee mensen leken hem niet direct vijandig gezind. Hoe dan ook, het ware leven was het leven met zijn grootmoeder.

8

Het omegadier

Bruno leunt tegen de wasbak. Hij heeft zijn pyjamajas uitgetrokken. De plooien van zijn kleine witte buik drukken tegen het aardewerk van de wasbak. Hij is elf jaar oud. Hij wil zijn tanden poetsen, zoals elke avond; hij hoopt dat hij het zonder problemen kan doen. Maar Wilmart komt dichterbij, in eerste instantie alleen, en duwt Bruno tegen zijn schouder. Hij begint achteruit te deinzen, bevend van angst – hij weet ongeveer wat er gaat volgen. 'Laat me met rust...' zegt hij zwakjes.

Pelé komt op zijn beurt dichterbij. Hij is klein, fors gebouwd, enorm sterk. Hij deelt een harde klap uit aan Bruno, die begint te huilen. Dan duwen ze hem op de grond, pakken hem bij zijn voeten vast en sleuren hem over de vloer. Bij de toiletten trekken ze zijn pyjamabroek uit. Zijn geslacht is klein, kinderlijk nog, zonder haren. Met zijn tweeën houden ze hem aan zijn haar vast, ze dwingen hem zijn mond open te doen. Pelé haalt een pleeborstel over zijn gezicht. Hij proeft de smaak van stront. Hij brult het uit.

Brasseur voegt zich bij de anderen. Hij is veertien en daarmee de oudste in de eerste klas. Hij haalt zijn pik te voorschijn, die Bruno dik, reusachtig voorkomt. Hij gaat rechtop staan en pist in zijn gezicht. De vorige dag heeft hij Bruno gedwongen hem af te zuigen, daarna om zijn gat te likken; maar die avond heeft hij daar geen zin in. 'Clément, je snikkel is kaal,' zegt hij spottend. 'De haartjes hebben hulp nodig...' Op een teken smeren de anderen scheerschuim op zijn geslacht. Brasseur klapt een scheermes open, brengt de snee dichterbij. Bruno schijt van angst.

In een nacht in maart 1968 had een surveillant hem naakt aangetroffen, overdekt met stront, ineengedoken in het schijthuis achter op het schoolplein. Hij had hem een pyjama aangetrokken en hem meegenomen naar Cohen, de hoofdsurveillant. Bruno was bang dat ze hem zouden dwingen te praten; hij was als de dood dat hij de naam van Brasseur zou moeten uitspreken. Maar hoewel Cohen midden in de nacht uit zijn slaap was gehaald, had hij hem vriendelijk ontvangen. In tegenstelling tot de surveillanten die hij onder zich had staan, sprak hij de leerlingen aan met u. Het was zijn derde internaat, en het was niet het moeilijkste. Hij wist dat slachtoffers bijna altijd weigeren hun beulen te verraden. Het enige wat hij kon doen was de surveillant bestraffen die verantwoordelijk was voor de slaapzaal van de eersteklassers. De meesten van die kinderen werden door hun ouders aan hun lot overgelaten, de surveillant vertegenwoordigde voor hen de enige autoriteit. Hij had ze beter in de gaten moeten houden, moeten ingrijpen voor het uit de hand liep – maar dat was niet mogelijk, er waren maar vijf surveillanten voor tweehonderd leerlingen. Nadat Bruno was weggegaan zette hij een kop koffie en bladerde door de fiches van de eersteklassers. Hij verdacht Pelé en Brasseur maar had geen enkel bewijs. Als hij ze te pakken kon krijgen, zou hij niet aarzelen tot het uiterste te gaan en ze van school te sturen; er waren maar een paar gewelddadige, meedogenloze elementen nodig om de anderen tot wreedheid aan te zetten. De meeste jongens willen niets liever dan de allerzwaksten vernederen en pijnigen, vooral wanneer ze in een groep zijn. Met name aan het begin van de puberteit neemt hun barbaarsheid ongelofelijke proporties aan. Hij koesterde geen enkele illusie omtrent het gedrag van de mens wanneer die niet meer aan het controlerende gezag van de wet onderworpen is. Sinds zijn komst naar het internaat van Meaux was hij erin geslaagd zich gevreesd te maken. Zonder het uiterste bolwerk van wettigheid dat hij vertegenwoordigde, zo wist hij, zou de mishandeling van jongens als Bruno alle perken te buiten zijn gegaan.

Tot zijn eigen opluchting bleef Bruno zitten in de eerste klas. Pelé, Brasseur en Wilmart gingen over naar de tweede en zouden in een andere slaapzaal komen. Helaas werd er besloten, op grond van ministeriële richtlijnen die na de gebeurtenissen van '68 waren opgesteld, het aantal kostschoolsurveillanten te reduceren teneinde een stelsel van zelfdiscipline op te zetten; de maatregel was in de geest van de tijd, en had als bijkomend voordeel dat de salariskosten erdoor werden gereduceerd. Het werd gemakkelijker van de ene slaapzaal naar de andere te gaan. De tweedeklassers maakten er een gewoonte van minstens eenmaal per week een razzia te houden bij de allerkleinsten. Ze kwamen in hun eigen slaapzaal terug met één, soms twee slachtoffers, en de voorstelling begon. Tegen eind december wierp Jean-Michel Kempf, een magere, angstige jongen die aan het begin van het jaar was aangekomen, zich uit het raam om aan zijn beulen te ontkomen. Zijn val had dodelijk kunnen zijn, hij had geluk dat hij er met meerdere breuken van afkwam. Zijn enkel was zwaar beschadigd, men had grote moeite om de botsplinters te verwijderen; het bleek dat hij voorgoed invalide zou blijven. Cohen organiseerde een algemeen verhoor, dat zijn vermoedens versterkte; hoewel Pelé alles ontkende, stuurde hij hem voor drie dagen van school. Vrijwel alle dierlijke samenlevingen functioneren op basis van een stelsel van dominantie dat samenhangt met de relatieve kracht van de leden. Dat stelsel wordt gekenmerkt door een strikte hiërarchie: het sterkste mannetje van de groep wordt het *alfadier* genoemd; dat wordt gevolgd door het op één na sterkste, het *bètadier*, en dat gaat zo door tot aan het laagst geplaatste dier in de hiërarchie, dat *omegadier* wordt genoemd. De posities in de hiërarchie worden over het algemeen bepaald door gevechtsrituelen. De dieren met een lage rang proberen hun status te verbeteren door de dieren met een hogere rang uit te dagen, omdat ze weten dat ze bij een overwinning hun positie zullen verbeteren. Een hoge rang gaat gepaard met bepaalde voorrechten: als eerste mogen eten, copuleren met de vrouwtjes van de groep. Het zwakste dier kan een gevecht over het algemeen echter vermijden door een houding van *onderworpenheid* aan te nemen (gaan liggen, de anus laten zien). Bruno bevond zich in een minder gunstige situatie. Meedogenloosheid en heerszucht, eigenschappen die in dierlijke samenlevingen algemeen voorkomen, gaan al bij de chimpansee (*Pan troglodytes*) gepaard met ongemotiveerde wreedheden tegenover het zwakste dier. Die tendens bereikt zijn hoogtepunt bij primitieve menselijke samenlevingen, en in ontwikkelde samenlevingen bij kinderen en jonge adolescenten. Later verschijnt het *mededogen*, oftewel de identificatie met het leed van de ander; dat mededogen wordt algauw als *morele wet* tot stelsel verheven. Op het internaat van het lyceum van Meaux vertegenwoordigde Jean Cohen de morele wet, en hij peinsde er niet over daarvan af te wijken. Volgens hem hadden de nazi's zich het gedachtegoed van Nietzsche absoluut niet onrechtmatig toegeëigend: aangezien het elke vorm van mededogen ontkende, zich aan de morele wet onttrok en ruim baan gaf aan de begeerte en zijn heerschappij, leidde Nietzsches denken volgens hem vanzelf tot nazisme. Zijn anciënniteit en zijn opleidingsniveau in aanmerking genomen had hij tot rector benoemd kunnen worden; geheel uit vrije wil bleef hij op zijn post van hoofdsurveillant. Hij richtte verschillende nota's aan de onderwijsinspectie om zich te beklagen over de vermindering van het aantal kostschoolsurveillanten – die nota's vonden een dovemansoor. In een dierentuin gedraagt een mannetjeskangoeroe (*Macropodidae*) zich vaak alsof de verticale houding van zijn bewaker een uitdaging tot een gevecht is. De bewaker kan de agressie van de kangoeroe beteugelen door een gebogen houding aan te nemen, die kenmerkend is voor vreedzame kangoeroes. Jean Cohen had absoluut geen zin in een vreedzame kangoeroe te veranderen.

De boosaardigheid van Michel Brasseur, een normaal evolutiestadium van een egoïsme dat al aanwezig is bij minder ontwikkelde dieren, had een van zijn medescholieren voorgoed in een invalide veranderd. Bij jongens als Bruno richtte zij waarschijnlijk onherstelbare psychische schade aan. Toen hij Brasseur naar zijn kantoor riep om hem te ondervragen, peinsde hij er niet over zijn minachting voor hem verborgen te houden, net zomin als zijn bedoeling te zorgen dat hij van school werd gestuurd.

Elke zondagavond als zijn vader hem terugbracht in zijn Mercedes, begon Bruno te beven wanneer ze in de buurt van Nanteuil-les-Meaux kwamen. De ontvangkamer van de school was versierd met bas-reliëfs die de beroemde oud-leerlingen voorstelden: Courteline en Moissan. Georges Courteline, Frans schrijver, heeft verhalen geschreven die vol ironie de absurditeit van het burgerlijke bestuursleven beschrijven. Henri Moissan, Frans scheikundige (Nobelprijs 1906) heeft het gebruik van de elektrische oven in het laboratorium bevorderd en silicium en fluor geïsoleerd. Zijn vader kwam altijd net op tijd aan voor de maaltijd van zeven uur. Over het algemeen was Bruno alleen 's middags in staat te eten, wanneer de maaltijd samen met de overblijvers werd gebruikt. 's Avonds waren er alleen de inwonende leerlingen. Ze zaten in groepen van acht aan tafel, de beste plaatsen werden door de grootsten ingenomen. Die bedienden zich rijkelijk en spogen dan in de schaal om te verhinderen dat de kleineren aan de rest zouden komen.

Elke zondag aarzelde Bruno of hij met zijn vader moest praten, maar uiteindelijk concludeerde hij steeds dat het onmogelijk was. Zijn vader dacht dat het goed was als een jongen zich leerde verdedigen; en inderdaad gaven sommigen – die niet ouder waren dan hij – weerwoord, vochten tot het uiterste door en slaagden er ten slotte in respect af te dwingen. Op zijn tweeenveertigste was Serge Clément een *gearriveerd* man. Terwijl zijn ouders een kruidenierswinkeltje in Le Petit-Clamart dreven, bezat hij nu drie in plastische chirurgie gespecialiseerde klinieken: een in Neuilly, een andere in Le Vésinet en de derde in Zwitserland, in de buurt van Lausanne. Toen zijn ex-vrouw in Californië was gaan wonen, had hij bovendien het beheer van de kliniek in Cannes weer op zich genomen; de helft van de winst maakte hij aan haar over. Al heel lang deed hij zelf geen operaties meer, maar hij was, zoals dat heet, een *goede manager.* Hij wist niet precies hoe hij zich tegenover zijn zoon moest opstellen. Hij had het goede met hem voor, mits hem dat niet te veel tijd zou kosten. Hij voelde zich een beetje schuldig. In de weekends dat Bruno kwam, liet hij zijn maîtresses gewoonlijk thuisblijven. Bij de traiteur kocht hij kant-en-klare maaltijden, ze aten met zijn tweeën; daarna keken ze televisie. Spelletjes kende hij niet. Soms stond Bruno 's nachts op en liep naar de koelkast. Hij deed cornflakes in een kom, goot er melk en room overheen en bedekte het geheel met een dikke laag suiker. Dan at hij. Hij at verschillende kommen, tot het zijn strot uit kwam. Zijn buik was zwaar. Hij voelde genot.

9

Op het vlak van de veranderende zeden werd het jaar 1970 gekenmerkt door een snelle groei van de erotische consumptie, ondanks de bemoeienissen van de nog altijd waakzame censuur. De musical *Hair*, bedoeld om de 'seksuele bevrijding' van de jaren zestig voor het grote publiek toegankelijk te maken, kende een enorm succes. De blote borsten verspreidden zich snel over de zuidelijke stranden. In een paar maanden tijd groeide het aantal sexshops in Parijs van drie naar vijfenveertig.

In september ging Michel over naar de derde klas en begon Duits te leren als tweede moderne taal. Daar, tijdens de Duitse les, leerde hij Annabelle kennen.

In die tijd had Michel gematigde opvattingen over het geluk. Eigenlijk had hij er nooit echt goed over nagedacht. De weinige opvattingen die hij had, had hij van zijn grootmoeder, die ze rechtstreeks aan haar kinderen had doorgegeven. Zijn grootmoeder was katholiek en stemde op De Gaulle. Haar twee dochters waren met communisten getrouwd – dat veranderde er weinig aan. Welnu, dit zijn de opvattingen van die generatie, die in haar kindertijd de ontberingen van de oorlog had gekend en twintig jaar was ten tijde van de bevrijding; dit is de wereld die zij aan hun kinderen willen nalaten. De vrouw blijft thuis en doet het huishouden (maar ze wordt daarbij geholpen door elektrische apparaten, ze heeft veel tijd over om aan haar gezin te besteden). De man werkt buitenshuis (maar door de robotisering werkt hij minder lang en is zijn werk minder zwaar). De echtparen zijn trouw en gelukkig. Ze leven in aangename huizen buiten de steden (de *buitenwijken*). In hun vrije tijd wijden ze zich helemaal aan handwerk, tuinieren, de schone kunsten – als ze al niet liever op reis gaan en de leefwijzen en culturen van andere streken, andere landen ontdekken.

Jacob Wilkening was geboren in Leeuwarden, in Friesland. Hij was naar Frankrijk gekomen toen hij vier was, en was zich nog maar vaag bewust van zijn Nederlandse afkomst. In 1946 was hij met de zus van een van zijn beste vrienden getrouwd. Ze was zeventien jaar oud en had geen andere man gekend. Na enige tijd in een microscopenfabriek te hebben gewerkt, had hij een bedrijf voor precisieoptiek opgezet, dat vooral als toeleverancier voor Angénieux en Pathé werkte. De Japanse concurrentie bestond toentertijd nog niet. Frankrijk produceerde voortreffelijke objectieven, waarvan sommige zich konden meten met die van Schneider en Zeiss; zijn bedrijf liep goed. Het echtpaar kreeg twee zoons, in '48 en '51; daarna, een hele tijd later, in 1958, Annabelle.

Annabelle was geboren in een gelukkig gezin (in vijfentwintig jaar huwelijk hadden haar ouders nog nooit één ernstige ruzie gehad), en ze wist dat haar hetzelfde lot ten deel zou vallen. In de zomer voor haar ontmoeting met Michel begon ze erover na te denken; ze was bijna dertien. Ergens op de wereld liep een jongen rond die ze niet kende, die haar ook niet kende, maar met wie ze haar leven zou doorbrengen. Ze zou proberen hem gelukkig te maken, en hij zou ook proberen háár gelukkig te maken. Maar ze wist niet hoe hij eruit zou zien – het was heel verwarrend. In een brief aan *De krant van Mickey* gaf een lezeres van haar leeftijd blijk van dezelfde verwarring. Het geruststellend bedoelde antwoord eindigde met deze woorden: 'Maak je niet druk, kleine Coralie. Je zult hem vanzelf herkennen.'

Ze begonnen gezamenlijk hun huiswerk voor Duits te maken. Michel woonde aan de overkant van de straat, op minder dan vijftig meter afstand. Steeds vaker brachten ze hun donderdagen en zondagen samen door; hij kwam altijd direct na het middageten. 'Annabelle, je verloofde...' kondigde haar broer aan na een blik in de tuin te hebben geworpen. Ze bloosde. Maar haar ouders vermeden elke spot aan haar adres. Ze besefte dat ze Michel graag mochten.

Het was een vreemde jongen. Hij wist niets van voetbal, en ook niets van popzangers. Hij was niet impopulair in zijn klas, had contact met verschillende mensen; maar dat contact bleef beperkt. Vóór Annabelle was geen enkele klasgenoot ooit bij hem thuis geweest. Hij was gewend in zijn eentje na te denken en te mijmeren; beetje bij beetje raakte hij gewend aan de aanwezigheid van een vriendin. Vaak gingen ze fietsen, reden de helling van Voulangis op. Vervolgens wandelden ze door de velden en de bossen naar een heuveltop vanwaar je kon uitkijken over de vallei van de Grand Morin. Ze liepen door het lange gras, leerden elkaar kennen.

10

Het is allemaal de schuld van Caroline Yessayan

Vanaf datzelfde schooljaar 1970 was er een lichte verbetering in Bruno's situatie op het internaat. Hij ging over naar de derde klas, begon bij de groten te horen. De leerlingen van de derde tot en met de hoogste klas sliepen in de zalen van de andere vleugel, met afgeschoten slaapruimtes van elk vier bedden. Voor de gewelddadigste jongens was hij al helemaal bedwongen, vernederd; geleidelijk aan begonnen ze zich op andere slachtoffers te richten. In hetzelfde jaar begon Bruno zich voor meisjes te interesseren. Af en toe, heel zelden, waren er gezamenlijke uitstapjes van de twee internaten. Op de donderdagmiddagen dat het mooi weer was gingen ze naar een soort van strand dat langs de oevers van de Marne was aangelegd in de buitenwijken van Meaux. Er was een café vol voetbaltafels en flipperkasten – waarvan de voornaamste attractie evenwel werd gevormd door een python in een glazen bak. De jongens vonden het leuk de slang te provoceren, ze klopten tegen zijn lichaam. De trillingen maakten hem razend van woede, hij wierp zich uit alle macht tegen de wanden, totdat hij afgemat neerviel. Op een middag in oktober sprak Bruno met Patricia Hohweiller, een weesmeisje dat het internaat alleen in de vakanties verliet om naar een oom in de Elzas te gaan. Ze was blond en slank, praatte heel snel, haar veranderlijke gezicht stolde soms in een merkwaardige glimlach. De week daarop kreeg hij een hevige schok te verwerken toen hij haar op de knieën van Brasseur zag zitten, met haar benen wijd; hij hield haar bij haar middel en kuste haar vol op haar mond. Toch trok Bruno er geen algemene conclusie uit. Dat de bruten die hem jarenlang hadden geterroriseerd succes hadden bij de meisjes, kwam eenvoudigweg doordat ze de enigen waren die ze durfden te versieren. Hij merkte overigens dat Pelé, Wilmart en zelfs Brasseur ervan afzagen de kleintjes te slaan of te vernederen zodra er een meisje in de buurt was.

Vanaf de derde klas konden de leerlingen lid worden van de filmclub. De bijeenkomsten vonden donderdagsavonds plaats in de aula van het jongensinternaat; het waren gemengde bijeenkomsten. Op een dag in december ging Bruno naast Caroline Yessayan zitten voor de vertoning van *Nosferatu*. Tegen het einde van de film, na er meer dan een uur aan te hebben gedacht, legde hij heel zachtjes zijn linkerhand op de dij van zijn buurvrouw. Een paar heerlijke seconden lang (vijf? zeven? zeker niet meer dan tien) gebeurde er niets. Ze bewoog niet. Een enorme hitte maakte zich van Bruno meester, hij viel bijna flauw. Toen, zonder een woord te zeggen, duwde ze heel rustig zijn hand weg. Een hele tijd later, heel vaak zelfs, wanneer hij zich liet afzuigen door een of ander hoertje, zou Bruno terugdenken aan die paar seconden van onmetelijk geluk. Hij zou ook terugdenken aan het moment dat Caroline Yessayan zachtjes zijn hand had weggeduwd. Die kleine jongen had iets heel zuivers en heel liefs gehad, iets wat nog vrij was van elke vorm van seksualiteit en erotische consumptie. Er was een eenvoudig verlangen geweest een liefhebbend lichaam aan te raken, in liefhebbende armen te worden gesloten. Tederheid is er eerder dan verleiding, daarom is het zo moeilijk te wanhopen.

Waarom had Bruno die avond de dij van Caroline Yessayan aangeraakt en niet haar arm (wat ze waarschijnlijk zou hebben geaccepteerd, en wat misschien het begin van een mooi avontuur tussen hen zou zijn geweest; want ze had hem vlak daarvoor in de wachtrij heel bewust aangesproken, om hem de tijd te geven om naast haar te gaan zitten, en heel bewust had ze haar arm neergelegd op de leuning tussen hun stoelen; inderdaad had ze Bruno al een hele tijd in het oog, ze voelde zich tot hem aangetrokken, en ze hoopte hartgrondig dat hij die avond haar hand zou vastpakken)? Waarschijnlijk omdat de dij van Caroline Yessayan bloot was, en omdat hij zich in zijn argeloosheid niet kon voorstellen dat ze daar geen bedoelingen mee had. Naarmate Bruno ouder werd en vol walging terugzonk in de gevoelens van zijn kindertijd, tekende de kern van zijn lotsbestemming zich steeds duidelijker af, alles kwam in het licht van een onherroepelijke, kille zekerheid te staan. Die decemberavond in 1970 lag het hoogstwaarschijnlijk in de macht van Caroline Yessayan de vernederingen en het verdriet van zijn vroege kindertijd uit te wissen; na die eerste tegenslag (want nadat ze zachtjes zijn hand had weggeduwd, durfde hij haar nooit meer aan te spreken) werd alles veel moeilijker. Toch viel Caroline Yessayan, in haar menselijke algemeenheid, niets te verwijten. Integendeel: Caroline Yessayan, een kleine Armeense met een vriendelijke lammetjesblik en lange zwarte krullen, die door uiterst ingewikkelde familieomstandigheden in de sinistere gebouwen van het meisjesinternaat van het lyceum van Meaux terecht was gekomen, die Caroline Yessayan vormde in haar eentje een reden om vertrouwen in de mensheid te hebben. Dat het allemaal op een schrijnende leegte was uitgelopen, kwam door een miniem en bijna grotesk detail. Dertig jaar later was Bruno daarvan overtuigd: als je aan de anekdotische elementen van de situatie het gewicht hechtte dat ze werkelijk hadden gehad, kon je die situatie als volgt samenvatten: het was allemaal de schuld van de minirok van Caroline Yessayan.

Door zijn hand op de dij van Caroline Yessayan te leggen vroeg Bruno haar in feite praktisch ten huwelijk. Het begin van zijn puberteit viel in een overgangsperiode. Afgezien van een paar voorlopers – waarvan zijn ouders overigens een pijnlijk voorbeeld vormden – had de vorige generatie een uitzonderlijk sterke band tussen huwelijk, seksualiteit en liefde gelegd. De geleidelijke uitbreiding van het salarisstelsel en de snelle economische ontwikkeling van de jaren vijftig zouden inderdaad – behalve in de steeds beperktere bevolkingsklassen waarin het begrip erfgoed van groot belang bleef – leiden tot de ondergang van het *verstandshuwelijk*. De katholieke Kerk, die altijd terughoudend was geweest ten aanzien van seksualiteit buiten het huwelijk, reageerde enthousiast op die ontwikkeling in de richting van het *huwelijk uit liefde*, dat beter overeenkwam met zijn eigen leer ('Man en vrouw schiep Hij hen') en geschikter was als eerste stap naar de beschaving van vrede, trouw en liefde die zijn natuurlijke doel vormde. De communistische partij, de enige spirituele macht die in die jaren met de katholieke Kerk kon worden vergeleken, streed voor vrijwel identieke doelstellingen. De jongelui uit de jaren vijftig wachtten dus allemaal vol ongeduld tot ze *verliefd* zouden worden, temeer omdat de straal waarbinnen de keuze van de toekomstige levenspartner moest plaatsvinden vrijwel onbeperkt was door de ontvolking van het platteland en de daarmee gepaard gaande verdwijning van de dorpsgemeenschappen, waardoor die keuze tegelijkertijd een buitengewoon groot gewicht kreeg (in september 1955 werd in Sarcelles de politiek van de zogenaamde *grands ensembles* – nieuwbouwwijken – gelanceerd, een overduidelijke visuele vertaling van een sociale werkelijkheid die is teruggebracht tot het kader van de gezinskern). Zonder de waarheid geweld aan te doen kan men de jaren vijftig en het begin van de jaren zestig dus karakteriseren als een ware *bloeitijd van het verliefde gevoel* – waarvan de chansons van Jean Ferrat en Françoise Hardy in haar beginperiode ons nog altijd het beeld voor ogen kunnen roepen.

In dezelfde tijd verspreidde de libidineuze massaconsumptie van Noord-Amerikaanse oorsprong (liedjes van Elvis Presley, films van Marilyn Monroe) zich over West-Europa. Tegelijk met de koelkasten en wasmachines die de materiële begeleiding van het echtelijk geluk vormden, maakten ook de transistor en de pick-up furore, die het gedragsmodel van de *tienerflirt* naar voren zouden brengen. Het ideologische conflict, dat gedurende de jaren zestig nog verborgen bleef, kwam begin jaren zeventig tot uitbarsting in de meisjesbladen *Mademoiselle Âge tendre* en *20 Ans*, waar het uitkristalliseerde rond de destijds centrale vraag: 'Tot waar mag je gaan vóór het huwelijk?' In diezelfde jaren kreeg het hedonistisch-libidineuze alternatief van Noord-Amerikaanse oorsprong een krachtige steun van libertair getinte persorganen (het eerste nummer van *Actuel* verscheen in oktober 1970, dat van *Charlie hebdo* in november). In principe plaatsten die zich weliswaar op een politiek standpunt dat het kapitalisme bestreed, maar over de hoofdzaak waren ze het met de amusementsindustrie eens: vernietiging van de joods-christelijke morele waarden, verheerlijking van de jeugd en de individuele vrijheid. Heen en weer geslingerd tussen tegenstrijdige eisen stelden de meisjesbladen noodgedwongen een compromis voor, dat kan worden samengevat in het volgende levensverhaal. In een eerste periode (laten we zeggen tussen de twaalf en de achttien jaar) had het meisje omgang met veel jongens. (De semantische ambiguïteit van de term *omgang* weerspiegelde overigens een reële gedragsmatige ambiguïteit: wat hield *omgang hebben* met een jongen precies in? Ging het erom elkaar op de mond te kussen, of ging het om de intiemere genietingen van de *petting* en de *deep petting*, of om seksuele relaties in strikte zin? Moest je een jongen toestaan je borsten aan te raken? Moest je je slipje uitdoen? En wat moest je doen met zíjn organen?) Voor Patricia Hohweiller of Caroline Yessayan was het allemaal verre van eenvoudig; hun favoriete tijdschriften gaven vage, tegenstrijdige antwoorden. In een tweede periode (om precies te zijn kort na het halen van haar eindexamen) voelde hetzelfde meisje de behoefte aan een *serieuze relatie* opkomen (die later in Duitse tijdschriften werd gekenschetst met de term 'big love'), en de relevante vraag was dan: 'Moet ik met Jérémie gaan samenwonen?' Die tweede periode was in principe definitief. De extreme broosheid van het compromis dat de meisjesbladen zo voorstelden – het kwam er in feite op neer dat er twee radicaal tegengestelde gedragsmodellen naast elkaar werden geplaatst, die willekeurig op twee achtereenvolgende levenssegmenten werden vastgepind – zou pas een paar jaar later duidelijk worden, toen men zich bewust werd van het toenemende aantal echtscheidingen. Voor meisjes die toch al vrij naïef waren, en geïmponeerd door de snelheid van de veranderingen die zich om hen heen voltrokken, was dit onwaarschijnlijke schema niettemin een aantal jaren lang een geloofwaardig levensmodel, waarnaar ze zich naar hun beste vermogen probeerden te richten.

Voor Annabelle lagen de zaken anders. Zij dacht aan Michel voor ze in slaap viel, ze verheugde zich erop hem weer terug te zien als ze wakker werd. Wanneer ze tijdens de les iets grappigs of interessants meemaakte, dacht ze meteen aan het moment dat ze het hem zou vertellen. Op dagen dat ze elkaar om een of andere reden niet hadden kunnen zien, voelde ze zich onrustig en bedroefd. In de zomervakantie (haar ouders hadden een huis in de Gironde) schreef ze hem elke dag. Al wilde ze dat voor zichzelf niet eerlijk toegeven, al hadden haar brieven niets vurigs en leken ze eerder gericht aan een broer van haar eigen leeftijd, en al riep het gevoel waarmee haar leven omgeven was eerder een zachte, aangename glans dan een verscheurende hartstocht op, toch luidde de waarheid, die langzaam tot haar door begon te dringen, als volgt: meteen bij de eerste keer, zonder dat ze ernaar had gezocht, zonder er zelfs ook werkelijk naar te hebben verlangd, bevond ze zich tegenover haar *grote liefde*. De eerste was de juiste, er zou geen ander zijn, en ze zou zelfs geen reden hebben om zich die vraag te stellen. Volgens *Mademoiselle Âge tendre* was dat mogelijk: je moest je geen illusies maken, het gebeurde bijna nooit; maar in sommige, heel zeldzame, bijna miraculeuze gevallen – die nochtans onbetwistbaar waren geconstateerd – kon het toch voorkomen. En het was het gelukkigste wat je op aarde kon overkomen.

II

Uit die tijd had Michel een foto bewaard, die in de paasvakantie van 1971 was genomen in de tuin van Annabelles ouders. Haar vader had chocolade-eieren verstopt in de struiken en de bloembedden. Op de foto stond Annabelle midden in een groep forsythia's; ze duwde de takken weg, ging helemaal op in haar zoektocht, vol kinderlijke ernst. Haar gezicht begon zich te verfijnen, je kon al voorspellen dat ze uitzonderlijk mooi zou worden. Haar boezem begon zich af te tekenen onder haar trui. Het was de laatste keer dat er chocolade-eieren waren met Pasen; het jaar daarop waren ze al te oud voor dergelijke spelletjes.

Vanaf het dertiende jaar, onder invloed van de progesteron- en oestradiolafscheiding in de eierstokken, worden er bij meisjes vetkussentjes afgezet ter hoogte van de borsten en de billen. Die organen krijgen in het beste geval een vol, harmonieus en rond aanzicht; het kijken daarnaar veroorzaakt bij de man een hevige begeerte. Net als haar moeder op dezelfde leeftijd had Annabelle een heel mooi lichaam. Maar het gezicht van haar moeder was aangenaam geweest, prettig en niet meer. De schoonheid van Annabelle, die door niets was aangekondigd, kwam als een pijnlijke schok, en haar moeder begon bang te worden. Het leed geen twijfel dat Annabelle haar grote blauwe ogen en haar oogverblindende bos helblond haar van haar vader had, van de Nederlandse tak van de familie; maar alleen een ongelofelijk morfogenetisch toeval kon verantwoordelijk zijn voor de hartverscheurende zuiverheid van haar gezicht. Zonder schoonheid is een meisje ongelukkig, want daarmee zijn haar kansen in de liefde verkeken. Weliswaar wordt ze niet bespot of wreed behandeld, maar omdat ze doorzichtig is, vergezelt geen enkele blik haar schreden. Iedereen voelt zich ongemakkelijk in haar gezelschap en negeert haar liever. Omgekeerd heeft een uitzonderlijke schoonheid, een schoonheid die de gebruikelijke, verleidelijke frisheid van meisjes in de puberteit al te ver overtreft, een bovennatuurlijk effect, en zij lijkt onveranderlijk een tragisch levenslot aan te kondigen. Op haar vijftiende was Annabelle een van die uiterst zeldzame meisjes naar wie alle mannen omkijken, zonder onderscheid van leeftijd of positie; een van die meisjes die maar langs hoeven te komen door de winkelstraat van een stad van gemiddelde omvang om het hart van de jongelui en de volwassen mannen sneller te doen kloppen en de grijsaards verzuchtingen van spijt te ontlokken. Ze werd zich algauw bewust van de stilte die haar verschijning telkens weer teweegbracht in een café of een klaslokaal, maar het zou jaren duren voordat ze de reden daarvan volledig begreep. Op de middenschool van Crécy-en-Brie werd algemeen aangenomen dat ze 'met Michel was', maar ook als dat niet zo was geweest, zou geen enkele jongen wat dan ook bij haar hebben durven ondernemen. Dat is een van de voornaamste nadelen van uitzonderlijke schoonheid bij meisjes: alleen ervaren, cynische, gewetenloze versierders voelen zich daar sterk genoeg voor. Juist het vuigste uitschot gaat doorgaans dus met de schat van hun maagdelijkheid strijken, en dat is voor hen het eerste stadium van een onomkeerbare neergang.

In september 1972 ging Michel naar de vijfde klas van het lyceum in Meaux. Annabelle ging over naar de vierde; ze zou nog één jaar op de middenschool blijven. Hij kwam met de trein terug van school en stapte in Esbly over op de autorail*. Over het algemeen kwam hij in Crécy aan met de trein van

18.33 uur; Annabelle kwam hem van het station afhalen. Samen liepen ze langs de grachten van het stadje. Soms – eigenlijk vrij zelden – gingen ze naar het café. Annabelle wist nu dat Michel vroeg of laat zin zou hebben haar te kussen, het lichaam te strelen dat zij voelde veranderen. Ze wachtte zonder ongeduld op dat moment, en was er ook niet al te bang voor; ze had er vertrouwen in.

De basiskenmerken van het seksuele gedrag mogen dan aangeboren zijn, dat neemt niet weg dat de geschiedenis van de eerste levensjaren een belangrijke rol speelt in de mechanismen die het in werking stellen, vooral bij vogels en zoogdieren. Vroeg lijfelijk contact lijkt van vitaal belang bij de hond, de kat, de rat, de cavia en het resusaapje (*Macaca mulatta*). Wanneer er tijdens de kindertijd geen contact met de moeder is, ontstaan er ernstige verstoringen van het seksuele gedrag bij de mannetjesrat, met name remming van het hofmakingsgedrag. Al zou zijn leven ervan hebben afgehangen (en voor een groot deel hing het er inderdaad van af), dan nog zou Michel niet in staat zijn geweest Annabelle te kussen. Vaak was ze 's avonds zo blij hem uit de autorail te zien stappen, met zijn schooltas in zijn hand, dat ze zich letterlijk in zijn armen wierp. Ze bleven dan een paar seconden verstrengeld staan in een staat van gelukzalige verlamming. Pas daarna begonnen ze te praten.

Ook Bruno zat in de vijfde van het lyceum van Meaux, in een andere klas. Hij wist dat zijn moeder een tweede zoon van een andere vader had gehad – meer wist hij niet. Hij zag zijn moeder maar zelden. Twee keer was hij in de vakantie naar de villa in Cassis gegaan waar ze woonde. Ze ontving veel jongelui op doortocht, die liftend rondtrokken. Die jongelui waren wat de populaire pers *hippies* noemde. Inderdaad werkten ze niet; tijdens hun verblijf werden ze onderhouden door Janine, die haar voornaam had veranderd en zich nu Jane noemde. Ze leefden dus van de inkomsten van de kliniek voor plastische chirurgie die haar ex-man had opgericht – en uiteindelijk dus van het verlangen van sommige welgestelde vrouwen te vechten tegen de aftakeling die de tijd met zich meebrengt, of bepaalde natuurlijke schoonheidsfoutjes te corrigeren. Ze gingen naakt zwemmen in de kreken. Bruno weigerde zijn zwembroek uit te doen. Hij voelde zich witjes, piepklein, weerzinwekkend, zwaarlijvig. Soms ontving zijn moeder een van de jongens in haar bed. Ze was al vijfenveertig, haar vulva was minder vol en een beetje slap geworden, maar ze zag er nog altijd prachtig uit. Bruno trok zich driemaal per dag af. De vulva's van de jonge vrouwen waren toegankelijk, ze bevonden zich soms op minder dan een meter afstand, maar Bruno begreep heel goed dat ze voor hem gesloten bleven: de andere jongens waren groter, bruiner en sterker. Jaren later zou Bruno beseffen dat het kleinburgerlijke wereldje, het wereldje van kantoorpersoneel en middenkader, toleranter, gastvrijer en opener was dan dat van de marginale jongeren, die in die tijd werden vertegenwoordigd door de *hippies*. 'Ik kan me verkleden als respectabele leidinggevende en door hen worden geaccepteerd,' placht Bruno te zeggen. 'Het enige wat ik daarvoor hoef te doen is een pak, een stropdas en een overhemd kopen – bij elkaar 800 franc in de uitverkoop bij C&A; in feite is het enige wat ik hoef te doen een das leren stroppen. Weliswaar is er dan nog het probleem van de auto – dat is in wezen de enige moeilijkheid in het leven van een middenkaderlid. Maar je kunt er een krijgen, je neemt een krediet, je werkt een paar jaar en dan heb je er een. Omgekeerd zou ik er niets aan hebben me als randfiguur te verkleden: ik ben niet jong genoeg, niet knap genoeg, niet *cool* genoeg. Ik word kaal, ik begin dik te worden. En hoe ouder ik word, des te angstiger en gevoeliger, en des temeer ik lijd onder tekenen van afwijzing en minachting. In één woord, ik ben niet natuurlijk genoeg, dat wil zeggen niet *dierlijk* genoeg – en dat is een onherstelbaar gebrek: wat ik ook zeg, wat ik ook doe, wat ik ook koop, ik zal er nooit in slagen die handicap te overwinnen, want hij is net zo ingrijpend als een *natuurlijke* handicap.' Meteen al bij zijn eerste verblijf bij zijn moeder besefte Bruno dat hij nooit zou worden geaccepteerd door de *hippies*;

hij was geen mooi dier en zou dat ook nooit zijn. 's Nachts droomde hij van geopende vulva's. Ongeveer in dezelfde periode begon hij Kafka te lezen. De eerste keer ging er een gevoel van kilte, van een zich langzaam verspreidende bevriezing door hem heen; een paar uur nadat hij *Het proces* uit had voelde hij zich nog altijd zwak en verdoofd. Hij wist meteen dat die vertraagde, door schaamte getekende wereld, waar de mensen elkaar kruisen in een siderale leegte zonder dat er tussen hen ooit ook maar het minste of geringste contact mogelijk lijkt, precies overeenkwam met zijn eigen innerlijke wereld. De wereld was traag en koud. Er was nochtans één warm ding, dat vrouwen tussen hun benen hadden. Maar tot dat ding had hij geen toegang.

Het werd steeds duidelijker dat het slecht ging met Bruno, dat hij geen vrienden had, dat hij doodsbang was voor meisjes, dat zijn puberteit in het algemeen een jammerlijke mislukking was. Zijn vader besefte dat ook en voelde zich door een toenemend schuldgevoel bevangen. Met Kerstmis 1972 stond hij erop dat zijn ex-vrouw over zou komen om erover te praten. In de loop van het gesprek bleek dat Bruno's halfbroer op hetzelfde lyceum zat, eveneens in de vijfde (hoewel in een andere klas), en dat ze elkaar nog nooit hadden ontmoet. Dat feit trof hem diep als symbool van een verwerpelijke gezinsontwrichting waarvoor zij beiden verantwoordelijk waren. Voor de eerste keer gaf hij blijk van autoriteit door te eisen dat Janine weer contact zou opnemen met haar tweede zoon, om te redden wat er nog te redden viel.

Janine maakte zich weinig illusies over de gevoelens die de grootmoeder van Michel ten opzichte van haar zou koesteren, maar het was zelfs nog een tikkeltje erger dan ze zich had voorgesteld. Op het moment dat ze haar Porsche voor het huisje in Crécy-en-Brie parkeerde kwam de oude vrouw naar buiten met haar boodschappentas in de hand. 'Ik kan u niet beletten hem te zien, het is uw zoon,' zei ze kortaf. 'Ik ga boodschappen doen, ik kom over twee uur terug. Ik wil dat u dan weg bent.' Vervolgens lichtte ze de hielen.

Michel was op zijn kamer. Ze duwde de deur open en ging naar binnen. Ze was van plan geweest hem te omhelzen, maar toen ze daartoe aanstalten maakte, deinsde hij ruim een meter achteruit. Nu hij groter werd, begon hij opvallend veel op zijn vader te lijken: dezelfde fijne blonde haren, hetzelfde scherpe gezicht met vooruitstekende jukbeenderen. Ze had als cadeau een platenspeler en een aantal lp's van de Rolling Stones meegenomen. Hij nam alles aan zonder een woord te zeggen (hij hield het apparaat, maar zou de platen een paar dagen later vernietigen). Zijn kamer was sober, er hing geen enkele poster aan de muur. Een wiskundeboek lag opengeslagen op de klep van de secretaire. 'Wat is dat?' vroeg ze. 'Differentiaalvergelijkingen,' antwoordde hij terughoudend. Ze was van plan geweest over haar leven te praten, hem mee op vakantie te vragen; dat was overduidelijk niet mogelijk. Ze beperkte zich ertoe hem te vertellen dat zijn broer binnenkort op bezoek zou komen; hij ging akkoord. Ze was er al bijna een uur, en de stiltes duurden eindeloos, toen de stem van Annabelle in de tuin weerklonk. Michel vloog naar het raam en riep dat ze moest binnenkomen. Janine wierp een blik op het meisje op het moment dat ze door de tuindeur kwam. 'Knap is ze, je vriendinnetje...' merkte ze met een lichte grimas op. Het woord trof Michel als een zweepslag, zijn gezicht vertrok. Toen Janine terugliep naar haar Porsche, kruiste ze Annabelle en keek haar in de ogen. In haar blik stond haat te lezen.

Jegens Bruno voelde Michels grootmoeder geen afkeer. Ook hij was het slachtoffer geweest van die ontaarde moeder, was haar kortzichtige maar uiteindelijk niet onjuiste zienswijze. Bruno maakte er dus een gewoonte van Michel elke donderdagmiddag te komen opzoeken. Hij nam de autorail naar Crécy-la-Chapelle. Elke keer als dat mogelijk was (en het was bijna altijd mogelijk) nam hij plaats tegenover een meisje dat alleen zat. De meesten hadden hun benen over elkaar en een doorschijnende overhemdbloes aan, of iets anders. Hij ging niet helemaal recht tegenover ze zitten, liever schuin, maar vaak wel in hetzelfde zitgedeelte, op minder dan twee meter afstand. Hij kreeg al een stijve wanneer hij de lange bruine of blonde haren zag. Terwijl hij een plaats zocht en tussen de rijen door liep, verhevigde het smartelijke gevoel in zijn onderbroek. Op het moment dat hij ging zitten had hij al een zakdoek te voorschijn gehaald. Hij hoefde alleen nog maar een multomap te openen en op zijn dijbenen te leggen; in een paar seconden was het gebeurd. Soms, als het meisje haar benen strekte op het moment dat hij zijn pik te voorschijn haalde, hoefde hij zelfs niets meer te doen. Hij ontdeed zich in één keer van zijn last wanneer hij het onderbroekje zag. De zakdoek was een veiligheidsmaatregel, over het algemeen kwam hij liever klaar op de bladzijden van zijn multomap: op de tweedegraads vergelijkingen, de insectenschema's, de houtskoolproductie van de USSR. Het meisje las onverstoorbaar verder in haar tijdschrift.

Jaren later verkeerde Bruno nog altijd in twijfel. Die dingen waren gebeurd, ze stonden rechtstreeks in verband met het angstige dikke jongetje waarvan hij foto's bezat. Dat jongetje stond ook in verband met de door lust verteerde volwassene die hij was geworden. Zijn kindertijd was moeilijk geweest, zijn puberteit afschuwelijk. Hij was nu tweeënveertig, en objectief gezien was hij nog ver van de dood verwijderd. Wat kon hij nog van het leven verwachten? Misschien een paar fellaties, waarvoor hij met steeds minder scrupules zou betalen, dat wist hij. Een leven dat op een doel gericht is laat weinig ruimte over voor de herinnering. Naarmate zijn erecties moeizamer en korter werden, liet Bruno een neerslachtige passiviteit over zich heen komen. Het voornaamste doel van zijn leven was van seksuele aard geweest; het was niet meer mogelijk van doel te veranderen, wist hij nu. Daarin was Bruno een kind van zijn tijd. Tijdens zijn puberteit was de moordende economische concurrentie die de Franse samenleving al twee eeuwen had gekend enigszins afgezwakt. In de sociale verbeeldingswereld won de gedachte terrein dat de economische omstandigheden normaal gesproken tot een zekere gelijkheid moesten leiden. Het model van de Zweedse sociaal-democratie werd vaak aangehaald, zowel door politici als door managers van ondernemingen. Bruno werd dus nauwelijks gestimuleerd om zijn tijdgenoten te overtreffen door middel van economisch succes. Op het professionele vlak was zijn enige – volkomen redelijke – doel op te gaan in de 'grote middenklasse met haar onduidelijke grenzen' die president Giscard d'Estaing later beschreef. Maar de mens is snel geneigd hiërarchieën op te stellen, hij wil zich o zo graag boven zijn gelijken verheven voelen. Denemarken en Zweden, die de Europese democratieën tot voorbeeld strekten op de weg van de economische nivellering, gaven ook het voorbeeld van de *seksuele vrijheid.* Binnen die middenklasse, waarin geleidelijk aan ook de arbeiders en het kantoorpersoneel werden opgenomen – of, om preciezer te zijn, onder de kinderen van die middenklasse – ontstond onverwachts een nieuw strijdperk van narcistische concurrentie. Tijdens een taalstage die Bruno in juli 1972 volgde in Traunstein, een klein Beiers stadje vlak bij de Oostenrijkse grens, lukte het Patrick Castelli, een andere jonge Fransman uit zijn groep, in drie weken tijd zevenendertig meiden te naaien. In dezelfde tijd gaf Bruno een score van nul aan. Uiteindelijk liet hij zijn pik zien aan een verkoopster in een supermarkt – die gelukkig in lachen uitbarstte en van een aanklacht afzag. Net als hij was Patrick Castelli afkomstig uit een bourgeoisgezin en haalde hij goede cijfers op school; het zag ernaar uit dat hun economische toekomst vergelijkbaar zou zijn. De meeste van Bruno's herinneringen aan zijn puberteit waren van dezelfde orde.

Later gaf de mondialisering van de economie aanleiding tot een veel hardere concurrentiestrijd, die een einde zou maken aan de droom de totale bevolking te integreren in een veralgemeniseerde middenklasse met een regelmatig toenemende koopkracht. Steeds bredere maatschappelijke lagen zagen zich met precaire leefomstandigheden en werkloosheid geconfronteerd. De seksuele concurrentiestrijd werd er niet minder heftig om – integendeel.

Bruno kende Michel nu vijfentwintig jaar. Hij had de indruk dat hij in dat enorme tijdsinterval nauwelijks was veranderd; de hypothese van een kern van persoonlijke identiteit, een kern waarvan de belangrijkste kenmerken onveranderlijk waren, kwam hem als een vanzelfsprekendheid voor. Toch waren grote stukken van zijn eigen geschiedenis voorgoed in vergetelheid geraakt. Het scheen hem toe alsof hij hele maanden en jaren had overgeslagen. Dat was niet het geval met de laatste twee jaren van zijn puberteit, met hun rijkdom aan herinneringen en vormende ervaringen. De vorm die een mensenleven in het geheugen heeft, legde zijn halfbroer hem veel later uit, lijkt op wat Griffiths een *consistente geschiedenis* noemt. Ze waren in Michels flat, ze dronken campari, het was een avond in mei. Ze spraken zelden over het verleden, meestal gingen hun gesprekken over de politieke of maatschappelijke actualiteit. Maar die avond deden ze het wel. 'Je hebt herinneringen aan verschillende momenten van je leven,' vatte Michel samen, 'en die herinneringen nemen verschillende verschijningsvormen aan; je ziet gedachten, motivaties of gezichten voor je. Soms herinner je je alleen een naam, zoals die Patricia Hohweiller over wie je het daarnet had, die je nu niet meer zou herkennen. Soms zie je zelfs een gezicht voor je zonder dat je er een herinnering mee in verband kunt brengen. In het geval van Caroline Yessayan heeft alles wat je over haar weet zich geconcentreerd in die paar extreem gedetailleerde seconden dat je hand op haar dij lag. Griffiths heeft het begrip "consistente geschiedenis" in 1984 geïntroduceerd om kwantummetingen met elkaar te verbinden tot waarschijnlijke verhalen. Een consistente geschiedenis wordt opgebouwd op basis van een reeks van min of meer willekeurige metingen die op verschillende momenten hebben plaatsgevonden. Elke meting drukt het feit uit dat een bepaalde fysieke kwantiteit, die eventueel van meting tot meting verschilt, zich op zeker moment binnen een bepaald waardedomein bevindt. Bijvoorbeeld, op tijd t1 heeft een elektron een bepaalde snelheid, die wordt vastgesteld met een nauwkeurigheid die afhangt van de meetwijze. Op tijd t2 bevindt het zich binnen een bepaald gebied van de ruimte, op tijd t3 heeft het een bepaalde spinwaarde. Op basis van een deelverzameling van metingen kun je een logisch consistente *geschiedenis* definiëren, waarvan je echter niet kunt zeggen dat die *waar* is; ze kan staande worden gehouden zonder tegenstrijdigheden, meer niet. Van alle geschiedenissen van de wereld die mogelijk zijn binnen een gegeven experimenteel kader kan er een aantal worden herschreven in de genormaliseerde vorm van Griffiths. Ze worden dan *consistente geschiedenissen* genoemd, en het lijkt daarin net alsof de wereld uit losstaande voorwerpen met intrinsieke, stabiele eigenschappen bestaat. Echter, het aantal consistente geschiedenissen in de zin van Griffiths dat kan worden opgesteld op basis van een reeks metingen is over het algemeen aanzienlijk hoger dan één. Jij hebt een bewustzijn van je eigen ik; door dat bewustzijn kun je een hypothese opstellen: de geschiedenis die je in staat bent te reconstrueren op basis van je eigen herinneringen is een consistente geschiedenis, die voldoet aan de eisen van een eenduidig verhaal. Als op zichzelf staand individu dat het bestaan een bepaalde tijd volhoudt en onderworpen is aan een ontologie van voorwerpen en eigenschappen, heb je op dit punt geen enkele twijfel: aan jouw leven moet een consistente geschiedenis kunnen worden toegeschreven. Je maakt die hypothese a priori voor het gebied van het werkelijke leven, maar niet voor dat van de droom.'

'Ik hoop dat het ik een illusie is. Wat niet wegneemt dat het een pijnlijke illusie is...' zei Bruno zacht. Maar Michel wist niet wat hij daarop moest antwoorden, hij wist niets van het boeddhisme. Het gesprek verliep niet vlot, ze zagen elkaar hooguit twee keer per jaar. Toen ze jong waren hadden ze enerverende discussies gehad, maar die tijd was nu voorbij. In september 1973 waren ze samen in de voorlaatste klas van de bètarichting gekomen; twee jaar lang gingen ze samen naar de wiskunde- en de natuurkundeles. Michel steeg ver boven het niveau van zijn klas uit. De mensenwereld, begon hij te beseffen, was teleurstellend, vol angst en bitterheid. Wiskundige vergelijkingen brachten hem serene, krachtige genoegens. Hij bewoog zich voort in het halfduister, en plotseling vond hij een uitweg: in een paar formules, een paar ontbindingen in factoren verhief hij zich naar een hoogte van stralende sereniteit. De eerste vergelijking van de bewijsvoering was de meest ontroerende, want de waarheid die halverwege blikkerde was nog onzeker; de laatste vergelijking was de meest verblindende, de vrolijkste. In datzelfde jaar kwam Annabelle in de vijfde van het lyceum van Meaux. De drie zagen elkaar vaak na schooltijd. Daarna keerde Bruno terug naar het internaat; Annabelle en Michel gingen naar het station. De situatie nam een vreemde, treurige wending. Begin 1974 verdiepte Michel zich in de Hilbertruimten. Vervolgens maakte hij zich vertrouwd met de maattheorie en ontdekte de integralen van Riemann, Lebesgue en Stieltjes. In diezelfde tijd las Bruno Kafka en masturbeerde in de autorail. Op een middag in mei had hij in het pas geopende zwembad in La Chapelle-sur-Crécy het genoegen zijn handdoek open te slaan om zijn pik te laten zien aan twee meisjes van twaalf jaar. Het deed hem vooral genoegen dat ze elkaar met de ellebogen aanstootten, dat ze zich voor het schouwspel interesseerden. Hij wisselde een lange blik met een van de twee, een gebrilde brunette. Hoewel hij te ongelukkig en gefrustreerd was om zich werkelijk voor andermans geestesleven te interesseren, besefte Bruno niettemin dat de situatie waarin zijn halfbroer verkeerde nog erger was dan de zijne. Vaak gingen ze samen naar het café. Michel droeg windjacks en belachelijke mutsen, hij kon niet met het tafelvoetbal overweg. Bruno was degene die het meeste zei. Michel bewoog niet, hij zei steeds minder; hij liet een aandachtige, onaangedane blik over Annabelle gaan.

Zij gaf het niet op: voor haar leek Michels gezicht een commentaar uit een andere wereld. Rond dezelfde tijd las ze *De Kreutzersonate*, en ze dacht een moment lang dat ze hem door dat boek begreep. Vijfentwintig jaar later leek het Bruno duidelijk dat ze zich in een onevenwichtige, abnormale, uitzichtloze situatie hadden bevonden; wanneer je naar het verleden kijkt, heb je altijd de – waarschijnlijk bedrieglijke – indruk van een zekere onvermijdelijkheid.

12

Standaardbehandeling

'Degenen die zich in tijden van revolutie met zo'n merkwaardige trots erop beroemen dat ze de anarchistische hartstochten van hun tijdgenoten hebben aangewakkerd – een nogal gemakkelijke verdienste – zien niet dat hun erbarmelijke schijnoverwinning vooral te danken is aan een spontane gemoedsstemming veroorzaakt door het geheel der maatschappelijke omstandigheden.'

Auguste Comte, *Lessen in positieve filosofie*, Les 48

In het midden van de jaren zeventig veroorzaakten *Phantom of the Paradise*, *A Clockwork Orange* en *Les Valseuses* in Frankrijk grote opschudding: drie heel verschillende films, die door hun gezamenlijke succes echter de commerciële relevantie zouden aantonen van een 'jongerencultuur', voornamelijk gebaseerd op seks en geweld, die in de loop van de volgende decennia een steeds groter marktaandeel zou veroveren. Wat de dertigers betreft, die konden zich met hun jaren-zestigervaring volledig terugvinden in *Emmanuelle*, uitgekomen in 1974. De film van Just Jaeckin bood een tijdverdrijf, fantasieën en exotische plaatsen, en te midden van een nog altijd dóór en door joods-christelijke cultuur vormde hij in zijn eentje een oproep tot het betreden van de vrijetijdsbeschaving.

Meer in het algemeen boekte de zedenbevrijdingsbeweging

in 1974 belangrijke successen. Op 20 maart ging in Parijs de eerste Vitatop-club open, die een pioniersrol zou spelen op het gebied van fitness en lichaamscultus. Op 5 juli werd de wet op de burgerlijke meerderjarigheid met achttien jaar aangenomen, op 11 juli die op de echtscheiding met wederzijdse instemming – overspel verdween uit het wetboek van strafrecht. Tot slot werd op 28 november de wet-Veil, die abortus legaliseerde, dankzij de steun van links aangenomen na een stormachtig debat – dat door de meeste commentatoren als 'historisch' werd bestempeld. Inderdaad hechtte de christelijke mensopvatting, die in de westerse landen lange tijd overheersend was, een onbegrensd gewicht aan elk mensenleven, van de bevruchting tot de dood. De verklaring daarvoor is het geloof van de christenen dat er binnen in het menselijk lichaam een *ziel* bestond – een ziel die in zijn wezen onsterfelijk was, en voorbestemd om later met God te worden verenigd. Onder impuls van de vooruitgang van de biologie zou zich in de negentiende en twintigste eeuw geleidelijk aan een materialistisch mensbeeld ontwikkelen, dat radicaal van het vorige verschilde in zijn vooronderstellingen en veel bescheidener was in zijn ethische aanbevelingen. Enerzijds had een foetus, een klein hoopje cellen in staat van geleidelijke differentiatie, volgens die opvatting pas recht op een individueel bestaan wanneer hij voldeed aan een bepaalde maatschappelijke consensus (afwezigheid van ernstige erfelijke afwijkingen, toestemming van de ouders). Anderzijds kon een bejaarde, een hoopje organen in staat van onophoudelijke aftakeling, zich alleen op zijn recht op overleven beroepen onder voorwaarde dat zijn organische functies voldoende op elkaar afgestemd waren – het begrip *menselijke waardigheid* deed zijn intrede. De ethische vragen die de twee uitersten van het leven opriepen (de abortus, en een aantal decennia later de euthanasie) zouden vanaf dat moment onoverkomelijke geschilpunten vormen tussen twee wereldbeschouwingen, twee mensbeelden die in wezen diametraal tegenover elkaar stonden.

Het principiële agnosticisme van de Franse Republiek zou

de hypocriete, geleidelijke en zelfs enigszins achterbakse overwinning van het materialistische mensbeeld in de hand werken. Hoewel nooit openlijk ter sprake gebracht, won de problematiek van de *waarde* van het menselijk leven langzaam maar zeker terrein in de denkwereld van de mensen. Zonder enige twijfel is die problematiek voor een deel verantwoordelijk geweest voor de opkomst, in de loop van de allerlaatste decennia van de westerse beschaving, van een depressief of zelfs masochistisch algemeen klimaat.

Voor Bruno, die net achttien was geworden, was de zomer van 1974 een belangrijke en zelfs cruciale tijd. Toen hij jaren later de stap had gezet een psychiater te raadplegen, zou hij er telkens weer op terugkomen, met kleine detailverschillen – de psychiater leek het verhaal inderdaad enorm te waarderen. Zo ziet de canonieke versie van Bruno's relaas eruit:

'Het gebeurde ongeveer eind juli. Ik was voor een week naar mijn moeder aan de Côte gegaan. Er waren altijd mensen op doortocht, heel veel. Die zomer sliep ze met een Canadees – een enorm potige jonge vent, een echte houthakker. Op de ochtend van mijn vertrek werd ik heel vroeg wakker. De zon was al heet. Ik ging hun kamer binnen, ze sliepen allebei. Ik aarzelde een paar seconden en trok toen het laken weg. Mijn moeder bewoog, ik dacht even dat ze haar ogen open zou doen; haar benen gingen een klein beetje uit elkaar. Ik knielde voor haar vulva. Ik bracht mijn hand tot op een paar centimeter ervandaan, maar durfde haar niet aan te raken. Ik ging weer naar buiten om me af te trekken. Ze nam altijd veel zwerfkatten bij zich in huis, allemaal min of meer wild. Ik ging op een jonge zwarte kat af die zich lag te koesteren op een steen. De grond rond het huis lag vol keien, hij was heel wit, meedogenloos wit. De kat keek verschillende keren naar me terwijl ik me aftrok, maar hij deed zijn ogen dicht voordat ik klaarkwam. Ik bukte me en raapte een grote steen op. De schedel van de kat barstte uit elkaar, een deel van de hersenen spatte in het rond. Ik bedekte het lijk met stenen en ging toen weer naar binnen; er was nog niemand wakker. In de loop van de ochtend bracht mijn moeder me naar mijn vader, dat was ongeveer vijftig kilometer rijden. In de auto vertelde ze me voor het eerst over Di Meola. Ook hij was vier jaar eerder uit Californië weggegaan. Hij had een groot landgoed bij Avignon gekocht, op de hellingen van de Mont Ventoux. 's Zomers ontving hij jongeren uit alle landen van Europa, en ook uit Noord-Amerika. Ze dacht dat ik daar in de zomer een keer heen kon gaan, dat zou mijn blik verruimen. Di Meola's leer was voornamelijk gericht op de brahmaanse traditie, maar volgens haar zonder fanatisme of uitsluitingsmaatregelen. Hij hield ook rekening met de verworvenheden van de cybernetica, het NLP en de in Esalen ontwikkelde deprogrammeringstechnieken. Waar het vooral om ging, was het bevrijden van het individu en zijn diepe creatieve vermogens. "We gebruiken maar tien procent van onze neuronen."'

'Bovendien', voegde Jane daaraan toe (ze reden op dat moment door een sparrenbos), 'zou je daar jongeren van jouw leeftijd kunnen ontmoeten. Tijdens je verblijf bij ons hadden we allemaal de indruk dat je problemen op het seksuele vlak hebt.' De westerse beleving van seksualiteit, vervolgde ze, was volkomen scheef en verdorven. In veel primitieve samenlevingen vond de inwijding op natuurlijke wijze plaats aan het begin van de puberteit, onder toezicht van de volwassenen van de stam. 'Ik ben je moeder,' benadrukte ze nog. Ze liet onvermeld dat ze zelf in 1963 David, de zoon van Di Meola, had ingewijd. David was toen dertien. De eerste middag had ze zich voor hem uitgekleed om hem aan te moedigen bij het masturberen. De tweede middag had ze hem zelf gemasturbeerd en afgezogen. Ten slotte, de derde dag, had hij haar mogen penetreren. Het was voor Jane een heel aangename herinnering. De pik van de jongen was stijf en leek in zijn stijfheid oneindig beschikbaar, zelfs na verschillende zaadlozingen; hoogstwaarschijnlijk had ze zich vanaf dat moment voorgoed op jonge mannen gericht. 'Maar de inwijding vindt altijd buiten de directe gezinsstructuur plaats,' voegde ze eraan toe. 'Dat is noodzakelijk om open te kunnen staan voor de wereld.' Bruno schrok op, vroeg zich af of ze die ochtend wakker was geworden op het moment dat hij een intense blik in haar vulva wierp. Toch was de opmerking van zijn moeder verre van verrassend: het incesttaboe is al geconstateerd bij de grauwe gans en de mandril. De auto naderde Sainte-Maxime.

'Toen ik bij mijn vader aankwam,' vervolgde Bruno, 'besefte ik dat het niet zo goed met hem ging. Die zomer had hij maar twee weken vakantie kunnen nemen. Ik was me daar destijds niet van bewust, maar hij had geldproblemen, voor het eerst begonnen zijn zaken slecht te lopen. Later heeft hij me alles verteld. Hij had de opkomende markt van de siliconenborsten totaal gemist. Voor hem was het een voorbijgaande mode die niet verder dan de Amerikaanse markt zou komen. Dat was natuurlijk idioot. Er is geen enkel voorbeeld van een mode afkomstig uit de Verenigde Staten die er niet in is geslaagd een paar jaar later ook West-Europa te overspoelen; geen enkel. Een van zijn jonge medewerkers had de kans gegrepen, hij was voor zichzelf begonnen en had een groot deel van zijn klantenkring bij hem weggelokt door reclame te maken met siliconenborsten.'

Toen hij die bekentenis deed was de vader van Bruno zeventig, en hij zou binnen korte tijd bezwijken aan een cirroseaanval. 'De geschiedenis herhaalt zich,' voegde hij er somber aan toe, terwijl hij de ijsblokjes in zijn glas liet rinkelen. 'Die eikel van een Poncet' (het ging om de enthousiaste jonge chirurg die twintig jaar eerder verantwoordelijk was geweest voor zijn ondergang), 'die eikel van een Poncet heeft onlangs geweigerd te investeren in pikverlengingen. Hij vindt dat slagerswerk, hij gelooft niet dat de mannelijke markt in Europa zal volgen. De eikel. Net zo'n eikel als ik destijds. Als ik nu dertig was geweest, reken maar dat ik me dan in die pikverlengingsbusiness zou storten!' Wanneer die boodschap was overgebracht verzonk hij doorgaans in een raadselachtig gemijmer, tegen het sluimeren aan. Het gesprek wilde op die leeftijd vanzelfsprekend niet echt meer vlotten.

In die julimaand van 1974 bevond Bruno's vader zich nog maar in het allereerste stadium van zijn aftakeling. Hij sloot zich 's middags op in zijn kamer met een hoop San-Antonio's en een fles bourbon. Tegen zevenen kwam hij weer naar buiten en warmde met trillende hand een kant-en-klaarmaaltijd op. Hij wilde nog altijd wel met zijn zoon praten maar het lukte hem niet, het lukte hem echt niet. Na twee dagen werd de sfeer werkelijk beklemmend. Bruno begon van huis te gaan, hele middagen achtereen. Hij ging domweg naar het strand.

Voor het volgende deel van het relaas kon de psychiater minder waardering opbrengen, maar Bruno was er erg aan gehecht, hij had geen zin erover te zwijgen. Tenslotte was die zak er om te luisteren, daar werd hij voor betaald, of niet soms?

'Ze was alleen,' vervolgde Bruno, 'ze was elke middag alleen op het strand. Een arm klein rijkeluiskind, net als ik; ze was zeventien. Het was echt een dikkerdje, een kleine papzak met een verlegen gezicht, een veel te witte huid en puistjes. De vierde middag, pas op de dag voor mijn vertrek om precies te zijn, pakte ik mijn handdoek en ging naast haar zitten. Ze lag languit op haar buik, ze had het bovenstukje van haar bikini losgemaakt. Het enige wat ik wist te zeggen was, herinner ik me: "Ben je op vakantie?" Ze keek op – ze zal vast geen briljante dingen hebben verwacht, maar misschien toch niet zoiets lulligs. Toen hebben we ons aan elkaar voorgesteld, ze heette Annick. Uiteindelijk moest ze toch een keer overeind komen, en ik vroeg me af: ging ze proberen haar bovenstukje achter haar rug weer vast te maken, of zou ze juist overeind komen en me haar borsten laten zien? Ze deed iets daartussenin: ze draaide zich om terwijl ze de uiteinden van het bovenstukje halverwege vasthield. Ten slotte kwamen de cups een beetje scheef te zitten, ze bedekten haar maar half. Ze had echt een flinke boezem, die zelfs al een beetje slap hing, dat moet sindsdien nog veel erger zijn geworden. Ik dacht bij mezelf dat ze erg dapper was. Ik bracht mijn hand dichterbij en stak hem onder de cup, waarbij ik de borst steeds verder ontblootte. Ze bewoog niet maar verstijfde een beetje, ze sloot haar ogen. Ik bleef met mijn hand heen en weer gaan, haar tepels waren hard. Het is nog steeds een van de mooiste momenten van mijn leven.

Daarna werd het moeilijker. Ik nam haar mee naar huis, we gingen meteen naar boven, naar mijn kamer. Ik was bang dat mijn vader haar zou zien; hij was toch een man die in zijn leven heel knappe vrouwen had gehad. Maar hij sliep, om precies te zijn was hij die middag stomdronken, hij werd pas om tien uur 's avonds wakker. Vreemd genoeg wilde ze niet dat ik haar slipje uittrok. Ze had het nog nooit gedaan, zei ze. Ze had nog nooit iets met een jongen gedaan, om eerlijk te zijn. Maar ze trok me zonder aarzelen af, heel onstuimig; ik herinner me dat ze glimlachte. Daarna bracht ik mijn pik naar haar mond. Ze zoog er een paar keer kort aan maar vond het niet fijn. Ik drong niet aan, ik ging schrijlings op haar zitten. Toen ik mijn geslacht tussen haar borsten duwde, voelde ik dat ze het echt fijn vond, ze slaakte een klein kreuntje. Dat wond me vreselijk op, ik stond op en trok haar slipje uit. Dit keer protesteerde ze niet, ze tilde zelfs haar benen op om me te helpen. Het was niet wat je noemt een knap meisje, maar haar poesje was aantrekkelijk, net zo aantrekkelijk als dat van willekeurig welke vrouw. Ze had haar ogen gesloten. Toen ik mijn handen onder haar billen schoof, deed ze haar benen helemaal wijd. Dat had op mij zo'n uitwerking dat ik meteen klaarkwam, voordat ik ook maar bij haar binnen was gegaan. Er zat wat sperma op haar schaamhaar. Het speet me vreselijk, maar ze zei dat het niet gaf, dat ze het zo goed vond.

We hadden niet zoveel tijd gehad om te praten, het was al acht uur en ze moest meteen terug naar haar ouders. Ze zei, ik weet niet waarom, dat ze enig kind was. Ze leek zo blij, zo trots te zijn dat ze een reden had om te laat te komen voor het avondeten, dat ik bijna moest huilen. We omhelsden elkaar heel lang in de voortuin. De volgende ochtend ben ik naar Parijs teruggegaan.'

Na dat minirelaas pauzeerde Bruno even. De therapeut rekte zich discreet uit en zei dan doorgaans: 'Goed.' Afhankelijk van de tijd die nog restte formuleerde hij een zin om het gesprek weer op gang te brengen of volstond met de toevoeging: 'Daar laten we het bij voor vandaag?', waarbij hij de toonhoogte aan het eind licht omhoog liet gaan om er een vragende nuance in te leggen. Zijn glimlach bij die woorden was van een buitengewoon charmante lichtheid.

13

In diezelfde zomer van 1974 liet Annabelle zich door een jongen kussen in een discotheek in Saint-Palais. Ze had in *Stéphanie* net een special gelezen over vriendschap tussen jongens en meisjes. Met betrekking tot de *speelkameraad* verkondigde het blad een bijzonder weerzinwekkende stelling: het gebeurde uiterst zelden dat een speelkameraad in *vriendje* veranderde. Zijn natuurlijke lot was veeleer een vriend te worden, een *trouwe vriend*; vaak kon hij zelfs als vertrouweling en steunpilaar fungeren tijdens de emotionele verwarring die de eerste *flirts* teweegbrachten.

In de seconden die volgden op die eerste kus voelde Annabelle zich ontzettend verdrietig, de beweringen van het tijdschrift ten spijt. Een onbekend, pijnlijk gevoel verspreidde zich heel snel in haar borst. Ze verliet de *Kathmandu* en verbood de jongen haar te volgen. Ze trilde een beetje terwijl ze het slot van haar brommer losmaakte. Ze had die avond haar mooiste jurk aangedaan. Het was maar een kilometer rijden naar het huis van haar broer, het was nog maar net na elven toen ze aankwam, er brandde nog licht in de zitkamer; toen ze het licht zag begon ze te huilen. Dat waren de omstandigheden waarin Annabelle in een julinacht in 1974 tot het pijnlijke, onherroepelijke bewustzijn van haar *individuele bestaan* kwam. Oorspronkelijk wordt het individuele bestaan aan het dier geopenbaard in de vorm van lichamelijke pijn, maar in menselijke samenlevingen komt het individu pas tot volledig zelfbewustzijn via de *leugen*, waarmee het in de praktijk kan samenvallen. Tot op haar zestiende had Annabelle geen geheimen voor haar ouders gehad. Ze had evenmin geheimen gehad – en dat was, besefte ze nu, iets zeldzaams en waardevols – voor Michel. In een paar uur kwam Annabelle die nacht tot het besef dat het leven van een mens een ononderbroken reeks van leugens was. Tegelijkertijd werd ze zich bewust van haar eigen schoonheid.

Het individuele bestaan en het vrijheidsgevoel dat eruit voortvloeit vormen de natuurlijke basis van de *democratie*. In een democratisch stelsel worden de relaties tussen individuen van oudsher per *contract* geregeld. Elk contract dat de natuurlijke rechten van een van de contractanten overschrijdt of dat niet voorzien is van duidelijke herroepingsclausules, is per definitie ongeldig.

Over zijn zomer van 1974 kon Bruno in geuren en kleuren vertellen, maar met betrekking tot het schooljaar dat daarop volgde betoonde hij zich weinig mededeelzaam; om eerlijk te zijn hield hij er alleen de herinnering van een toenemende geremdheid aan over. Het was een onbestemd tijdsegment met een enigszins zeegroene tint. Hij zag Annabelle en Michel nog altijd even vaak, ze waren in principe zeer goede vrienden, maar het eindexamen kwam eraan en na het einde van het schooljaar zouden ze onvermijdelijk van elkaar worden gescheiden. Michel was veranderd: hij luisterde naar Jimi Hendrix en rolde over het tapijt, heel intens was dat; lang na alle anderen begon hij overduidelijke *puberteitssymptomen* te vertonen. Annabelle en hij leken zich te generen, ze liepen minder makkelijk hand in hand. Kortom, zoals Bruno het ooit samenvatte voor zijn psychiater, 'alles ging naar de kloten'.

Sinds zijn ervaring met Annick, die hij in zijn herinnering knapper maakte dan ze in werkelijkheid was (hij had overigens wijselijk vermeden haar op te bellen), voelde Bruno zich iets zekerder van zichzelf. Toch was er op die eerste verovering geen enkele andere gevolgd, en hij kreeg de wind stevig van voren toen hij probeerde Sylvie te kussen, een knappe, heel *sexy* brunette die bij Annabelle in de klas zat. Niettemin had een meisje hem gewild, er konden er nog meer zijn; en hij begon een vaag beschermend gevoel ten aanzien van Michel te koesteren. Het was tenslotte zijn broer, en hij was twee jaar ouder. 'Je moet iets doen met Annabelle,' bleef hij herhalen. 'Ze verwacht niets anders, ze is verliefd op je en het is het mooiste meisje van de school.' Michel wrong zich op zijn stoel in allerlei bochten en antwoordde: 'Ja.' De weken gingen voorbij. Hij aarzelde zichtbaar op de drempel van de volwassenheid. Toch zou Annabelle kussen voor hen tweeën de enige mogelijkheid zijn geweest om aan die verandering te ontkomen, maar dat besefte hij niet: hij liet zich in slaap wiegen door een bedrieglijk gevoel van onveranderlijkheid. In april wekte hij de verontwaardiging van zijn leraren op door te verzuimen een inschrijvingsformulier voor de voorbereidende klas in te vullen. Het was niettemin overduidelijk dat hij, meer dan enig ander, een heel goede kans maakte te worden toegelaten tot een *grande école**. Het eindexamen was over anderhalve maand, en hij gaf steeds meer de indruk dat hij aan het dobberen was. Door de getraliede ramen van het klaslokaal keek hij naar de wolken, de bomen van de binnenplaats, de andere leerlingen. Geen enkele menselijke gebeurtenis leek hem nog werkelijk te kunnen raken.

Wat Bruno betreft, die had besloten zich in te schrijven aan de letterenfaculteit: hij begon genoeg te krijgen van de Taylor-Maclaurinreeksen, en vooral waren er op de letterenfaculteit meisjes, veel meisjes. Zijn vader opperde geen enkel bezwaar. Net als alle oude libertijnen werd hij op latere leeftijd sentimenteel, en hij maakte zichzelf het bittere verwijt dat hij met zijn egoïsme het leven van zijn zoon had verpest; dat was trouwens ook niet helemaal onwaar. Begin mei beëindigde hij zijn relatie met Julie, zijn laatste maîtresse, toch een prachtige vrouw. Ze heette Julie Lamour, maar haar acteursnaam was Julia Love. Ze speelde in de eerste porno's van Franse makelij, de nu vergeten films van Burd Tranbaree of Francis Leroi. Ze leek een beetje op Janine, maar dan in een veel dommere uitvoering. 'Er rust een vloek op me... Er rust een vloek op me...' bleef de vader van Bruno herhalen toen hij op een jeugdfoto van zijn vrouw stuitte en zich van de overeenkomst bewust werd. Tijdens een diner bij Bénazéraf had zijn maîtresse Gilles Deleuze* ontmoet, en sindsdien gaf ze zich regelmatig over aan intellectuele rechtvaardigingen van porno, het was niet meer om uit te houden. Bovendien kostte ze hem veel geld, ze was bij de opnames gewend geraakt aan gehuurde Rollsen, bontmantels, al dat erotische wapentuig dat hem nu hij oud werd steeds zwaarder viel. Eind '74 had hij het huis in Sainte-Maxime moeten verkopen. Een paar maanden later kocht hij een eenkamerappartement voor zijn zoon dicht bij de tuinen van het Observatoire, een heel mooi appartement, licht, rustig, met een vrij uitzicht. Toen hij het aan Bruno liet zien, had hij absoluut niet het gevoel dat hij hem een uitzonderlijk cadeau gaf, maar veeleer dat het een poging tot *herstel* was, voorzover mogelijk; en in ieder geval was het duidelijk een koopje. Terwijl hij zijn blik door de ruimte liet gaan, wond hij zich echter een beetje op. 'Nu kun je meisjes ontvangen!' liet hij zich bij vergissing ontvallen. Toen hij het gezicht van zijn zoon zag, had hij er onmiddellijk spijt van.

Michel schreef zich uiteindelijk in aan de faculteit van Orsay, vakgroep wis- en natuurkunde. Vooral de nabijheid van een campus had hem getrokken: zo was zijn manier van redeneren. Zoals verwacht slaagden ze allebei voor hun eindexamen. Annabelle vergezelde hen op de dag van de diploma-uitreiking, haar gezicht stond ernstig, ze was in één jaar veel volwassener geworden. Ze was iets vermagerd en had een meer verinnerlijkte glimlach gekregen, wat haar ongelukkigerwijs nog mooier maakte. Bruno besloot een initiatief te nemen: er was geen vakantiehuis meer in Sainte-Maxime, maar hij kon naar het landgoed van Di Meola gaan, zoals zijn moeder had geopperd. Hij stelde de andere twee voor hem te vergezellen. Een maand later, eind juli, vertrokken ze.

14
Zomer '75

Hun daden zijn niet gericht op bekering tot hun God,
want de geest der hoererij is in hun midden
en zij kennen de Heer niet.
Hosea 5:4

De man die hen opwachtte bij de bushalte in Carpentras was ziek en verzwakt. Als zoon van een Italiaanse anarchist die in de jaren twintig naar de Verenigde Staten was geëmigreerd, was Francesco di Meola zonder enige twijfel *geslaagd in het leven*, op het financiële vlak welteverstaan. Net als Serge Clément had de jonge Italiaan na afloop van de Tweede Wereldoorlog begrepen dat er een radicaal nieuwe wereld voor de deur stond en dat bezigheden die lange tijd als elitair of marginaal waren beschouwd een aanzienlijk economisch belang zouden krijgen. Terwijl Bruno's vader in de plastische chirurgie investeerde, had Di Meola zich in de platenindustrie gestort. Sommigen verdienden weliswaar veel meer geld dan hij, maar hij slaagde er toch in een aardig graantje mee te pikken. Op zijn veertigste had hij, zoals veel Californiërs, het gevoel dat er een nieuwe stroming aan het ontstaan was, ingrijpender dan zomaar een mode, die voorbestemd was om de hele westerse beschaving weg te vagen. Zo kon het gebeuren dat hij zich in zijn villa in Big Sur onderhield met Alan Watts, Paul Tillich, Carlos Castaneda, Abraham Maslow en Carl Rogers. Een tijdje later had hij zelfs de eer Aldous Huxley te mogen ontmoeten, de ware geestelijke vader van de beweging. Huxley was oud en bijna blind, en hij had maar weinig aandacht voor hem; toch zou die ontmoeting een onuitwisbare indruk bij hem achterlaten.

Waarom hij in 1970 besloot Californië te verlaten om een landgoed in de Haute-Provence te kopen, wist hij ook niet precies. Later, vrijwel tegen het einde, trok hij voor zichzelf de conclusie dat hij om duistere redenen had willen *sterven in Europa*; maar op het moment zelf was hij zich alleen van oppervlakkiger motieven bewust. De beweging van mei '68 had indruk op hem gemaakt, en toen de hippiestroming in Californië begon te ebben, bedacht hij dat er misschien iets te doen viel met de Europese jeugd. Jane moedigde hem daartoe aan. Vooral de Franse jeugd was gefrustreerd, geremd door het paternalistische keurslijf van het gaullisme, maar volgens haar zou één vonkje genoeg zijn om alles in vuur en vlam te zetten. Al een paar jaar deed Francesco niets liever dan marihuanasigaretten roken met heel jonge meisjes, die waren afgekomen op de spirituele uitstraling van de beweging; daarna neukte hij ze te midden van de mandala's en de wierookwalm. De meisjes die in Big Sur kwamen aanwaaien waren over het algemeen protestantse trutjes, zeker de helft van hen was nog maagd. Tegen het einde van de jaren zestig begon de stroom op te drogen. Hij zei toen bij zichzelf dat het misschien tijd werd om naar Europa terug te keren; hij vond het zelf vreemd er in die termen over te denken, terwijl hij bij zijn vertrek uit Italië nauwelijks vijf jaar oud was geweest. Zijn vader was niet alleen een fervente revolutionair, maar ook een ontwikkelde man die van mooie taal hield, een estheet. Dat had waarschijnlijk zijn sporen in hem achtergelaten. Eigenlijk had hij Amerikanen altijd een beetje eikels gevonden.

Hij was nog altijd een heel knappe man, met een fijnbesneden, bleek gezicht en een lange, weelderige bos golvend wit haar.

Toch begonnen de cellen in zijn lichaam willekeurig voort te woekeren, de genetische code van de aangrenzende cellen te vernietigen en toxinen af te scheiden. De specialisten die hij had geraadpleegd waren het op heel wat punten oneens, behalve over de hoofdzaak: hij zou binnenkort sterven. Zijn kanker was niet te opereren, hij zou onvermijdelijk metastasen blijven ontwikkelen. De meeste artsen neigden tot een vredig sterfproces, dat met wat medicijnen zelfs tot het einde toe van lichamelijke pijn verschoond zou blijven. Inderdaad voelde hij tot op dat moment alleen een enorme algehele vermoeidheid. Toch berustte hij er niet in; hij kon zich zelfs niet voorstellen wat dat was, berusting. Voor de hedendaagse westerse mens vormt de doodsgedachte zelfs als hij gezond is een soort *achtergrondruis*, die zijn hersenen vult zodra alle plannen en verlangens vervagen. Op hogere leeftijd wordt de aanwezigheid van dat geluid steeds overheersender. Je kunt het vergelijken met een doffe bromtoon, die af en toe met geknars gepaard gaat. In vroeger tijden werd de achtergrondruis gevormd door het wachten op het koninkrijk Gods; tegenwoordig wordt hij gevormd door het wachten op de dood. Zo is het.

Huxley, dat zou hij zich altijd blijven herinneren, was ogenschijnlijk onverschillig gebleven onder het vooruitzicht van zijn eigen dood; maar hij was misschien gewoon afgestompt, of verdoofd door de geneesmiddelen. Di Meola had Plato, de *Bhagavadgita* en de *Tao-te ching* gelezen, maar geen van die boeken had hem ook maar de minste of geringste geruststelling gebracht. Hij was nauwelijks zestig jaar oud en toch was hij al stervende, alle tekenen waren daar, je kon je er niet in vergissen. Hij begon zelfs zijn belangstelling voor seks kwijt te raken, en van de schoonheid van Annabelle nam hij bijna verstrooid nota. Wat de jongens betreft, die zag hij niet eens staan. Al heel lang leefde hij omringd door jongeren, en misschien had hij alleen uit gewoonte blijk gegeven van een vage nieuwsgierigheid bij de gedachte dat hij oog in oog stond met de zoons van Jane; het was overduidelijk dat het hem in wezen geen moer kon schelen. Hij zette ze midden op het landgoed af en gebaarde dat ze hun tent mochten neerplanten waar ze maar wilden. Hij had behoefte te slapen, bij voorkeur zonder iemand in zijn buurt. Lichamelijk gezien was hij nog altijd een schoolvoorbeeld van de intelligente, sensuele man, met een blik die sprankelde van de ironie, als het al geen wijsheid was; sommige extreem domme meisjes hadden zijn gezicht zelfs stralend en welwillend gevonden. Hijzelf bespeurde vanbinnen geen greintje welwillendheid, en bovendien had hij de indruk dat hij een middelmatige acteur was: hoe had iedereen zich zo kunnen laten beetnemen? Die jongeren op zoek naar nieuwe spirituele waarden waren enorme sukkels, zei hij soms enigszins mistroostig bij zichzelf.

Toen ze uit de jeep waren gestapt, begreep Bruno binnen enkele seconden dat hij een vergissing had begaan. Het landgoed liep met een flauwe helling af naar het zuiden, het was een beetje heuvelachtig, er stonden struiken en bloemen. Een waterval stortte zich in een draaikolk, groen en kalm; vlak ernaast lag een vrouw op een platte steen naakt te drogen in de zon, terwijl een ander zich inzeepte voordat ze in het water zou springen. Dichterbij zat een grote kerel met een baard op een mat geknield te mediteren of te slapen. Ook hij was naakt, en heel bruin; zijn lange lichtblonde haar stak scherp af tegen zijn donkere huid; hij leek vaag op Kris Kristofferson. Bruno voelde de moed in zijn schoenen zinken. Wat had hij dan eigenlijk wél verwacht? Het was misschien nog niet te laat om weer weg te gaan, maar dan moesten ze het wel meteen doen. Hij wierp een blik op zijn metgezellen: verbazingwekkend kalm begon Annabelle haar tent uit te vouwen, Michel zat op een boomstronk en speelde met het sluitkoordje van zijn rugzak; hij leek volkomen afwezig.

Water zoekt altijd het laagste punt op. Het menselijk handelen is gedetermineerd in zijn basisprincipes en in elke individuele handeling, het laat maar weinig keuzemogelijkheden toe, en die keuzemogelijkheden worden nauwelijks benut. In 1950 had Francesco di Meola een zoon verwekt bij een Italiaanse actrice – een tweederangs actrice, die nooit verder zou komen dan de rol van Egyptische slavin, met als hoogtepunt van haar carrière twee replieken in *Quo vadis?*. Ze noemden hun zoon David. Op zijn vijftiende droomde David ervan *rockster* te worden. Hij was niet de enige. Rocksterren waren veel rijker dan directeuren en bankiers, maar ze bleven toch een rebellenimago houden. Jong, knap, beroemd, begeerd door alle vrouwen en benijd door alle mannen – rocksterren vormden de absolute top van de sociale hiërarchie. Sinds de vergoddelijking van de farao's in het oude Egypte kon niets in de geschiedenis van de mensheid worden vergeleken met de cultus die de Europese en Amerikaanse jeugd met rocksterren bedreef. Lichamelijk gezien had David alles om zijn doel te bereiken: hij bezat een volmaakte schoonheid, tegelijk dierlijk en duivels; een mannelijk gezicht, maar toch met buitengewoon zuivere trekken; lang, weelderig, licht krullend zwart haar; en grote, diepblauwe ogen.

Dankzij de relaties van zijn vader kon David al op zijn zeventiende een eerste single opnemen; het was een totale mislukking. Daarbij moet wel worden vermeld dat hij in hetzelfde jaar uitkwam als *Sgt. Pepper's*, *Days of Future Passed* en talloze andere platen. Jimi Hendrix, de Rolling Stones en The Doors bevonden zich op het hoogtepunt van hun productiviteit, Neil Young begon net op te nemen en Brian Wilson was nog lang niet afgeschreven. Er was in die jaren geen plaats voor een solide maar niet erg inventieve bassist. David hield vol, veranderde vier keer van band, probeerde verschillende formules uit. Drie jaar na het vertrek van zijn vader besloot ook hij zijn geluk in Europa te beproeven. Hij vond gemakkelijk werk in een club aan de Côte, dat was geen probleem. In zijn kleedkamer werd hij elke avond opgewacht door lekkere meiden, ook dat was geen probleem. Maar niemand, bij geen enkele platenmaatschappij, besteedde ook maar de minste of geringste aandacht aan zijn demo's.

Toen David Annabelle ontmoette, had hij al meer dan vijfhonderd vrouwen gehad; een dergelijke uiterlijke volmaaktheid kon hij zich echter niet heugen. Annabelle zelf voelde zich tot hem aangetrokken, zoals dat ook met al haar voorgangsters het geval was geweest. Ze bood een paar dagen weerstand en zwichtte pas een week na hun aankomst. Ze waren met een dertigtal aan het dansen, het gebeurde aan de achterkant van het huis, het was een zachte, heldere sterrennacht. Annabelle droeg een witte rok en een kort T-shirt met een zon erop. David danste heel dicht op haar, liet haar soms een pirouette maken. Ze dansten zonder moe te worden, al meer dan een uur lang, op een nu eens snel, dan weer langzaam tamboerijnritme. Bruno stond onbeweeglijk tegen een boom geleund, bedrukt, waakzaam, op zijn hoede. Nu eens verscheen Michel aan de rand van de lichtcirkel, dan verdween hij weer in de nacht. Plotseling was hij daar, op nauwelijks vijf meter afstand. Bruno zag Annabelle de dansers verlaten en recht voor hem postvatten, hij hoorde haar duidelijk vragen: 'Dans je niet?' Haar gezicht was op dat moment heel droevig. Michel wees de uitnodiging af met een ongelooflijk traag gebaar, als van een prehistorisch dier dat recentelijk tot leven was gewekt. Annabelle bleef vijf à tien seconden onbeweeglijk voor hem staan, draaide zich toen om en voegde zich weer bij de groep. David legde zijn arm om haar schouders. Bruno keek weer naar Michel, hij had de indruk dat er een onbestemde glimlach op zijn lippen lag; hij sloeg zijn ogen neer. Toen hij weer opkeek was Michel verdwenen. Annabelle bevond zich in de armen van David, hun lippen waren dicht bij elkaar.

Michel lag in zijn tent en wachtte de dageraad af. Tegen het einde van de nacht barstte er een zeer hevig onweer los; verbaasd constateerde hij dat hij een beetje bang was. Toen bedaarde de lucht, het begon langzaam en regelmatig te regenen. De druppels kwamen met een dof getik op het tentdoek neer, op enkele centimeters van zijn gezicht, maar hij bevond zich buiten hun bereik. Plotseling had hij het voorgevoel dat zijn hele leven zou lijken op dat moment. Hij zou menselijke emoties doormaken, soms zouden ze heel dichtbij zijn. Anderen zou geluk ten deel vallen, of wanhoop, maar niets van dat alles zou hem ooit werkelijk kunnen raken of kwetsen. In de loop van de avond had Annabelle al dansend meermalen een blik in zijn richting geworpen. Hij had willen bewegen, maar hij kon het niet. Hij had heel sterk het gevoel gehad alsof hij in ijskoud water wegzonk. Toch was alles buitengewoon rustig. Hij voelde zich van de wereld gescheiden door een paar centimeter leegte, die als het ware een schild of een pantser om hem heen vormden.

15

De volgende ochtend was Michels tent leeg. Al zijn eigendommen waren verdwenen, maar hij had een briefje achtergelaten, waarvan de tekst kortweg luidde: 'MAAK JE NIET ONGERUST.'

Bruno ging een week later weg. Toen hij in de trein stapte, besefte hij dat hij gedurende het verblijf niemand had proberen te versieren, en op het einde zelfs met niemand meer had proberen te praten.

Eind augustus merkte Annabelle dat ze over tijd was. Dat was ook maar beter, zei ze bij zichzelf. Het probleem was snel opgelost: Davids vader kende een dokter, een fervente aanhanger van de Gezinsplanning*, die een praktijk had in Marseille. Het was een enthousiaste dertiger met een klein rossig snorretje, die Laurent heette. Hij stond erop dat ze hem bij zijn voornaam noemde: Laurent. Hij liet haar de verschillende instrumenten zien, legde haar uit hoe zuigcurettage en klassieke curettage in hun werk gingen. Hij hechtte aan een democratische dialoog met zijn patiëntes, die hij veeleer als vriendinnen beschouwde. Vanaf het begin steunde hij de vrouwen in hun strijd, en volgens hem viel er nog veel te doen. De operatie werd vastgesteld voor de volgende dag, de kosten zouden voor rekening van de Gezinsplanning komen.

Annabelle kwam volkomen overstuur terug op haar hotelkamer. De volgende dag zou ze zich laten aborteren, ze zou nog een nacht in het hotel slapen, daarna zou ze weer naar huis gaan – dat had ze besloten. Drie weken lang had ze David elke nacht opgezocht in zijn tent. De eerste keer had het een beetje pijn gedaan, maar daarna had ze genot gevoeld, heel veel genot; ze had zelfs niet vermoed dat seksueel genot zo intens kon zijn. Toch voelde ze geen greintje genegenheid voor die man. Ze wist dat hij haar heel snel zou inruilen voor een ander, waarschijnlijk was hij daar zelfs al mee bezig.

Diezelfde avond, tijdens een maaltijd onder vrienden, sprak Laurent vol enthousiasme over het geval van Annabelle. Juist voor meisjes zoals zij hadden ze gevochten, gaf hij te kennen: om te voorkomen dat het leven van een meisje van nauwelijks zeventien jaar oud ('en bovendien knap', kon hij nog net inslikken) verknald zou worden door een vakantieavontuurtje.

Annabelle was doodsbang om naar Crécy-en-Brie terug te gaan, maar er gebeurde helemaal niets. Het was 4 september. Haar ouders complimenteerden haar met haar bruine kleur. Ze vertelden haar dat Michel was vertrokken en al op zijn kamer op de campus van Bures-sur-Yvette zat; het was duidelijk dat ze niets vermoedden. Ze ging naar Michels grootmoeder toe. De oude vrouw leek vermoeid, maar ze ontving haar hartelijk en gaf haar zonder mankeren het adres van haar kleinzoon. Ze had het een beetje vreemd gevonden dat Michel eerder dan de anderen was teruggekomen, ja. Ze had het ook vreemd gevonden dat hij al een maand voor het begin van de colleges naar de campus was verhuisd; maar Michel wás een vreemde jongen.

Te midden van de grote barbaarsheid van de natuur hebben mensen soms (zelden) warme, door liefde verlichte plekjes kunnen creëren. Kleine, dichte, besloten ruimten, waar intersubjectiviteit en liefde heersten.

De volgende twee weken bracht Annabelle door met het schrijven van een brief aan Michel. Het was moeilijk, ze moest keer op keer alles doorstrepen en opnieuw beginnen. Toen ze klaar was, besloeg de brief veertig bladzijden; voor het eerst was het een echte *liefdesbrief*. Ze deed hem op 17 september op de post, de dag dat haar school weer begon. Daarna wachtte ze af.

De faculteit van Orsay-Paris XI is de enige universiteit in de Parijse regio die echt ontworpen is volgens het Amerikaanse *campus*-model. Verspreid over een park bieden verschillende flats onderdak aan de studenten van de eerste tot en met de derde cyclus*. Orsay is niet alleen een onderwijsinstelling, maar ook een onderzoekscentrum van zeer hoog niveau op het gebied van de deeltjesfysica.

Michel woonde in een hoekkamer op de vierde en hoogste verdieping van gebouw 233. Hij voelde zich er direct thuis. Hij had er een klein bed, een bureau, planken voor zijn boeken. Zijn raam keek uit op een grasveld dat afliep naar de rivier. Als je je een beetje vooroverboog kon je helemaal aan de rechterkant de betonnen massa van de deeltjesversneller onderscheiden. In die tijd van het jaar, een maand voor de colleges begonnen, was de flat bijna leeg, er waren alleen wat Afrikaanse studenten – voor wie het vooral in augustus een probleem was onderdak te vinden, omdat de gebouwen dan helemaal dichtgingen. Michel wisselde een paar woorden met de conciërge. Overdag wandelde hij langs de rivier. Hij vermoedde nog niet dat hij meer dan acht jaar lang in deze studentenflat zou blijven wonen.

Op een ochtend, tegen elven, ging hij languit in het gras liggen, midden tussen de onbewogen bomen. Zijn eigen verdriet verbaasde hem. In zijn wereldbeeld waren de christelijke categorieën van verlossing en genade geheel afwezig, de hele idee van vrijheid en vergiffenis speelde er geen enkele rol in, waardoor het iets mechanisch en meedogenloos kreeg. Aangezien de basisvoorwaarden vastliggen en het stelsel van basisinteracties parametrisch is, dacht hij, voltrekken alle gebeurtenissen zich in een lege ruimte zonder enige bekoring; ze zijn volledig gedetermineerd. Wat gebeurd was moest gebeuren, het kon niet anders zijn dan zo, niemand kon verantwoordelijk worden gesteld. 's Nachts droomde Michel van abstracte ruimten bedekt met sneeuw; zijn geheel omzwachtelde lichaam dreef onder laaghangende wolken tussen hoogovens door.

Overdag kwam hij soms een van de Afrikanen tegen, een Maliër met een grauwe gelaatskleur; ze knikten naar elkaar. De mensa was nog niet open. Hij kocht blikjes tonijn bij de Continent in Courcelles-sur-Yvette en ging dan weer terug naar de studentenflat. De avond viel. Hij liep door lege gangen.

Rond half oktober schreef Annabelle hem een tweede brief, korter dan de vorige. In de tussentijd had ze met Bruno gebeld, die ook niets had gehoord. Hij wist alleen dat Michel regelmatig met zijn grootmoeder belde, maar dat hij haar waarschijnlijk niet vóór Kerstmis zou komen opzoeken.

Op een avond in november toen hij uit een werkcollege analyse kwam, vond Michel een bericht in zijn postvakje in de studentenflat. Het bericht luidde als volgt: 'Bel je tante Marie-Thérèse terug. DRINGEND.' Hij had zijn tante Marie-Thérèse al twee jaar nauwelijks meer gezien, en ook zijn nichtje Brigitte niet. Hij belde meteen terug. Zijn grootmoeder had weer een attaque gehad, ze was in het ziekenhuis van Meaux opgenomen. Het stond er slecht voor, waarschijnlijk zelfs heel slecht. De aorta was zwak, haar hart dreigde het te begeven.

Hij liep door Meaux, kwam langs het lyceum. Het was ongeveer tien uur. Op hetzelfde moment bestudeerde Annabelle in een leslokaal een tekst van Epicurus – een heldere, gematigde, Griekse, kortom een beetje zeikerige denker. De lucht was somber, het water van de Marne wild en vies. Hij vond probleemloos het ziekenhuiscomplex Saint-Antoine – een ultramodern gebouw, helemaal van glas en staal gemaakt, dat het jaar ervoor in gebruik was genomen. Zijn tante Marie-Thérèse en zijn nichtje Brigitte stonden hem op te wachten op het portaal van de zevende verdieping; ze hadden duidelijk gehuild. 'Ik weet niet of je haar wel moet zien...' zei Marie-Thérèse. Hij ging er niet op in. Wat moest worden doorgemaakt, zou hij doormaken.

Het was een kamer op de intensive care, zijn grootmoeder lag alleen. Het spierwitte laken liet haar armen en schouders onbedekt; hij kon nauwelijks zijn blik afhouden van die blote, gerimpelde, wittige, vreselijk oude huid. Haar armen, die aan het infuus lagen, waren met banden aan het bed vastgemaakt. Er stak een geribbelde slang in haar keel. Vanonder het laken kwamen draden te voorschijn die met registratieapparatuur verbonden waren. Ze hadden haar nachthemd uitgetrokken, en ze hadden haar niet eens de gelegenheid gegeven haar haar op een knotje te doen, zoals ze al jarenlang elke ochtend deed. Met haar lange, loshangende grijze haar was het niet helemaal meer zijn grootmoeder; het was een arm schepsel van vlees, tegelijk heel jong en heel oud, dat nu aan de genade van de geneeskunde was overgeleverd. Michel pakte haar hand vast; alleen haar hand zou hij helemaal kunnen herkennen. Hij pakte vaak haar hand vast, ook heel kort geleden nog, toen hij al zeventien was. Haar ogen gingen niet open, maar misschien herkende ze toch zijn aanraking. Hij kneep niet erg hard, hield haar hand gewoon in de zijne, zoals hij vroeger had gedaan. Hij hoopte vurig dat ze zijn aanraking zou herkennen.

De vrouw had een afschuwelijke jeugd gehad, met vanaf haar zevende het zware boerderijwerk in een omgeving van alcoholistische halve wilden. Haar jeugd was zo kort geweest dat ze zich er nauwelijks iets van herinnerde. Na de dood van haar man had ze in een fabriek gewerkt en ondertussen haar vier kinderen opgevoed; midden in de winter ging ze op de binnenplaats water halen, zodat het gezin zich kon wassen. Na haar zestigste, toen ze net met pensioen was, had ze erin toegestemd zich opníeuw te bekommeren om een jong kind – de zoon van haar zoon. Ook hem had het aan niets ontbroken – niet aan schone kleren, niet aan lekker eten zondagsmiddags en niet aan liefde. Dat had ze allemaal gedaan in haar leven. Een onderzoek van de mensheid dat een béétje volledig wil zijn, zal noodzakelijkerwijs rekening moeten houden met dat soort verschijnselen. Zulke mensen hebben bestaan, historisch gesproken. Mensen die hun hele leven werkten, hard werkten, louter uit toewijding en liefde. Die vol toewijding en liefde letterlijk hun leven aan anderen gaven. Die echter helemaal niet het gevoel hadden dat ze zich opofferden. Die zich in feite geen andere levenswijze konden voorstellen dan vol toewijding en liefde hun leven aan anderen te geven. In de praktijk waren die mensen over het algemeen vrouwen.

Michel bleef ongeveer een kwartier in de kamer, met de hand van zijn grootmoeder in de zijne. Toen kwam een co-assistent hem waarschuwen dat zijn aanwezigheid mogelijk weldra ongewenst zou zijn. Er kon misschien nog iets worden gedaan – geen operatie, nee, dat was onmogelijk; maar misschien toch iets, er was kortom nog niets verloren.

Op de terugweg werd er geen woord gezegd. Marie-Thérèse bestuurde machinaal de Renault 16. Ze aten ook zonder veel te zeggen, haalden af en toe een herinnering op. Marie-Thérèse bediende hen, ze moest iets te doen hebben; af en toe bleef ze stilstaan, huilde een beetje en ging dan weer terug naar de keuken.

Annabelle had de ambulance zien wegrijden en later de Renault 16 zien terugkomen. Tegen één uur 's nachts stond ze op en kleedde zich aan; haar ouders sliepen al. Ze liep tot aan het hek van Michels huis. Alle lichten waren aan, waarschijnlijk zaten ze in de woonkamer; maar door de gordijnen viel helemaal niets te onderscheiden. Het regende op dat moment zachtjes. Er gingen ongeveer tien minuten voorbij. Annabelle wist dat ze kon aanbellen en Michel kon zien; maar ze kon natuurlijk ook niets doen. Ze besefte niet helemaal dat wat ze doormaakte de concrete ervaring van de *vrijheid* was. In ieder geval was het ondraaglijk, en ze zou na die tien minuten nooit meer volkomen dezelfde zijn. Jaren later zou Michel een kleine theorie van de menselijke vrijheid formuleren naar analogie van het gedrag van superfluïde helium. Uitwisselingen van elektronen tussen de neuronen en de synapsen binnen de hersenen zijn onopvallende atomaire verschijnselen, en als zodanig in principe aan de kwantumtheoretische onvoorspelbaarheid onderhevig. Door het grote aantal neuronen heffen de elementaire verschillen elkaar statistisch echter weer op, met als gevolg dat het menselijk handelen – zowel in de hoofdlijnen als in de details – net zo strikt gedetermineerd is als elk ander natuurlijk stelsel. Niettemin ontstaat er in bepaalde, uiterst zeldzame gevallen – de christenen hadden het over *genadewerking* – een golf van nieuwe samenhang die zich binnen de hersenen verbreidt. Er verschijnt een nieuw gedragspatroon, van tijdelijke of blijvende aard, dat wordt beheerst door een heel ander stelsel van harmonische oscillatoren. Dan is er sprake van wat volgens de conventie een *vrije handeling* wordt genoemd.

Niets van dien aard deed zich die nacht voor, en Annabelle ging terug naar haar ouderlijk huis. Ze voelde zich aanzienlijk ouder. Er zou meer dan vijfentwintig jaar overheen gaan voor ze Michel zou terugzien.

De telefoon ging tegen drieën. Het leek de zuster oprecht te spijten. Ze hadden werkelijk al het mogelijke gedaan, maar eigenlijk was er vrijwel niets mogelijk. Het hart was te oud, zo eenvoudig lag het. In ieder geval had ze geen pijn geleden, dat konden ze wel zeggen. Maar, dat diende ook gezegd, het was afgelopen.

Michel ging naar zijn kamer, hij liep met heel kleine pasjes, van hooguit twintig centimeter. Brigitte wilde opstaan, Marie-Thérèse hield haar met een gebaar tegen. Er gingen ongeveer twee minuten voorbij, toen was er vanuit de slaapkamer een soort gemauw of gejank te horen. Dit keer vloog Brigitte erheen. Michel lag ineengerold op het voeteneinde van zijn bed. Zijn ogen puilden een beetje uit. Zijn gezicht weerspiegelde niets dat op verdriet leek, noch op enig ander menselijk gevoel. Zijn gezicht was vervuld van een dierlijke, weerzinwekkende angst.

Tweede deel

Vreemde momenten

1

Bruno verloor kort na Poitiers de controle over zijn voertuig. De Peugeot 305 slipte over de helft van het wegdek, schampte langs de vangrail en kwam na een halve draai tot stilstand. 'Gloeiende tering!' vloekte hij binnensmonds. 'Godgloeiende pokketering!' Een Jaguar die met 220 kilometer per uur kwam aanrijden remde abrupt, vloog zelf bijna tegen de andere vangrail en ging er luid toeterend weer vandoor. Bruno stapte uit en balde zijn vuist. 'Vuile flikker!' brulde hij. 'Vuile teringnicht!' Toen keerde hij zijn auto en vervolgde zijn weg.

Het Oord van Verandering is in 1975 door een groep '68-veteranen (om eerlijk te zijn had geen van hen ook maar iets gedaan in 1968, laten we zeggen dat ze de '68-*geest* bezaten) gesticht op een uitgestrekt, met sparren beplant terrein iets ten zuiden van Cholet, dat aan de ouders van een van hen toebehoorde. Het plan, dat sterk het stempel droeg van de libertaire idealen die begin jaren zeventig in de mode waren, bestond erin een concrete utopie tot stand te brengen, dat wil zeggen een plek waar men 'hier en nu' zou proberen te leven volgens de uitgangspunten van zelfbestuur, directe democratie en respect voor de vrijheid van het individu. Toch was het Oord niet de zoveelste leefgemeenschap. De bedoeling was bescheidener, namelijk het stichten van een vakantieoord, een plek waar de sympathisanten van die filosofie gedurende de zomermaanden de gelegenheid zouden hebben de geformuleerde uitgangspunten concreet in praktijk te brengen en er zo de confrontatie mee aan te gaan. Daarnaast was het de bedoeling dat er krachten zouden worden gebundeld en scheppende ontmoetingen tot stand gebracht, dat alles in een humanistische, republikeinse gezindheid. En ten slotte ging het er ook om, zoals een van de oprichters het uitdrukte, 'een lekker potje te neuken'.

Bruno verliet de snelweg bij de afrit Cholet-Zuid, waarna hij ongeveer tien kilometer lang over een kustweg bleef rijden. De kaart was onduidelijk en hij had het veel te warm. Bijna per toeval, had hij de indruk, zag hij het bord staan. In veelkleurige letters op een witte achtergrond kondigde het aan: 'OORD VAN VERANDERING'. Daaronder, op een kleiner bord van triplex, stond in rode letters een leus gekalligrafeerd die het devies van de plek scheen te zijn: '*De vrijheid van de anderen vergroot de mijne tot in het oneindige*' (Michail Bakoenin). Aan de rechterkant liep een pad, waarschijnlijk naar zee. Twee tienermeisjes sleepten een plastic eend achter zich aan. Ze droegen niets onder hun T-shirt, die teven. Bruno volgde hen met zijn ogen; zijn pik deed pijn. Natte T-shirts, zei hij somber bij zichzelf, het is me toch wat. Toen sloegen ze af; klaarblijkelijk gingen ze naar de camping ernaast.

Hij parkeerde zijn 305 en begaf zich naar een klein planken hokje waarboven een 'WELKOM'-bord hing. Binnen zat een vrouw van een jaar of zestig in kleermakerszit. Haar magere, gerimpelde borsten staken flauwtjes boven haar katoenen tuniek uit; Bruno had medelijden met haar. Ze glimlachte welwillend maar een beetje stijf. 'Welkom in het Oord,' zei ze ten slotte. Breed glimlachte ze opnieuw – was ze niet goed bij haar hoofd? 'Heb je je reserveringsbewijs?' Bruno haalde de papieren uit zijn kunstleren weekendtas. 'Perfect,' bracht de pisbak uit, nog altijd met haar achterlijke glimlach.

Auto's waren verboden op de camping. Hij besloot in twee stappen te werk te gaan. Eerst een plaats zoeken waar hij zijn tent kon neerzetten, daarna zijn spullen gaan halen. Vlak voor hij wegging had hij een iglotent gekocht bij La Samaritaine (gemaakt in de Volksrepubliek China, 2 à 3 personen, 449 franc).

Het eerste wat Bruno zag toen hij bij het grasveld kwam, was de piramide. Een basis van twintig meter, ribben van twintig meter: het ding was volmaakt gelijkzijdig. Alle wanden waren van glas, in vakken verdeeld door een ruitpatroon van donker hout. Sommige vakken weerspiegelden fel de stralen van de ondergaande zon, door andere was de innerlijke structuur te zien: vloerconstructies en scheidswanden, eveneens van donker hout. Het geheel moest het beeld van een boom oproepen, en slaagde daar heel aardig in – de stam werd gesymboliseerd door een grote cilinder die dwars door de piramide liep, en waarin zich waarschijnlijk de centrale trap bevond. Er kwamen mensen uit het gebouw, alleen of in groepjes; sommigen waren aangekleed, anderen naakt. In de ondergaande zon, die het gras deed glinsteren, riep dat alles het beeld van een sciencefictionfilm op. Bruno keek het schouwspel een paar minuten aan; toen nam hij zijn tent weer onder de arm en begon de eerste heuvel te beklimmen.

Het landgoed bestond uit een aantal beboste heuvels, waarvan de grond bedekt was met sparrennaalden, met af en toe een open plek. Verspreid over het terrein stonden hier en daar gemeenschappelijke toiletgebouwen. De plaatsen waren niet afgebakend. Bruno zweette een beetje, hij had last van winderigheid; zijn maaltijd in het wegrestaurant was duidelijk veel te overvloedig geweest. Hij had moeite helder na te denken. Toch, zo besefte hij, kon de plaats waar hij zijn tent zou neerzetten van doorslaggevend belang zijn voor het welslagen van zijn verblijf.

Op dat punt van zijn overpeinzingen beland zag hij een lijn die tussen twee bomen was gespannen. Er hingen slipjes aan te drogen, die zachtjes heen en weer bewogen in de avondbries. Dat was misschien een idee, zei hij tegen zichzelf. Op een camping maak je kennis met je buren; niet noodzakelijkerwijs om te neuken, maar je maakt toch in ieder geval kennis, dat is een mogelijke start. Hij legde zijn tent neer en begon de opzetinstructies te bestuderen. De Franse vertaling was erbarmelijk, de Engelse nauwelijks beter; voor de overige Europese talen zou het wel van hetzelfde laken een pak zijn. Klerespleetogen. Wat werd er in godsnaam bedoeld met: 'Omdraai de halfstijven teneinde de koepel te concretiseren'?

Hij staarde met groeiende wanhoop naar de schema's, toen er rechts van hem plotseling een soort squaw verscheen, gekleed in een leren minirokje, met haar dikke borsten zwabberend in de schemering. 'Ben je net aangekomen?' bracht de verschijning uit. 'Heb je hulp nodig bij het opzetten van je tent?' – 'Het lukt wel...' antwoordde hij met verstikte stem, 'het lukt wel, bedankt... Tof van je...' voegde hij daar in één adem aan toe. Hij voelde nattigheid. Inderdaad steeg er een paar seconden later gekrijs op uit de belendende wigwam. (Waar hadden ze dat ding in vredesnaam gekocht? Hadden ze het zelf gemaakt?) De squaw vloog eropaf en kwam weer naar buiten met twee piepkleine koters, een op elke heup, die ze traag heen en weer begon te wiegen. Het gekrijs verdubbelde. Het mannetje van de squaw kwam in een drafje aanzetten, pik in de wind. Het was een vrij potige kerel van een jaar of vijftig met een baard en lang grijs haar. Hij nam een van de aapjes in zijn armen en begon eraan te frunniken – weerzinwekkend was het. Bruno ging een paar meter verderop staan; hij had het benauwd gekregen. Met zulke monsters was hij zeker van een slapeloze nacht. Ze zoogde haar kroost, die moederkoe, dat was duidelijk; mooie borsten, dat wel.

Bruno liep tersluiks een aantal meter verder omhoog, weg van de wigwam. Hij wilde echter niet al te ver uit de buurt van de slipjes geraken. Ze waren heel verfijnd, een en al kant en doorschijnendheid; hij kon zich niet voorstellen dat ze van de squaw waren. Hij ontdekte een plekje tussen twee shelters (nichtjes? zusjes? schoolvriendinnetjes?) en toog aan de arbeid.

Toen hij klaar was, was de nacht al bijna gevallen. Hij ging in het halfduister naar beneden om zijn koffers te halen. Onderweg kwam hij verschillende mensen tegen, getweeën of alleen; heel wat vrouwen alleen, allemaal veertigers. Op regelmatige afstand van elkaar waren aan de bomen borden met 'WEDERZIJDS RESPECT' gespijkerd; hij liep naar een ervan toe. Onder het bord hing een bekertje, tot aan de rand gevuld met condooms die voldeden aan de wettelijke norm. Eronder stond een witte plastic afvalbak. Hij drukte op het pedaal en richtte zijn zaklamp: er zaten vooral bierblikjes in, maar ook een aantal gebruikte condooms. Dat is geruststellend, zei Bruno bij zichzelf: het lijkt hier te lopen.

De terugtocht omhoog viel hem zwaar. Zijn koffers sneden in zijn handen, hij raakte buiten adem; halverwege de helling moest hij stoppen. Er liepen een paar mensen over de camping, de stralen van hun zaklampen kruisten elkaar in het duister. Verderop lag de kustweg, er was nog veel verkeer. Er was een bloteborstenavond in de *Dynasty*, aan de weg naar Saint-Clément, maar hij had geen fut meer om erheen te gaan, of waar dan ook heen. Zo bleef Bruno ongeveer een halfuur staan. Ik kijk tussen de bomen door naar de lichten van de auto's, zei hij tegen zichzelf, en dat is dan mijn leven.

Terug bij zijn tent schonk hij een whisky in en trok zich zachtjes af terwijl hij bladerde in *Swing Magazine*, 'het recht op genot'; hij had het laatste nummer in een wegrestaurant in de buurt van Angers gekocht. Hij was niet werkelijk van plan te reageren op al die advertenties; hij voelde zich niet op een *gang bang* of een spermadouche berekend. Vrouwen die ermee instemden mannen alleen te ontmoeten gaven doorgaans de voorkeur aan zwarten, en stelden sowieso minimumeisen die hij met zijn lichaamsmaten bij lange na niet haalde. Nummer na nummer moest hij zich er weer bij neerleggen: om werkelijk in het pornocircuit te kunnen doordringen, was hij te klein geschapen.

Toch was hij meer in het algemeen niet ontevreden over zijn

uiterlijk. De haarimplantatie had goed gepakt, hij had een bekwame arts getroffen. Hij ging regelmatig naar de Gymnase Club*, en eerlijk gezegd vond hij zichzelf nog niet zo slecht voor een man van tweeënveertig. Hij schonk een tweede whisky in, kwam klaar op het tijdschrift en viel bijna gekalmeerd in slaap.

2

Dertien uur vliegen

Algauw werd het Oord van Verandering met een verouderingsprobleem geconfronteerd. De onderliggende idealen van zijn filosofie kwamen de jongelui van de jaren tachtig gedateerd voor. Afgezien van de workshops geïmproviseerd toneel en Californische massage was het Oord in feite vooral een camping. Wat het comfort van de accommodatie of de kwaliteit van de restauratievoorzieningen betreft, kon het echter niet op tegen de reguliere vakantiecentra. Bovendien maakte de anarchistisch getinte omgangscultuur die er heerste een precies toezicht op de bezoekers en de betalingen vrijwel onmogelijk; meteen al vanaf het begin was het financiële evenwicht wankel geweest, en de rode cijfers waren steeds moeilijker te vermijden.

Een eerste maatregel, die door de oprichters unaniem werd aangenomen, bestond erin aanzienlijk lagere tarieven voor jongeren in te stellen; het bleek niet voldoende. Aan het begin van het boekjaar 1984 stelde Frédéric Le Dantec tijdens de algemene jaarvergadering een verandering voor die de plek van voorspoed moest verzekeren. De onderneming – zo luidde zijn analyse – was de nieuwe avontuurvorm van de jaren tachtig. Ze hadden allemaal een waardevolle ervaring opgedaan in de technieken en therapieën die de humanistische psychologie had voortgebracht (*Gestalt*, *rebirthing*, *do in*, lopen over gloeiende kooltjes, transactionele analyse, zenmeditatie, NLP...). Waarom zouden ze die kennis niet herinvesteren in een programma van cursusweken voor ondernemingen? Na een stormachtig debat werd het plan aangenomen. In het kader daarvan werd de piramide gebouwd, benevens een vijftigtal bungalows met een beperkt maar aanvaardbaar comfort, bedoeld voor de huisvesting van de cursisten. Tegelijkertijd werd er een omvangrijke maar gerichte mailing verstuurd naar de P.Z.-directeuren van allerlei grote bedrijven. Een aantal oprichters met zeer linkse politieke opvattingen kon zich slecht in die overgang vinden. Er had een korte interne machtsstrijd plaats, en de geregistreerde vereniging die de plek beheerde werd ontbonden en vervangen door een B.V., waarvan Frédéric Le Dantec de voornaamste aandeelhouder was. Zijn ouders waren tenslotte de eigenaars van het terrein, en de afdeling Maine-et-Loire van de Crédit Mutuel leek bereid het project te ondersteunen.

Vijf jaar later was het Oord erin geslaagd een aardig lijstje van referenties op te bouwen (de Banque Nationale de Paris, IBM, het ministerie van Financiën, het telecombedrijf Bouygues, het Parijse gemeentelijk vervoerbedrijf...). Het hele jaar door werden er algemene of bedrijfsspecifieke cursussen georganiseerd, en de 'vakantieoord'-activiteit, die vooral uit nostalgie werd voortgezet, vertegenwoordigde nog maar vijf procent van de jaarlijkse omzet.

Bruno werd wakker met zware koppijn en zonder zich al te veel illusies te maken. Hij had het Oord leren kennen via een secretaresse die net een cursus 'Persoonlijke ontwikkeling – positief denken' achter de rug had voor vijfduizend franc per dag. Hij had de brochure voor de zomervakantie aangevraagd: sociaal, associatief, libertair, hij kende het wel. Maar een statistische noot onderaan op de bladzijde had zijn aandacht getrokken: de vorige zomer, in juli en augustus, had het Oord voor drieënzestig procent vrouwen getrokken. Praktisch twee vrouwen op elke vent – dat was een uitzonderlijke verhouding. Hij had direct besloten een week in juli uit te trekken om eens te gaan kijken; kamperen was bovendien minder duur dan Club Med of zelfs de UCPA*. Hij kon natuurlijk al raden wat voor vrouwen er zouden zijn: geflipte, waarschijnlijk seropositieve ex-linksen. Maar goed, met twee vrouwen op elke man had hij kans genoeg. Als hij het een beetje goed aanpakte, kon hij er zelfs twee krijgen.

Seksueel was zijn jaar goed begonnen. Door de komst van meisjes uit Oost-Europa was de prijs gekelderd, je vond nu moeiteloos een persoonlijke relaxatie voor 200 franc, tegen 400 franc een paar maanden eerder. Helaas had hij in april een grote reparatie aan zijn auto gehad, en het was ook nog eens zijn eigen schuld. De bank was begonnen druk op hem uit te oefenen; hij had zich moeten beperken.

Hij duwde zich met één elleboog overeind en schonk een eerste whisky in. *Swing Magazine* lag nog altijd open op dezelfde bladzijde: een vent, die zijn sokken had aangehouden, richtte zijn geslacht met zichtbare moeite naar de lens; hij heette Hervé.

Niks voor mij, herhaalde Bruno een paar keer, niks voor mij. Hij schoot een boxershort aan en ging op weg naar het toiletgebouw. Tenslotte, hield hij zichzelf hoopvol voor, was die squaw van gisteren bijvoorbeeld relatief de zonde waard. Grote, een beetje slappe borsten, dat was zelfs ideaal voor een lekker nummertje Spaans, en dat was alweer drie jaar geleden. Toch was hij verzot op Spaans. Maar hoeren houden er over het algemeen niet van. Kunnen ze er niet tegen het sperma op hun gezicht te krijgen? Kost het meer tijd en persoonlijke inzet dan pijpen? Maar het scheen in ieder geval een ongewone behandeling te zijn; Spaans werd over het algemeen niet apart gefactureerd, het stond dus niet op het menu en was dus moeilijk te verkrijgen. Voor de meisjes was het eerder iets voor privé. Alleen privé, punt uit. Meermalen had Bruno, wanneer hij uit was op een nummertje Spaans, zijn toevlucht moeten nemen tot gewone masturbatie, of pijpen. Soms beviel dat overigens goed; wat niet wegnam dat het aanbod aan Spaans structureel onvoldoende was. Dat dacht Bruno.

Op dat punt van zijn overpeinzingen beland bereikte hij toiletruimte nr. 8. Hij had zich min of meer neergelegd bij de gedachte dat hij er oude wijven zou tegenkomen, en er ging dan ook een enorme schok door hem heen toen hij de tienermeisjes ontdekte. Ze waren met z'n vieren, tussen de vijftien en de zeventien jaar oud, bij de douches, recht tegenover de rij wasbakken. Twee van hen stonden in bikinislipje te wachten, de andere twee dartelden als alvertjes, kletsten, gooiden water naar elkaar, slaakten kleine kreetjes – ze waren helemaal naakt. Het schouwspel bezat een onbeschrijfelijke bevalligheid en sensualiteit; dit had hij niet verdiend. Hij kreeg een stijve in zijn boxershort. Hij haalde met één hand zijn geslacht te voorschijn en drukte zich tegen de draagsteun van de wasbak aan, terwijl hij ondertussen probeerde zijn tanden te stoken. Hij prikte in zijn tandvlees en haalde een bebloede tandenstoker uit zijn mond. Het uiteinde van zijn geslacht was heet, opgezwollen, het jeukte verschrikkelijk; er begon zich een druppel te vormen.

Een van de meisjes, een tengere brunette, kwam onder het water vandaan en greep naar een badhanddoek; voldaan klopte ze op haar jonge borsten. Een klein meisje met rossig haar liet haar slipje naar beneden zakken en nam haar plaats in onder de douche. Het haar bij haar poesje was goudblond. Bruno kreunde zachtjes, er liep een duizeling door hem heen. In gedachten zag hij zichzelf al in actie komen. Het was zijn goed recht zijn boxershort uit te trekken en bij de douches te gaan staan wachten. Het was zijn goed recht te wachten om onder de douche te gaan. Hij zag zich al voor hen staan met een stijve en stelde zich voor hoe hij een zin formuleerde van het type: 'Is het water warm?' De twee douches bevonden zich vijftig centimeter van elkaar; als hij naast het kleine rossige meisje zou gaan staan, zou ze misschien per ongeluk zijn pik aanraken. Bij die gedachte werd hij door een nog sterkere duizeling bevangen. Hij klampte zich vast aan het aardewerk van de wasbak. Op hetzelfde moment sprongen er aan de rechterkant onder zeer luid gelach twee jongens te voorschijn, gekleed in zwarte shorts met fluorescerende strepen. Bruno kreeg onmiddellijk een slappe, borg zijn geslacht weg in zijn boxershort en concentreerde zich op zijn mondhygiëne.

Later, nog altijd niet van de schok van de ontmoeting bekomen, daalde hij de helling af naar de ontbijttafels. Hij ging apart zitten en knoopte met niemand een gesprek aan. Terwijl hij zijn vitaminevlokken wegkauwde mijmerde hij over het vampierachtige, faustiaanse karakter van de zucht naar seks. Geheel ten onrechte, dacht Bruno bijvoorbeeld, heeft men het over homoseksuelen. Hijzelf had nog nooit, of bijna nooit, homoseksuelen ontmoet; daarentegen kende hij talloze *pederasten*. Sommige pederasten – gelukkig waren dat er niet veel – geven de voorkeur aan kleine jongetjes. Die eindigen in de gevangenis, met onvoorwaardelijke straffen zonder kans op vervroegde vrijlating, en niemand heeft het er meer over. De meeste pederasten geven echter de voorkeur aan jongens tussen de vijftien en de vijfentwintig; daarbóven zijn er voor hen alleen nog maar versleten oude reten. Kijk nu eens naar twee oude poten onder elkaar, placht Bruno te zeggen, kijk eens aandachtig naar ze: soms is er sympathie, of zelfs wederzijdse genegenheid; maar smachten ze naar elkaar? Absoluut niet. Zodra er toevallig een klein rond poepgaatje van vijftien tot vijfentwintig langskomt, verscheuren ze elkaar als twee aftakelende oude panters, ze verscheuren elkaar om dat kleine ronde poepgaatje te bezitten. Dat dacht Bruno.

Zoals in veel andere gevallen hadden de vermeende homoseksuelen een voorbeeldfunctie vervuld voor de rest van de maatschappij, dacht Bruno ook nog. Hijzelf, bijvoorbeeld, was tweeënveertig. Verlangde hij daarom naar vrouwen van zijn leeftijd? Absoluut niet. Integendeel, voor een klein poesje verpakt in een minirokje voelde hij zich nog altijd bereid tot het einde van de wereld te gaan. Of in ieder geval tot Bangkok. Toch nog altijd dertien uur vliegen.

3

Seksuele begeerte richt zich vrijwel uitsluitend op jonge lichamen, en de geleidelijke bezetting van het terrein van de verleiding door heel jonge meisjes was in feite niets anders dan een terugkeer naar de normale situatie, een terugkeer naar de reële begeerte analoog aan de bekende terugkeer naar het reële prijsniveau na een overhitting van de beurs. Dat neemt niet weg dat vrouwen die in de jaren rond '68 twintig waren, zich op hun veertigste in een lastig parket bevonden. Ze waren over het algemeen gescheiden en konden dus niet meer terugvallen op de huwelijkse staat – of die nu warmte bood of verwerpelijk was – die ze zelf uit alle macht hadden bestreden. Aangezien ze deel uitmaakten van een generatie die – voor het eerst in die mate – de jeugd superieur aan de volwassenheid had verklaard, mocht het ze toch nauwelijks verbazen dat zij op hun beurt werden veracht door de generatie die voorbestemd was hun plaats in te nemen. En ten slotte moest de lichaamscultus waar ze zelf in belangrijke mate toe hadden bijgedragen er wel toe leiden, naarmate hun huid slapper begon te worden, dat ze voor zichzelf een steeds grotere afkeer gingen voelen – die overigens overeenkwam met de afkeer die ze in de ogen van de anderen konden lezen.

De mannen van hun leeftijd bevonden zich *grosso modo* in dezelfde situatie, maar dat gemeenschappelijke lot zou niet de minste of geringste verbondenheid tussen hen tot stand brengen: na hun veertigste bleven de mannen over het algemeen achter jonge vrouwen aan zitten – en soms met enig succes, in ieder geval voor degenen onder hen die zich behendig aan het sociale spel hadden overgegeven en daarmee een bepaalde intellectuele, financiële of publieke status hadden verworven. Voor de vrouwen betekenden de jaren van de rijpheid mislukking, masturbatie en schaamte.

Het Oord van Verandering was bij uitstek een plaats van seksuele vrijheid en ongebreidelde begeerte, en als zodanig moest het wel een plaats van neerslachtigheid en verbittering worden, meer dan enige andere. Vaarwel, menselijke ledematen, bij vollemaan verstrengeld op de open plek! Vaarwel, quasi-dionysische vieringen onder de middagzon van lichamen gehuld in olie! Zo bazelden de veertigers terwijl ze naar hun uitgeputte pikken en hun papperige vetkwabben staarden.

In 1987 deden de eerste workshops van semi-religieuze inslag hun intrede in het Oord. Vanzelfsprekend bleef het christendom taboe, maar een exotische mystiek met voldoende wazigheid viel – voor die mensen, die in feite niet bijster intelligent waren – goed te verenigen met de lichaamscultus die ze tegen elke logica bleven aanprijzen. De workshops voor sensitieve massage en orgonebevrijding bleven uiteraard doorgaan, maar er viel ook een steeds warmere belangstelling waar te nemen voor astrologie, Egyptische tarot, subtiele energieën en meditatie over de chakra's. Er vonden 'ontmoetingen met de Engel' plaats, men leerde het vibreren van kristallen te voelen. Het Siberische sjamanisme was een opvallende nieuwkomer in 1991, toen een van de deelnemers tijdens het langdurige inwijdingsverblijf in een *sweat lodge* gestookt met heilige kooltjes een hartstilstand kreeg en overleed. De tantra – die seksueel gewrijf, vage spiritualiteit en diepgeworteld egoïsme met elkaar verenigde – was een bijzonder groot succes. Kortom, in een paar jaar werd het Oord – net als zoveel andere plekken in Frankrijk of West-Europa – een vrij druk bezocht *new age*-centrum, terwijl het toch ook een hedonistisch en libertair 'jaren '70'-karakter bleef behouden, waardoor het een unieke positie op de markt innam.

Na het ontbijt ging Bruno terug naar zijn tent, aarzelde of hij zich zou aftrekken (de herinnering aan de tienermeisjes was nog altijd levendig), maar zag er uiteindelijk van af. Die meisjes die hem het hoofd op hol brachten waren ongetwijfeld het kroost van de '68-veteranes die je in veel groteren getale tegenkwam binnen de omtrek van de camping. Sommigen van die oude snollen waren er dus toch in geslaagd zich voort te planten. Dat feit deed Bruno verzinken in vage maar onaangename overpeinzingen. Hij ritste ruw zijn iglotent open; de lucht was blauw. Kleine wolkjes dreven als spermaspetters tussen de sparren; het werd een stralende dag. Hij raadpleegde het weekprogramma – hij had mogelijkheid nummer 1 gekozen, *Creativiteit en ontspanning*. Voor de ochtend had hij de keuze uit drie workshops: mime en psychodrama, aquarel, ongedwongen schrijven. Psychodrama nee dank u, daar was hij al eens ingestonken, een weekend in een kasteel bij Chantilly: toegevoegde docentes in de sociologie van over de vijftig die op gymnastiekmatten lagen te spartelen en om beertje beertje dreinden bij hun papa's; dat kon hij beter zien te vermijden. Aquarel was verleidelijk, maar het zou buiten plaatsvinden – midden in de sparrennaalden hurken, met alle insecten en alle problemen van dien, om waardeloze schilderijen te maken, was dat wat hij wilde?

De docente van de schrijfworkshop had lang zwart haar en een grote, met karmijnrood geaccentueerde mond (van het type dat gewoonlijk 'pijpmond' wordt genoemd). Ze droeg een zwarte tuniek en een strakke zwarte broek. Mooie vrouw, klasse. Maar wel een ouwe tor, dacht Bruno, terwijl hij neerhurkte op een min of meer willekeurige plaats in de onduidelijke cirkel die de deelnemers vormden. Rechts van hem stond een gezette vrouw met grijs haar, een dikke bril en een afgrijselijk grauwe gelaatskleur luidruchtig te hijgen. Ze stonk naar wijn, en dat terwijl het nog maar halfelf was.

'Om onze gezamenlijke aanwezigheid te eren,' stak de docente van wal, 'om de Aarde en de vijf richtingen te eren, zullen we de workshop beginnen met een beweging uit de hatha yoga die *begroeting van de zon* heet.' Er volgde een beschrijving van een onbegrijpelijke houding; de dronkelap naast hem liet een eerste boer ontsnappen. 'Je bent moe, Jacqueline,' luidde het commentaar van de yogini. 'Je hoeft niet mee te doen aan de oefening als je het niet voelt. Ga maar liggen, de groep doet zo meteen met je mee.'

Inderdaad moesten ze gaan liggen, terwijl de karmische kinderjuffrouw kalmerende, holle woorden opdiste, type bronwaterreclame: 'Je betreedt een heerlijk, zuiver water. Dat water omspoelt je ledematen, je buik. Je bedankt je moeder de Aarde. Je drukt je vol vertrouwen tegen je moeder de Aarde aan. Voel je verlangen. Je bedankt jezelf voor het verlangen dat je jezelf hebt gegeven,' enzovoort. Liggend op de smerige tatami voelde Bruno zijn tanden trillen van ergernis. De dronkelap naast hem boerde met regelmatige tussenpozen. Tussen twee boeren door ademde ze uit met diepe *Haaah!*'s die geacht werden haar staat van ontspanning te materialiseren. De karmische lellebel vervolgde haar sketch, zinspelend op de tellurische krachten die de buik en het geslacht bestralen. Nadat ze de vier elementen was afgelopen, besloot ze, tevreden over haar optreden, met de volgende zinnen: 'Je hebt nu de barrière van het rationele innerlijk overwonnen, je hebt contact gelegd met je diepe lagen. Ik wil dat je je volledig openstelt en de grenzeloze ruimte van de schepping benut.' Haar op je kut, dacht Bruno woedend, terwijl hij met moeite overeind kwam. De *schrijfsessie* vond plaats, gevolgd door een algemene presentatie en een voordracht van de teksten. Er was maar één redelijk lekker mokkeltje in de workshop: een kleine roodharige in spijkerbroek en T-shirt, zeker niet slecht, die luisterde naar de naam Emma en een volstrekt onnozel gedicht had geschreven, waarin sprake was van maanschapen. In het algemeen dropen ze allemaal van dankbaarheid en van de vreugde van het hervonden contact – onze moeder de Aarde en onze vader de Zon, kortom. Bruno kwam aan de beurt. Met droefgeestige stem las hij zijn korte tekst voor:

Taxichauffeurs dat zijn flikkers
Ze stoppen niet, je kunt stikken.

'Zo voel jij het...' zei de yogini. 'Zo voel jij het, omdat je je slechte energieën niet achter je hebt gelaten. Ik voel dat je vol zit met diepere lagen. Wij kunnen je helpen, hier en nu. We zullen nu opstaan en ons weer op de groep richten.'

Ze kwamen weer overeind, namen elkaar bij de hand en vormden zo een cirkel. Schoorvoetend pakte Bruno aan zijn rechterkant de hand van de dronkelap vast en aan zijn linkerkant die van een weerzinwekkende oude baardman die op de schrijver Cavanna leek. Geconcentreerd maar heel kalm hief de yogische juf een lang aangehouden '*omm!*' aan. Dat was het startsignaal, ze hieven allemaal hun eigen '*omm!*' aan, alsof ze hun hele leven niets anders hadden gedaan. Dapper probeerde Bruno zich aan te passen aan het klinkende voorbeeldritme, tot hij aan zijn rechterkant plotseling uit balans werd gebracht. De dronkelap, geheel in trance, was bezig als een blok ineen te zakken. Hij liet haar hand los, kon echter niet verhinderen dat hij viel en kwam op zijn knieën voor die ouwe kameel terecht, die op haar rug lag te trappelen op de tatami. De yogini hield even stil om kalm te constateren: 'Ja, Jacqueline, je hebt gelijk om te gaan liggen als je dat voelt.' Die twee leken elkaar goed te kennen.

De tweede schrijfsessie verliep iets beter. Geïnspireerd door een beeld dat die ochtend door hem heen was geschoten, slaagde Bruno erin het volgende gedicht te produceren:

Ik lig bij het bad
(Haar op je lat!)
En zon mijn snikkel
(Haar op je snikkel!)

Ik vind God terug
Op het terras,
Hij ligt op zijn rug,
Hij eet ananas.

Waar is zijn huis?
(Haar op je kruis!)
Hoog in de hemel
(Haar op je piemel!)

'Er zit veel humor in...' luidde het lichtelijk afkeurende commentaar van de yogini. – 'Een soort mystiek...' waagde de boerster. 'Of liever gezegd een indirecte mystiek...' Waar was hij aan begonnen? Hoe lang zou hij dit kunnen verdragen? Was het alle moeite wel waard? Bruno vroeg het zich oprecht af. Na afloop van de workshop haastte hij zich naar zijn tent, zonder ook maar te proberen een gesprek aan te knopen met de kleine roodharige vrouw; voor hij ging lunchen had hij behoefte aan een whisky. Toen hij in de buurt van zijn tent kwam, liep hij een van de tienermeisjes tegen het lijf die hij onder de douche had begluurd. Met een sierlijk gebaar, waardoor haar borsten omhoogkwamen, haalde ze de kanten slipjes die ze de vorige dag te drogen had gehangen van de waslijn. Hij had het gevoel dat hij elk moment in de lucht uiteen kon barsten en zich in vettige vezels over de camping verspreiden. Wat was er precies veranderd sinds zijn eigen puberteit? Hij had dezelfde verlangens, met daarbij het besef dat hij ze waarschijnlijk niet kon bevredigen. In een wereld die alleen de jeugd hoogacht worden mensen beetje bij beetje *verslonden*. Voor de lunch liet hij zijn oog vallen op een katholiek meisje. Dat was niet moeilijk, ze droeg een groot ijzeren kruis om haar hals; bovendien had ze van die oogleden die onderaan gezwollen zijn en daardoor diepte aan de blik geven, wat vaak een herkenningsteken van een katholieke of mystieke vrouw is (hoewel soms ook van een alcoholische). Lang zwart haar, een zeer blanke huid, een beetje mager maar niet slecht. Tegenover haar zat een meisje met roodblond haar, type Zwitsers-Californische: minimaal één meter tachtig, volmaakt lichaam, ogenschijnlijk afgrijselijk gezond. Zij was verantwoordelijk voor de tantraworkshop. In werkelijkheid was ze geboren in Créteil en heette ze Brigitte Martin. In Californië had ze nieuwe borsten genomen en zich laten inwijden in de verschillende vormen van oosterse mystiek; ze was bovendien van voornaam veranderd. Terug in Créteil gaf ze buiten de vakantietijd een tantraworkshop in Les Flanades onder de naam Shanti Martin. Het katholieke meisje scheen haar enorm te bewonderen. Aanvankelijk kon Bruno goed meedoen met het gesprek, dat over natuurlijke voedingswijzen ging – hij had zich gedocumenteerd op het gebied van tarwekiemen. Maar algauw gingen ze op religieuze onderwerpen over en kon hij het niet meer volgen. Mocht Jezus worden gelijkgesteld aan Krishna, en zo niet, aan wie dan wel? Verdiende Rintintin de voorkeur boven Rusty? Hoewel ze katholiek was, had het katholieke meisje het niet op de paus; met zijn middeleeuwse denkraam remde Johannes Paulus II de spirituele evolutie van het Westen, luidde haar stelling. 'Je hebt gelijk,' zei Bruno, 'dat is een karpatenkop van heb ik jou daar.' Die vrij onbekende uitdrukking leverde hem weer wat belangstelling van de twee anderen op. 'En de dalai lama kan zijn oren bewegen...' besloot hij mistroostig, terwijl hij de laatste hap van zijn sojaburger wegwerkte.

Kordaat stond het katholieke meisje van tafel op, zonder koffie te nemen. Ze wilde niet te laat komen voor haar workshop persoonlijke ontwikkeling, *De regels van het ja-ja*. 'O ja, het ja-ja is fantastisch!' hief de Zwitserse vol vuur aan, terwijl ze op haar beurt opstond. 'Bedankt voor de gedachtewisseling...' zei het katholieke meisje, en met een allerliefste glimlach draaide ze haar hoofd in zijn richting. Dus hij had het er niet al te slecht afgebracht. 'Met van die trutten praten,' dacht Bruno toen hij de camping weer overstak, 'dat is net zoiets als pissen in een pisbak vol peuken, of schijten in een schijthok vol maandverband: alles zit zo verstopt dat er niets naar binnen kan, en het begint allemaal vreselijk te stinken.' Tussen de huiden zit ruimte. Woorden schieten als elastiek door de ruimte, de ruimte tussen de huiden. Zijn woorden werden niet opgemerkt, vonden geen weerklank, leken domweg in de lucht te blijven hangen, waar ze begonnen te rotten en te stinken, dat leed geen twijfel. Woorden zorgen voor contact, maar ze kunnen het ook in de weg staan.

Bij het zwembad ging hij in een ligstoel liggen. De meisjes liepen idioot met hun heupen te wiegen met de bedoeling in het water te worden gegooid door de jongens. De zon stond op zijn hoogtepunt; glimmende naakte lichamen ontmoetten elkaar rond het blauwe oppervlak. Zonder er aandacht aan te schenken verdiepte Bruno zich in *De zes kameraden en de man met de handschoen*, waarschijnlijk het meesterwerk van Paul-Jacques Bonzon, recentelijk opnieuw uitgegeven in de Groene Reeks*. In de bijna ondraaglijke zon was het aangenaam je in de nevel van Lyon te bevinden in het geruststellende gezelschap van de brave hond Kapi.

Het middagprogramma bood hem de keuze tussen *sensitive gestaltmassage*, stembevrijding en *rebirthing* in warm water. De massage leek bij voorbaat het meest *hot.* Hij kreeg een vluchtige indruk van de stembevrijding toen hij de helling op klom naar de massageworkshop: ze waren met ongeveer tien man, allemaal bijzonder opgewonden, die krijsend als bange kalkoenen overal rondsprongen onder begeleiding van de tantriste.

Op de top van de heuvel vormden schraagtafels bedekt met badhanddoeken een grote cirkel. De deelnemers waren naakt. In het midden van de cirkel gaf de workshopleider, een loensend mannetje met bruin haar, een kort historisch overzicht van de *sensitive gestaltmassage.* Die was ontstaan uit de door Fritz Perls ontwikkelde *gestaltmassage* of 'Californische massage', en had geleidelijk aan bepaalde verworvenheden van de sensitieve massage overgenomen, waardoor het uiteindelijk –

dat was althans zijn mening – de meest volledige massagemethode was geworden. Hij wist dat sommige mensen in het Oord die opvatting niet deelden, maar hij had geen zin daarover in discussie te treden. Hoe het ook zij – en daarmee besloot hij zijn inleiding – je had massage en massage; strikt gesproken kon je zelfs zeggen dat geen twee massages gelijk waren. Toen die voorbereidende stappen waren gezet, ging hij over tot de demonstratie, waarvoor hij een van de deelneemsters languit liet liggen. 'De spanningen van je partner voelen...' merkte hij op, terwijl hij haar schouders streelde; zijn pik schommelde heen en weer op een paar centimeter afstand van het lange blonde haar van het meisje. 'Eén geheel vormen, altijd één geheel vormen...' vervolgde hij, en hij goot wat olie op haar borsten. 'De integriteit van het lichaamsschema respecteren...' Zijn handen daalden over de buik, het meisje had haar ogen gesloten en deed met zichtbaar genot haar benen wijd.

'Ziezo,' besloot hij, 'jullie gaan nu twee aan twee aan de slag. Loop rond, ontmoet elkaar in de ruimte. Neem de tijd om elkaar te ontmoeten.' Gebiologeerd door de voorafgaande scène reageerde Bruno te laat, terwijl hier nu juist alles op het spel stond. Het ging erom rustig op de begeerde partner toe te lopen, glimlachend voor haar stil te houden en haar kalm te vragen: 'Wil je met mij werken?' De anderen leken het liedje al te kennen, en binnen dertig seconden was iedereen bezet. Bruno wierp een radeloze blik om zich heen en ontdekte een kleine man met bruin haar tegenover zich, breedgeschouderd, harig, fors geschapen. Het was niet tot hem doorgedrongen, maar er waren maar vijf meisjes voor zeven kerels.

Goddank zag de ander er niet uit als een nicht. Zichtbaar woedend ging hij zonder een woord te zeggen op zijn buik liggen, legde zijn hoofd op zijn gekruiste armen en wachtte af. 'De spanningen voelen... de integriteit van het lichaamsschema respecteren...' Bruno nam nog wat extra olie maar kwam niet verder dan de knieën; de vent hield zich zo stijf als een plank. Zelfs zijn billen waren behaard. De olie begon op de badhanddoek te druipen, zijn kuiten moesten totaal doorweekt zijn. Bruno keek op. Vlakbij lagen twee mannen op hun rug. Zijn linkerbuurman liet zijn borstspieren masseren, de borsten van het meisje schudden zachtjes heen en weer; hij had zijn neus ter hoogte van haar poesje. De radiocassetterecorder van de workshopdocent zond een weids tapijt van synthesizerklanken de lucht in, de hemel was smetteloos blauw. Om hem heen verhieven de pikken zich langzaam in het licht, glanzend van de massageolie. Dat alles was gruwelijk *werkelijk*. Hij kon niet meer verdergaan. Aan de andere kant van de cirkel gaf de docent adviezen aan een koppel. Bruno pakte snel zijn rugzak en liep de helling af in de richting van het zwembad. Rond het bassin was het spitsuur. Uitgestrekt op het gras lagen naakte vrouwen te kletsen, te lezen of gewoon te zonnen. Waar moest hij gaan zitten? Met zijn handdoek in de hand begon hij kriskras rond te lopen over het grasveld; hij aarzelde als het ware tussen al die vagina's. Hij begon zich juist voor te houden dat hij een beslissing moest nemen, toen hij het katholieke meisje zag praten met een kleine, levendige gekleurde man met een gedrongen postuur, krullend zwart haar en pretoogjes. Hij maakte een vaag gebaar van herkenning – dat ze niet zag – en plofte in de buurt neer. Iemand riep de kleine man in het voorbijgaan toe: 'Ha die Karim!' Hij zwaaide als antwoord, zonder met praten te stoppen. Languit op haar rug liggend luisterde zij in stilte toe. Tussen haar magere dijen had ze een prachtig venusheuveltje, heel mooi gewelfd, met weldadig krullende zwarte haartjes. Al pratend masseerde Karim zachtjes zijn kloten. Bruno legde zijn hoofd op de grond en concentreerde zich op de schaamhaartjes van het katholieke meisje, een meter van hem vandaan: het was een wereld vol zachtheid. Hij viel als een blok in slaap.

Op 14 december 1967 nam het Franse parlement de wet-Neuwirth op de legalisatie van anticonceptie bij de eerste lezing aan; hoewel de pil nog niet door het ziekenfonds werd vergoed, was hij voortaan vrij te koop in de apotheken. Vanaf dat moment hadden brede lagen van de bevolking toegang tot de *seksuele bevrijding*, die voorheen voorbehouden was aan leidinggevenden, vrije beroepsuitoefenaars en kunstenaars – en aan sommige eigenaars van kleine en middelgrote ondernemingen. Het is pikant te constateren dat die *seksuele bevrijding* soms is voorgesteld als een gemeenschappelijke droom, terwijl het in werkelijkheid om een nieuwe fase in de historische ontwikkeling van het individualisme ging. Zoals het mooie Franse woord *ménage* aangeeft, dat zowel 'huishouden' als 'zuinigheid' betekent, vertegenwoordigden het echtpaar en het gezin het laatste eilandje van primitief collectivisme binnen de liberale samenleving. De seksuele bevrijding leidde tot de vernietiging van die tussengemeenschappen, de laatste buffers tussen het individu en de markt. Dat vernietigingsproces gaat ook nu nog onverminderd door.

Na de maaltijd organiseerde de dagelijkse leiding van het Oord van Verandering meestal *dansavonden*. Op zichzelf mocht die keuze verrassend heten op een plek die zozeer openstond voor alle nieuwe vormen van spiritualiteit, maar hij bewees nog maar eens dat de dansavond onovertroffen was als seksuele ontmoetingsmogelijkheid in een niet-collectivistische samenleving. In primitieve samenlevingen, zo stelde Frédéric Le Dantec, stond de dans, of de trance, bij feesten óók in het middelpunt. Op het centrale grasveld waren dus een geluidsinstallatie en een bar neergezet, en de mensen wiebelden tot diep in de nacht in het maanlicht. Voor Bruno was het een herkansing. Om de waarheid te zeggen gingen de tienermeisjes die op de camping aanwezig waren liever uit in de discotheken in de buurt (de *Bilboquet*, de *Dynasty*, de *2001*, eventueel de *Pirates*), die thema-avonden met schuim, mannelijke striptease of pornosterren op het programma hadden staan. In het Oord bleven alleen een paar jongens met een dromerig temperament en een klein geslacht achter. Die zaten overigens liever zachtjes in hun tent op een ontstemde gitaar te krabbelen; de anderen staken hun minachting voor hen niet onder stoelen of banken. Bruno voelde zich met die jongeren verwant. Maar hoe dan ook, bij gebrek aan jonge meisjes, die toch al bijna niet te vangen waren, zou hij 'met genoegen in elk willekeurig stuk vet zijn slamassel planten', om een lezer van *Newlook* te citeren die hij in cafetaria Angers-Noord had ontmoet. Gesterkt door die hoop daalde hij gekleed in een witte broek en een marine poloshirt om elf uur 's avonds af naar het epicentrum van het lawaai.

Toen hij zijn blik over de dansende menigte liet rondgaan, was de eerste die hij opmerkte Karim. Die had het katholieke meisje in de steek gelaten en concentreerde zijn inspanningen nu op een verrukkelijke rozenkruiserin. Zij en haar man waren die middag aangekomen; ze waren groot, ernstig en slank, en leken uit de Elzas afkomstig te zijn. Ze hadden hun intrek genomen in een reusachtige, uiterst ingewikkelde tent, een en al luifels en losse flapjes, waarvan het opzetten de echtgenoot vier uur had gekost. Aan het begin van de avond was hij tegen Bruno begonnen over de verborgen schoonheden van de Broederschap der Rozenkruisers. Zijn blik schitterde achter zijn kleine ronde brilletje; hij had alle uiterlijke kenmerken van een fanaticus. Volgens dit individu was de beweging in Duitsland ontstaan. Natuurlijk baseerde ze zich op bepaalde alchemistische inzichten, maar ze moest ook in verband worden gebracht met de Rijnlandse mystiek. Flikker- en nazi-spul, waarschijnlijk. 'Steek je kruis in je reet, beste kerel...' dacht Bruno dromerig, terwijl hij vanuit zijn ooghoek aandachtig het achterste van zijn heel knappe vrouw bestudeerde, die voor het butagas geknield zat. 'En doe die roos er nog maar bij...' besloot hij in gedachten toen ze overeind kwam, de borsten bloot, om haar man te bevelen hun kind schone kleren te komen aantrekken.

Wat niet wegnam dat ze nu met Karim danste. Ze vormden een bizar stel: hij was vijftien centimeter kleiner dan zij, dikkig en ondeugend tegenover die grote Germaanse matras. Hij glimlachte en bleef maar doorpraten tijdens het dansen, op het gevaar af zijn oorspronkelijke versierdoel uit het oog te verliezen. Toch leek hij vooruitgang te boeken: ook zij glimlachte, keek hem aan met een bijna gefascineerde nieuwsgierigheid, één keer barstte ze zelfs in schaterlachen uit. Aan de andere kant van het grasveld gaf haar echtgenoot een nieuwe volgeling uitleg over het ontstaan van de beweging in 1530 in een staatje in Nedersaksen. Met regelmatige tussenpozen krijste zijn driejarige zoontje, een onuitstaanbare blonde snotaap, dat hij naar bed moest worden gebracht. Kortom, ook hier was Bruno weer getuige van een authentiek moment van *werkelijk leven*. Dicht bij hem becommentarieerden twee nogal magere individuen die eruitzagen als geestelijken de verrichtingen van de versierder. 'Hij is vurig, snap je...' zei de een. 'Op papier kan hij zich haar niet veroorloven, hij is minder mooi, hij heeft een buikje, hij is zelfs kleiner dan zij. Maar hij is vurig, de klootzak, daarin onderscheidt hij zich.' De ander knikte mistroostig en vloekte nog een tijdje door. Terwijl hij zijn *screwdriver* opdronk, merkte Bruno dat Karim erin was geslaagd de rozenkruiserin op een helling in het gras te krijgen. Met één hand om haar nek, nog altijd pratend, liet hij zijn andere hand langzaam onder haar jurk glijden. 'Ze doet toch mooi wel haar beentjes wijd, die nazi-snol...' dacht hij, terwijl hij bij de dansers wegliep. Net voordat hij de lichtcirkel verliet, zag hij in een flits hoe het katholieke meisje haar kont liet betasten door een soort van skileraar. Hij had in zijn tent nog een blik ravioli staan.

Voordat hij terugging belde hij in een reflex van pure wanhoop naar zijn antwoordapparaat. Er was één bericht. 'Je zult wel met vakantie zijn...' klonk de rustige stem van Michel. 'Bel me als je terug bent. Ik heb ook vakantie, voor heel lang.'

4

Hij loopt, hij komt bij de rand. Zwermen roofvogels cirkelen rond een onzichtbaar middelpunt – waarschijnlijk een kadaver. De spieren van zijn dijbenen reageren soepel op de hoogteverschillen van het pad. Een gelige steppe bedekt de heuvels; in westelijke richting reikt het zicht oneindig ver. Hij heeft sinds de vorige dag niet gegeten. Hij is niet bang meer.

Hij wordt wakker, helemaal aangekleed, dwars op zijn bed. Voor de dienstingang van de Monoprix laadt een vrachtwagen goederen uit. Het is iets na zevenen.

Al jarenlang leidde Michel een zuiver intellectueel bestaan. De gevoelens die het leven van de mensen uitmaken waren niet zijn onderzoeksobject; hij kende ze slecht. Tegenwoordig kon je je leven inrichten met een volmaakte nauwkeurigheid. De kassajuffrouwen van de supermarkt beantwoordden zijn korte groet. Er was in de tien jaar dat hij in de flat woonde een groot verloop geweest. Soms vormde er zich een stel. Dan sloeg hij de verhuizing gade; in het trappenhuis droegen vrienden kisten en lampen. Ze waren jong, en soms lachten ze. Bij de scheiding die daarna volgde verhuisden de twee samenwonenden vaak (maar niet altijd) tegelijkertijd. Dan was er een woning vrijgekomen. Welke conclusie moest hij daaruit trekken? Hoe moest hij al die gedragingen interpreteren? Dat was lastig.

Hijzelf wilde alleen liefhebben, dat wil zeggen, hij wilde niets. Niets in het bijzonder. Het leven, dacht Michel, zou iets heel eenvoudigs moeten zijn; iets wat je zou kunnen ervaren als een samenstel van kleine riten, die eindeloos werden herhaald. Riten die misschien een beetje onnozel waren, maar waarop je kon vertrouwen. Een leven zonder inzet, en zonder drama's. Maar het leven van de mensen was niet op die manier ingericht. Soms ging hij naar buiten en keek naar de jongeren en de flatgebouwen. Eén ding was zeker: niemand wist meer hoe hij moest leven. Nou ja, hij overdreef: sommige mensen leken te worden opgezweept, meegesleept door een doel, hun leven werd er als het ware door beladen met betekenis. Zo vonden de activisten van *Act Up* het belangrijk op televisie bepaalde reclamespots te vertonen, die door anderen als pornografisch werden beoordeeld, waarin verschillende homoseksuele praktijken in close-up waren gefilmd. Meer in het algemeen leek hun leven vrolijk en actief, vol gevarieerde gebeurtenissen. Ze hadden meerdere partners, ze sodemieterden in *backrooms*. Soms gleden de condooms eraf, of barstten kapot. Dan stierven ze aan aids. Maar zelfs hun dood had betekenis, als symbool van strijdlust en waardigheid. Meer in het algemeen bood de televisie, met name TF1*, een aanhoudende les in waardigheid. Als tiener dacht Michel dat het lijden de mens extra waardigheid gaf. Hij moest nu erkennen dat hij zich vergist had. Wat de mens extra waardigheid gaf, was de televisie.

Ondanks de pure vreugde die de televisie hem verschafte, vond hij dat hij naar buiten moest gaan. Hij moest trouwens ook zijn boodschappen doen. Zonder precieze richtpunten versnippert een mens, er valt niet veel meer met hem aan te vangen.

Op 9 juli (de naamdag van Sint-Amandine) merkte hij 's ochtends dat de schriften, multomappen en etuis al klaarlagen in de schappen van zijn Monoprix. De reclameslogan van de campagne, 'Naar school zonder hoofdbrekens', overtuigde in zijn ogen maar half. Wat waren onderwijs en kennisvorming anders dan een eindeloze reeks *hoofdbrekens*, geestelijke inspanningen?

De volgende dag vond hij in zijn brievenbus de herfst-wintercatalogus van *3 Suisses**. Op het dikke, gekartonneerde boekdeel stond nergens zijn adres vermeld; was het door een aparte bezorger gebracht? Als trouwe klant van het postorderbedrijf was hij gewend aan die kleine attenties, die bewezen dat de trouw wederzijds was. Het was duidelijk dat het seizoen vorderde, de verkoopstrategieën begonnen zich op de herfst te richten; toch was de lucht nog altijd kraakhelder, per slot van rekening was het nog maar begin juli.

Toen hij nog jong was, had Michel verschillende romans gelezen die over het thema van het absurde gingen, over existentiële wanhoop en dagen van onveranderlijke ledigheid; die extremistische literatuur had hem maar gedeeltelijk overtuigd. Toentertijd zag hij Bruno vaak. Bruno droomde ervan schrijver te worden; hij schreef bladzijden vol en masturbeerde veel. Door hem had hij Beckett leren kennen. Beckett was waarschijnlijk wat men een *groot schrijver* noemt; toch had Michel geen van zijn boeken kunnen uitlezen. Dat was aan het eind van de jaren zeventig, hij en Bruno waren twintig en voelden zich al oud. En het zou alleen maar erger worden: ze zouden zich steeds ouder voelen, en ze zouden zich ervoor schamen. De tijd waarin ze leefden zou weldra iets voor elkaar krijgen wat nog nooit was vertoond: hij zou de tragische doodsgedachte doen opgaan in het algemenere, veel mattere verouderingsgevoel. Twintig jaar later had Bruno nog altijd niet echt aan de dood gedacht, en Michel begon te vermoeden dat hij er wel nooit aan zou denken. Tot het einde toe zou hij willen leven, tot het einde toe zou hij het leven weigeren te verlaten, tot het einde toe zou hij vechten tegen de tegenslagen en de ellende van het concrete leven en het aftakelende lichaam. Tot op het allerlaatst zou hij om een kleine verlenging vragen, een klein beetje extra bestaan. En vooral zou hij tot op het allerlaatst op zoek zijn naar een ultiem moment van genot, een klein extra verwennerijtje. Hoe nutteloos ook op lange termijn, een goed uitgevoerde fellatie was een reëel genot; en het zou onzinnig zijn dat te ontkennen, bedacht Michel nu, terwijl hij door de lingeriebladzijden (*Sensueel, zo'n taillegaine!*) van zijn catalogus bladerde.

Zelf masturbeerde hij weinig. De toch al vrij bescheiden fantasieën die hem als jonge onderzoeker hadden bestookt in de vorm van Minitel*-verbindingen of zelfs heuse jonge vrouwen (vaak vertegenwoordigsters van grote farmaceutische laboratoria) waren geleidelijk aan uitgedoofd. Hij verwerkte de aftakeling van zijn mannelijkheid nu heel rustig door zich af en toe een beetje te besjorren, waarbij zijn *3 Suisses*-catalogus, af en toe aangevuld met een opgeil-cd-rom van 79 franc, meer dan voldoende hulp bood. Bruno daarentegen, zo wist hij, verspilde zijn rijpere jaren met het najagen van twijfelachtige lolita's met gezwollen borsten, ronde billen en gastvrije monden; goddank had hij een ambtenarenstatus. Maar hij leefde niet in een absurde wereld: hij leefde in een melodramatische wereld van lekkere beesten en oude taarten, toffe gozers en *losers*; dat was de wereld waarin Bruno leefde. Michel daarentegen leefde in een welomlijnde wereld, arm aan gebeurtenissen maar niettemin gestructureerd door bepaalde commerciële rituelen – het toernooi van Roland-Garros, Kerstmis, oudjaar, de halfjaarlijkse afspraak met de *3 Suisses*-catalogus. Als hij homoseksueel was geweest, had hij misschien deelgenomen aan de aidsmarathon, of aan *Gay Pride*. Als hij een libertijn was geweest, was hij warmgelopen voor de eroticabeurs. Als hij sportiever was geweest, zou hij diezelfde minuut misschien een Pyreneeënetappe van de Tour de France meemaken. Hij was een consument zonder specifieke kenmerken, maar hij was toch blij wanneer de Italiaanse weken er weer waren in zijn buurt-Monoprix. Dat was allemaal goed georganiseerd, op een menselijke manier. Misschien lag er wel iets van geluk in besloten – als hij meer had gewild, zou hij niet hebben geweten hoe hij het had moeten aanpakken.

Op 15 juli haalde hij 's ochtends een christelijke folder uit de prullenbak bij de ingang. Er werden verschillende levensverhalen in verteld, die allemaal hetzelfde, gelukkige einde kenden: de ontmoeting met de verrezen Christus. Hij verdiepte zich een tijdje in de geschiedenis van een jonge vrouw ('Isabelle bevond zich in een shocktoestand, want haar studiejaar stond op het spel'), maar moest erkennen dat zijn eigen situatie meer gelijkenis vertoonde met de ervaring van Pavel ('Voor Pavel, een officier in het Tsjechische leger, was het commando over een raketafweerbasis het hoogtepunt van zijn militaire carrière'). Moeiteloos vertaalde hij de volgende opmerking naar zijn eigen leven: 'Als technisch specialist die was opgeleid aan een prestigieuze academie, zou Pavel het leven hebben moeten waarderen. Desondanks was hij ongelukkig en altijd op zoek naar een bestaansreden.'

De *3 Suisses*-catalogus leek een meer historisch georiënteerde lezing van de Europese malaise te geven. Meteen vanaf de eerste bladzijden was het besef van een ophanden zijnde beschavingsrevolutie impliciet aanwezig, om op bladzijde 17 zijn definitieve formulering te vinden; Michel dacht urenlang na over de diepere boodschap van de twee zinnen die de thematiek van de collectie omschreven: 'Optimisme, edelmoedigheid, hulpvaardigheid en harmonie helpen de wereld verder. MORGEN ZAL VROUWELIJK ZIJN.'

In het journaal van acht uur berichtte Bruno Masure dat een Amerikaanse sonde sporen van fossiel leven op Mars had ontdekt. Het ging om bacterievormen, waarschijnlijk methaan producerende *Archaebacteria*. Blijkbaar hadden er op een planeet dicht bij de Aarde dus biologische macromoleculen kunnen ontstaan en vage autoreproductieve structuren kunnen ontwikkelen, bestaande uit een primitieve kern en een membraan met een onduidelijke functie; toen was alles opgehouden, waarschijnlijk onder invloed van een klimaatschommeling: de voortplanting was steeds moeilijker geworden, tot ze uiteindelijk helemaal ophield. De geschiedenis van het leven op Mars liet zich aanzien als een heel bescheiden geschiedenis. Niettemin (en Bruno Masure leek dat niet echt te beseffen) maakte dat miniverhaal over een enigszins doffe mislukking alle mythische of religieuze constructies waar de mensheid traditioneel zoveel behagen in schept met de grond gelijk. Er was geen unieke, grootse scheppingsdaad, er was geen uitverkoren volk, zelfs geen uitverkoren soort of planeet. Er waren alleen, zo'n beetje overal in het heelal, onzekere pogingen die over het algemeen niet erg overtuigden. Dat alles gebeurde bovendien met een monotonie waar je moe van werd. Het DNA van de Marsbacteriën leek precies overeen te komen met het DNA van de aardse bacteriën. Vooral die constatering deed hem in een lichte bedroefdheid verzinken, die op zichzelf al een ontmoedigend teken was. Een onderzoeker in zijn gewone doen, een onderzoeker die goed functioneerde, zou zich juist hebben moeten verheugen over die overeenkomst en er de belofte van unificerende synthesen in hebben moeten zien. Als het DNA overal gelijk was, moesten daar redenen voor zijn, diepere redenen die te maken hadden met de moleculaire structuur van peptiden, of misschien met de topologische voorwaarden voor autoreproductie. Het moest mogelijk zijn die diepere redenen te ontdekken. Toen hij jonger was, herinnerde hij zich, zou een dergelijk vooruitzicht hem in enthousiasme hebben doen ontsteken.

Toen hij Desplechin ontmoette, in 1982, werkte Djerzinski aan de afronding van zijn proefschrift van de derde cyclus*. In dat kader moest hij deelnemen aan de prachtige experimenten van Alain Aspect die bewezen dat twee fotonen die na elkaar door eenzelfde calciumatoom waren uitgezonden, onderling afhankelijk waren in hun gedrag; hij was de jongste onderzoeker van de groep.

De experimenten van Aspect waren nauwkeurig, stringent en zeer goed gedocumenteerd, en ze zouden grote opschudding veroorzaken in de wetenschappelijke gemeenschap: voor het eerst was er sprake, daar was men het algemeen over eens, van een volledige weerlegging van de tegenwerpingen die Einstein, Podolsky en Rosen hadden gemaakt ten aanzien van het kwantumtheoretische formalisme. De uit Einsteins hypothesen afgeleide ongelijkheden van Bell werden duidelijk overtreden, en de resultaten kwamen volledig overeen met de voorspellingen van de kwantumtheorie. Vanaf dat moment waren er nog maar twee hypothesen mogelijk. Ofwel de verborgen eigenschappen die het gedrag van de deeltjes bepaalden waren niet-lokaal, dat wil zeggen dat de deeltjes op een willekeurige afstand een onmiddellijke invloed op elkaar konden uitoefenen. Ofwel men moest afstand doen van het concept van het elementaire deeltje met zijn intrinsieke eigenschappen, die onafhankelijk waren van elke waarneming. In dat geval zou men voor een diepe ontologische afgrond komen te staan – tenzij men een radicaal positivistische houding aannam, zich beperkte tot het ontwikkelen van het wiskundige formalisme waarmee de waargenomen feiten konden worden voorspeld, en de idee van een onderliggende realiteit definitief liet varen. Natuurlijk koos de meerderheid van de onderzoekers voor die laatste mogelijkheid.

De eerste bespreking van de experimenten van Aspect verscheen in nummer 48 van de *Physical Review*, onder de titel '*Experimental realization of Einstein-Podolsky-Rosen* Gedanken-experiment: *a new violation of Bell's inequalities.*' Djerzinski was medeauteur van het artikel. Een paar dagen later kreeg hij bezoek van Desplechin. Die stond op zijn drieënveertigste aan het hoofd van het Instituut voor Moleculaire Biologie van het CNRS* in Gif-sur-Yvette. Hij werd zich er steeds duidelijker van bewust dat hun iets heel fundamenteels ontging in het genetische mutatiemechanisme, en dat dat 'iets' waarschijnlijk te maken had met diepere verschijnselen op atomair niveau.

Hun eerste ontmoeting vond plaats op Michels kamer in de studentenflat. Desplechin was niet verbaasd over de droefgeestige, sobere inrichting: zoiets had hij wel verwacht. Het gesprek duurde tot diep in de nacht. Het bestaan van een eindige lijst van chemische basiselementen, bracht Desplechin in herinnering, had de aanleiding gevormd tot de eerste overpeinzingen van Niels Bohr in de jaren tien. Een atoomtheorie gebaseerd op elektromagnetische en gravitationele velden, die het atoom als een positieve kern beschouwde waaromheen negatieve deeltjes cirkelden, zou logischerwijs moeten leiden tot een oneindig aantal oplossingen, een oneindig aantal mogelijke chemische stoffen. Maar het hele heelal was samengesteld op grond van een honderdtal elementen; die lijst was onveranderlijk en dwingend. Deze situatie, die volstrekt niet te rijmen viel met de klassieke elektromagnetische theorieën en de vergelijkingen van Maxwell, zou uiteindelijk leiden, bracht Desplechin verder in herinnering, tot de ontwikkeling van de kwantummechanica. De biologie bevond zich naar zijn mening op dat moment in een vergelijkbare situatie. Het feit dat er in het hele dieren- en plantenrijk identieke macromoleculen en onveranderlijke cellulaire ultrastructuren bestonden, kon volgens hem niet worden verklaard binnen de beperkingen van de klassieke scheikunde. Op een of andere manier, hoe precies kon nog niet worden vastgesteld, moest het kwantumniveau rechtstreeks medebepalend zijn in de regulatie van biologische verschijnselen. Er lag daar een enorm, volstrekt nieuw onderzoeksveld braak.

Die eerste avond werd Desplechin getroffen door de openheid van geest en de rust van zijn jonge gespreksgenoot. Hij nodigde hem voor de volgende zaterdag te eten uit bij hem thuis in de rue de l'École-polytechnique. Een van zijn collega's, een biochemicus die publicaties over RNA-transcriptase op zijn naam had staan, zou ook aanwezig zijn.

Toen hij het huis van Desplechin betrad, had Michel het gevoel dat hij in het decor van een film terecht was gekomen. Meubels van licht hout, terracottategeltjes, Afghaanse tapijtjes, Matisse-reproducties... Tot dan toe had hij van het bestaan van dat welgestelde, gecultiveerde milieu met zijn verfijnde, trefzekere smaak alleen maar een vermoeden gehad; nu kon hij zich ook de rest voorstellen, het familielandgoed in Bretagne, misschien het boerderijtje in de Lubéron. 'En geheid ook de strijkkwartetten van Bartók...' dacht hij vluchtig, terwijl hij op zijn voorgerecht aanviel. Het was een maaltijd met champagne erbij, en bij het nagerecht, een charlotte met rode vruchten, werd een voortreffelijke rosé demi-sec geschonken. Op dat moment legde Desplechin zijn plan aan hem uit. Hij kon een contractplaats regelen in zijn onderzoekseenheid in Gif; daarvoor zou Michel wat aanvullende kennis op het gebied van de biochemie moeten opdoen, maar dat kon vrij snel gebeuren. Tegelijkertijd zou hij hem kunnen begeleiden bij het schrijven van zijn staatsproefschrift. Als hij eenmaal gepromoveerd was, kon hij aanspraak maken op een vaste baan.

Michel wierp een blik op een klein khmerbeeldje midden op de schoorsteenmantel; in heel zuivere lijnen stelde het de Boeddha voor in de houding waarin hij de aarde tot getuige neemt. Hij schraapte zijn keel en nam het aanbod aan.

Door de opmerkelijke vooruitgang van het instrumentarium en de radioactieve merktechnieken boekten ze gedurende het daaropvolgende decennium het ene succes na het andere. Toch, dacht Djerzinski nu, waren ze geen stap verder gekomen met betrekking tot de theoretische vragen die Desplechin bij hun eerste ontmoeting had opgeworpen.

Midden in de nacht zetten de Marsbacteriën hem opnieuw aan het denken. Hij vond een stuk of vijftien berichten op internet, voor het merendeel afkomstig van Amerikaanse universiteiten. Adenine, guanine, thymine en cytosine waren in normale verhoudingen aangetroffen. Min of meer uit verveling zocht hij de site van Ann Arbor op; er was een mededeling over veroudering. Alicia Marcia-Coelho had aangetoond dat er coderende DNA-sequenties verloren gaan tijdens de herhaalde deling van fibroblasten afkomstig uit de gladde spieren; ook dat was niet echt een verrassing. Hij kende die Alicia. Zij was zelfs degene die hem tien jaar eerder had ontmaagd, na een maaltijd tijdens een geneticacongres in Baltimore waarbij de wijn al te rijkelijk had gevloeid. Ze was zo straalbezopen geweest dat ze niet in staat was hem te helpen bij het uittrekken van haar bh. Dat was een moeizaam en zelfs pijnlijk moment geweest. Ze was net van haar man gescheiden, vertrouwde ze hem toe terwijl hij strijd leverde met de haakjes. Daarna was alles normaal verlopen. Hij had zich erover verbaasd dat hij hem omhoog kon krijgen, en zelfs kon klaarkomen in de vagina van de onderzoekster, zonder het minste of geringste genot te voelen.

5

Veel van de zomergasten van het Oord van Verandering waren net als Bruno veertigers. Veel van hen werkten net als hij in de sociale of educatieve sector en werden door een ambtenarenstatus voor armoede behoed. Bijna allemaal waren ze *links* georiënteerd, bijna allemaal woonden ze alleen, meestal met een scheiding achter de rug. Hij was kortom tamelijk representatief voor de plek, en na een paar dagen besefte hij dat hij zich er wat minder slecht begon te voelen dan gewoonlijk. Bij het ontbijt waren die mystieke trutten weliswaar onuitstaanbaar, maar bij het aperitief werden het weer vrouwen, die met andere, jongere vrouwen in een uitzichtloze concurrentiestrijd verwikkeld waren. De dood is de grote gelijkmaker. Zo kon het gebeuren dat hij op woensdagmiddag kennismaakte met Catherine, een ex-feministische vijftiger die deel had uitgemaakt van de 'Maries pas claires'*. Ze had bruin, welig krullend haar en een bleek gezicht; ze moest op haar twintigste zeer aantrekkelijk zijn geweest. Haar borsten kwamen nog goed mee, maar ze had wel heel dikke billen, constateerde hij bij het zwembad. Ze had zich omgeschoold in het Egyptische symbolisme, de zonnetarot enzovoort. Bruno liet zijn boxershort zakken op het moment dat ze het over de god Anubis had; hij voelde dat ze geen aanstoot zou nemen aan een erectie, en misschien zou er een vriendschap tussen hen geboren worden. Helaas wilde de erectie niet komen. Ze had vetrollen tussen haar dijen, die ze strak tegen elkaar geklemd hield. Ze gingen nogal koeltjes uit elkaar.

Dezelfde avond, vlak voor de maaltijd, sprak een figuur die naar de naam Pierre-Louis luisterde hem aan. Hij stelde zich voor als wiskundeleraar. Inderdaad voldeed hij precies aan dat profiel. Bruno had hem twee dagen eerder al gezien tijdens de creativiteitsavond. Hij had zich gewaagd aan een sketch over een wiskundige bewijsvoering die in een cirkel ronddraaide, type absurdistische klucht, helemaal niet grappig. Hij krabbelde razendsnel op een wit schrijfbord, met af en toe een abrupte onderbreking; zijn grote, kale schedel was dan een en al denkrimpel, zijn wenkbrauwen waren gefronst in een grappig bedoelde mimiek; met de aanwijsstok in zijn hand bleef hij een paar seconden onbeweeglijk staan, waarna hij opnieuw en nog woester begon te krabbelen en te stotteren. Na afloop van de sketch applaudisseerden er vijf, zes mensen, vooral uit medelijden. Hij werd knalrood; het was afgelopen.

De volgende dagen kon Bruno hem verschillende keren ontlopen. Meestal droeg hij een matrozenmuts. Hij was vrij mager en heel lang, zeker één meter negentig; maar hij had een beetje een buikje, wat een vreemd gezicht was, dat buikje, als hij over de springplank liep. Hij was waarschijnlijk halverwege de veertig.

Die avond, toen de slungel zich met de anderen overgaf aan een geïmproviseerde Afrikaanse dans, profiteerde Bruno van de gelegenheid en kneep er opnieuw vlug tussenuit. Hij klom de helling op in de richting van het restaurant waar de gezamenlijke maaltijd plaatsvond. Er was een plaats vrij naast de ex-feministe, die tegenover een medesymboliste zat. Hij was nog maar net op zijn tofu-ragout aangevallen toen Pierre-Louis aan het uiteinde van de tafelrij verscheen; zijn gezicht glom van vreugde toen hij tegenover Bruno een vrije plek ontdekte. Voordat die het goed en wel in de gaten had, begon hij te praten; eerlijk gezegd stotterde hij nogal, en de twee trutten naast hen zaten als gekken te kakelen. Reïncarnatie van Osiris, Egyptische marionetten... ze schonken absoluut geen aandacht aan hen. Op een gegeven moment drong het tot Bruno door dat de clown aan de overkant het over zijn beroepsbezigheden had. 'O, niet veel bijzonders...' zei hij vaag; hij wilde overal over praten, behalve over het onderwijs. De maaltijd begon hem op de zenuwen te werken, hij stond op om een sigaret op te steken. Helaas gingen de twee symbolistes op hetzelfde moment met veel billenvertoon van tafel, zonder hun ook maar een blik waardig te keuren. Dat was waarschijnlijk de spreekwoordelijke druppel.

Bruno was ongeveer tien meter van de tafel vandaan toen hij een harde fluittoon hoorde, of eerder een gepiep, iets heel schels, werkelijk onmenselijk. Hij keerde zich om: Pierre-Louis was vuurrood, hij balde zijn vuisten. In één keer sprong hij op tafel, zonder een aanloop te nemen, met zijn voeten tegen elkaar. Hij haalde weer adem, de fluittoon die uit zijn buik kwam hield op. Vervolgens begon hij over de tafel heen en weer te lopen, ondertussen met zijn vuisten op zijn schedel hamerend. De borden en de glazen walsten om hem heen. Hij schopte naar alle kanten en bleef maar roepen: 'Dit kunnen jullie niet maken! Zo kunnen jullie me niet behandelen!...' Voor één keer stotterde hij niet. Er waren vijf man voor nodig om hem de baas te worden. Diezelfde avond werd hij opgenomen in het psychiatrisch ziekenhuis van Angoulême.

Tegen drieën schrok Bruno wakker en ging zijn tent uit. Hij was drijfnat van het zweet. De camping was rustig, het was vollemaan; de boomkikvorsen zongen hun monotone lied. Aan de oever van het meertje wachtte hij tot het tijd was voor het ontbijt. Vlak voor het licht werd kreeg hij het een beetje koud. De ochtendworkshops begonnen om tien uur. Om ongeveer kwart over tien liep hij naar de piramide. Hij aarzelde voor de deur van de schrijfworkshop en ging toen een verdieping omlaag. Twintig seconden lang ontcijferde hij het programma van de aquarelworkshop, waarna hij weer een paar treden omhoogklom. De trap bestond uit rechte delen die halverwege onderbroken werden door korte gebogen segmenten. In elk segment werden de treden eerst breder en dan weer smaller. Op het keerpunt van de curve zat een trede die breder was dan alle andere. Op die trede ging hij zitten, met zijn rug tegen de muur. Hij begon zich goed te voelen.

De zeldzame momenten van geluk in zijn middelbareschooltijd had Bruno zo doorgebracht, zittend op een traptrede tussen twee verdiepingen in, als de lessen net waren begonnen. Rustig zat hij met zijn rug tegen de muur, op gelijke afstand van de twee portalen, met zijn ogen dan weer half gesloten, dan weer wijdopen, en wachtte. Natuurlijk kon er iemand komen; dan zou hij moeten opstaan, zijn schooltas oprapen en snel naar het lokaal gaan, waar de les al was begonnen. Maar vaak kwam er niemand. Alles was vredig. Op de betegelde grijze treden (hij zat niet meer in de geschiedenisles, hij zat nog niet in de natuurkundeles) steeg zijn geest dan zachtjes, bijna heimelijk, met kleine beetjes tegelijk naar de vreugde op.

Nu waren de omstandigheden natuurlijk anders: hij had ervoor gekozen hierheen te komen, mee te doen aan het leven van het vakantiecentrum. Op de bovenste verdieping was een schrijfgroep, vlak daaronder een aquarelworkshop. Nog lager moest er massage zijn, of holotropische ademhaling, en daar weer onder was de Afrikaanse-dansgroep ongetwijfeld weer bij elkaar gekomen. Overal waren mensen, die leefden, ademden, probeerden te genieten of hun persoonlijke potentiële vermogens trachtten te vergroten. Op alle verdiepingen maakten mensen vorderingen in hun sociale, seksuele, beroepsmatige of kosmische integratie, of probeerden die te maken. Ze 'werkten aan zichzelf', om de meest algemeen gebruikte uitdrukking te citeren. Hijzelf begon een beetje slaap te krijgen. Hij vroeg niets meer, wilde niets meer, was nergens meer; langzaam, stapsgewijs, steeg zijn geest op naar het rijk van het niet-zijn, naar de zuivere extase van het niet-in-de-wereld-zijn. Voor de eerste keer sinds zijn dertiende voelde Bruno zich bijna gelukkig.

Kunt u mij zeggen waar ik de voornaamste verkooppunten van suikerwaren kan vinden?

Hij ging terug naar zijn tent en sliep drie uur. Toen hij wakker werd was hij weer helemaal de oude, en hij had een stijve. Seksuele frustratie zorgt bij de man voor een angstgevoel dat zich manifesteert als een pijnlijke kramp ter hoogte van de maag; het sperma lijkt omhoog te stijgen naar de onderbuik en tentakels uit te slaan in de richting van de borst. Het orgaan zelf voelt pijnlijk aan, is voortdurend warm en lekt een beetje. Hij had sinds zondag niet gemasturbeerd; dat was waarschijnlijk een vergissing. Seks was de laatste mythe van het Westen, het was iets wat je kon doen; iets wat mogelijk was, iets wat je kon doen. Hij deed een zwembroek aan en stopte wat condooms in zijn schoudertas met een gebaar dat hem een kort lachje ontlokte. Jarenlang had hij altijd condooms bij zich gehad, maar dat had nooit ergens toe gediend; en de hoeren hadden er sowieso zelf.

Het strand lag vol met doorsneetypes in shorts en ijdeltrutjes in G-strings; dat was geruststellend. Hij kocht een bakje patat en scharrelde wat rond tussen de vrouwelijke vakantiegangers, om uiteindelijk zijn keuze te laten vallen op een meisje van een jaar of twintig met prachtige ronde, stevige, hoog ingeplante borsten met grote, caramelkleurige tepelhoven. 'Hallo...' zei hij. Hij hield even stil. Het meisje trok haar gezicht in een bezorgde plooi. 'Hallo...' zei hij opnieuw, 'kunt u mij zeggen waar ik de voornaamste verkooppunten van suikerwaren kan vinden?' – 'Huh?' zei ze, terwijl ze op één elleboog overeind kwam. Pas toen zag hij dat ze een walkman op haar oren had. Hij keerde op zijn schreden terug en bewoog daarbij zijn arm naast zich heen en weer, zoals Peter Falk in *Columbo*. Aandringen had geen zin: te gecompliceerd, niet spontaan genoeg.

Terwijl hij schuin naar de zee toe liep, dwong hij zich het beeld van de borsten van het meisje in zijn geheugen te prenten. Plotseling doken er recht voor hem drie tienermeisjes uit de golven op, hij gaf ze hooguit veertien jaar. Hij zag hun handdoeken, legde de zijne er een paar meter vandaan; ze schonken in het geheel geen aandacht aan hem. Hij deed snel zijn T-shirt uit, legde het over zijn flanken, ging op zijn zij liggen en haalde zijn geslacht te voorschijn. In een volmaakte samenwerking stroopten de lolita's hun badpakken omlaag om hun borsten te bruinen. Voordat hij ook maar de tijd had gehad om zichzelf aan te raken, ontlaadde Bruno zich heftig in zijn T-shirt. Hij kreunde en stortte neer in het zand. Gebeurd.

Primitieve riten bij het aperitief

In de dagindeling van het Oord van Verandering vormde het aperitief bij uitstek het moment van gezellig samenzijn, en doorgaans werd het omlijst met muziek. Die avond speelden drie figuren tamtam voor een vijftigtal Oordgasten die op hun plaats stonden te wiebelen en hun armen in alle richtingen lieten zwabberen. Om precies te zijn ging het om oogstdansen, die de deelnemers al hadden geoefend in een aantal Afrikaanse-dansworkshops; sommigen van hen geraakten doorgaans na een paar uur in *trance*, of deden alsof. Oorspronkelijk had het woord trance de betekenis van 'bijzonder hevige verontrusting, angst bij de gedachte aan een dreigend gevaar', een betekenis die in literair Frans nog steeds voorkomt: 'Ik ga er liever heimelijk vandoor dan zulke angsten (*transes*) te moeten blijven uitstaan' (Émile Zola). Bruno bood het katholieke meisje een glas pineau des Charentes aan. 'Hoe heet je?' vroeg hij. – 'Sophie,' antwoordde ze. – 'Dans je niet?' vroeg hij. – 'Nee,' antwoordde ze, 'ik hou niet zo van Afrikaanse dansen, die zijn te...' Te wat? Hij begreep haar verwarring. Te primitief? Nee, natuurlijk niet. Te ritmisch? Dat was al tegen het racistische aan. Je kon warempel helemaal niets zeggen over die Afrikaanse klotedansen. Arme Sophie, die zo haar best probeerde te doen. Haar gezicht zag er knap uit met dat zwarte haar, die blauwe ogen en die spierwitte huid. Ze had waarschijnlijk kleine, maar heel gevoelige borstjes. Ze kwam waarschijnlijk uit Bretagne. 'Kom je uit Bretagne?' vroeg hij. – 'Ja, uit Saint-Brieuc!' antwoordde ze verheugd. 'Maar ik ben gek op Braziliaanse dansen...' voegde ze daaraan toe, waarschijnlijk om haar gebrek aan waardering voor Afrikaanse dansen goed te maken. Meer was er niet nodig om Bruno tot wanhoop te brengen. Hij begon genoeg te hebben van die idiote Braziliëmanie. Waarom Brazilië? Te oordelen naar alles wat hij ervan wist was Brazilië een snertland, bevolkt door imbecielen die dweepten met voetbal en autoraces. Geweld, corruptie en armoede vierden er hoogtij. Als er één land afschuwelijk was, dan was dat juist, en heel specifiek, Brazilië. 'Sophie!' riep Bruno vol vuur uit, 'ik zou naar Brazilië op vakantie kunnen gaan. Door de favela's rondrijden in een gepantserde minibus. Naar de kleine achtjarige killertjes kijken, die ervan dromen bendeleiders te worden, en naar de kleine hoertjes, die op hun dertiende aan aids sterven. Ik zou niet bang zijn, want de bepantsering zou me beschermen. Dat was 's ochtends, en 's middags zou ik me op het strand tussen de stinkend rijke drugshandelaars en de pooiers begeven. Te midden van dat losgeslagen leven en die behoeftigheid zou ik de melancholie van de westerse mens vergeten. Sophie, je hebt gelijk: als ik weer thuis ben ga ik informatie aanvragen bij een Nouvelles Frontières-agentschap.'

Sophie keek hem een tijdje aan, haar gezicht stond nadenkend, een bezorgde plooi liep dwars over haar voorhoofd. 'Jij moet vast veel hebben geleden...' zei ze ten slotte bedroefd.

'Sophie,' riep Bruno opnieuw uit, 'weet je wat Nietzsche over Shakespeare heeft geschreven? "Wat moet die man hebben geleden, dat hij zo'n behoefte voelt om de paljas uit te hangen!..." Shakespeare heeft me altijd een overschatte schrijver geleken, maar hij is inderdaad een onverbeterlijke paljas.' Hij zweeg en besefte vol verbazing dat hij werkelijk begon te lijden. Soms waren vrouwen zo aardig; op agressie reageerden ze met begrip, op cynisme met zachtheid. Welke man zou zich zo hebben gedragen? 'Sophie, ik heb zin om je poesje te likken...' zei hij ontroerd, maar dit keer hoorde ze hem niet. Ze had zich omgedraaid naar de skileraar die drie dagen eerder haar billen had betast en was een gesprek met hem begonnen. Bruno stond een paar seconden sprakeloos en stak toen het grasveld weer over in de richting van de parkeerplaats. Het Centre Leclerc in Cholet was open tot tien uur 's avonds. Terwijl hij ronddwaalde tussen de schappen bedacht hij dat een kleine vrouw, als we Aristoteles moeten geloven, tot een andere soort behoort dan de rest van de mensheid. 'Een kleine man lijkt me nog een man te zijn,' schrijft de filosoof, 'maar een kleine vrouw lijkt me tot een nieuwe soort schepselen te behoren.' Hoe viel die vreemde bewering te verklaren, die in zo'n schril contrast stond met het gebruikelijke gezonde verstand van de Stagiriet? Hij kocht whisky, ravioli in blik en gemberkoekjes. Het was al donker toen hij terugkwam. Toen hij langs de jacuzzi liep, hoorde hij gefluister en een gesmoord gelach. Hij stond stil, met zijn Leclerc-tas in de hand, en keek tussen de boomtakken door. Er leken twee of drie paren te zijn. Ze maakten geen geluid meer, er was alleen het lichte kolken van het hete water te horen. De maan kwam vanachter de wolken te voorschijn. Op datzelfde moment verscheen er nog een paar, dat zich begon uit te kleden. Het gefluister begon opnieuw. Bruno legde zijn plastic tas neer, haalde zijn geslacht te voorschijn en begon weer te masturberen. Hij kwam heel snel klaar, op het moment dat de vrouw zich in het warme water liet glijden. Het was al donderdagavond, het werd tijd dat hij zijn verblijf met een week verlengde. Hij zou eens wat orde in de chaos scheppen, een meid vinden, met de mensen praten.

6

In de nacht van vrijdag op zaterdag sliep hij slecht en had een nare droom. Hij zag zichzelf in de gedaante van een jong varken met een poezelig, glad huidje. Met zijn medebiggetjes werd hij meegesleurd in een enorme, donkere tunnel met verroeste wanden, in de vorm van een draaikolk. De waterstroom die hem meesleurde was maar zwak, soms slaagde hij erin zijn pootjes op de bodem neer te zetten; dan kwam er een sterkere golf en daalde hij weer een paar meter. Af en toe kon hij de wittige huid van een van zijn kameraadjes onderscheiden, dat ruw naar beneden werd gezogen. Ze vochten in het donker en in stilte, het enige geluid werd gevormd door het korte gekras van hun hoefjes op de metalen wanden. Toen hij lager kwam kon hij echter een dof gedruis van machines onderscheiden, afkomstig van de bodem van de tunnel. Langzaam drong het tot hem door dat de draaikolk hen meesleurde naar turbines met enorme, vlijmscherpe schroeven.

Later lag zijn afgehakte hoofd in een grasveld, een aantal meter onder de mond van de draaikolk. Zijn schedel was in verticale richting in tweeën gespleten; toch was het intacte deel dat in het gras lag nog bij bewustzijn. Hij wist dat mieren langzaam het blootliggende nekwervelkanaal binnen zouden dringen om er de neuronen te verslinden; dan zou hij voorgoed in onbewustheid wegzinken. Vooralsnog keek zijn enige oog de horizon af. De grasvlakte leek zich oneindig ver uit te strekken. Immense tandraderen draaiden ondersteboven onder een hemel van platina. Misschien bevond hij zich wel aan het eind der tijden, of in ieder geval was de wereld zoals hij die had gekend tot een einde gekomen.

Bij het ontbijt maakte hij kennis met een soort van Bretonse '68-veteraan, die de aquarelworkshop leidde. Hij heette Paul Le Dantec, het was de broer van de huidige directeur van het Oord, hij maakte deel uit van de eerste kern van oprichters. Door zijn Indiase jasje, zijn lange grijze baard en de triskelis die hij als sieraad op zijn borst had hangen, riep hij bij uitstek het beeld van een vriendelijk stenen hippietijdperk op. Het oude wrak was al over de vijfenvijftig en leidde nu een vredig bestaan. Hij stond bij het krieken van de dag op, wandelde tussen de heuvels, keek naar de vogels. Dan zette hij zich neer achter een flinke mok koffie met calvados en rolde sigaretten te midden van alle menselijke drukte. De aquarelworkshop was pas om tien uur, hij had alle tijd om te praten.

'Als oude rot hier in het Oord...' (Bruno lachte, om toch op zijn minst een fictieve verstandhouding te scheppen) 'moet je je toch het begin herinneren, de seksuele bevrijding, de jaren zeventig...'

'Bevrijding ammehoela!' bromde de grijsaard. 'D'r zijn altijd grieten geweest die voor matras speelden bij orgieën. En d'r zijn altijd kerels geweest die met de handkar over de zolder gingen. D'r is niks veranderd, vriend.'

'Toch heb ik gehoord,' zei Bruno, 'dat er door aids het nodige is veranderd...'

'Voor de mannen,' gaf de aquarellist toe, en hij schraapte zijn keel, 'was het inderdaad eenvoudiger. Soms waren er open monden of vagina's, je kon direct naar binnen zonder je voor te stellen. Maar dat kon alleen in een echte orgie, en daar was niet zomaar iedereen welkom, normaal gesproken kwamen ze in paren. En ik heb weleens vrouwen helemaal open zien liggen, waanzinnig geil, die zich de hele avond lekker zaten te maken – niemand kwam ze penetreren, vriend. Zelfs om hun een plezier te doen ging dat niet; daarvoor moest je hem toch nog wel een béétje omhoog krijgen.'

'Kortom,' wierp Bruno peinzend op, 'er is nooit seksueel collectivisme geweest, maar gewoon een systeem van veralgemeniseerde verleiding.'

'Dat wel, ja...' beaamde de ouwe sok, 'verleiding, dat is er altijd geweest.'

Het was allemaal niet erg bemoedigend. Maar het was zaterdag, er zouden nieuwe bezoekers aankomen. Bruno besloot zich te ontspannen, de dingen te nemen zoals ze kwamen, *rock-'n-roll.* Daardoor verliep zijn dag zonder incidenten, en om de waarheid te zeggen zelfs zonder de minste of geringste gebeurtenis. Tegen elven 's avonds kwam hij weer langs de jacuzzi. Boven het zachte gebrom van het water steeg een lichte damp op, waar het licht van de vollemaan doorheen scheen. Stil liep hij ernaartoe. Het bad had een doorsnee van drie meter. Aan de overkant zag hij een ineengestrengeld stel, de vrouw leek schrijlings op de man te zitten. 'Het is mijn goed recht...' dacht Bruno woedend. Hij deed snel zijn kleren uit en ging de jacuzzi in. De nachtlucht was koel, het water daarentegen heerlijk warm. Boven het bad waren tussen het netwerk van sparrentakken de sterren te zien. Hij ontspande een beetje. Het stel schonk absoluut geen aandacht aan hem; het meisje bewoog nog altijd boven op de kerel, ze begon te kreunen. Haar gezichtstrekken waren niet te onderscheiden. De man begon ook luidruchtig te hijgen. De bewegingen van het meisje versnelden. Even wierp ze zich naar achteren, een moment lang verlichtte de maan haar borsten; haar gezicht werd aan het oog onttrokken door haar donkere haarbos. Vervolgens drukte ze zich tegen haar metgezel aan en sloeg haar armen om hem heen. Hij hijgde nog harder, stiet een lange grom uit en zweeg.

Ze bleven twee minuten ineengestrengeld liggen, toen stond de man op en klom uit het bad. Voordat hij zich aankleedde rolde hij een condoom van zijn geslacht af. Verbaasd constateerde Bruno dat de vrouw niet bewoog. De voetstappen van de man verwijderden zich, de stilte keerde weer. Ze strekte haar benen uit in het water. Bruno deed hetzelfde. Een voet werd op zijn dijbeen gelegd en streek langs zijn geslacht. Met een licht geklots maakte ze zich van de kant los en kwam naar hem toe. De maan was nu achter de wolken verdwenen; de vrouw bevond zich op vijftig centimeter afstand, maar hij kon haar gezichtstrekken nog steeds niet onderscheiden. Er werd een arm onder het bovenste deel van zijn dijbenen geplaatst, de andere werd om zijn schouders geslagen. Bruno vlijde zich tegen haar aan, met zijn gezicht ter hoogte van haar boezem; haar borsten waren klein en stevig. Hij liet de kant los en gaf zich over aan haar omhelzing. Hij voelde dat ze terugging naar het midden van het bad en daar langzaam om haar as begon te draaien. Zijn nekspieren ontspanden zich abrupt, zijn hoofd werd heel zwaar. Het geraas van het bad, dat aan de oppervlakte zwak was, veranderde een paar centimeter lager in een krachtig onderwatergebulder. Loodrecht boven zijn hoofd draaiden de sterren zachtjes rond. Hij ontspande zich in haar armen, zijn opgerichte geslacht kwam boven het wateroppervlak uit. Ze verschoof haar handen een beetje, hij voelde de strelingen nauwelijks, hij verkeerde in een toestand van volstrekte gewichtloosheid. De lange haren streken langs zijn buik, toen plaatste het meisje haar tong op het uiteinde van zijn eikel. Heel zijn lichaam sidderde van geluk. Ze sloot haar lippen en nam hem langzaam, heel langzaam in haar mond. Hij deed zijn ogen dicht, er liepen rillingen van extase door hem heen. Het onderwatergebulder was eindeloos geruststellend. Toen de lippen van het meisje de wortel van zijn geslacht bereikten, begon hij haar keelbewegingen te voelen. De genotsgolven in zijn lichaam werden heviger, tegelijkertijd voelde hij hoe hij heen en weer werd gewiegd door de onderwaterwervelingen, en plotseling kreeg hij het heel heet. Ze kneep zachtjes de wand van haar keel samen, al zijn energie vloeide in één keer naar zijn geslacht. Hij kwam brullend klaar; nog nooit had hij zoveel genot gevoeld.

7

Caravangesprek

Christianes caravan stond vijftig meter van zijn tent vandaan. Ze deed het licht aan toen ze naar binnen ging, haalde een fles Bushmills te voorschijn en schonk twee glazen vol. Ze was dun, kleiner dan Bruno, en moest heel knap zijn geweest; maar haar fijne gelaatstrekken waren verlept en bedekt met lichte couperosevlekjes. Alleen haar haardos was nog altijd prachtig, zwart met een zijdeachtige glans. De blik die uit haar blauwe ogen sprak was zacht, een beetje droevig. Ze was waarschijnlijk een jaar of veertig.

'Af en toe krijg ik het op mijn heupen, dan neuk ik met iedereen,' zei ze. 'Het enige wat ik in ruil voor penetratie eis, is een condoom.'

Ze maakte haar lippen nat, nam een slok. Bruno keek haar aan. Ze had zich alleen vanboven weer aangekleed, ze had een grijs sweatshirt aangetrokken. Haar venusheuvel had een mooie welving; jammer genoeg waren de grote schaamlippen een beetje slap.

'Ik wil jou ook klaarmaken,' zei hij.

'Doe maar rustig aan. Drink je glas leeg. Je kunt hier blijven slapen, er is plaats genoeg...' Ze wees naar het tweepersoonsbed.

Ze hadden het over de huurprijs van caravans. Christiane kon niet kamperen, ze had rugklachten. 'Vrij ernstig,' zei ze. 'De meeste mannen willen gepijpt worden,' zei ze daarna. 'Penetratie gaat ze vervelen, ze krijgen hem moeilijk omhoog.

Maar als je ze in je mond neemt, worden het net weer kleine kinderen. Ik heb de indruk dat het feminisme ze hard heeft getroffen, meer dan ze willen toegeven.'

'Er zijn ergere dingen dan het feminisme,' zei Bruno somber. Hij dronk de helft van zijn glas leeg voordat hij besloot te vervolgen: 'Ken jij het Oord allang?'

'Praktisch sinds het begin. Toen ik getrouwd was kwam ik niet meer, nu kom ik twee of drie keer per jaar. Aanvankelijk was het meer een alternatieve plek, *nieuw links*. Nu is het *new age* geworden – veel is er niet veranderd. In de jaren zeventig was er al belangstelling voor oosterse mystiek, nu is er nog altijd een jacuzzi en massage. Het is een aangename maar een beetje trieste plek; er is veel minder geweld dan buiten. De religieuze sfeer verhult de hardheid van de versierverhoudingen een beetje. Toch zijn hier vrouwen die lijden. Mannen die eenzaam ouder worden zijn veel minder te beklagen dan vrouwen in dezelfde situatie. Ze drinken slechte wijn, ze vallen in slaap en hun tanden stinken, dan worden ze weer wakker en beginnen opnieuw; ze gaan vrij snel dood. Vrouwen nemen kalmerende middelen, doen aan yoga, gaan naar psychologen; ze worden erg oud en lijden heel veel. Ze bieden een lichaam te koop aan dat zwakker, lelijker is geworden. Dat weten ze, en ze lijden eronder. Toch gaan ze ermee door, want ze kunnen zich er niet bij neerleggen dat er niemand meer van ze houdt. Die illusie heeft ze tot het einde toe in zijn greep. Vanaf een zekere leeftijd kan een vrouw zich nog altijd tegen pikken aan blijven wrijven, maar ze kan niemand meer vinden die van haar houdt. Zo zijn mannen nu eenmaal, punt uit.'

'Christiane,' zei Bruno zacht, 'je overdrijft... Ik bijvoorbeeld, ik heb nu zin om lief voor je te zijn.'

'Ik geloof je. Ik heb de indruk dat je best een aardige vent bent. Egoïstisch en aardig.'

Ze trok haar sweatshirt uit, ging dwars op het bed liggen, legde een kussen onder haar billen en deed haar benen wijd. Bruno likte eerst vrij lang langs de randen van haar poesje en prikkelde toen de clitoris met kleine, snelle tongbewegingen. Christiane zuchtte diep. 'Steek een vinger naar binnen...' zei ze. Bruno gehoorzaamde en draaide zich om zodat hij Christiane kon blijven likken en ondertussen haar borsten kon strelen. Hij voelde de tepels hard worden en tilde zijn hoofd op. 'Ga door alsjeblieft...' vroeg ze. Hij legde zijn hoofd wat comfortabeler neer en streelde met zijn wijsvinger de clitoris. Haar kleine schaamlippen begonnen op te zwellen. In een opwelling van vreugde likte hij ze begerig. Christiane kreunde. Een moment lang zag hij de magere, gerimpelde vulva van zijn moeder weer voor zich. Toen vervaagde de herinnering weer, hij bleef de clitoris steeds sneller masseren terwijl hij de lippen likte met grote, gulle tongbewegingen. Haar buik werd rood, ze hijgde steeds harder. Ze was heel nat, aangenaam zout. Bruno hield even stil, bracht een vinger in de anus, een andere in de vagina, en begon de clitoris weer te likken met het puntje van zijn tong, met kleine, heel snelle beweginkjes. Ze kwam rustig klaar, met lange schokken. Hij bleef onbeweeglijk zitten met zijn gezicht tegen haar natte vulva en strekte zijn handen naar haar uit. Hij voelde hoe Christianes vingers zich om de zijne klemden. 'Dank je wel,' zei ze. Toen stond ze op, trok haar sweatshirt aan en vulde hun glazen weer.

'Het was echt fijn, daarnet in de jacuzzi...' zei Bruno. 'We zeiden geen woord. Op het moment dat ik je mond voelde, had ik je gezicht nog niet gezien. Er kwam geen enkel verleidingselement aan te pas, het was iets heel zuivers.'

'Alles berust op de Krause-lichaampjes...' Christiane glimlachte. 'Neem me niet kwalijk, ik ben lerares natuurwetenschappen.' Ze dronk een slok Bushmills. 'De schacht van de clitoris en de kroon en de gleuf van de eikel zijn bedekt met Krause-lichaampjes, die heel veel zenuwuiteinden hebben. Als je die streelt, zet je in de hersenen een krachtige afscheiding van endorfinen in werking. Bij alle mannen en alle vrouwen zijn de clitoris en de eikel bedekt met Krause-lichaampjes – ongeveer evenveel, tot daar toe is het heel eerlijk verdeeld;

maar er is nog iets anders, zoals je weet. Ik was heel erg verliefd op mijn man. Vol verering streelde en likte ik zijn geslacht. Ik hield ervan hem in me te voelen. Ik was trots op de erecties die ik bij hem opwekte, ik had een foto van zijn opgerichte geslacht, die ik altijd in mijn portefeuille bewaarde; voor mij was dat net een soort heiligenprentje, hem genot verschaffen was mijn grootste vreugde. Uiteindelijk heeft hij me in de steek gelaten voor een jongere vrouw. Ik heb daarnet heel goed gezien dat je niet echt door mijn poesje werd aangetrokken; het is al een beetje een oudevrouwenpoesje. Door de toenemende brugvorming tussen collageenmoleculen bij oudere individuen en de fragmentatie van het elastine in de loop van het mitoseproces verliezen de weefsels geleidelijk aan hun stevigheid en soepelheid. Op mijn twintigste had ik een erg mooie vulva. Nu besef ik heel goed dat de schaamlippen een beetje slap zijn.'

Bruno dronk zijn glas leeg, hij wist absoluut niet wat hij moest antwoorden. Even later gingen ze liggen. Hij sloeg een arm om Christianes middel. Ze vielen in slaap.

8

Bruno werd als eerste wakker. Heel hoog in de bomen zong een vogel. Christiane had zich ’s nachts blootgewoeld. Ze had mooie billen, nog heel rond, erg opwindend. Hij herinnerde zich een zin uit *De kleine zeemeermin*, hij had thuis een oude single met het ‘Matrozenlied’, gezongen door de Frères Jacques. Dat was nadat ze alle beproevingen had ondergaan en haar stem, haar geboorteland en haar mooie meerminstaart had opgegeven, dat alles in de hoop een echte vrouw te worden, uit liefde voor de prins. Door een storm was ze midden in de nacht aangespoeld op een strand, daar dronk ze het elixer van de tovenares. Ze had het gevoel dat ze in tweeën werd gespleten, de pijn was zo heftig dat ze het bewustzijn verloor. Dan volgden er een paar heel andere muzikale akkoorden, die uitzicht leken te bieden op een nieuw landschap. Vervolgens sprak de vertelster de zin uit die Bruno zo diep had getroffen: ‘*Toen ze wakker werd scheen de zon, en de prins stond voor haar.*’

Hij moest terugdenken aan het gesprek met Christiane van de vorige dag en hield zichzelf voor dat hij misschien zou kunnen leren houden van haar enigszins slappe maar niettemin zachte lippen. Net als elke ochtend wanneer hij wakker werd, en net als de meeste mannen, had hij een stijve. Omlijst door haar dichte, verwarde zwarte haarbos leek Christianes gezicht in het halfduister van de ochtendschemering heel bleek. Ze opende haar ogen een beetje op het moment dat hij haar penetreerde. Ze leek enigszins verrast maar deed toch haar benen wijd. Hij begon in haar te bewegen, maar merkte dat hij steeds slapper werd. Dat stemde hem diepbedroefd, en tegelijkertijd ook bezorgd en beschaamd. 'Wil je liever dat ik een condoom gebruik?' vroeg hij. – 'Ja, alsjeblieft. Ze liggen in de toilettas naast het bed.' Hij scheurde de verpakking open, het waren Durex *Technica*. Natuurlijk verslapte hij helemaal toen hij in het latex zat. 'Het spijt me,' zei hij, 'het spijt me echt.' – 'Geeft niet,' zei ze zachtjes, 'kom maar liggen.' Wat een zegen was aids geweest voor de mannen van die generatie. Soms hoefden ze het kapotje maar te voorschijn te halen of hun geslacht verslapte. 'Ik heb er nooit aan kunnen wennen...' Als die miniceremonie achter de rug was, was hun mannelijkheid in principe veiliggesteld, ze konden weer gaan liggen, zich tegen het lichaam van hun vrouw aan vlijen en met een gerust hart in slaap vallen.

Na het ontbijt gingen ze de heuvel af en liepen langs de piramide. Er was niemand bij het meertje. Ze gingen op het zonovergoten grasveld liggen; Christiane trok zijn bermuda naar beneden en begon hem af te trekken. Ze deed het heel rustig, met veel gevoel. Later, toen ze dankzij haar in het circuit van *libertijnse paren* terecht waren gekomen, zou Bruno beseffen dat dat een uiterst zeldzame eigenschap was. De meeste vrouwen in dat wereldje trokken heel ruw af, zonder de minste of geringste subtiliteit. Ze knepen veel te hard, rukten met een idiote bezetenheid aan de pik, waarschijnlijk om actrices van pornofilms te imiteren. Op het scherm was dat misschien spectaculair, maar voor het gevoel was het resultaat ronduit middelmatig, of zelfs pijnlijk. Christiane daarentegen ging met lichte aanrakingen te werk, maakte regelmatig haar vingers nat en bewoog heel zacht over de gevoelige zones. Een vrouw in een Indiase tuniek kwam langs hen gelopen en ging aan het water zitten. Bruno haalde diep adem, hield zijn orgasme in. Christiane glimlachte naar hem. De zon werd al aardig warm. Hij bedacht dat zijn tweede week in het Oord heel aangenaam zou zijn. Misschien zouden ze elkaar zelfs blijven zien, samen oud worden. Af en toe zou ze hem een kortstondig moment van lichamelijk geluk schenken, ze zouden samen de begeerte zien afnemen. Zo zou een aantal jaren voorbijgaan; daarna zou er een einde aan komen, ze zouden oud zijn geworden – voor hen was het dan afgelopen met de komedie van de lichamelijke liefde.

Terwijl Christiane een douche nam, bestudeerde Bruno de bijsluiter van de verzorgende crème 'met microcapsules voor het behoud van uw jeugdigheid' die hij de vorige dag in het Centre Leclerc had gekocht. Terwijl de verpakking vooral de nieuwheid van het 'microcapsule'-concept benadrukte, onderscheidde de gebruiksaanwijzing, die veel uitvoeriger was, drie verschillende werkingen: de schadelijke zonnestralen werden gefilterd, de hele dag door werden er actieve hydraterende bestanddelen verspreid, en de vrije radicalen werden geneutraliseerd. Midden in zijn lectuur werd hij onderbroken door de verschijning van Catherine, de ex-feministe die zich had omgeschoold in de Egyptische tarot. Ze had net een workshop persoonlijke ontwikkeling achter de rug, *Dans uw job*, en maakte daar geen geheim van. Het ging erom je roeping te vinden via een reeks van symbolische spelletjes; die spelletjes stelden iedere deelnemer in staat geleidelijk aan zijn 'innerlijke held' te ontdekken. Na de eerste dag bleek dat Catherine een beetje een tovenares was, maar ook een beetje een leeuwin; normaal gesproken had ze daardoor terecht moeten komen in een verantwoordelijke verkoopfunctie.

'Hmm...' zei Bruno.

Op dat moment kwam Christiane terug, met een handdoek om haar middel. Catherine viel stil, ze was zichtbaar geërgerd. Onder voorwendsel van een workshop *Zenmeditatie en Argentijnse tango* blies ze snel de aftocht.

'Ik dacht dat jij *Tantra en boekhouding* deed...' slingerde Christiane haar toe op het moment dat ze verdween.

‘Ken je haar?’

‘O ja, ik ken die trut al twintig jaar. Zij komt hier ook al vanaf het begin, praktisch sinds de oprichting van het Oord.’

Ze schudde haar haren uit en knoopte haar handdoek in een tulband. Samen klommen ze weer naar boven. Bruno had ineens zin haar hand vast te pakken. Hij deed het.

‘Ik heb feministes nooit kunnen uitstaan...’ vervolgde Christiane toen ze halverwege de helling waren. ‘Die wijven bleven het maar hebben over afwas en taakverdeling, ze werden letterlijk geobsedeerd door de afwas. Soms zeiden ze weleens wat over koken of stofzuigen, maar hun grote gespreksonderwerp was de afwas. In een paar jaar slaagden ze erin de mannen in hun omgeving te veranderen in impotente, chagrijnige neuroten. Vanaf dat moment – je kon er de klok op gelijkzetten – begonnen ze terug te verlangen naar mannelijkheid. Het einde van het liedje was dat ze hun vent dumpten om zich te laten naaien door van die lullige macho-Latino’s. Ik heb me altijd verbaasd over de aantrekkingskracht die schoften, bruten en klootzakken op intellectuele vrouwen uitoefenen. Kortom, ze trakteerden zichzelf op twee of drie van die lui, als ze lekker waren om mee te neuken soms meer, en daarna namen ze een kind en gingen zelf jam bereiden met de receptkaarten uit de *Marie-Claire*. Ik heb datzelfde patroon zich tientallen keren zien herhalen.’

‘Dat is nu verleden tijd...’ zei Bruno verzoenend.

Ze brachten de middag bij het zwembad door. Tegenover hen, aan de andere kant van het bassin, probeerden de tienermeisjes elkaar huppelend op de plaats een walkman afhandig te maken. ‘Schattig zijn ze, hè?’ merkte Christiane op. ‘Die blonde met die kleine borstjes is echt knap...’ Ze strekte zich uit op de badhanddoek. ‘Geef mij eens wat zonnebrandcrème...’

Christiane deed aan geen enkele workshop mee. Ze voelde zelfs iets van afkeer voor die schizofrene activiteiten, zei ze. ‘Ik ben misschien wat hard,’ ging ze verder, ‘maar ik ken die activistes uit '68 die nu de veertig gepasseerd zijn, ik hoor er zelf ook praktisch bij. In alle eenzaamheid worden ze ouder en hun vagina is zo goed als dood. Je moet ze eens vijf minuten uithoren, dan zul je zien dat ze helemaal niet geloven in al die lulkoek van chakra's, kristallen en lichtvibraties. Ze dwingen zich erin te geloven, soms lukt dat ze twee uur, zolang de workshop duurt. Ze voelen de aanwezigheid van de Engel en de innerlijke bloem die in hun buik ontluikt; dan is de workshop afgelopen en ontdekken ze weer dat ze alleen, oud en lelijk zijn. Ze krijgen huilbuien. Heb je dat niet gemerkt? Er zijn hier veel huilbuien, vooral na de zenworkshops. In feite hebben ze geen keus, omdat ze ook nog eens geldzorgen hebben. Over het algemeen hebben ze een analyse achter de rug, waardoor ze nu zo kaal als een luis zijn. Mantra's en tarotkaarten zijn dan wel extreem lullig, maar toch in ieder geval goedkoper dan een analyse.'

'Ja, dat en de tandarts...' zei Bruno vaag. Hij legde zijn hoofd tussen haar gespreide benen, voelde dat hij in die houding in slaap zou vallen.

Toen het donker was geworden, gingen ze weer naar de jacuzzi. Hij vroeg haar hem niet te laten klaarkomen. Terug in de caravan bedreven ze de liefde. 'Laat maar zitten...' zei Christiane op het moment dat hij zijn hand naar de condooms uitstrekte. Toen hij haar penetreerde, voelde hij dat ze gelukkig was. Een van de meest verbazingwekkende eigenschappen van de lichamelijke liefde is toch wel het gevoel van intimiteit dat ze verschaft zodra ze gepaard gaat met een minimum aan wederzijdse sympathie. Meteen in de eerste minuten ga je van *u* op *je* over, en zelfs als je de minnares pas de vorige dag hebt ontmoet, lijkt ze recht te hebben op bepaalde ontboezemingen die je aan niemand anders zou doen. Zo vertelde Bruno Christiane die nacht bepaalde dingen die hij nog nooit aan iemand had verteld, zelfs niet aan Michel – en al helemaal niet aan zijn psychiater. Hij vertelde haar over zijn kindertijd, over de dood van zijn grootvader en de vernederingen op het jongensinternaat. Hij vertelde haar over zijn puberteit en zijn gemasturbeer in de trein op een paar meter afstand van de meisjes; hij vertelde haar over de zomers in het huis van zijn vader. Christiane luisterde en streelde door zijn haar.

Ze brachten de week samen door, en de dag voor Bruno's vertrek gingen ze uit eten in een visrestaurant in Saint-Georges-de-Didonne. De lucht was kalm en warm, de kaarsvlammetjes die hun tafel verlichtten flakkerden vrijwel niet. Ze keken uit over de monding van de Gironde, in de verte konden ze de Pointe de Grave onderscheiden. 'Als ik de maan zo op de zee zie schitteren,' zei Bruno, 'besef ik met een ongewone helderheid dat wij niets, absoluut niets met deze wereld te maken hebben.'

'Moet je echt weg?'

'Ja, ik moet twee weken met mijn zoon doorbrengen. Eigenlijk had ik vorige week al weg gemoeten, maar dit keer kan ik het niet meer uitstellen. Zijn moeder neemt morgen het vliegtuig, ze heeft voor haar verblijf geboekt.'

'Hoe oud is je zoon?'

'Twaalf.'

Christiane dacht na, nam een slokje muscadet. Ze had een lange jurk aangedaan en zich opgemaakt, ze leek op een jong meisje. Door het kantwerk van haar lijfje waren vaag de contouren van haar borsten te zien; het kaarslicht ontstak kleine vlammetjes in haar ogen. 'Ik geloof dat ik een beetje verliefd ben...' zei ze. Bruno wachtte zonder een beweging te durven maken, hij bleef volmaakt roerloos zitten. 'Ik woon in Noyon,' ging ze verder. 'Met mijn zoon ging het redelijk goed tot op zijn dertiende. Misschien heeft hij zijn vader gemist, maar ik weet niet... Hebben kinderen echt een vader nodig? Vaststaat dat die vader zijn zoon in ieder geval niet nodig had. In het begin nam hij hem nog weleens mee naar de bioscoop of McDonald's, hij bracht hem altijd te vroeg terug. En dat gebeurde vervolgens steeds minder vaak: toen hij met zijn nieuwe vriendinnetje in het zuiden is gaan wonen, is hij er helemaal mee gestopt. In feite heb ik hem vrijwel alleen opgevoed, misschien had ik niet genoeg autoriteit. Twee jaar geleden begon hij uit te gaan en verkeerde vrienden te krijgen. Veel mensen verbazen zich daarover, maar Noyon is een gewelddadige stad. Er zijn veel zwarten en Arabieren, het Front National heeft bij de laatste verkiezingen veertig procent gehaald. Ik woon in een flatgebouw aan de rand van de stad, mijn brievenbus is eraf gerukt, ik kan niets in de kelder laten staan. Vaak ben ik bang, er is een paar keer geschoten. Als ik van school thuiskom sluit ik me op, ik ga 's avonds nooit uit. Af en toe doe ik een beetje roze Minitel*, en dat is het dan. Mijn zoon komt laat thuis, soms komt hij helemaal niet thuis. Ik durf niets tegen hem te zeggen – ik ben bang dat hij me zal slaan.'

'Woon je ver van Parijs?'

Ze glimlachte. 'Helemaal niet, het is in de Oise, amper tachtig kilometer...' Ze zweeg en glimlachte weer; haar gezicht was op dat moment vervuld van zachtmoedigheid en hoop. 'Ik hield van het leven,' zei ze vervolgens. 'Ik hield van het leven, ik was gevoelig en aanhankelijk van aard, en ik vond vrijen altijd heerlijk. Er is iets misgegaan; ik begrijp niet helemaal wat, maar er is iets misgegaan in mijn leven.'

Bruno had zijn tent al opgevouwen en zijn spullen in de auto gelegd; zijn laatste nacht bracht hij in de caravan door. 's Ochtends probeerde hij Christiane te penetreren, maar dit keer lukte het hem niet, hij voelde zich aangedaan en nerveus. 'Kom maar op mij klaar,' zei ze. Ze streek het sperma over haar gezicht en haar borsten uit. 'Je komt me toch wel opzoeken, hè?' zei ze later, op het moment dat hij de deur uit ging. Hij beloofde te zullen komen. Het was zaterdag 1 augustus.

9

Tegen zijn gewoonte nam Bruno kleine wegen. Vlak voordat hij Parthenay zou bereiken, stopte hij. Hij voelde de behoefte na te denken; ja, maar waarover eigenlijk? Hij stond geparkeerd midden in een saai, rustig landschap, in de buurt van een kanaal met vrijwel stilstaand water. Er groeiden of verrotten waterplanten in, moeilijk te zeggen welk van de twee. De stilte werd verstoord door een vaag gezoem – er moesten insecten in de lucht zitten. Hij ging in het gras van de schuin aflopende oever liggen en werd een heel zwakke beweging in het water gewaar: het kanaal stroomde langzaam naar het zuiden. Er was geen enkele kikker te zien.

In oktober 1975, vlak voordat hij naar de universiteit ging, betrok Bruno het eenkamerappartement dat zijn vader voor hem had gekocht. Hij had toen de indruk dat er een nieuw leven voor hem zou beginnen. Algauw kwam hij bedrogen uit. Weliswaar waren er meisjes, een heleboel meisjes zelfs, aan de letterenfaculteit in Censier; maar ze schenen allemaal bezet, of in ieder geval geen zin te hebben zich door hem te laten bezitten. In de hoop een contact te kunnen leggen ging hij naar alle werkcolleges, alle hoorcolleges, en zo werd hij al snel een goede student. In de cafetaria zag hij ze, hoorde ze kletsen: ze gingen uit, ontmoetten vrienden, nodigden elkaar op feestjes uit. Bruno begon te eten. Hij nam algauw een vaste eetroute aan, die de boulevard Saint-Michel volgde in de richting van de Seine. Eerst begon hij met een hotdog in het kraampje op de kruising met de rue Gay-Lussac. Iets verderop ging hij verder met een pizza, soms een Grieks broodje. Bij de McDonald's op de kruising met de boulevard Saint-Germain verzwolg hij een paar cheeseburgers met Coca-Cola en bananenmilkshakes erbij. Daarna wankelde hij de rue de la Harpe door, om zijn tocht te beëindigen bij de Tunesische banketbakkerij. Op de terugweg naar huis bleef hij staan voor de *Latin*, die twee pornofilms per voorstelling draaide. Terwijl hij veinsde de busroutes te bestuderen bleef hij soms wel een halfuur lang voor de bioscoop staan in de altijd weer ijdele hoop een vrouw of een stel naar binnen te zien gaan. Meestal kocht hij uiteindelijk toch een kaartje; eenmaal in de zaal voelde hij zich al beter, de ouvreuse was uiterst discreet. De mannen gingen ver van elkaar zitten, ze hielden altijd een aantal stoelen afstand. Hij trok zich rustig af terwijl hij naar *Geile zusters*, *De liftster heeft geen slipje aan*, *De lerares heeft de beentjes gespreid*, *De zuigsters* en talloze andere films keek. Het enige heikele moment was wanneer hij weer naar buiten moest: de bioscoop kwam rechtstreeks uit op de boulevard Saint-Michel, hij kon heel goed ineens voor de neus van een meisje van de universiteit staan. Over het algemeen wachtte hij tot er een vent opstond en ging dan meteen in diens kielzog naar buiten; het leek hem minder onterend met vrienden samen naar de pornobioscoop te gaan. Doorgaans kwam hij tegen middernacht thuis en las dan Chateaubriand of Rousseau.

Een à twee keer per week besloot Bruno zijn leven te beteren, een radicaal andere richting in te slaan. Hij ging als volgt te werk. Eerst kleedde hij zich helemaal uit en bekeek zichzelf in de spiegel: het was noodzakelijk tot het uiterste te gaan in de zelfverachting en ten volle doordrongen te raken van de weerzinwekkendheid van zijn opgezwollen buik, zijn hangwangen en zijn nu al lubberende achterwerk. Vervolgens deed hij alle lichten uit. Hij sloot zijn voeten, kruiste zijn handen ter hoogte van zijn borst en boog zijn hoofd een beetje naar voren om beter in zichzelf te kunnen keren. Dan ademde hij langzaam en diep in, blies zijn walgelijke buik zo ver mogelijk op; daarna ademde hij uit, ook heel langzaam, terwijl hij in gedachten een cijfer uitsprak. Alle cijfers waren belangrijk, zijn concentratie mocht geen moment verslappen, maar de belangrijkste waren vier, acht, en zestien natuurlijk, het laatste cijfer. Wanneer hij zich weer zou oprichten nadat hij uit alle macht uitademend het cijfer zestien had geteld, zou hij een radicaal nieuwe mens zijn, eindelijk klaar om te leven, zich in de stroom van het bestaan te laten glijden. Hij zou geen angst en geen schaamte meer kennen, hij zou normaal eten en zich normaal gedragen tegenover meisjes. 'Vandaag is de eerste dag van de rest van je leven.'

Die kleine ceremonie had geen enkel effect op zijn verlegenheid, maar bleek soms enigszins doeltreffend tegen de boulimie; er gingen soms twee dagen voorbij voor hij er weer toe verviel. Hij weet de mislukking aan concentratiegebrek en geloofde er algauw opnieuw in. Hij was nog jong.

Op een avond toen hij uit banketbakkerij *Het Tunesische Zuiden* kwam, stuitte hij op Annick. Hij had haar nooit meer gezien sinds hun korte ontmoeting in de zomer van 1974. Ze was nog lelijker geworden, ze was nu bijna zwaarlijvig. Haar vierkante bril met zwart montuur en dikke glazen maakte haar bruine ogen nog kleiner en deed de ziekelijke bleekheid van haar huid nog sterker uitkomen. Ze dronken samen een kop koffie, een moment lang wisten ze zich duidelijk geen raad met hun houding. Zij studeerde ook letteren, aan de Sorbonne; ze woonde in een kamer net om de hoek, die uitkeek over de boulevard Saint-Michel. Toen ze wegging gaf ze hem haar telefoonnummer.

In de loop van de daaropvolgende weken ging hij haar meermalen opzoeken. Ze weigerde zich uit te kleden, omdat ze zich te zeer voor haar uiterlijk schaamde, maar de eerste avond stelde ze Bruno voor hem te pijpen. Ze had het niet over haar uiterlijk, haar argument was dat ze niet aan de pil was. 'Echt, ik zou liever...' Ze ging nooit uit, ze bleef elke avond thuis. Ze zette kruidenthee voor zichzelf, probeerde een dieet vol te houden, maar het hielp allemaal niets. Verschillende keren probeerde Bruno haar broek uit te trekken. Ze dook ineen, duwde hem zonder een woord te zeggen ruw van zich af. Uiteindelijk gaf hij toe en haalde zijn geslacht te voorschijn. Ze zoog hem snel af, een beetje te hard; hij kwam klaar in haar mond. Soms hadden ze het over hun studie, maar niet erg vaak – doorgaans ging hij vrij snel weer weg. Het viel niet te ontkennen dat ze ronduit lelijk was, en dat hij zich nog niet in haar gezelschap op straat, in een restaurant of in de wachtrij van een bioscoop zag. Hij propte zich vol met Tunesische gebakjes, tot hij er bijna van moest overgeven; hij ging naar haar kamer, liet zich pijpen en vertrok weer. Waarschijnlijk was het beter zo.

Op de avond van Annicks dood was het heel zacht weer. Het was nog maar eind maart, maar het was al een echte lenteavond. In dezelfde bakkerij als altijd kocht Bruno een lange gevulde amandelrol, waarna hij naar de kaden van de Seine liep. Het geluid van de luidsprekers van een rondvaartboot vulde de lucht en weerkaatste tegen de wanden van de Notre-Dame. Hij kauwde zijn plakkerige, met honing bedekte gebakje weg en voelde eens temeer een felle afkeer jegens zichzelf. Misschien is het een idee, dacht hij, het hier ter plekke te proberen, hartje Parijs, midden tussen de andere mensen. Hij deed zijn ogen dicht, sloot zijn hielen en kruiste zijn handen voor zijn borst. Langzaam en vastbesloten begon hij te tellen, volledig geconcentreerd. Toen hij de magische zestien had uitgesproken, opende hij zijn ogen en ging stevig rechtop staan. De rondvaartboot was verdwenen, de kade was verlaten. Het weer was nog altijd even zacht.

Voor de flat van Annick was een kleine samenscholing, die in bedwang werd gehouden door twee politieagenten. Hij liep ernaartoe. Het lichaam van het meisje lag verpletterd op de grond, vreemd verwrongen. Haar gebroken armen vormden als het ware twee aanhangsels rond haar schedel, een bloedplas omringde wat er nog over was van haar gezicht; vóór de klap moest ze in een laatste reflex haar handen naar haar hoofd hebben gebracht. 'Ze is van de zevende gesprongen. Op slag dood...' zei een vrouw naast hem met een merkwaardige voldoening. Op dat moment kwam er een ambulance aan, twee mannen stapten uit met een brancard. Toen ze haar optilden zag hij de opengebarsten schedel, hij wendde zijn hoofd af. Met huilende sirene vertrok de ambulance weer. Zo eindigde Bruno's eerste liefde.

De zomer van 1976 was waarschijnlijk de afschuwelijkste tijd van zijn leven. Hij was net twintig geworden. De hitte was niet te harden, zelfs de nachten brachten geen verkoeling; in dat opzicht zou de zomer van 1976 historisch zijn. De meisjes droegen korte, transparante jurkjes, die door het zweet aan hun huid plakten. Hij liep dagen achtereen rond met van begeerte uitpuilende ogen. 's Nachts stond hij op en doorkruiste Parijs te voet, hield stil voor de caféterrasjes en beloerde de uitgangen van discotheken. Hij kon niet dansen. Hij had permanent een stijve. Hij had het gevoel alsof hij een druipend, bedorven stuk vlees tussen zijn benen had, dat door de wormen werd verteerd. Herhaaldelijk probeerde hij op straat meisjes aan te spreken, maar hij oogstte enkel vernederingen als antwoord. 's Nachts keek hij in de spiegel. Zijn haar, dat door het zweet aan zijn schedel plakte, begon aan de voorkant dunner te worden; onder zijn bloesje waren de plooien van zijn buik te zien. Hij begon sexshops en peepshows te bezoeken, met als enig resultaat een verheviging van zijn lijden. Voor het eerst deed hij een beroep op de prostitutie.

Er had in 1974-1975 een nauwelijks merkbare maar onomkeerbare omslag plaatsgevonden in de westerse samenleving, zei Bruno bij zichzelf. Hij lag nog altijd in het gras van de schuin aflopende kanaaloever, met zijn tot kussen opgerolde linnen jack onder zijn hoofd. Hij trok een bosje gras uit, voelde de vochtige ruwheid. In dezelfde jaren dat hij tevergeefs toegang tot het leven probeerde te krijgen, had iets onheilspellends de westerse samenleving in zijn greep gekregen. In die zomer van 1976 was al duidelijk dat het allemaal heel slecht zou aflopen. Het lichamelijke geweld, de meest volmaakte uiting van de individuatie, stond in het Westen op het punt zijn herintrede te doen in het kielzog van de begeerte.

10

Julian en Aldous

'Wanneer de basisdoctrine moet worden gewijzigd of vernieuwd, zijn de verloren generaties waarbinnen de verandering plaatsvindt daar geheel onbekend mee, en vaak staan ze er regelrecht vijandig tegenover.'
Auguste Comte, *Oproep aan de conservatieven*

Rond de middag stapte Bruno weer in zijn auto en reed naar het centrum van Parthenay. Hij besloot uiteindelijk toch de snelweg te nemen. Vanuit een telefooncel belde hij naar zijn broer – die direct opnam. Hij kwam naar Parijs terug, hij zou hem graag diezelfde avond komen opzoeken. Morgen was niet mogelijk, vanwege zijn zoon. Maar vanavond, ja, het leek hem belangrijk. Michel liet weinig emotie blijken. 'Als je dat wilt...' zei hij na een lange stilte. Zoals de meeste mensen verfoeide hij de tendens tot sociale versplintering die de sociologen en de exegeten zo goed hebben beschreven. Zoals de meeste mensen achtte hij het wenselijk enige familierelaties te onderhouden, ook al ging dat ten koste van een lichte verveling. Zo had hij zich jarenlang verplicht om Kerstmis bij zijn tante Marie-Thérèse te vieren, die samen met haar vriendelijke, bijna dove man haar oude dag doorbracht in een huisje in Le Raincy. Zijn oom stemde nog altijd communistisch en weigerde naar de nachtmis te gaan, wat elke keer de aanleiding tot een *grote bek* vormde. Michel luisterde toe hoe de oude man oreerde over de arbeidersemancipatie terwijl hij zich het ene glas gentiaanbrandewijn na het andere inschonk; af en toe brulde hij een banaliteit als antwoord. Later kwamen de anderen, zijn nichtje Brigitte was er. Hij was erg op Brigitte gesteld en had haar graag gelukkig gezien; maar met zo'n klootzak van een man was dat duidelijk erg moeilijk. Hij was artsenbezoeker bij Bayer en bedroog zijn vrouw zo vaak mogelijk – en aangezien hij een mooie man was en veelvuldig op reis moest, was het inderdaad vaak mogelijk. Elk jaar werden de rimpels in Brigittes gezicht dieper.

Michel stopte in 1990 met het jaarlijkse bezoek. Toen bleef alleen Bruno nog over. Familierelaties blijven jarenlang standhouden, soms tientallen jaren lang, het is een feit dat ze veel langer standhouden dan alle andere relaties; en dan gaan ook zij uiteindelijk als een nachtkaars uit.

Bruno kwam rond negen uur 's avonds aan, hij had al wat gedronken en wilde over theoretische onderwerpen praten. 'Ik heb me er altijd over verbaasd,' begon hij, nog voordat hij was gaan zitten, 'hoe goed de voorspellingen van Aldous Huxley in *Brave New World* blijken te kloppen. En dan te bedenken dat het boek in 1932 is geschreven, dat is verbijsterend. Sindsdien heeft de westerse samenleving voortdurend geprobeerd dat model te benaderen. De steeds nauwkeuriger beheersing van de voortplanting, die uiteindelijk zal leiden tot een volledige loskoppeling van het geslachtelijk verkeer en tot reproductie van de menselijke soort in het laboratorium, onder omstandigheden waarin de veiligheid en de genetische betrouwbaarheid volkomen gewaarborgd zijn. Als gevolg daarvan de verdwijning van familierelaties, van de idee van vaderschap en afstamming. De opheffing, dankzij de farmaceutische vooruitgang, van het onderscheid tussen de verschillende leeftijden. In de wereld die Huxley beschrijft hebben mannen van zestig dezelfde bezigheden, hetzelfde lichamelijke voorkomen en dezelfde verlangens als een jongeman van twintig. Daarna, wanneer je niet meer tegen de ouderdom kunt vechten, verdwijn je door vrijwillige euthanasie; heel discreet, heel snel, zonder drama's. De maatschappij die *Brave New World* beschrijft is heel gelukkig, alle tragiek en alle extreme gevoelens zijn eruit verdwenen. De seksuele vrijheid is totaal, niets staat de wellust en het genot meer in de weg. Er blijven korte momenten van neerslachtigheid, verdriet en twijfel bestaan, maar die kunnen gemakkelijk worden behandeld met medicijnen: op het gebied van antidepressiva en anxiolytica is er chemisch een aanzienlijke vooruitgang geboekt. "Met één centikuub tien gevoelens de baas." Dat is precies de wereld waar we tegenwoordig naar streven, de wereld waarin we tegenwoordig zouden willen leven.'

'Ik weet,' vervolgde Bruno met een handbeweging, als het ware om een tegenwerping weg te wuiven die Michel niet had gemaakt, 'dat men het wereldje van Huxley over het algemeen beschrijft als een totalitaire nachtmerrie, dat men dat boek voor een venijnige aanklacht probeert te laten doorgaan. Dat is je reinste hypocrisie. Op alle punten – genetische beheersing, seksuele vrijheid, strijd tegen de ouderdom, vrijetijdsbeschaving – is *Brave New World* voor ons een paradijs, in feite is het precies de wereld die wij proberen te bereiken, tot nu toe zonder succes. Er is tegenwoordig nog maar één ding dat een beetje indruist tegen ons egalitaire – of liever gezegd meritocratische – waardesysteem, en dat is de indeling van de samenleving in kasten, die afhankelijk van hun genetische gesteldheid elk hun eigen soort werk krijgen toegewezen. Maar dat is juist het enige punt waarop Huxley een slechte profeet is gebleken; met de ontwikkeling van de robotisering en de mechanisering is dat juist het enige punt dat zo ongeveer zinloos is geworden. Aldous Huxley is ongetwijfeld een erg slechte schrijver, zijn zinnen zijn zwaar en lomp, zijn personages zouteloos en mechanisch. Maar hij heeft de – fundamentele – intuïtie gehad dat de ontwikkeling van de menselijke samenlevingen al een aantal eeuwen lang uitsluitend werd bepaald door de wetenschappelijke en technologische ontwikkelingen, en dat dat in de toekomst alleen nog maar sterker het geval zou zijn. Het mag hem dan verder hebben ontbroken aan scherpzinnigheid, psychologisch inzicht en stijl, maar dat alles valt in het niet bij de juistheid van zijn aanvangsintuïtie. En als eerste schrijver, de sciencefictionschrijvers daarbij inbegrepen, heeft hij gezien dat na de natuurkunde nu de biologie de rol van stuwende kracht zou gaan vervullen.'

Bruno zweeg en merkte toen dat zijn broer iets magerder was geworden; hij leek vermoeid, bezorgd, of zelfs een beetje afwezig. Inderdaad had hij al een paar dagen geen boodschappen gedaan. In tegenstelling tot de voorgaande jaren waren er nog steeds veel bedelaars en krantenverkopers voor de Monoprix; toch was het hartje zomer, een tijd waarin de armoede normaal gesproken minder benauwend is. Hoe zou het zijn als het oorlog werd? vroeg Michel zich af, terwijl hij door de grote ramen de vertraagde verplaatsingen van de clochards gadesloeg. Wanneer zou de oorlog uitbreken, en hoe zou het begin van het nieuwe schooljaar zijn? Bruno schonk zich nog een glas wijn in. Hij begon honger te krijgen en was enigszins verbaasd toen zijn broer hem met vermoeide stem antwoordde:

'Huxley behoorde tot een grote Engelse biologenfamilie. Zijn grootvader was een vriend van Darwin, hij heeft veel geschreven om diens evolutionistische thesen te verdedigen. Zijn vader en zijn broer Julian waren ook bekende biologen. Engeland heeft een traditie van pragmatische, liberale en sceptische intellectuelen – heel anders dan de eeuw van de Verlichting in Frankrijk, veel meer gebaseerd op de waarneming, op de empirische methode. Gedurende heel zijn jeugd heeft Huxley gelegenheid gehad om de economen, juristen en vooral wetenschappers te ontmoeten die zijn vader thuis uitnodigde. Van de schrijvers van zijn generatie was hij absoluut de enige die in staat was de vooruitgang te zien aankomen die de biologie zou boeken. Maar zonder het nazisme zou het allemaal veel sneller zijn gegaan. De nazi-ideologie heeft veel bijgedragen tot de kwade roep die ideeën van eugenetica en rassenverbetering hebben gekregen; het heeft meerdere decennia geduurd voordat men daarop kon terugkomen.' Michel stond op en pakte een boek met de titel *What dare I think?* uit zijn boekenkast. 'Dit is geschreven door Julian Huxley, de oudere broer van Aldous, en gepubliceerd in 1931, een jaar eerder dan *Brave New World*. Je vindt er alle ideeën in terug over genetische beheersing en verbetering van soorten, de menselijke soort daarbij inbegrepen, die zijn broer in de roman in praktijk brengt. Dat wordt allemaal ondubbelzinnig voorgesteld als een wenselijk doel waarnaar we moeten streven.'

Michel ging weer zitten en veegde zijn voorhoofd af. 'Na de oorlog, in 1946, werd Julian Huxley benoemd tot algemeen directeur van de Unesco, die net was opgericht. In hetzelfde jaar publiceerde zijn broer *Brave New World Revisited*, waarin hij zijn eerste boek probeert voor te stellen als een aanklacht, een satire. Een paar jaar later was Aldous Huxley een van de belangrijkste theoretische steunpilaren van het hippie-experiment geworden. Hij was altijd al voorstander geweest van volledige seksuele vrijheid en had een voortrekkersrol vervuld bij het gebruik van psychedelische drugs. Alle oprichters van Esalen kenden hem en waren beïnvloed door zijn denken. Daarna heeft de new age de basisthema's van Esalen integraal overgenomen. In feite is Aldous Huxley een van de invloedrijkste denkers van de eeuw.'

Ze gingen eten in een restaurant op de hoek van de straat dat voor 270 franc een Chinese fondue voor twee personen op het menu had staan. Michel was al drie dagen niet naar buiten geweest. 'Ik heb vandaag nog niet gegeten,' merkte hij lichtelijk verbaasd op; hij had het boek nog altijd in zijn hand.

'In 1962 publiceerde Huxley *Island*, zijn laatste boek,' vervolgde hij, terwijl hij zijn kleefrijst omroerde. 'Hij situeert de handeling op een paradijselijk tropisch eiland – de plantengroei en het landschap zijn waarschijnlijk op Sri Lanka geïnspireerd.

Op dat eiland is ver van de grote handelsbewegingen van de twintigste eeuw een heel oorspronkelijke beschaving ontstaan, tegelijkertijd technisch hoogontwikkeld en met respect voor de natuur: vreedzaam, volkomen vrij van de joods-christelijke familieneuroses en verbodsbepalingen. Naaktheid is er natuurlijk, wellust en liefde worden er in alle vrijheid bedreven. Dat middelmatige maar gemakkelijk te lezen boek heeft een enorme invloed op de hippies gehad en via hen op de aanhangers van de new age. Als je goed kijkt, zie je dat de harmonieuze gemeenschap die in *Island* wordt beschreven heel veel gemeen heeft met die van *Brave New World*. Het schijnt dat Huxley zelf, die waarschijnlijk begon te dementeren, zich niet bewust is geweest van de overeenkomst, maar de samenleving die hij in *Island* beschrijft ligt net zo dicht bij *Brave New World* als de libertaire hippiesamenleving bij de burgerlijk-liberale samenleving ligt, of liever gezegd de Zweedse sociaal-democratische variant daarvan.'

Hij pauzeerde even, doopte een gamba in de pikante saus en legde zijn eetstokjes weer neer. 'Net als zijn broer was Aldous Huxley een optimist...' zei hij ten slotte met iets van afkeer. 'De metafysische omwenteling die het materialisme en de moderne wetenschap heeft voortgebracht heeft twee grote gevolgen gehad: het rationalisme en het individualisme. Huxley's fout is geweest dat hij het verband tussen die twee gevolgen verkeerd heeft ingeschat. Heel specifiek gezegd is zijn fout geweest dat hij heeft onderschat hoezeer het individualisme zou toenemen onder invloed van het steeds sterker wordende doodsbesef. Individualisme leidt tot vrijheid, zelfbewustheid, de noodzaak je te onderscheiden en beter te zijn dan de anderen. In een rationele samenleving zoals beschreven in *Brave New World* kan de strijd worden verzacht. Economische concurrentie, een metafoor voor macht over de ruimte, heeft geen bestaansreden meer in een rijke samenleving waarin de economische stromen in toom worden gehouden. Seksuele concurrentie, via de voortplanting een metafoor voor macht over de tijd, heeft geen bestaansreden meer in een samenleving waarin voortplanting en seks volledig van elkaar zijn gescheiden. Maar Huxley rekent buiten het individualisme. Hij heeft niet begrepen dat seks, eenmaal van de voortplanting gescheiden, niet zozeer blijft bestaan als lustprincipe, maar vooral als principe van narcistische differentiatie; hetzelfde geldt voor de zucht naar rijkdom. Waarom is het model van de Zweedse sociaaldemocratie er niet in geslaagd het liberale model te verdringen? Waarom is het zelfs nooit uitgeprobeerd op het gebied van de seksuele bevrediging? Omdat de metafysische omwenteling waartoe de moderne wetenschap heeft geleid, noodzakelijkerwijs individuatie, ijdelheid, haat en begeerte met zich meebrengt. In de kern van de zaak is begeerte – in tegenstelling tot genot – een bron van leed, haat en ongeluk. Dat hebben alle filosofen – niet alleen de boeddhistische, niet alleen de christelijke, maar alle filosofen die die naam waardig zijn – geweten en onderwezen. De oplossing van de utopisten – van Plato tot Huxley, met inbegrip van Fourier – bestaat erin de begeerte en het daarmee verbonden lijden uit te doven door een onmiddellijke bevrediging te organiseren. De erotisch-publicitaire maatschappij waarin wij leven, daarentegen, beijvert zich juist om de begeerte te organiseren, tot buitensporige proporties aan te wakkeren en de bevrediging ondertussen binnen de privé-sfeer te houden. Om de maatschappij te laten functioneren en de concurrentie te laten doorgaan, moet de begeerte blijven groeien, zich uitbreiden en het leven van de mensen verwoesten.' Hij veegde totaal uitgeput zijn voorhoofd af; hij had zijn eten niet aangeraakt.

'Er zijn verzachtende middelen, eenvoudige, humane middelen...' zei Bruno zacht. 'Nou ja, dingen waardoor je de dood kunt vergeten. In *Brave New World* gaat het om anxiolytica en antidepressiva, in *Island* is er eerder sprake van meditatie, psychedelische drugs en wat vage religieuze elementen uit het hindoeïsme. In de praktijk proberen de mensen die twee dingen tegenwoordig een beetje met elkaar te combineren.'

'Julian Huxley heeft het in *What dare I think?* ook over die religieuze vraagstukken, het hele tweede deel van zijn boek gaat daarover,' antwoordde Michel vinnig, met groeiende afkeer. 'Hij beseft heel goed dat de opmars van de wetenschap en het materialisme de basis van alle traditionele godsdiensten heeft ondermijnd; hij beseft ook dat geen enkele samenleving kan voortbestaan zonder godsdienst. Meer dan honderd bladzijden lang probeert hij de grondslagen te leggen van een godsdienst die verenigbaar is met de stand van zaken in de wetenschap. Het resultaat kan niet echt overtuigend worden genoemd, en onze samenleving heeft zich ook niet echt in die richting verder ontwikkeld. In werkelijkheid wordt elke hoop op een synthese tenietgedaan door de evidentie van de materiële dood, en het kan dan ook niet anders dan dat ijdelheid en wreedheid steeds verder om zich heen grijpen. En als compensatie,' was zijn merkwaardige conclusie, 'doet ook de liefde dat.'

11

Na het bezoek van Bruno bleef Michel twee weken lang op bed liggen. Inderdaad, zo vroeg hij zich af, hoe zou een samenleving kunnen voortbestaan zonder religie? Dat leek al heel moeilijk in het geval van een individu. Een aantal dagen lang bestudeerde hij de verwarming links van zijn bed. Als dat nodig was vulden de ribben zich met warm water, het was een nuttig, ingenieus mechanisme; maar hoe lang kon de westerse samenleving blijven voortbestaan zonder welke religie dan ook? Als kind gaf hij graag de planten in de moestuin water. Hij had een klein vierkant zwartwitfototje bewaard waarop hij de gieter vasthield, terwijl zijn grootmoeder toekeek; hij was waarschijnlijk een jaar of zes. Later had hij graag boodschappen gedaan; van het wisselgeld van het brood mocht hij een Carambar* kopen. Daarna ging hij de melk halen bij de boerderij. Met uiterste krachtsinspanning probeerde hij de aluminium emmer met de nog lauwe melk erin recht te houden, en wanneer de nacht al was gevallen was hij een beetje bang als hij over het holle weggetje liep met aan weerszijden braamstruiken. Tegenwoordig was elke gang naar de supermarkt hem een lijdensweg. Toch veranderden de producten, er verschenen onophoudelijk nieuwe diepvriesmaaltijden voor alleenstaanden. Recentelijk had hij bij de slagerijafdeling van zijn Monoprix voor het eerst struisvogelbiefstuk gezien.

Om reproductie mogelijk te maken gaan de twee strengen waaruit de DNA-molecuul bestaat uit elkaar, waarna ze elk voor zich complementaire nucleotiden aantrekken. Dat moment van uit elkaar gaan is een gevaarlijk moment, waarop gemakkelijk oncontroleerbare en meestal noodlottige mutaties kunnen optreden. Vasten stimuleert ontegenzeglijk het denken, en na de eerste week kwam Michel plotseling tot het inzicht dat volmaakte reproductie onmogelijk zou zijn zolang de DNA-molecuul een spiraalvorm had. Om op een oneindige reeks celgeneraties een niet-beschadigde replicatie te verkrijgen, was het waarschijnlijk noodzakelijk dat de structuur waarin de genetische informatie opgeslagen lag een compacte topologie bezat – bijvoorbeeld die van een möbiusband of een torus.

Als kind kon hij niet verdragen dat alle dingen van nature verweerden, braken, versleten. Zo bewaarde hij jarenlang de twee gebroken helften van een wit plastic liniaaltje, die hij eindeloos bleef repareren door er plakband omheen te wikkelen. Door de dikte van de verschillende lagen plakband was het liniaaltje niet recht meer, het kon zelfs geen lijnen meer trekken, zijn liniaalfunctie vervullen; toch bewaarde hij het. Het brak opnieuw; hij repareerde het, plakte er weer een laag plakband overheen en stopte het terug in zijn etui.

Een van Djerzinski's geniale invallen, zou Bedřich Hubčejak jaren later schrijven, was dat hij afstand had kunnen nemen van zijn oorspronkelijke idee dat geslachtelijke voortplanting in zichzelf een bron van funeste mutaties was. Al duizenden jaren lang, benadrukte Hubčejak verder, waren alle menselijke beschavingen doordrongen geweest van die meer of minder expliciet geformuleerde gedachte dat seks en dood onlosmakelijk met elkaar verbonden waren. Een onderzoeker die dat verband zojuist had aangetoond met onweerlegbare argumenten ontleend aan de moleculaire biologie, zou daar normaliter hebben moeten stoppen en zijn opdracht als volbracht moeten beschouwen. Djerzinski echter had het idee gehad dat hij afstand moest nemen van het kader van de geslachtelijke voortplanting om de topologische condities van het celdelingsproces in hun algemeenheid te kunnen bestuderen.

Meteen al in zijn eerste jaar op de lagere school in Charny was Michel getroffen geweest door de wreedheid van de jongens. Weliswaar ging het om boerenzonen, kleine dieren dus, die nog dicht bij de natuur stonden. Maar het bleef verbazingwekkend te zien met wat voor vrolijke, instinctieve natuurlijkheid ze padden prikten met hun penhouder of de punt van hun passer; de violette inkt verspreidde zich onder de huid van het arme dier, dat langzaam de verstikkingsdood stierf. Ze stonden er in een cirkel omheen, sloegen zijn doodsstrijd met glinsterende ogen gade. Een van hun andere favoriete spelletjes was het afknippen van voelsprieten van slakken met de schaar uit hun schooletui. Alle gevoeligheid van een slak is geconcentreerd in zijn voelsprieten, waarop kleine oogjes zitten. Beroofd van zijn voelsprieten is een slak niets anders dan een weke, lijdende en ontredderde massa. Algauw begreep Michel dat hij er goed aan deed die jonge bruten op een afstand te houden; hij had daarentegen weinig te vrezen van de meisjes, die zachtaardiger waren. Dat eerste voorgevoel over hoe de wereld in elkaar zat werd versterkt door *Het leven der dieren*, dat elke woensdagavond op televisie kwam. Te midden van de walgelijke smeerboel, het permanente bloedbad dat de natuur was, werd het enige spoor van toewijding en altruïsme gevormd door de moederliefde, of een beschermingsinstinct, in ieder geval iets wat geleidelijk aan, stukje bij beetje, tot moederliefde leidde. Het vrouwtje van de pijlinktvis, een klein pathetisch ding van twintig centimeter lang, viel zonder enige aarzeling de duiker aan die in de buurt van haar eieren kwam.

Dertig jaar later kon hij niet anders dan opnieuw tot dezelfde conclusie komen: vrouwen waren absoluut beter dan mannen. Ze waren aanhaliger, aanhankelijker, meelevender en zachtaardiger; minder geneigd tot geweld, egoïsme, zelfbevestiging, wreedheid. Ze waren bovendien redelijker, intelligenter en arbeidzamer.

Waar waren mannen eigenlijk goed voor? vroeg Michel zich af, terwijl hij de bewegingen van de zon op de gordijnen bestudeerde. Het is goed mogelijk dat mannelijkheid in vroeger tijden, toen er veel beren waren, een specifieke, onvervangbare rol heeft gespeeld. Maar al een paar eeuwen lang waren mannen overduidelijk vrijwel nergens meer goed voor. Ze verdreven hun verveling door partijtjes tennis te spelen, wat van alle kwaden nog wel het minste was. Soms leek het ze echter nuttig *de geschiedenis vooruit te helpen*, dat wil vooral zeggen: revoluties en oorlogen te ontketenen. Nog afgezien van het absurde leed dat ze veroorzaakten, vernietigden revoluties en oorlogen ook het beste van het verleden, ze dwongen de samenleving telkens weer schoon schip te maken en alles vanaf de grond opnieuw op te bouwen. Zo ontwikkelde de mensheid zich niet volgens het gestage beloop van een geleidelijke stijging, maar met chaotische, heftige schokken zonder regelmaat of duidelijk patroon. Voor dat alles waren de mannen (met hun voorliefde voor hoog spel, hun groteske ijdelheid, hun onverantwoordelijkheid, hun diepgewortelde gewelddadigheid) rechtstreeks en volledig verantwoordelijk. Een wereld die bestond uit vrouwen zou in alle opzichten oneindig veel beter zijn; hij zou zich langzamer maar regelmatig, zonder terugslagen en zonder funeste beeldenstormen, naar een toestand van gemeenschappelijk geluk ontwikkelen.

Op de ochtend van de vijftiende augustus stond hij op en ging naar buiten, in de hoop dat er niemand op straat zou zijn; dat was vrijwel het geval. Hij maakte een paar aantekeningen, die hij een jaar of tien later zou terugvinden op het moment dat hij zijn belangrijkste publicatie voorbereidde, *Prolegomena tot de volmaakte replicatie.*

Op hetzelfde ogenblik bracht Bruno zijn zoon naar zijn ex-vrouw terug. Hij voelde zich uitgeput en vertwijfeld. Anne zou terugkomen van een Nouvelles Frontières-reis naar het Paaseiland of Benin, hij herinnerde het zich niet precies meer. Waarschijnlijk had ze vrienden gemaakt, adressen uitgewisseld – ze zou hen twee, drie keer terugzien voordat ze het beu werd.

Maar ze zou geen mannen hebben ontmoet – Bruno had de indruk dat ze het helemaal had opgegeven, wat mannen betrof. Ze zou hem een paar minuten apart nemen, willen weten 'hoe het was gegaan'. Hij zou antwoorden: 'Goed', hij zou een rustige, zelfverzekerde toon aanslaan, zoals vrouwen die graag horen; maar met een humoristische ondertoon zou hij eraan toevoegen: 'Victor heeft wel héél veel televisie gekeken.' Hij zou zich algauw slecht op zijn gemak voelen, sinds Anne was gestopt kon ze er niet meer tegen als iemand bij haar thuis rookte; haar flat was met smaak ingericht. Op het moment dat hij zou vertrekken zou hij spijt voelen en zich eens temeer afvragen hoe hij verandering in de situatie kon brengen. Hij zou Victor een vluchtige kus geven, dan zou hij weggaan. Dat was het dan: de vakantie van zijn zoon was voorbij.

In werkelijkheid waren die twee weken een lijdensweg geweest. Languit op zijn matras liggend, met een fles bourbon binnen handbereik, luisterde Bruno naar de geluiden van zijn zoon in de kamer ernaast: de wc die hij doortrok als hij had gepist, het zachte geknisper van de afstandsbediening. Precies zoals zijn halfbroer op hetzelfde moment deed, zonder dat hij dat wist, lag hij uren achtereen stompzinnig de buizen van zijn verwarming te bestuderen. Victor sliep op de bedbank in de huiskamer. Hij keek vijftien uur per dag tv. 's Ochtends als Bruno wakker werd stond het ding al aan op de tekenfilms van M6. Om het geluid te horen deed Victor een koptelefoon op. Hij was niet gewelddadig, deed niet expres vervelend, maar hij en zijn vader hadden elkaar absoluut niets te melden. Twee keer per dag warmde Bruno een kant-en-klaarmaaltijd op; vrijwel zonder een woord te zeggen zaten ze tegenover elkaar te eten.

Hoe was het toch zover gekomen? Victor was sinds een aantal maanden dertien jaar. Nog maar een paar jaar daarvoor maakte hij tekeningen en liet die aan zijn vader zien. Hij tekende personages van *Marvel Comics* na: Fatalis, Mister Phantastic, Apocalypse – die hij in allerlei originele situaties liet optreden.

Soms deden ze een spelletje *1000 Miles*, of ze gingen zondagsochtends naar het Louvre. Toen hij tien was had Victor voor Bruno's verjaardag in grote, veelkleurige letters op een vel Canson-papier gekalligrafeerd: 'PAPA IK HOU VAN JOU.' Nu was het afgelopen. Het was echt afgelopen. En Bruno wist dat het allemaal nog erger zou worden: van wederzijdse onverschilligheid zouden ze langzaam naar de haat afglijden. Over hooguit twee jaar zou zijn zoon meisjes van zijn leeftijd aan de haak proberen te slaan; die meisjes van vijftien begeerde Bruno zelf ook. Ze naderden de toestand van rivaliteit, de natuurlijke toestand van mannen. Ze waren als beesten in één kooi die met elkaar vochten; die kooi was de tijd.

Op weg naar huis kocht Bruno twee flessen anijslikeur bij een Arabisch kruidenierswinkeltje. Voordat hij zich straalzat ging drinken, belde hij zijn broer op om te zeggen dat hij de volgende dag zou langskomen. Toen hij bij Michel aankwam bleek die na zijn vastenperiode plotseling door een enorme honger te zijn bevangen; hij propte plakken Italiaanse worst naar binnen en dronk het ene glas wijn na het andere leeg. 'Tast toe, tast toe...' mompelde hij. Bruno had de indruk dat hij hem nauwelijks hoorde. Het was net alsof hij tegen een psychiater praatte, of tegen een muur. Toch praatte hij.

'Jarenlang heeft mijn zoon zich tot mij gewend en om mijn liefde gevraagd; ik was depressief, ontevreden over mijn leven, en ik heb hem afgewezen – in afwachting van het moment dat het beter zou gaan. Ik wist toen niet dat die jaren zo kort zouden zijn. Tussen de zeven en de twaalf jaar is een kind een heerlijk, vriendelijk, redelijk en open wezentje. Het leeft in volmaakte redelijkheid en het leeft in vreugde. Het is vol liefde, en zelf is het tevreden met de liefde die het als vanzelf ontvangt. Daarna loopt alles fout. Alles loopt onherstelbaar fout.'

Michel verslond de laatste twee plakken worst en schonk zich nog een glas wijn in. Zijn handen trilden vreselijk. Bruno vervolgde: 'Het is moeilijk je iets idioters, agressievers, ongenietbaarders en hatelijkers voor te stellen dan een jongen in de prepuberteit, vooral wanneer hij samen is met andere jongens van zijn leeftijd. Zo'n jongen in de prepuberteit is tegelijkertijd een monster en een imbeciel, zijn conformisme is bijna ongelooflijk; hij lijkt wel de plotselinge, kwaadaardige (en, als je naar het kind kijkt, onvoorspelbare) kristallisatie van het allerergste in de mens. Als je dat hebt gezien, hoe kun je er dan nog aan twijfelen dat seksualiteit een door en door slechte kracht is? En hoe kunnen mensen het verdragen met een jongen in de prepuberteit onder één dak te wonen? Mijn stelling is dat ze daar alleen in slagen omdat hun leven volkomen leeg is. Toch is mijn leven ook leeg, maar mij is het niet gelukt. In ieder geval liegt iedereen, en iedereen liegt op een groteske manier. Je bent gescheiden maar je blijft goede vrienden. Om de twee weekends komt je zoon bij jou. Het is een smeerboel. Een totale, absolute smeerboel. In werkelijkheid hebben mannen zich nooit voor hun kinderen geïnteresseerd, ze hebben er nooit liefde voor gevoeld, mannen zijn niet eens in staat liefde te voelen, dat is iets wat ze volkomen vreemd is. Wat ze wel kennen is begeerte, brute seksuele begeerte en concurrentie tussen mannetjes. En daarna, veel later, binnen het kader van het huwelijk, kon het vroeger gebeuren dat ze erin slaagden jegens hun levensgezellin iets van erkentelijkheid te voelen – wanneer ze hun kinderen had geschonken, goed het huishouden deed, zich een goede kokkin of minnares betoonde; dan genoten ze ervan in hetzelfde bed te slapen. Dat was misschien niet echt wat de vrouwen wilden, er was misschien een misverstand in het spel, maar het was een gevoel dat heel sterk kon zijn – en zelfs als ze het opwindend vonden (overigens steeds minder) zich af en toe te goed te doen aan een lekker kontje, konden ze letterlijk niet meer zonder hun vrouw: wanneer die ongelukkigerwijs kwam te overlijden, begonnen ze te drinken en stierven algauw, over het algemeen binnen een paar maanden. Wat de kinderen betreft, die vormden de overdracht van een status, regels en een erfgoed. Dat was natuurlijk zo in de feodale bevolkingslagen, maar ook bij handelaren, boeren, ambachtslieden, eigenlijk in alle klassen van de maatschappij. Tegenwoordig bestaat dat niet meer: ik sta op een loonlijst, ik huur mijn huis, ik heb niets om aan mijn zoon over te dragen. Ik heb geen beroep dat ik hem kan leren, ik weet zelfs niet wat hij later zou kunnen gaan doen. De regels die ik heb gekend zullen in ieder geval voor hem niet meer gelden, hij zal in een geheel andere wereld leven. De ideologie van de voortdurende verandering aanvaarden, betekent aanvaarden dat het leven van een man strikt beperkt blijft tot zijn individuele bestaan, en dat de vroegere en toekomstige generaties in zijn ogen van geen enkel belang zijn. Zo leven wij, en een kind krijgen heeft tegenwoordig geen enkele betekenis meer voor een man. Voor vrouwen is dat anders, want die blijven de behoefte voelen aan iemand van wie ze kunnen houden – wat bij mannen niet het geval is, en nooit is geweest. Het is onzin te beweren dat mannen ook behoefte hebben om te moederen, met hun kinderen te spelen, ze te liefkozen. Dat mag dan wel al jarenlang worden beweerd, het blijft onzin. Als je eenmaal gescheiden bent en het gezin is uit elkaar gevallen, verliest het contact met je kinderen elke zin. Het kind is de val die is dichtgeklapt, het is de vijand die je zult moeten blijven onderhouden, en die jou zal overleven.'

Michel stond op en liep naar de keuken om een glas water te halen. Hij zag gekleurde wielen die halverwege in de lucht ronddraaiden, en hij voelde dat hij moest overgeven. Het eerste wat hem te doen stond was het trillen van zijn handen stoppen. Bruno had gelijk, vaderliefde was een verzinsel, een leugen. Een leugen is nuttig wanneer hij de werkelijkheid kan helpen veranderen, bedacht hij; maar als die verandering mislukt, is het enige wat overblijft de leugen, de verbittering en het besef van de leugen.

Hij kwam de kamer weer binnen. Bruno zat in elkaar gedoken in de leunstoel, hij bewoog niet meer dan wanneer hij dood was geweest. Tussen de torenflats viel de nacht; na de zoveelste verstikkend hete dag werd de temperatuur weer draaglijk.

Michel zag ineens de nu lege kooi staan waarin zijn kanarie jarenlang had geleefd. Dat ding moest maar eens worden weggegooid, hij was niet van plan een nieuwe te nemen. Vluchtig dacht hij aan zijn overbuurvrouw, de redactrice van *20 Ans**. Hij had haar al maandenlang niet gezien, waarschijnlijk was ze verhuisd. Hij dwong zich zijn aandacht op zijn handen te richten, merkte dat het trillen wat was verminderd. Bruno bewoog zich nog altijd niet. De stilte tussen hen bleef nog een paar minuten voortduren.

12

'Ik heb Anne in 1981 ontmoet,' vervolgde Bruno met een zucht. 'Ze was niet zo mooi, maar ik was het afrukken beu. Maar wat wel goed was, waren haar dikke borsten. Ik heb altijd van dikke borsten gehouden...' Hij slaakte opnieuw een diepe zucht. 'Mijn keurig nette protestantje met haar dikke borsten...' Tot Michels grote verbazing vulden zijn ogen zich met tranen. 'Later werden haar borsten slap, en ons huwelijk ging ook naar de kloten. Ik heb haar leven totaal verknald. Dat is iets wat ik nooit zal vergeten: ik heb het leven van die vrouw totaal verknald. Heb je nog wat wijn?'

Michel ging in de keuken een fles halen. Het was allemaal een beetje ongewoon. Hij wist dat Bruno bij een psychiater onder behandeling had gestaan en dat hij daarmee was gestopt. In feite probeer je altijd de pijn te minimaliseren. Zolang de pijn van de bekentenis minder erg lijkt, blijf je praten; daarna houd je je mond, je stopt ermee, je bent alleen. Dat Bruno nu opnieuw de behoefte voelde op zijn mislukte leven terug te komen, betekende waarschijnlijk dat hij ergens op hoopte, op een nieuwe start; het was waarschijnlijk een goed teken.

'Echt lelijk was ze niet,' ging Bruno verder, 'maar haar gezicht was heel gewoontjes, het had geen charme. Ze heeft nooit de bevalligheid, het licht gehad dat meisjesgezichten soms uitstralen. Met haar vrij zware benen was er geen sprake van dat ze minirokjes zou aantrekken. Maar ik heb haar geleerd heel korte bovenlijfjes te dragen, zonder bh; dat is heel opwindend, dikke borsten van onder gezien. Ze schaamde zich een beetje, maar uiteindelijk ging ze akkoord. Ze wist niets van erotiek, van lingerie, ze had geen enkele ervaring. Overigens, ik heb het nu wel over haar, maar je kent haar toch wel?'

'Ik ben op je trouwdag geweest...'

'Dat is wáár!' erkende Bruno verbluft, tegen het verdwaasde aan. 'Ik herinner me dat ik verbaasd was dat je kwam. Ik dacht dat je niets meer met me te maken wilde hebben.'

'Ik wilde ook niets meer met je te maken hebben.'

Michel dacht terug aan dat moment en vroeg zich inderdaad af wat hem ertoe had gebracht naar die trieste ceremonie te gaan. Hij zag de kerk in Neuilly weer voor zich, de vrijwel kale zaal met zijn deprimerende soberheid, voor meer dan de helft gevuld met een gezelschap dat duidelijk goed in de slappe was zat maar daar niet mee te koop wilde lopen; de vader van de bruid zat in het geldwezen. 'Ze waren links,' zei Bruno, '*iedereen was trouwens links toen*. Ze vonden het heel normaal dat ik met hun dochter ongetrouwd ging samenwonen, we zijn getrouwd omdat ze zwanger was, nou ja, het bekende verhaal.' Michel herinnerde zich de woorden van de dominee, die helder weergalmden in de koude zaal: het ging over Jezus die werkelijk mens en werkelijk God was, over het nieuwe verbond dat de Heer had gesloten met zijn volk; kortom hij had moeite te begrijpen waar het precies over ging. Na die kuur drie kwartier te hebben ondergaan, was hij bijna weggedommeld. Hij schrok plotseling wakker toen hij deze formulering hoorde: 'De zegen van de God van Israël zij met u, Hij die zich heeft ontfermd over twee eenzame kinderen.' Aanvankelijk kostte het hem moeite weer vaste grond onder de voeten te krijgen: bevond hij zich in een joods gezelschap? Hij moest even nadenken voordat hij besefte dat het eigenlijk om *dezelfde* God ging. De dominee ging lenig verder, met steeds vastere overtuiging: 'Wie zijn eigen vrouw liefheeft, heeft zichzelf lief; want niemand haat ooit zijn eigen vlees, maar hij voedt het en koestert het zoals

Christus de gemeente, omdat wij leden zijn van Zijn lichaam. Daarom zal een man zijn vader en zijn moeder verlaten en zijn vrouw aanhangen, en die twee zullen tot één vlees zijn. Dit geheimenis is groot, doch ik spreek met het oog op Christus en op de gemeente.' Dat was inderdaad een formulering die recht in de roos trof: *die twee zullen tot één vlees zijn*. Michel peinsde een tijdje over dat vooruitzicht en wierp een blik op Anne. Ze was rustig en geconcentreerd en leek haar adem in te houden; ze werd er bijna mooi door. Waarschijnlijk gestimuleerd door het citaat van de apostel Paulus vervolgde de dominee met toenemend enthousiasme: 'Heer, zie met goedertierenheid toe op uw dienstmaagd: nu zij zich door het huwelijk met haar echtgenoot zal verenigen, vraagt zij om uw bescherming. Geef dat zij in Christus een trouwe, deugdzame echtgenote blijft, en dat zij altijd het voorbeeld van de heilige vrouwen zal volgen: moge zij haar echtgenoot liefhebben als Rachel, wijs zijn als Rebecca en trouw als Sara. Moge zij zich toeleggen op het geloof en de geboden; moge zij gehecht zijn aan haar echtgenoot en elke verkeerde relatie vermijden; moge haar terughoudendheid respect afdwingen en haar kiesheid ontzag inboezemen, moge zij ingewijd zijn in de dingen Gods. Moge zij een vruchtbaar moederschap hebben, en mogen zij beiden de kinderen van hun kinderen zien tot in de derde en vierde generatie. Moge hun een gelukkige ouderdom ten deel vallen, en mogen zij de rust der uitverkorenen kennen in het Koninkrijk der Hemelen. In de naam van Jezus Christus onze Heer, amen.' Michel baande zich een weg door de menigte om in de buurt van het liturgisch centrum te komen, wat om hem heen tot geërgerde gezichten leidde. Hij bleef op drie rijen afstand staan en keek toe hoe de ringen werden uitgewisseld. Met gebogen hoofd en een indrukwekkende concentratie nam de dominee de handen van de twee echtelieden in de zijne; in de kerk heerste doodse stilte. Toen hief hij zijn hoofd op, en met luide stem riep hij heftig uit, tegelijkertijd energiek en wanhopig, en met een verbluffende uitdrukkingskracht: 'Hetgeen dan God samengevoegd heeft, scheide de mens niet!'

Later, toen de dominee zijn parafernalia aan het opruimen was, liep Michel op hem af. 'Wat u zonet zei vond ik erg interessant...' De man van God glimlachte wellevend, waarna Michel inhaakte op de experimenten van Aspect en de EPR-paradox: wanneer twee deeltjes zijn samengevoegd, vormen ze vanaf dat moment een onverbrekelijk geheel, 'dat lijkt me precies zoiets als dat verhaal van dat ene vlees.' De glimlach van de dominee verkrampte een beetje. 'Ik bedoel,' vervolgde Michel enthousiast, 'op het ontologische vlak kun je er een unieke toestandsvector in een Hilbertruimte aan toekennen. Snapt u wat ik bedoel?' – 'Natuurlijk, natuurlijk...' mompelde de dienaar van Christus, terwijl hij om zich heen blikte. 'Neemt u mij niet kwalijk,' zei hij abrupt, alvorens zich tot de vader van de bruid te wenden. Ze schudden elkaar lange tijd de hand, omarmden elkaar plechtig. 'Een heel mooie inzegening, prachtig...' zei de geldman ontroerd.

'Je bleef niet op het feest...' herinnerde Bruno zich. 'Het was een beetje gênant, ik kende niemand, en het was toch mijn eigen bruiloft. Mijn vader kwam veel te laat, maar hij kwám toch in ieder geval. Hij was slecht geschoren en zijn stropdas zat scheef, hij zag er echt uit als een oud libertijns wrak. Ik weet zeker dat Annes ouders liever een andere schoonzoon hadden gehad, maar ja, als gegoede burgers van links-protestantse signatuur hadden ze toch een zeker respect voor het onderwijs. En bovendien was ik volledig bevoegd, terwijl zij alleen een tweedegraadsbevoegdheid had. Het vreselijke is dat haar zusje heel knap was. Ze leek heel veel op haar, ze had ook dikke borsten, maar in plaats van heel gewoontjes was haar gezicht prachtig. Het zijn maar kleine verschillen, de gelaatstrekken zijn net iets anders, een kwestie van details. Dat doet pijn...' Hij zuchtte opnieuw, schonk zich nog eens in.

'Mijn eerste baan kreeg ik na de zomer van 1984 aan het Carnotlyceum in Dijon. Anne was zes maanden zwanger. Dat was dat, we waren allebei leraar, we waren een leraarsechtpaar; we hoefden alleen nog maar een normaal leven te leiden.

We huurden een appartement in de rue Vannerie, het lyceum was om de hoek. “Het zijn hier geen Parijse prijzen,” zei het meisje van het woningbureau. “Het is hier ook niet het Parijse leven, maar u zult zien dat het ’s zomers heel vrolijk is, er zijn toeristen, er komen veel jongeren naar het barokmuziekfestival.” Barokmuziek?...

Ik begreep meteen dat er een vloek op mij rustte. Dat het niet het “Parijse leven” was kon me geen donder schelen, in Parijs was ik voortdurend ongelukkig geweest. Maar ik had gewoon zin in alle vrouwen behalve in de mijne. In Dijon zijn er net als in alle provinciesteden veel van die hippe grietjes, het is daar veel erger dan in Parijs. In die jaren werd de mode steeds sexier. Het was ondraaglijk, al die meisjes met hun gezichtjes, hun rokjes en hun lachjes. Ik zag ze overdag in de klas, ik zag ze ’s middags in de *Penalty*, de bar naast de school, waar ze met jongens zaten te praten; ik ging voor het middageten altijd naar huis, naar mijn vrouw. En op zaterdagmiddag zag ik ze opnieuw in de winkelstraten van de stad, waar ze kleren en platen kochten. Ik was met Anne samen, zij keek naar babykleertjes; haar zwangerschap verliep probleemloos, en ze was ongelooflijk gelukkig. Ze sliep veel, ze at alles wat ze wilde. We gingen niet meer met elkaar naar bed, maar ik geloof dat ze dat niet eens merkte. Tijdens de zwangerschapsgymnastiek was ze bevriend geraakt met andere vrouwen. Ze was heel sociaal, sociaal en open, ze was gemakkelijk in de omgang. Toen ik hoorde dat ze in verwachting was van een jongen, was dat een vreselijke schok voor me. Meteen doemden de allerergste schrikbeelden voor me op, ik zou het allerergste te verduren krijgen. Ik had gelukkig moeten zijn – ik was pas achtentwintig en ik voelde me al dood.

Victor werd in december geboren. Met haar open, oecumenische instelling had Anne zich algauw aangepast aan het lokale katholieke leven, en de doop vond plaats in de Église Saint-Michel, heel indrukwekkend was dat. “Zij die gedoopt zijn worden levende stenen voor de bouw van een spiritueel bouwwerk, voor een heilige roeping," zei de priester. Victor was helemaal gerimpeld en knalrood in zijn witkanten jurkje. Het was een collectieve doop, net als in de vroegchristelijke Kerk, er waren ongeveer tien gezinnen. "Door de doop word je opgenomen in de Kerk," zei de priester, "hij maakt ons tot ledematen van het lichaam van Christus." Anne hield hem in haar armen, hij woog acht pond. Hij was heel lief, hij heeft helemaal niet gehuild. "Zijn we vanaf dat moment geen ledematen van elkaar?" zei de priester. Wij ouders keken elkaar aan, er leek iets van twijfel gerezen. Toen sprenkelde de priester het doopwater op het hoofd van mijn zoon, tot drie keer toe; daarna zalfde hij hem met de heilige olie. Die geparfumeerde olie, gewijd door de bisschop, symboliseerde de gave van de Heilige Geest, zei de priester, waarna hij zich rechtstreeks tot hem richtte. "Victor," zei de priester, "je bent nu een christen geworden. Door deze zalving van de Heilige Geest ben je opgenomen in Christus. Vanaf nu deel je in zijn profetische, priesterlijke en koninklijke missie." Ik was daar zo van onder de indruk dat ik lid werd van een *Geloof en Leven*-groep die elke woensdag bijeenkwam. Er was een jonge Koreaanse die heel knap was, ik had meteen zin om haar te naaien. Dat was lastig, ze wist dat ik getrouwd was. Anne ontving de groep op een zaterdag een keer thuis, de Koreaanse ging op de bank zitten, ze droeg een korte rok; ik heb de hele middag naar haar benen zitten kijken, maar niemand had iets in de gaten.

In de voorjaarsvakantie ging Anne met Victor naar haar ouders, ik bleef alleen in Dijon achter. Ik deed een nieuwe poging om katholiek te worden; liggend op mijn Épéda-matras las ik *Het mysterie van de Onschuldige Heiligen* en dronk anijslikeur. Het was heel mooi. Péguy is werkelijk prachtig; maar ik raakte er volledig gedeprimeerd van. Al die verhalen over zonden en vergiffenis van zonden, en God die blijer is met de terugkeer van een zondaar dan met het heil van duizend rechtvaardigen... Ik zou graag een zondaar zijn geweest maar het lukte me niet.

Ik had het gevoel dat ik van mijn jeugd was beroofd. Alles wat ik wilde was mijn snikkel laten afzuigen door jonge grietjes met volle lippen. Er waren heel veel jonge grietjes met volle lippen in de discotheken, en tijdens Annes afwezigheid ben ik meermalen naar de *Slow Rock* en de *Enfer* gegaan. Maar ze gingen uit met anderen dan mij, ze zogen andere snikkels dan de mijne af, en dat kon ik gewoon niet meer verdragen. De roze Minitel kende toen een explosieve groei, er heerste daaromheen een massale gekte, ik heb er hele nachten aan gekluisterd gezeten. Victor lag in onze kamer maar hij sliep heel rustig, dat was geen probleem. Ik was doodsbang toen de eerste telefoonrekening kwam, ik heb hem uit de brievenbus gehaald en de envelop onderweg naar school opengemaakt: veertienduizend franc. Gelukkig had ik nog een spaarrekening uit mijn studietijd, ik heb alles naar onze rekening overgeboekt, Anne heeft niets gemerkt.

Leven wordt pas mogelijk door de blik van de ander. Geleidelijk aan begon ik te beseffen dat mijn collega's, de leraren van het Carnotlyceum, zonder haat of bitterheid naar me keken. Ze hadden niet het gevoel dat ik een concurrent was, we vochten voor dezelfde zaak, ik was *een van hen.* Zij leerden me de gewone betekenis van de dingen. Ik haalde mijn rijbewijs en begon me voor de catalogi van de CAMIF* te interesseren. Toen het lente werd brachten we hele middagen door op het grasveld van de Guilmards. Zij woonden in een nogal lelijk huis in Fontaine-les-Dijon, maar ze hadden een groot, heel aangenaam grasveld met bomen. Guilmard was wiskundeleraar, we hadden ongeveer dezelfde klassen. Hij was lang en mager en had een kromme rug, roodblond haar en een hangsnor; hij leek een beetje op een Duitse boekhouder. Met zijn vrouw zorgde hij voor de barbecue. De middag vorderde, we hadden het over vakantie, we waren een beetje aangeschoten. Doorgaans waren we met vier, vijf leraarsechtparen. De vrouw van Guilmard was verpleegster, ze had de reputatie nogal een slet te zijn. Inderdaad zag je wanneer ze op het gras ging zitten dat ze onder haar rok niets aanhad. Ze brachten hun vakantie altijd door in Le Cap d'Agde, in de naturistische zone. Ik geloof dat ze ook naar een sauna voor paren gingen, op de place Bossuet – dat heb ik me althans laten vertellen. Ik durfde er niet tegen Anne over te beginnen maar ik vond ze heel sympathiek, ze hadden iets sociaal-democratisch – heel anders dan de hippies die in de jaren zeventig om onze moeder rondhingen. Guilmard was een goede leraar, hij aarzelde nooit na afloop van de lessen nog te blijven om een leerling met moeilijkheden te helpen. Hij gaf ook voor de gehandicapten, meen ik.'

Bruno zweeg abrupt. Na een paar minuten stond Michel op, opende de balkondeur en liep naar buiten om de avondlucht op te zuigen. De meeste mensen die hij kende hadden soortgelijke levens als dat van Bruno geleid. Behalve in bepaalde sectoren met een heel hoge standaard, zoals de reclame of de mode, is het in het professionele milieu relatief gemakkelijk fysiek te worden geaccepteerd, de *dress codes* zijn er beperkt en impliciet. Na een paar jaar werken verdwijnt de seksuele begeerte, de mensen richten zich op wijn en lekker eten; sommigen van zijn collega's, die veel jonger waren dan hij, waren al begonnen met het aanleggen van een wijnvoorraad. Dat was niet het geval met Bruno, die niets op de wijn aan te merken had gehad – Vieux Papes van 11,95 franc. Michel vergat de aanwezigheid van zijn broer half en wierp leunend op de balustrade een blik op de flats. De nacht was nu gevallen, bijna alle lichten brandden. Het was de laatste avond van het weekend van 15 augustus. Hij kwam naar Bruno terug en ging dicht bij hem zitten; hun knieën raakten elkaar bijna. Mocht Bruno als een individu worden beschouwd? De achteruitgang van zijn organen was hem eigen, hij zou op individuele titel kennismaken met de lichamelijke aftakeling en de dood. Anderzijds behoorden zijn hedonistische levensopvatting en de krachtenvelden die zijn bewustzijn en verlangens beheersten heel zijn generatie toe. Net zoals je door de opstelling van een proefpreparaat en de keuze van één of meer waarneembare feiten kunt zorgen dat een atomair systeem zich op een bepaalde manier gedraagt – nu eens als opgebouwd uit deeltjes, dan weer als golfverschijnsel – zo kon Bruno ook een individu lijken, terwijl hij vanuit een andere gezichtshoek niet meer dan een passief element van een zich voltrekkende historische ontwikkeling was. Zijn beweegredenen, zijn waarden, zijn verlangens – niets van dat alles onderscheidde hem ook maar enigszins van zijn tijdgenoten. De eerste reactie van een dier dat iets wordt ontzegd is over het algemeen dat het met nog meer kracht zijn doel probeert te bereiken. Een uitgehongerde kip (*Gallus domesticus*) zal bijvoorbeeld, wanneer zijn voedsel achter een afscheiding van ijzergaas is gezet, steeds verbetener pogingen doen daardoorheen te komen. Beetje bij beetje zal dat gedrag echter plaatsmaken voor een ander, schijnbaar doelloos gedrag. Zo gaan duiven (*Columba livia*) vaak op de grond pikken als ze niet bij het begeerde voedsel kunnen komen, zelfs als de grond niets eetbaars bevat. Niet alleen geven ze zich aan dat onderscheidloze gepik over, ze gaan bovendien ook dikwijls hun vleugels opdoffen. Een dergelijk gedrag zonder reden, dat vaak voorkomt in situaties die een frustratie of conflict inhouden, wordt *substituutactiviteit* genoemd. Begin 1986, vlak nadat hij dertig was geworden, begon Bruno te schrijven.

13

'Geen enkele metafysische omwenteling', zou Djerzinski jaren later noteren, 'vindt plaats zonder te zijn aangekondigd, voorbereid en vergemakkelijkt door een samenstel van kleinere veranderingen, die op het moment zelf vaak niet worden opgemerkt. Persoonlijk beschouw ik mij als een van die kleinere veranderingen.'

Djerzinski was een dolende figuur binnen het Europese mensdom, tijdens zijn leven werd hij slecht begrepen. Een denken dat zich ontwikkelt in afwezigheid van een concrete gespreksgenoot, benadrukt Hubčejak in zijn inleiding bij de *Clifden Notes*, kan de valkuilen van de idiosyncrasie of de waanzin soms ontlopen, maar het is nog nooit eerder voorgekomen dat het voor de veeleisende uitdrukkingsvorm van het weerlegbare vertoog koos. Daar kan aan worden toegevoegd dat Djerzinski zich tot op het eind als een wetenschapper zou blijven beschouwen; het meest wezenlijke deel van zijn bijdrage tot de menselijke evolutie leek hem te worden gevormd door zijn biofysische publicaties – die op zeer klassieke wijze aan de gebruikelijke criteria van autoconsistentie en weerlegbaarheid onderworpen waren. De meer filosofische elementen die in zijn laatste geschriften opduiken zag hij slechts als gewaagde of zelfs enigszins ongecontroleerde uitspraken, die niet zozeer door een logische denkwijze als wel door zuiver persoonlijke beweegredenen werden gemotiveerd.

Hij had een beetje slaap. De maan gleed over de ingedutte stad. Hij hoefde maar één woord te zeggen, wist hij, en Bruno zou opstaan, zijn jack aantrekken en in de lift verdwijnen; er waren altijd taxi's te vinden in La Motte-Picquet. Als we naar de gebeurtenissen van ons huidige leven kijken, worden we onophoudelijk heen en weer geslingerd tussen geloof in het toeval en de evidentie dat alles gedetermineerd is. Maar als het over het verleden gaat, hebben we geen enkele twijfel meer: het lijkt ons vanzelfsprekend dat alles is verlopen op de manier waarop alles inderdaad móést verlopen. Van dat gezichtsbedrog, dat samenhing met een ontologie van voorwerpen en eigenschappen en met het postulaat van sterke objectiviteit, had Djerzinski zich al grotendeels losgemaakt. Dat is waarschijnlijk de reden waarom hij niet de eenvoudige, gebruikelijke woorden uitsprak die een einde zouden hebben gemaakt aan de bekentenis van dat huilerige menselijke wrak, met hem verbonden door een voor de helft gemeenschappelijke genetische oorsprong, dat zich daar die avond op de bank had genesteld en allang de grenzen van de betamelijkheid had overschreden die impliciet van kracht zijn binnen een gesprek tussen twee mensen. Hij voelde zich noch door medelijden, noch door respect geleid. Er schemerde echter een stellig voorgevoel in hem: dwars door Bruno's pathetische, kronkelige verhaal heen zou dit keer een boodschap zichtbaar worden; er zouden woorden worden uitgesproken, en die woorden zouden – voor het eerst – een onherroepelijke betekenis hebben. Hij stond op en sloot zich in de wc op. Heel discreet, zonder het minste of geringste geluid te maken, gaf hij over. Toen haalde hij wat water over zijn gezicht en kwam terug naar de woonkamer.

'Jij bent niet menselijk,' zei Bruno zachtjes, terwijl hij naar hem opkeek. 'Dat gevoel heb ik al vanaf het begin gehad, toen ik zag hoe je je tegenover Annabelle gedroeg. Toch ben je de gesprekspartner die het leven me heeft gegeven. Ik neem aan dat je destijds niet verbaasd was toen je mijn teksten over Johannes Paulus II ontving.'

'Alle beschavingen...' antwoordde Michel mistroostig, 'alle beschavingen hebben het hoofd moeten bieden aan de noodzaak een rechtvaardiging voor het vaderoffer te vinden. De historische omstandigheden in aanmerking genomen had je geen keus.'

'Ik voelde oprechte bewondering voor Johannes Paulus II!' protesteerde Bruno. 'Ik herinner het me nog, het was in 1986. In diezelfde tijd had je de oprichting van Canal+ en M6, de lancering van *Globe* en de opening van de gaarkeukens. Johannes Paulus II was de enige, volstrekt de enige die begreep wat zich in het Westen aan het voltrekken was. Ik was stomverbaasd dat mijn tekst zo slecht werd ontvangen door de *Geloof en Leven*-groep in Dijon. Ze hekelden de standpunten van de paus over abortus en voorbehoedsmiddelen, al die onzin. Oké, toegegeven, ik deed zelf ook niet veel moeite om hén te begrijpen. Ik herinner me dat de bijeenkomsten beurtelings bij de verschillende echtparen plaatsvonden. Iedereen nam een salade, een couscousschotel of een taart mee. Ik zat altijd de hele avond schaapachtig te glimlachen, te knikkebollen en de flessen wijn leeg te maken; ik hoorde helemaal niets van wat er werd gezegd. Anne daarentegen was heel enthousiast, ze had zich ingeschreven voor een alfabetiseringsgroep. Op die avonden deed ik een slaapmiddel in Victors fles en ging me aftrekken achter de roze Minitel; maar ik ben er nooit in geslaagd contact met iemand te leggen.

In april, toen Anne jarig was, kocht ik een taillegaine van zilverlamé voor haar. Ze sputterde een beetje tegen maar was uiteindelijk toch bereid hem om te doen. Terwijl zij het ding probeerde dicht te haken, dronk ik het laatste restje champagne op. Toen hoorde ik haar stem, zwak en een beetje bevend: "Ik ben klaar..." Zodra ik de slaapkamer binnen kwam besefte ik dat het een enorme miskleun was. Haar billen waren slap, de jarretelles striemden erin. Haar borsten hadden het zogen niet overleefd. Wat ze nodig zou hebben gehad was een liposuctie, siliconeninjecties, een totale opknapbeurt... dat zou ze nooit hebben geaccepteerd. Ik stak een vinger onder haar G-strings en sloot mijn ogen, ik was volkomen futloos. Op dat moment begon Victor in de kamer ernaast te krijsen van woede, met van die lange, schrille, ondraaglijke uithalen. Ze wikkelde zich in een badjas en vloog ernaartoe. Toen ze terugkwam vroeg ik haar alleen me te pijpen. Ze zoog slecht, ik voelde haar tanden, maar ik deed mijn ogen dicht en stelde me de mond voor van een van de meisjes uit mijn vijfde klas, een Ghanese. Door me haar roze, een beetje rasperige tong voor te stellen lukte het me klaar te komen in de mond van mijn vrouw. Ik was niet van plan nog meer kinderen te krijgen. De dag erna heb ik die tekst over het gezin geschreven, die ene die gepubliceerd is.'

'Ik heb hem nog...' onderbrak Michel hem. Hij stond op en haalde het tijdschrift te voorschijn uit zijn boekenkast. Bruno bladerde het lichtelijk verbaasd door en vond de bladzijde.

Er bestaan, tot op zekere hoogte, nog altijd gezinnen
(Vonken van geloof tussen de goddelozen
Vonken van liefde in de zee van walging),
Het is een raadsel hoe
Die vonken kunnen blinken.

Slaven zijn wij in het werk van onbegrijpelijke organisaties,
Onze enige mogelijkheid om te leven en ons te ontplooien is seks.
(En dan gaat het alleen nog maar om diegenen aan wie seks is toegestaan,
Degenen voor wie seks mogelijk is.)

Huwelijk en trouw blokkeren tegenwoordig elke bestaanskans,
Een kantoor of klaslokaal is niet de plaats waar we in onszelf de kracht zullen hervinden die vraagt om spel, licht en dans;
Zo proberen we tot onze lotsbestemming terug te keren door middel van relaties die steeds moeizamer verlopen,
We proberen een steeds uitgeputter, weerspanniger, onwilliger lichaam te verkopen,

En we verdwijnen
In de schaduw van verdriet
Naar de ware vertwijfeling,

We dalen het eenzame pad af naar de plek waar alles zwart is,
Zonder kinderen en vrouwen,
We lopen het meer in
Omgeven door de duisternis
(En het water voelt zo koud op onze oude lichamen).

Meteen nadat hij die tekst had geschreven, was Bruno in een soort van alcoholcoma terechtgekomen. Hij werd er twee uur later uit gewekt door het gekrijs van zijn zoon. Tussen het tweede en vierde levensjaar worden menselijke kinderen zich in toenemende mate bewust van hun ik, wat tot aanvallen van egocentrische grootheidswaan leidt. Hun doel is dan de mensen die hun sociale omgeving vormen (over het algemeen hun ouders) stuk voor stuk in slaven te veranderen, onderworpen aan de minste of geringste sparteling van hun begeerten. Hun egoïsme kent geen grenzen meer – dat is waar het individuele bestaan toe leidt. Bruno stond op van het tapijt in de woonkamer. Het gekrijs verhevigde, het verried een razende woede. Hij plette twee Lexotanil-tabletten in wat jam en ging naar Victors kamer. Het kind had gepoept. Wat voerde Anne in godsnaam uit? Die negeralfabetiseringsbijeenkomsten eindigden steeds later. Hij pakte de bezoedelde luier en gooide hem op het parket; de stank was niet te harden. Het kind slikte probleemloos het mengsel door en verstijfde, alsof het door een klap was geveld. Bruno schoot zijn jack aan en ging naar de *Madison*, een nachtbar in de rue Chaudronnière. Met zijn creditcard betaalde hij drieduizend franc voor een fles Dom Pérignon, die hij deelde met een heel knappe blondine. In een van de bovenkamertjes trok het meisje hem langdurig af, waarbij ze nu en dan de opwellende begeerte tegenhield. Ze heette Hélène, kwam uit de streek en volgde een toeristische opleiding; ze was negentien. Op het moment dat hij haar penetreerde kneep ze haar vagina samen – hij beleefde minstens drie minuten van volmaakt geluk. Toen Bruno wegging, kuste hij haar op haar lippen en drong erop aan dat ze een fooi zou aannemen – hij had nog driehonderd franc aan contant geld over.

De week daarna besloot hij zijn teksten aan een collega te laten lezen – een marxistische, heel scherpzinnige taaldocent van een jaar of vijftig die de reputatie had homoseksueel te zijn. Fajardie was aangenaam getroffen. 'Invloed van Claudel... of eerder van Péguy, de Péguy van de vrije verzen... Maar dat is juist origineel, dat zie je niet vaak meer.' Over de te zetten stappen aarzelde hij geen moment: '*L'Infini*. Daar wordt de literatuur van nu gemaakt. Je moet die teksten naar Sollers* sturen.' Een beetje verbaasd liet Bruno de naam nog eens herhalen – merkte dat hij hem met een matrassenmerk verwarde en stuurde toen zijn teksten op. Drie weken later belde hij naar Denoël; tot zijn grote verbazing stond Sollers hem te woord en stelde hem voor een afspraak te maken. Woensdags had hij geen les, hij kon gemakkelijk in één dag heen en terug. In de trein probeerde hij zich te verdiepen in *Een wonderlijke eenzaamheid*, gaf het vrij snel op, maar slaagde er toch nog in een paar bladzijden in *Vrouwen* te lezen – vooral de blootpassages. Ze hadden afgesproken in een café in de rue de l'Université. De uitgever kwam tien minuten te laat, zwaaiend met het sigarettenpijpje waar hij later beroemd om zou worden. 'Zit u in de provincie? Dat is fout. U moet meteen naar Parijs komen. U hebt talent.' Hij kondigde Bruno aan dat hij de tekst over Johannes Paulus II in het volgende nummer van *L'Infini* zou publiceren. Bruno was sprakeloos; hij wist niet dat Sollers midden in zijn periode van 'katholieke contrareformatie' zat en grossierde in enthousiaste adhesiebetuigingen aan het adres van de paus. 'Péguy, daar ga ik van uit mijn bol,' zei de uitgever vol vuur. 'En Sade! Sade! Lees vooral Sade!...'

'Mijn tekst over het gezin...'

'Ja, ook heel goed. U bent reactionair, dat is heel goed. Alle grote schrijvers zijn reactionair. Balzac, Flaubert, Baudelaire, Dostojevski: allemaal reactionairen. Maar je moet ook neuken, hè? Orgieën en zo. Dat is belangrijk.'

Na vijf minuten vertrok Sollers weer, Bruno achterlatend in een lichte narcistische roes. Op de terugweg kwam hij langzaam maar zeker weer tot zichzelf. Philippe Sollers scheen een bekende schrijver te zijn. Toch bleek uit *Vrouwen* overduidelijk dat hij alleen maar oude sletten uit de culturele kringen kon naaien. De hippe natels gaven blijkbaar de voorkeur aan zangers. Wat had het in dat geval voor zin klotegedichten te publiceren in een of ander lullig tijdschrift?

'Toen het uitkwam,' vervolgde Bruno, 'heb ik toch vijf exemplaren van *L'Infini* gekocht. Gelukkig hadden ze niet de tekst over Johannes Paulus II gepubliceerd.' Hij zuchtte. 'Dat was echt een slechte tekst... Heb je nog wijn?'

'Eén fles nog maar.' Michel liep naar de keuken en bracht de zesde en laatste fles van het pak Vieux Papes mee terug. Hij begon zich nu echt moe te voelen. 'Jij moet morgen toch werken?' onderbrak hij. Bruno reageerde niet. Hij bestudeerde een heel specifiek punt van het parket; maar op die plek van het parket was niets, niets heel specifieks, afgezien van wat klontertjes viezigheid. Maar toen hij de kurk hoorde ploppen kwam hij weer tot leven en hield zijn glas bij. Hij dronk langzaam, met kleine teugjes. Zijn blik was nu afgedreven en dobberde ter hoogte van de verwarming; hij leek niet verder te willen praten. Michel aarzelde en zette vervolgens de televisie aan; er was een dierenprogramma over konijnen. Hij deed het geluid uit. Misschien waren het eigenlijk ook wel hazen – die haalde hij door elkaar. Hij was verbaasd toen hij Bruno's stem weer hoorde:

'Ik probeerde me te herinneren hoe lang ik in Dijon ben gebleven. Vier jaar? Vijf jaar? Als je eenmaal in de wereld van het werk terecht bent gekomen, lijken alle jaren op elkaar. Het enige wat er nog te beleven valt zijn gebeurtenissen op het medische vlak – en de kinderen die groter worden. Victor werd groter, hij noemde me "papa".'

Plotseling barstte hij in huilen uit. Luid snikkend en snuivend zat hij ineengedoken op de bank. Michel keek op zijn horloge; het was iets na vieren. Op het scherm hield een wilde kat een konijnenlijkje in zijn bek.

Bruno haalde een papieren zakdoekje te voorschijn en veegde zijn ooghoeken af. Zijn tranen bleven stromen. Hij dacht aan zijn zoon. Arme kleine Victor, die tekeningen van Dr. Strange maakte, en die van hem hield. Hij had hem zo weinig momenten van geluk gegeven, zo weinig momenten van liefde – en nu zou hij vijftien worden en was de tijd van het geluk voor hem voorbij.

'Anne had nog meer kinderen willen hebben, eigenlijk paste het leven van huismoeder perfect bij haar. Ik was degene die haar aanspoorde om bij het ministerie een baan in de Parijse regio aan te vragen, zodat we terug konden naar de hoofdstad. Natuurlijk durfde ze niet te weigeren – vrouwen moesten zich in het beroepsleven zien te ontplooien, was destijds wat iedereen dacht of veinsde te denken; en zij vond het heel belangrijk hetzelfde te denken als iedereen. Ik besefte heel goed dat we eigenlijk naar Parijs teruggingen om rustig te kunnen scheiden. In de provincie ontmoeten de mensen elkaar toch nog altijd, ze praten met elkaar; en ik vond het vervelend als er commentaar zou worden geleverd op mijn scheiding, zelfs al was dat instemmend of neutraal van toon. In de zomer van '89 hadden we bij Club Med geboekt, dat was onze laatste vakantie samen. Ik herinner me hun idiote spelletjes voor het eten en de uren die ik op het strand doorbracht met het beloeren van de hippe grietjes. Anne praatte met de andere huismoeders. Als ze zich op haar buik draaide, zag je haar sinaasappelhuid; als ze zich op haar rug draaide, zag je haar zwangerschapsstriemen. Het was in Marokko, de Arabieren waren onaangenaam en agressief, de zon veel te heet. Ik had er geen huidkanker voor over om mijn avonden masturberend in een hutje te mogen doorbrengen. Victor genoot van zijn verblijf, hij had het erg naar zijn zin bij de Mini Club...' Bruno's stem brak opnieuw.

'Ik was een klootzak, en ik wíst dat ik een klootzak was. Normaal gesproken offeren ouders zich op, dat is de normale gang van zaken. Ik kon niet verdragen dat mijn jeugd voorbij was. Ik kon de gedachte niet verdragen dat mijn zoon groter zou worden, dat hij jong zou zijn in mijn plaats, dat hij misschien wel zou slagen in het leven terwijl ik er een grote puinhoop van had gemaakt. Ik had zin weer een individu te worden.'

'Een monade...' zei Michel zacht.

Bruno hoorde het niet, dronk de laatste slok van zijn wijn. 'De fles is leeg...' merkte hij lichtelijk verdwaasd op. Hij stond op, deed zijn jack aan. Michel liep met hem mee tot de drempel. 'Ik hou van mijn zoon,' zei Bruno nog. 'Als hij een ongeluk zou krijgen, als hem iets zou overkomen, zou ik dat niet kunnen verdragen. Dat kind is me het dierbaarst van alles. Toch ben ik er nooit in geslaagd zijn bestaan te accepteren.' Michel knikte. Bruno liep naar de lift.

Michel ging terug naar zijn bureau en schreef op een blaadje: 'Iets over het bloed zeggen.' Hij had behoefte om na te denken en ging liggen, maar hij viel vrijwel meteen in slaap. Een paar dagen later vond hij het blaadje terug en schreef vlak onder de vorige aantekening: 'De wet van het bloed', waarna hij tien minuten verbijsterd bleef staan.

14

Op 1 september ging Bruno Christiane 's ochtends afhalen van het Gare du Nord. Ze had de bus van Noyon naar Amiens genomen en daarna een rechtstreekse trein naar Parijs. Het was een mooie dag. Haar trein kwam om 11.37 uur aan. Ze droeg een lange bloemetjesjurk met kanten manchetten. Hij klemde haar in zijn armen. Hun harten bonsden.

Ze lunchten in een Indiaas restaurant en gingen toen naar zijn huis om te vrijen. Hij had het parket in de was gezet, de vazen met bloemen gevuld; de lakens waren schoon en roken lekker. Hij slaagde erin haar langdurig te penetreren, te wachten tot zij klaarkwam. De zon viel door de kier tussen de gordijnen naar binnen en wierp een glans op haar zwarte haarbos – waarin hier en daar grijze schitteringen te onderscheiden waren. Ze kreeg een eerste orgasme en meteen daarna een tweede, haar vagina trok heftig samen; op dat moment kwam hij in haar klaar. Hij nestelde zich in haar armen en ze vielen in slaap.

Toen ze wakker werden daalde de zon tussen de torenflats; het was ongeveer zeven uur. Bruno maakte een fles witte wijn open. Over de jaren na zijn terugkeer uit Dijon had hij nog nooit met iemand gesproken. Nu ging hij dat doen.

'Na de zomer van 1989 kreeg Anne een baan op het Condorcetlyceum. We huurden een appartement in de rue Rodier, een kleine, vrij sombere driekamerflat. Victor ging naar de kleuterschool, ik had nu mijn dagen voor mezelf. Op dat moment ben ik begonnen naar de hoeren te gaan. Er waren verschillende Thaise massagesalons in de wijk – de *New Bangkok*, de *Gouden lotus*, de *Mai Lin*; de meisjes waren vriendelijk en opgewekt, het ging prima. In dezelfde tijd begon ik een psychiater te raadplegen. Ik herinner me hem niet zo goed meer, ik geloof dat hij een baard had – maar misschien ben ik in de war met een film. Ik begon over mijn puberteit te vertellen, ik had het ook vaak over de massagesalons – ik voelde dat hij me minachtte, dat deed me goed. Hoe dan ook, in januari ging ik naar een ander. Die nieuwe was goed, hij had een praktijk vlak bij Strasbourg-Saint-Denis, als ik naar buiten kwam kon ik een rondje langs de peepshows gaan maken. Hij heette dokter Azoulay, hij had altijd wat nummers van *Paris Match* in zijn wachtkamer liggen; kortom, hij gaf me de indruk dat hij een goede dokter was. Mijn geval interesseerde hem niet bijzonder veel, maar dat neem ik hem niet kwalijk – het was inderdaad ontzettend banaal, ik was gewoon een gefrustreerde lul die een dagje ouder werd en geen zin meer in zijn vrouw had. Rond diezelfde tijd werd hij als expert opgeroepen bij het proces van een groep satanistische jongeren die een geestelijk gehandicapte in stukken hadden gezaagd en opgegeten – dat had toch heel wat meer allure. Aan het einde van elke behandeling raadde hij me aan om aan sport te doen, dat was een obsessie van hem – waarschijnlijk omdat hij zelf een buikje begon te krijgen. Afijn, de behandelingen waren aangenaam maar een beetje saai; het enige onderwerp waar hij nog een beetje warm voor liep was mijn relatie met mijn ouders. Begin februari kon ik hem een echt interessante anekdote vertellen. Het gebeurde in de wachtkamer van de *Mai Lin*. Toen ik binnenkwam ging ik naast een figuur zitten wiens gezicht me vaag iets zei – maar dan wel héél vaag, het was niet meer dan een onbestemde indruk. Hij mocht naar boven komen, ik ging meteen daarna. De massageruimtes waren van elkaar gescheiden door een plastic gordijn, er waren er maar twee, het kon niet anders dan dat die vent naast me zat. Op het moment dat het meisje mijn onderbuik begon te strelen met haar ingezeepte boezem, ging me een licht op: die figuur in de ruimte naast me, die net een *body body* kreeg, was mijn vader. Hij was ouder geworden, hij leek nu echt op een gepensioneerde, maar hij was het, geen twijfel mogelijk. Op hetzelfde moment hoorde ik hem klaarkomen, met het zachte geluid van een leeglopend blaasje. Toen ik zelf ook was klaargekomen wachtte ik een paar minuten voordat ik me aankleedde; ik had geen zin hem bij de ingang te ontmoeten. Maar op de dag dat ik de anekdote aan mijn psychiater had verteld, heb ik de oude man toen ik thuiskwam opgebeld. Hij leek verbaasd – en heel blij – me te horen. Inderdaad was hij met pensioen gegaan, hij had al zijn aandelen in de kliniek in Cannes verkocht. Die laatste jaren was hij behoorlijk wat geld kwijtgeraakt, maar het ging nog wel, vergeleken met anderen mocht hij niet klagen. We spraken af dat we elkaar snel weer eens zouden ontmoeten, maar op korte termijn kwam dat er niet van.

Begin maart kreeg ik een telefoontje van de onderwijsinspectie. Een lerares was eerder met zwangerschapsverlof gegaan dan verwacht, er was een baan vrij tot aan het eind van het schooljaar, het was op het lyceum van Meaux. Ik aarzelde een beetje, ik had toch erg slechte herinneringen aan Meaux. Nou ja, ik aarzelde drie uur, en toen besefte ik ineens dat het me geen moer kon schelen. Waarschijnlijk is dat wat ouderdom inhoudt: de gevoelsreacties stompen af, je houdt weinig wrokgevoelens en weinig gevoelens van vreugde over; je belangstelling gaat vooral uit naar het functioneren van je organen, naar hun wankele evenwicht. Toen ik uit de trein stapte en door de stad liep, werd ik vooral getroffen door de kleinheid en de lelijkheid ervan – de volstrekte nietszeggendheid. Wanneer ik als kind op zondagavond in Meaux aankwam had ik het gevoel dat ik in een onmetelijke hel belandde. Niet dus, het was maar een heel klein helletje zonder ook maar het minste of geringste karakteristieke kenmerk. De huizen, de straten... het riep allemaal niets bij me op; zelfs de school was gemoderniseerd. Ik ben ook wezen kijken in de gebouwen van het internaat, dat inmiddels was gesloten en tot een plaatselijk historisch museum omgebouwd. In die zalen hadden andere jongens me geslagen en vernederd, ze hadden er genoegen in geschept op me te spugen en te pissen, mijn hoofd in de wc-pot te duwen. En toch voelde ik geen enkele emotie, behalve misschien een lichte bedroefdheid – van zeer algemene aard. "God zelf kan hetgeen gebeurd is niet ongedaan maken", beweert een of andere katholieke schrijver ergens, ik weet niet meer wie; maar te oordelen naar wat er nog restte van mijn kindertijd in Meaux, leek dat toch niet zo heel moeilijk.

Ik heb urenlang door de stad gelopen, ben zelfs naar de Strandbar teruggegaan. Ik herinnerde me Caroline Yessayan, Patricia Hohweiller. Maar eerlijk gezegd was ik ze nooit vergeten; niets in de straten deed me in het bijzonder aan hen denken. Ik kwam veel jongeren tegen, en allochtonen – vooral zwarten, veel meer dan in mijn jeugd, dat was een echte verandering. Toen heb ik me bij de school gemeld. De rector vond het grappig dat ik een oud-leerling was, hij wilde mijn dossier opzoeken, maar ik begon over een ander onderwerp, ik wist het te vermijden. Ik had drie klassen: een vijfde klas en twee zesde, een alfa- en een bètaklas. Het ergste, dat besefte ik meteen al, zou die alfaklas zijn: daarin zaten drie jongens en ongeveer dertig meisjes. Dertig meisjes van zestien. Blonde, bruine, roodharige. Franse, Noord-Afrikaanse, Aziatische... allemaal verrukkelijk, allemaal begeerlijk. En ze vreeën, dat zag je, ze vreeën, ze wisselden van jongen, ze profiteerden van hun jeugd; elke dag kwam ik langs de condoomautomaat, ze schaamden zich er niet voor daar in mijn bijzijn gebruik van te maken.

Wat uiteindelijk de doorslag heeft gegeven, was dat ik me ging voorhouden dat ik misschien wel een kans had. Er moesten veel dochters van gescheiden ouders zijn, ik zou er best een kunnen vinden die op zoek was naar een vaderfiguur. Dat kon heel goed lukken, ik voelde dat het heel goed kon lukken. Maar die vaderfiguur moest mannelijk zijn, vertrouwen wekken, brede schouders hebben. Ik liet mijn baard groeien en werd lid van de Gymnase Club*. De baard was geen onverdeeld succes, hij was heel dun en gaf me een beetje een louche aanzien, zoiets als Salman Rushdie. Mijn spieren daarentegen reageerden goed, in een paar weken ontwikkelde ik heel behoorlijke delta- en borstspieren. Het probleem, het nieuwe probleem, was mijn geslachtsdeel. Dat mag nu stom lijken, maar in de jaren zeventig maakte men zich niet echt druk om de grootte van het mannelijk geslachtsdeel; in mijn jeugd heb ik alle mogelijke lichamelijke complexen gehad, behalve dat ene. Ik weet niet wie erover begonnen is, waarschijnlijk de homo's. Afijn, het thema komt ook ter sprake in Amerikaanse politieromans. Maar bij Sartre is het volstrekt afwezig. Hoe dan ook, in de doucheruimte van de Gymnase Club werd ik me ervan bewust dat ik een kleine pik had. Ik mat hem thuis na: twaalf centimeter, misschien dertien of veertien, als ik het meetlint helemaal naar de wortel van de pik doortrok. Ik had een nieuwe bron van pijn en verdriet ontdekt, en in dit geval was er niets aan te doen, het was een totale, onherstelbare handicap. Vanaf dat moment begon ik negers te haten. Nou ja, op het lyceum waren er niet zoveel, de meesten zaten op de Pierre-de-Coubertin, dat was die technische school waar de befaamde Defrance* aan filosofische striptease deed en de jongeren pluimen in hun gat stak. In mijn klassen zat er maar één, in de zesde alfaklas, een grote, potige figuur die zich Ben liet noemen. Hij droeg altijd een honkbalpet en Nikes, ik weet zeker dat hij een enorme pik had. Natuurlijk lagen alle meisjes op hun knieën voor die baviaan. En dan probeerde ik ze Mallarmé te laten bestuderen, dat had geen enkele zin. Zo zou de westerse beschaving aan haar einde komen, dacht ik verbitterd: door weer voor grote pikken door de knieën te gaan, net als de *hamadryas*-baviaan. Ik maakte er een gewoonte van zonder onderbroek naar de les te komen. De neger had toevallig net verkering met het meisje dat ik voor mezelf zou hebben uitgekozen: schattig, helblond, met een kinderlijk gezichtje en mooie appelronde borsten. Ze kwamen hand in hand de les binnen. Tijdens proefwerken liet ik de ramen altijd dicht. De meisjes hadden het heet, deden hun truien uit, hun borsten plakten aan hun T-shirts; ik trok me af in de beschutting van mijn bureau. Ik herinner me nog de dag dat ik ze een zin uit *De kant van Guermantes* had laten verklaren: "*De zuiverheid van een bloed waarin al generaties lang niets anders te bespeuren viel dan het allergrootste wat de geschiedenis van Frankrijk heeft voortgebracht, had haar manier van doen bevrijd van alles wat het gewone volk 'maniertjes' noemt, en haar een volmaakte ongekunsteldheid gegeven.*"

Ik keek naar Ben: hij krabde aan zijn hoofd, hij krabde aan zijn kloten, hij maalde zijn kauwgom. Wat kon hij daar nu van begrijpen, die grote aap? Trouwens, wat konden alle anderen daar nu van begrijpen? Zelf begon ik steeds minder goed te begrijpen wat Proust eigenlijk *precies* wilde zeggen. Die tientallen pagina's over de zuiverheid van het bloed, geestelijk adeldom vergeleken met adellijke komaf, het specifieke milieu van de grote hoogleraren in de geneeskunde... het leek me allemaal volkomen nutteloos. We leefden nu duidelijk in een versimpelde wereld. De hertogin van Guermantes had veel minder *poen* dan Snoop Doggy Dog; Snoop Doggy Dog had minder *poen* dan Bill Gates, maar de meisjes werden er wel veel *geiler* van. Twee parameters, meer niet. Natuurlijk was het te overwegen geweest een proustiaanse *jetset*-roman te schrijven waarin beroemdheid tegenover rijkdom werd gezet, en waarin tegenstellingen werden opgevoerd tussen beroemdheid voor het grote publiek en een intiemer soort beroemdheid, bestemd voor de *happy few* – het resultaat zou volkomen irrelevant zijn geweest. Cultureel aanzien was maar een middelmatig surrogaat voor de ware beroemdheid, die in de media tot stand kwam; die laatste, met de amusementsindustrie verbonden beroemdheid zoog grotere hoeveelheden geld aan dan enige andere menselijke activiteit. Wat was een bankier, een minister of een bedrijfsdirecteur in verhouding tot een filmacteur of een rockster? Financieel gezien, seksueel gezien en in alle andere opzichten een nul. De distinctiestrategieën die Proust zo subtiel beschreef hadden tegenwoordig geen enkele betekenis meer. Als je de mens als een hiërarchisch dier zag, als een dier dat hiërarchieën opstelde, verhield de hedendaagse samenleving zich tot de achttiende eeuw als de GAN-toren tot het Petit Trianon. Proust was radicaal Europees gebleven, met Thomas Mann een van de laatste Europeanen; wat hij schreef hield geen enkel verband meer met welke werkelijkheid dan ook. Maar die zin over de hertogin van Guermantes bleef natuurlijk prachtig. Wat niet wegneemt dat het allemaal nogal deprimerend werd, en uiteindelijk zocht ik mijn heil bij Baudelaire. Angst, dood, schaamte, dronkenschap, nostalgie, de verloren kindertijd... enkel onaantastbare onderwerpen, oerdegelijke thema's. Het was toch wel bizar. De lente, de hitte, al die opwindende grietjes; en ik die daar las:

Gedraag je, o mijn Smart, probeer je in te tomen.
Je riep de Duisternis; zij daalt neer; zij is daar:
Een zwarte nacht heeft van de stad bezit genomen,
Die sommigen tot rust brengt, anderen bezwaart.

Terwijl in slaafs vertier de vuige mensenstromen
Gegeseld door 't Genot, die wrede folteraar,
Met spijt in het verschiet luidruchtig samenkomen,
Reik mij de hand, mijn Smart; kom hierheen, ver vandaar...

Ik laste een pauze in. Ze leken gevoelig voor dat gedicht, dat voelde ik, er heerste doodse stilte. Het was het laatste lesuur, over een halfuur zou ik weer in de trein stappen om een tijdje later mijn vrouw weer te zien. Plotseling hoorde ik van achter uit het lokaal de stem van Ben: "Hé, ouwe, je hebt het doodsprincipe in je kop!..." Hij had luid gesproken maar het was niet echt brutaal, zijn toon had zelfs iets bewonderends. Ik heb nooit helemaal begrepen of hij zich tot Baudelaire of tot mij richtte; in feite was het als *tekstverklaring* helemaal niet slecht. Maar ik moest toch ingrijpen. Ik zei simpelweg: "Eruit." Hij bewoog niet. Ik wachtte dertig seconden, het angstzweet brak me uit, ik zag het moment al aankomen dat ik niet meer zou kunnen praten. Maar ik had toch nog de kracht om te herhalen: "Eruit." Hij stond op, pakte heel langzaam zijn spullen en kwam op me af. In elke gewelddadige confrontatie is er zoiets als een moment van genade, een magische seconde waarin de opgeschorte krachten elkaar in evenwicht houden. Hij stopte ter hoogte van mij, hij stak meer dan een kop boven me uit, ik dacht dat hij me een optater ging verkopen, maar toch niet, hij liep gewoon naar de deur. Ik had mijn zege geboekt. Een zege van niets: meteen de volgende dag kwam hij al weer terug in de les. Hij scheen iets te hebben begrepen, een van mijn blikken te hebben opgevangen, want tijdens de les begon hij zijn vriendinnetje te betasten. Hij trok haar rok op, legde zijn hand zo hoog mogelijk, heel hoog op haar dijen, en keek me toen met een glimlach aan, heel *cool*. Ik smachtte vreselijk naar dat grietje. Ik vulde het weekend met het schrijven van een racistisch pamflet, met een vrijwel constante erectie. 's Maandags belde ik naar *L'Infini*. Dit keer ontving Sollers me in zijn kantoor. Hij was vrolijk, guitig, net als op tv – beter zelfs dan op tv. "U bent een authentieke racist, dat voel je, u wordt erdoor gedreven, dat is goed. Boem boem!" Hij maakte een kleine, heel sierlijke handbeweging en haalde een bladzijde te voorschijn, hij had een passage aangestreept in de marge: "*We zijn jaloers op negers en bewonderen ze omdat we naar hun voorbeeld weer dieren willen worden, dieren uitgerust met een grote pik en een piepklein reptielenbrein, als aanhangsel van hun pik.*" Hij schudde het vel opgewekt heen en weer. "Het is krachtig, met verve gebracht, heel edel en chic. U hebt talent. Soms wel wat gemakzuchtig, de titel vond ik minder geslaagd: *Racist ben je niet, je wordt het*. Dat indirecte, afgeleide, dat is altijd een beetje... Hmmm..." Zijn gezicht betrok, maar toen maakte hij een nieuwe pirouette met zijn sigarettenhouder en glimlachte weer. Een echte clown – ontzettend vriendelijk. "Niet al te veel invloeden, bovendien, niets dat overheerst. Bijvoorbeeld, u bent niet antisemitisch!" Hij haalde een andere passage te voorschijn: "*Alleen de joden koesteren geen afgunst jegens de negers, want zij hebben al sinds mensenheugenis voor de weg van intelligentie, schuld en schaamte gekozen. Niets in de westerse beschaving kan evenaren of ook maar enigszins benaderen wat de joden hebben kunnen presteren op grond van schuld en schaamte; daarom worden ze zo gehaat door de negers.*" Met een gelukzalige gezichtsuitdrukking leunde hij achterover in zijn stoel, met zijn handen gekruist achter zijn hoofd; ik dacht even dat hij zijn voeten op zijn bureau ging leggen, maar toch niet. Hij boog zich weer naar voren, kon niet stilzitten.

"Nou? Wat doen we?"

"Ik weet niet, u zou mijn tekst kunnen publiceren."

"*Oe la la!*" proestte hij uit, alsof ik een goede grap had verteld. "Publiceren in *L'Infini*? Maar knulletje, snap je dan niet... We leven niet meer in de tijd van Céline, weet u. We schrijven tegenwoordig niet meer wat we willen, over bepaalde onderwerpen... Een dergelijke tekst zou me flink in de problemen kunnen brengen. Dacht u dat ik nog niet genoeg problemen had? Omdat ik bij Gallimard zit, denkt u dat ik daarom zomaar alles kan doen wat ik wil? Ze houden me in de gaten, weet u. Ze wachten op een misstap. Nee, nee, dat wordt moeilijk. Wat heeft u verder nog?"

Hij leek oprecht verbaasd dat ik geen andere tekst had meegebracht. Ik vond het vervelend hem te moeten teleurstellen, ik had graag zijn *knulletje* willen zijn en had het leuk gevonden als hij me mee uit dansen had genomen en me whisky's had aangeboden in de *Pont-Royal*. Toen ik buiten op de stoep stond, voelde ik me een moment lang ontzettend wanhopig. Er kwamen vrouwen voorbij over de boulevard Saint-Germain, de late middag was warm en ik begreep dat ik nooit schrijver zou worden; ik begreep ook dat het me geen moer kon schelen. Maar wat dan? Ik gaf de helft van mijn salaris al aan seks uit, het was onbegrijpelijk dat Anne niets had gemerkt. Ik had lid kunnen worden van het Front National, maar waarom zou ik de zuurkooltraditie van de Elzas gaan zitten hooghouden met een stelletje eikels? In ieder geval bestaan er geen rechtse vrouwen, en ze neuken met parachutisten. Die tekst was een miskleun, ik gooide hem in de eerste de beste prullenbak. Het was van belang dat ik mijn "humanistisch-linkse" standpunt behield, dat was mijn enige kans op een goede beurt, daar was ik diep van overtuigd. Ik ging op het terras van *L'Escurial* zitten. Mijn penis was warm, pijnlijk, gezwollen. Ik dronk twee biertjes, daarna ging ik lopend naar huis. Toen ik de Seine overstak, herinnerde ik me Adjila. Dat was een Noord-Afrikaanse uit mijn vijfde klas, heel mooi, met een heel fijn figuur. Een goede, serieuze leerling, ze liep een jaar voor. Ze had een intelligent, zachtaardig gezicht, geen greintje spot; ze wilde heel graag goede cijfers halen, dat zag je. Vaak leven die meisjes in een milieu van woestelingen en moordenaars, het volstaat om een beetje vriendelijk tegen ze te zijn. Opnieuw begon ik erin te geloven. De twee weken daarna praatte ik tegen haar en riep haar naar het bord. Ze beantwoordde mijn blikken, ze leek het niet vreemd te vinden. Ik moest er haast bij zetten, het was al begin juni. Als ze naar haar plek terugliep, zag ik haar kontje strak in haar spijkerbroek zitten. Ze beviel me zo dat ik niet meer naar de hoeren ging. Ik stelde me voor hoe mijn pik door de zachte massa van haar lange zwarte haar gleed. Ik heb me zelfs afgetrokken op een van haar opstellen.

Op vrijdag 11 juni kwam ze met een zwart rokje, de les eindigde om zes uur. Ze zat helemaal vooraan. Op het moment dat ze onder tafel haar benen kruiste viel ik bijna flauw. Ze zat naast een dik blond meisje, dat na de bel heel snel wegging. Ik stond op en legde een hand op haar multomap. Ze bleef zitten, ze leek totaal geen haast te hebben. Alle leerlingen gingen naar buiten, het werd weer stil in het lokaal. Ik had haar multomap in mijn hand, kon zelfs bepaalde woorden lezen: "*Remember*...

de hel..." Ik ging naast haar zitten, ik legde de map weer op tafel, maar het lukte me niet iets tegen haar te zeggen. Zo bleven we zwijgend zitten, zeker een minuut lang. Herhaaldelijk keek ik haar diep in haar grote zwarte ogen; maar tegelijkertijd zag ik ook de minste of geringste beweging die ze maakte, de allerlichtste trilling van haar borsten. Ze had zich half naar mij toe gedraaid, ze deed haar benen een beetje van elkaar. Ik herinner me niet dat ik de volgende beweging heb gemaakt, ik heb de indruk dat het een halfbewuste handeling was. Een ogenblik later voelde ik haar dijbeen onder de palm van mijn linkerhand, de beelden begonnen door elkaar te lopen, ik zag Caroline Yessayan weer en werd door schaamte overvallen. Dezelfde fout, twintig jaar later precies dezelfde fout. Net als Caroline Yessayan twintig jaar eerder bleef ze een paar seconden zitten zonder iets te doen, ze bloosde een beetje. Toen duwde ze heel zachtjes mijn hand weg; maar ze stond niet op, ze maakte geen aanstalten om weg te gaan. Door het getraliede raam zag ik een meisje het plein oversteken en zich in de richting van het station haasten. Met mijn rechterhand ritste ik mijn gulp open. Ze zette grote ogen op, haar blik richtte zich op mijn geslachtsdeel. Haar ogen straalden warme trillingen uit, alleen al door de kracht van haar blik had ik kunnen klaarkomen, maar tegelijkertijd besefte ik dat ze op zijn minst een vluchtig gebaar moest maken om medeplichtig te worden. Mijn rechterhand verplaatste zich naar de hare, maar ik had niet de kracht om door te zetten – met een smekend gebaar pakte ik mijn geslacht om het haar aan te reiken. Ze barstte in lachen uit; ik geloof dat ik ook moest lachen, en ondertussen begon ik te masturberen. Ik bleef lachen en me aftrekken terwijl zij haar spullen pakte en opstond om weg te gaan. Op de drempel keek ze nog één keer naar me om; ik loosde mijn zaad en zag niets meer. Ik hoorde alleen nog het geluid van de deur die dichtging en van haar voetstappen die zich verwijderden. Ik was verdoofd, als door een enorme gongslag. Toch slaagde ik erin vanaf het station naar Azoulay te bellen. Ik heb geen enkele herinnering aan de terugweg in de trein en het stuk met de metro. Hij ontving me om acht uur. Ik bleef almaar trillen; hij gaf me meteen een prik om me te kalmeren.

Ik bracht drie nachten door in Sainte-Anne*, daarna werd ik naar een psychiatrische kliniek van het ministerie van Onderwijs overgebracht, in Verrières-le Buisson. Azoulay was er duidelijk niet gerust op; pedofilie begon dat jaar een belangrijk thema in de media te worden, het leek wel of de journalisten elkaar hadden opgestookt met de leus: "De beuk erin tegen de pedofielen, Emiel!" Dat alles uit haat voor de ouderen, haat en afschuw voor de ouderdom, dat werd zo langzamerhand een zaak van nationaal belang. Het meisje was vijftien, ik was leraar, ik had misbruik gemaakt van mijn autoriteit over haar; bovendien was het een Noord-Afrikaanse. Het ideale dossier kortom voor een ontslag gevolgd door een lynchpartij. Na twee weken begon hij zich wat te ontspannen; het einde van het schooljaar kwam in zicht, en het was duidelijk dat Adjila niets had losgelaten. Het dossier nam een klassiekere wending. Een depressieve, lichtelijk suïcidale leraar die op het psychologische vlak zijn evenwicht moest zien terug te vinden... Het opmerkelijke van het verhaal was dat het lyceum van Meaux niet voor bijzonder *zwaar* doorging. Maar hij bracht traumatische ervaringen uit de vroege jeugd naar voren, die door de terugkeer naar deze school weer naar boven waren gekomen – kortom, hij had zijn zaakjes goed op orde.

Ik ben iets langer dan zes maanden in die kliniek gebleven. Mijn vader is me herhaaldelijk komen opzoeken, hij zag er steeds vriendelijker en vermoeider uit. Ik zat zo boordevol neuroleptica dat ik absoluut geen seksuele begeerten meer had, maar af en toe namen de verpleegsters me in hun armen. Ik drukte me tegen hen aan, ik bewoog me een paar minuten niet, en daarna ging ik weer liggen. Dat deed me zo goed dat de hoofdpsychiater hun had aangeraden ermee in te stemmen, als ze daar geen al te groot bezwaar tegen hadden. Hij vermoedde wel dat Azoulay hem niet alles had verteld. Maar hij had met veel ernstiger gevallen te maken, schizofrenen en gevaarlijke gekken, hij had niet echt veel tijd om zich met mij bezig te houden; voor hem was het belangrijkste dat ik een dokter had die me behandelde.

Natuurlijk was er van lesgeven geen sprake meer, maar begin 1991 vond het ministerie van Onderwijs een plaatsje voor me bij de commissie die de lesprogramma's voor Frans opstelt. De gunstige werktijden en de schoolvakanties was ik kwijt, maar mijn salaris bleef gelijk. Korte tijd daarna ben ik van Anne gescheiden. We kwamen een heel klassieke formule overeen voor de alimentatie en het co-ouderschap. Maar hoe dan ook, de advocaten laten je toch geen keus, het is praktisch een modelcontract. We waren als eersten uit de wachtrij aan de beurt, de rechter las op volle snelheid voor, bij elkaar duurde de scheiding minder dan een kwartier. We liepen samen naar buiten, de trappen van het Justitiepaleis af, de klok had net twaalf uur geslagen. Het was begin maart, ik was niet zo lang daarvoor vijfendertig geworden; ik wist dat het eerste deel van mijn leven ten einde was.'

Bruno zweeg even. Het was nu helemaal donker; hijzelf noch Christiane had zich aangekleed. Hij keek haar aan. Ze deed toen iets opmerkelijks: ze kwam naar hem toe, sloeg haar arm om zijn nek en kuste hem op zijn beide wangen.

'De jaren daarna ging alles gewoon verder,' vervolgde Bruno. 'Ik heb een haarimplantatie laten doen, dat pakte goed uit, de chirurg was een vriend van mijn vader. Ik ben ook doorgegaan met de Gymnase Club. Voor de vakanties heb ik Nouvelles Frontières geprobeerd, nog een keer Club Med, de UCPA*. Een paar avontuurtjes, heel weinig eigenlijk; over het geheel genomen hebben vrouwen van mijn leeftijd niet zoveel zin meer om te neuken. Natuurlijk beweren ze het tegendeel, en het klopt dat ze soms graag weer iets van emotie, passie, begeerte zouden willen voelen, maar dat kon ik niet bij ze opwekken. Ik had voorheen nog nooit een vrouw zoals jij ontmoet. Ik durfde niet eens te hopen dat er een vrouw zoals jij zou bestaan.'

'Er moet...' zei ze met enigszins gesmoorde stem, 'er moet een beetje edelmoedigheid zijn, iemand moet toch beginnen. Ik weet niet hoe ik in de positie van dat Noord-Afrikaanse meisje zou hebben gereageerd. Maar ik weet zeker dat je toen al iets aandoenlijks moet hebben gehad. Ik denk, nou ja, waarschijnlijk had ik je wel een pleziertje willen doen.' Ze ging weer liggen, legde haar hoofd tussen Bruno's dijen en gaf een paar kleine likjes over zijn eikel. 'Ik zou wel wat willen eten...' zei ze plots. 'Het is al twee uur 's nachts, maar in Parijs kan dat vast wel, toch?'

'Natuurlijk.'

'Zal ik je nu klaarmaken, of wil je dat ik je aftrek in de taxi?'

'Nee, nu.'

15

De hypothese-Macmillan

Ze vonden een taxi naar Les Halles en gingen eten in een brasserie die de hele nacht open was. Als voorgerecht nam Bruno rolmopsen. Hij zei bij zichzelf dat alles nu mogelijk was, maar meteen daarna besefte hij dat hij overdreef. Ja, in zijn gedachten waren de mogelijkheden nog altijd onuitputtelijk: hij kon zich identificeren met een rioolrat, een zoutvaatje of een energieveld. Maar in de praktijk bleef zijn lichaam verwikkeld in een langzaam aftakelingsproces; hetzelfde gold voor Christianes lichaam. Ondanks het komen en gaan van de nachten zou er tot het einde toe een individueel bewustzijn blijven bestaan in hun afzonderlijke lijven. De rolmopsen vormden in geen geval een oplossing; maar een zeebaars met venkel zou tot hetzelfde bedroevende resultaat hebben geleid. Christiane deed er een verbijsterd en nogal raadselachtig stilzwijgen toe. Ze genoten samen van een traditionele Elzasser zuurkoolschotel met ambachtelijk bereide worstjes uit Montbéliard. In de aangenaam ontspannen toestand van een man die net vol liefde en wellust is bevredigd, had Bruno een korte gedachte voor zijn beroepsmatige beslommeringen over, die als volgt konden worden samengevat: welke rol moest Paul Valéry* spelen in de Franse les van de bèta-opleidingen? Toen hij zijn zuurkool op had en wat munster had besteld, voelde hij zich nog het meest geneigd te antwoorden: 'Geen enkele.'

'Ik ben nergens goed voor,' zei Bruno berustend. 'Ik kan geen varkens fokken. Ik zou niet weten hoe je worsten, vorken of draagbare telefoons moet fabriceren. Al die dingen om me heen, die ik gebruik of opeet, ben ik zelf niet in staat te maken; ik ben niet eens in staat te begrijpen hoe de productie ervan in zijn werk gaat. Als de industrie zou stilvallen, als de gespecialiseerde ingenieurs en technici zouden verdwijnen, zou ik niet in staat zijn wat dan ook weer op gang te brengen. En als ik buiten het economisch-industriële systeem zou worden gezet, zou ik niet eens in mijn eigen levensonderhoud kunnen voorzien: ik zou niet weten hoe ik me moest voeden, kleden, beschermen tegen weer en wind; mijn persoonlijke technische vaardigheden zijn veel geringer dan die van de Neanderthaler. Ik ben volkomen afhankelijk van de samenleving om me heen, en zelf ben ik vrijwel nutteloos. Het enige wat ik kan is twijfelachtige commentaren over verjaarde culturele objecten produceren. Toch ontvang ik een salaris, een goed salaris zelfs, ruimschoots boven het gemiddelde. De meeste mensen om me heen bevinden zich in dezelfde situatie. In feite is de enige nuttige persoon die ik ken mijn broer.'

'Wat heeft die dan voor bijzonders verricht?'

Bruno dacht na, draaide even met zijn stuk kaas in zijn bord, zoekend naar een antwoord dat treffend genoeg zou zijn.

'Hij heeft nieuwe koeien gemaakt. Nou ja, dat is maar een voorbeeld, maar ik herinner me dat er dankzij zijn theoretische werk genetisch gemanipuleerde koeien zijn gekomen, met een verbeterde melkproductie en betere voedingseigenschappen. Hij heeft de wereld veranderd. Maar ik heb niets gedaan, niets gemaakt; ik heb absoluut niets aan de wereld toegevoegd.'

'Je hebt geen kwaad gedaan...' Christianes gezicht betrok, ze at snel haar ijs op. In juli 1976 had ze twee weken doorgebracht op het landgoed van Di Meola, op de hellingen van de Mont Ventoux, precies dezelfde plek waar Bruno het jaar daarvoor met Annabelle en Michel was geweest. Toen ze Bruno die zomer daarover had verteld, hadden ze zich over dat toeval verbaasd. Meteen daarna was er een pijnlijk gevoel van spijt in haar opgekomen. Als ze elkaar in 1976 hadden ontmoet, toen hij twintig en zij zestien was, dan had hun leven volkomen anders kunnen zijn, had ze gedacht. Al bij dat eerste teken constateerde ze dat ze verliefd aan het worden was.

'Natuurlijk is het toeval,' vervolgde Christiane, 'maar geen verbazingwekkend toeval. Mijn idioten van ouders maakten deel uit van dat libertaire en in de jaren vijftig een beetje beatnikachtige milieu waarin ook jouw moeder verkeerde. Het kan zelfs best zijn dat ze elkaar kennen, maar ik heb absoluut geen behoefte om dat te weten. Ik veracht die mensen, ik kan zelfs wel zeggen dat ik ze haat. Zij vertegenwoordigen het kwaad, ze hebben het kwaad voortgebracht, en ik ben de aangewezen persoon om daarover te oordelen. Ik herinner me die zomer van '76 nog heel goed. Twee weken nadat ik aankwam ging Di Meola dood. Hij had kanker met uitzaaiingen in zijn hele lichaam, en er was niets meer dat hem werkelijk leek te interesseren. Toch probeerde hij me nog te verleiden, ik kon er destijds goed mee door. Maar hij drong niet aan, ik denk dat hij lichamelijk veel pijn begon te lijden. Al twintig jaar lang speelde hij de rol van de oude wijze met zijn spirituele initiatie enzovoort, om zich te goed te kunnen doen aan jonge grietjes. Ik moet hem nageven dat hij die rol tot het einde toe voorbeeldig heeft volgehouden. Twee weken na mijn aankomst nam hij gif in, iets heel rustigs, waarvan de uitwerking een paar uur duurde. Toen ontving hij alle bezoekers die op het landgoed aanwezig waren en besteedde aan ieder van hen een paar minuten, op de manier van de "dood van Socrates", weet je wel. Hij had het overigens over Plato, maar ook over de upanishads, Lao Tse, kortom het gebruikelijke circus. Hij had het ook vaak over Aldous Huxley, vertelde dat hij hem had gekend en waarover hun gesprekken waren gegaan. Misschien verzon hij er wat bij, maar per slot van rekening was hij bezig dood te gaan, die man. Ik was nogal onder de indruk toen ik aan de beurt was, maar hij vroeg me alleen maar mijn bloes open te doen. Hij bekeek mijn borsten en probeerde iets te zeggen, maar ik begreep het niet goed, hij had al wat moeite met praten. Plotseling ging hij rechtop in zijn stoel zitten en strekte zijn handen uit naar mijn boezem. Ik liet hem begaan. Even legde hij zijn gezicht tussen mijn borsten, toen zakte hij terug in de stoel. Zijn handen trilden heel erg. Met zijn hoofd gebaarde hij dat ik moest weggaan. In zijn blik las ik niets van wijsheid of spirituele initiatie; in zijn blik las ik alleen maar angst.

Hij ging dood bij het vallen van de nacht. Op zijn verzoek werd er boven op de heuvel een brandstapel opgericht. Met z'n allen raapten we takken, en toen begon de ceremonie. David stak de brandstapel van zijn vader aan, hij had een heel rare glans in zijn ogen. Ik wist niets van hem, behalve dat hij aan rock deed; hij ging om met heel angstaanjagende types, getatoeëerde Amerikaanse motorfanaten met leren pakken aan. Ik was samen met een vriendinnetje gekomen, en toen de nacht was gevallen waren we er niet erg gerust op.

Een aantal tamtamspelers ging voor het vuur zitten en begon langzaam te spelen in een ernstig ritme. De deelnemers begonnen te dansen, het vuur straalde een enorme hitte uit, en zoals gewoonlijk begonnen ze zich uit te kleden. Voor een crematie heb je in principe wierook en sandelhout nodig. Dáár hadden we gewoon gevallen takken opgeraapt, waarschijnlijk vermengd met plaatselijke kruiden – tijm, rozemarijn, bonenkruid, met als gevolg dat de geur na een halfuur precies op die van een barbecue begon te lijken. Een vriend van David zei dat hardop – een dikke figuur met een leren vest, vet lang haar en een paar ontbrekende voortanden. Een ander, een wazige hippie, legde uit dat het opeten van de gestorven leider bij veel primitieve stammen een zeer sterke verbindingsrite was. De tandeloze schudde zijn hoofd en begon schaapachtig te lachen. David liep naar de twee anderen toe en ging met ze in discussie, hij had zich helemaal uitgekleed, in het schijnsel van de vlammen was zijn lichaam echt prachtig – ik denk dat hij aan bodybuilding deed. Ik voelde dat het allemaal ernstig uit de hand dreigde te lopen, en ik ging snel naar bed.

Kort daarna barstte er een onweer los. Ik weet niet waarom

ik weer ben opgestaan, maar in ieder geval ging ik weer terug naar de brandstapel. Er waren nog zo'n dertig man spiernaakt aan het dansen in de regen. Eén figuur pakte me bij mijn schouders en sleepte me hardhandig mee naar de brandstapel om me te dwingen naar de resten van het lijk te kijken. Je kon de schedel zien, met de oogkassen. Het weefsel was niet volledig verbrand, het was half met de grond vermengd geraakt en vormde een soort van modderhoopje. Ik begon te schreeuwen, die vent liet me los en ik kon wegvluchten. Samen met mijn vriendin ben ik de volgende dag vertrokken. Ik heb nooit meer iets over die lui gehoord.'

'Heb je dat artikel in *Paris Match* niet gelezen?'

'Nee...' Christiane maakte een verraste beweging. Bruno pauzeerde even en bestelde voordat hij verderging twee koffie. In de loop der jaren had hij een cynische, gewelddadige, typisch mannelijke levensvisie ontwikkeld. De wereld was een strijdperk, een beestachtig gekrioel. Dat alles werd omringd door een gesloten, harde horizon – duidelijk zichtbaar, maar ontoegankelijk: de morele wet. Het staat niettemin geschreven dat de liefde de wet bevat en die verwezenlijkt. Christiane keek hem aan met een aandachtige, tedere blik; haar ogen waren een beetje moe.

'Het is zo'n smerig verhaal,' pakte Bruno vermoeid de draad weer op, 'dat het me verbaasde dat de media er niet meer aandacht aan besteedden. Afijn, het is vijf jaar geleden gebeurd, het proces vond plaats in Los Angeles, die satanistische sekten waren toen nog een nieuw onderwerp in Europa. David di Meola was een van de twaalf aangeklaagden – ik herkende de naam meteen; samen met nog slechts één ander had hij aan de politie weten te ontkomen. Volgens het artikel was hij naar Brazilië gevlucht. De bezwarende feiten waarvan hij werd verdacht waren verpletterend. In zijn woning had men rond de honderd video-opnamen van moorden en martelingen aangetroffen, zorgvuldig geordend en gelabeld; op sommige ervan verscheen hij met onbedekt gezicht. Op de video die ter zitting werd vertoond was de marteling te zien van een oude vrouw, Mary MacNallahan, en haar kleindochtertje, een zuigeling. Di Meola sneed de baby voor de ogen van haar grootmoeder met snijtangen aan stukken, daarna rukte hij de oude vrouw met zijn vingers een oog uit en bevredigde zich in de bloedende oogkas; tegelijkertijd hanteerde hij de afstandsbediening en zoomde in op haar gezicht. Ze zat op haar hurken en was met metalen beugels strak aan de muur vastgemaakt, in een ruimte die op een garage leek. Aan het einde van de film lag ze in haar eigen excrementen. De video duurde meer dan drie kwartier, maar alleen de politie had hem in zijn geheel gezien, de juryleden hadden na tien minuten gevraagd de band te stoppen.

Het artikel in *Match* was voor het grootste deel een vertaling van een interview met Daniel Macmillan, de Californische officier van justitie. Volgens hem was er niet alleen een groepje mannen, maar tegelijkertijd ook een hele samenleving in het geding; de zaak leek hem kenmerkend voor het sociale en morele verval waarin de Amerikaanse samenleving sinds het einde van de jaren vijftig langzaam was weggezonken. Herhaaldelijk had de rechter hem verzocht zich tot de ten laste gelegde feiten te beperken. De parallel die hij trok met de zaak-Manson leek hem ongegrond, vooral omdat Di Meola de enige van de beklaagden was voor wie een vage relatie met de invloedssfeer van de beatniks of de hippies kon worden vastgesteld.

Het jaar daarop publiceerde Macmillan een boek met de titel *From Lust to Murder: a Generation*, bij ons nogal stompzinnig vertaald onder de titel *Moordgeneratie*. Dat boek heeft me verbaasd. Ik was voorbereid op het gebruikelijke religieus-fundamentalistische geraaskal over de terugkeer van de antichrist en de herinvoering van het gebed op school, maar het bleek een nauwkeurig, goed gedocumenteerd boek te zijn, dat een groot aantal zaken in detail analyseerde. Macmillan was vooral geïnteresseerd in het geval van David, hij beschreef zijn hele levensloop, er was heel wat speurwerk aan te pas gekomen.

Direct na de dood van zijn vader in september 1976 had David het buitenhuis en de bijbehorende dertig hectare land verkocht om in Parijs vierkante meters in oude herenhuizen te kunnen kopen. Voor zichzelf reserveerde hij een groot eenkamerappartement in de rue Visconti, en de rest verbouwde hij om te verhuren. Oude woonvertrekken werden van elkaar gescheiden, dienstbodekamertjes soms bij elkaar gevoegd; hij liet minikeukentjes en douches aanleggen. Toen alles klaar was had hij een twintigtal zitslaapkamers, zonder meer genoeg om hem van een comfortabel inkomen te verzekeren. Hij had nooit zijn hoop opgegeven te kunnen doorbreken in de rock en dacht dat hij in Parijs misschien een kans had. Maar hij was al zesentwintig. Voordat hij de opnamestudio's afging besloot hij twee jaar van zijn leeftijd af te halen. Dat was heel makkelijk: op het moment dat hem naar zijn leeftijd werd gevraagd hoefde hij alleen maar te antwoorden: "Vierentwintig." Dat controleerde natuurlijk niemand. Ver voor zijn tijd had Brian Jones hetzelfde idee gehad. Volgens een van de getuigenissen die Macmillan had verzameld, was David op een avond op een *party* in Cannes Mick Jagger tegen het lijf gelopen; hij was twee meter achteruit gesprongen, alsof hij oog in oog met een adder stond. Mick Jagger wás 's werelds grootste ster; hij was rijk en cynisch en bovendien een idool, kortom alles waar David van droomde. Hij had zo'n aantrekkingskracht omdat hij het kwaad wás, omdat hij het op zo'n volmaakte wijze belichaamde; en wat de massa's bovenal verafgoden, is het beeld van het kwaad dat ongestraft blijft. Ooit was er een machtsprobleem geweest, een egoprobleem binnen de band, toevallig net met diezelfde Brian Jones; maar het zwembad had alles opgelost. Dat was weliswaar niet de officiële versie, maar David wíst dat Mick Jagger Brian Jones in het zwembad had geduwd, in zijn verbeelding zag hij het hem doen; en zo, door die initiële moord, was hij de leider van 's werelds grootste rockband geworden. Alle grote dingen die in de wereld tot stand komen, komen tot stand met een moord als beginpunt, daarvan was David overtuigd; en hij voelde zich destijds, eind '76, bereid net zoveel mensen in alle noodzakelijke zwembaden te duwen als maar nodig was. Maar het enige wat hij in de loop van de daaropvolgende jaren bereikte, was dat hij op een paar platen mocht meespelen als tweede bassist – en geen van die platen had ook maar het minste of geringste succes. Daarentegen viel hij nog altijd erg in de smaak bij de vrouwen. Hij werd op erotisch gebied steeds veeleisender en maakte er een gewoonte van met twee meisjes tegelijkertijd naar bed te gaan – bij voorkeur een blondine en een brunette. De meesten stemden ermee in, want hij was werkelijk heel mooi – op een krachtige, mannelijke, bijna dierlijke manier. Hij was trots op zijn lange, dikke fallus en zijn grote, harige kloten. Voor het penetreren verloor hij langzamerhand elke belangstelling, maar hij schepte er nog altijd genoegen in de meisjes voor hem te zien knielen om aan zijn pik te zuigen.

Begin 1981 vertelde een Californiër die op doorreis was in Parijs hem dat er bands werden gezocht om een heavy-metalplaat op te nemen ter ere van Charles Manson. Hij besloot opnieuw zijn geluk te beproeven. Hij verkocht al zijn appartementen, waarvan de prijs in de tussentijd was verviervoudigd, en vertrok om zich in Los Angeles te vestigen. Hij was nu in werkelijkheid eenendertig, officieel negenentwintig; dat was nog te veel. Alvorens zich aan de Amerikaanse producers voor te stellen besloot hij nog eens drie jaar van zijn leeftijd af te halen. Lichamelijk gezien kon hij heel goed zesentwintig zijn.

De productie bleef eindeloos duren, vanuit zijn gevangeniscel eiste Charles Manson exorbitant hoge rechten. David besloot te gaan joggen en kreeg contacten in satanistische kringen. Sekten die zich aan de satanscultus overgeven hebben altijd al een voorliefde voor Californië gehad, meteen al vanaf de twee allereerste: de *First Church of Satan*, in 1966 opgericht in Los Angeles door Anton La Vey, en de *Process Church of the Final Judgment*, die zich in 1967 in San Francisco vestigde, in het Haight Ashbury-district. Die groeperingen bestonden nog altijd, en David zocht er contact mee; over het algemeen beperkten ze zich tot rituele orgieën, met soms wat dierenoffers, maar via hen kreeg hij toegang tot veel hardere, meer besloten circuits. Hij maakte met name kennis met John di Giorno, een chirurg die *abortusparty's* organiseerde. Na de operatie werd de foetus verbrijzeld, gekneed en vermengd met brooddeeg om vervolgens onder de deelnemers te worden verdeeld. David besefte algauw dat de meest extreme satanisten helemaal niet in Satan geloofden. Net als hij waren het volstrekte materialisten, en binnen de kortste keren hadden ze afstand gedaan van het enigszins kitscherige ceremonieel van de pentakels, de kaarsen en de lange zwarte toga's; dat hele protocol was eigenlijk vooral bedoeld om de beginnelingen over hun morele remmingen heen te helpen. In 1983 mocht hij zijn eerste rituele moord bijwonen, het ging om een Portoricaanse zuigeling. Terwijl hij de baby castreerde met behulp van een zaagmes, rukte John di Giorno de oogbollen uit en kauwde erop.

David had destijds vrijwel de hoop opgegeven een rockster te worden, al voelde hij soms een vreselijke steek door zijn hart gaan als hij Mick Jagger op MTV zag. Het project *Tribute to Charles Manson* was sowieso geflopt, en ook al zei hij dat hij achtentwintig jaar was, het waren er toch vijf meer, en hij begon zich nu werkelijk te oud te voelen. In zijn fantasieën, die altijd in het teken van heerszucht en onbeperkte macht stonden, identificeerde hij zich nu soms met Napoleon. Hij had grote bewondering voor die man, die heel Europa te vuur en te zwaard had verwoest en honderdduizenden mensen de dood in had gedreven zonder zich op enige ideologie, godsdienst of overtuiging te beroepen. In tegenstelling tot Hitler en Stalin had Napoleon alleen in zichzelf geloofd, hij had een radicale scheiding tussen zijn persoon en de rest van de wereld aangebracht en beschouwde de anderen louter als instrumenten in dienst van zijn wil te overheersen. Terugdenkend aan zijn verre Genuese wortels verbeeldde David zich dat er een familieband bestond tussen hem en de dictator die, wanneer hij 's ochtends over het slagveld liep en de duizenden verminkte en opengereten lichamen zag liggen, achteloos opmerkte: "Ach, één Parijse nacht is genoeg om dat weer te herstellen."

Naarmate de maanden vorderden zonken David en een paar andere deelnemers steeds verder weg in wreedheid en kwelzucht. Soms filmden ze het schouwspel van hun slachtingen na zich met maskers te hebben bedekt. Een van de deelnemers was producer in de video-industrie en had toegang tot een duplicator. Een goede *snuff movie* kon heel veel geld in het laatje brengen, rond de twintigduizend dollar per kopie. Op een avond toen hij was uitgenodigd voor een orgie bij een bevriende advocaat, had David een van zijn eigen films herkend, die werd vertoond op een televisie in een van de slaapkamers. Op die video, die een maand daarvoor was opgenomen, zaagde hij een mannelijk geslachtsdeel af met een kettingzaag. Heel opgewonden had hij een meisje van een jaar of twaalf naar zich toe getrokken, een vriendinnetje van de dochter van de gastheer, en haar voor zijn stoel neergeplant. Het meisje had een beetje tegengestribbeld maar was hem toen gaan afzuigen. Op het scherm bracht hij de kettingzaag dichterbij en raakte heel licht de dijen van een man van een jaar of veertig; de figuur was helemaal vastgebonden, met zijn armen gekruist, hij brulde van angst. David kwam klaar in de mond van het meisje op het moment dat zijn zaag het geslachtsdeel doorsneed; hij greep het meisje bij de haren, draaide hardhandig haar hoofd om en dwong haar te kijken naar het lange, strakke shot van het bloed spuwende stompje.

Daar hielden de over David verzamelde getuigenverklaringen op. De politie had bij toeval de moederband van een martelvideo onderschept, maar David was waarschijnlijk gewaarschuwd, hij had in ieder geval op tijd kunnen ontsnappen. Toen kwam Daniel Macmillan aan zijn stelling toe. Wat hij duidelijk aantoonde in zijn boek, was dat de vermeende satanisten niet in God, niet in Satan en niet in welke bovenaardse macht dan ook geloofden; de godslastering vervulde in hun ceremoniën overigens slechts een ondergeschikte rol als erotisch smaakmakertje, waar de meesten snel op uitgekeken waren. Net als hun leermeester, markies De Sade, waren het eigenlijk volstrekte materialisten, genotsverslaafden die op zoek waren naar steeds heftiger zenuwprikkelingen. Volgens Daniel Macmillan was het geleidelijke verval van de morele waarden in de loop van de jaren zestig, zeventig, tachtig en negentig een logisch en onvermijdelijk proces. Wanneer ze het arsenaal van seksuele genietingen hadden uitgeput, lag het voor de hand dat individuen die zich hadden bevrijd van de gewone morele beperkingen zich wendden tot de ruimere genietingen van de wreedheid; twee eeuwen eerder had Sade een vergelijkbare weg afgelegd. In die zin waren de *serial killers* van de jaren negentig de onwettige kinderen van de *hippies* van de jaren zestig. Hun gemeenschappelijke voorouders waren te vinden bij de Weense actionisten van de jaren vijftig. Onder het mom van esthetische performances hadden de Weense actionisten, onder wie Nitsch, Muehl en Schwarzkogler, zich overgegeven aan publiekelijke slachtingen van dieren; voor een publiek van idioten hadden ze organen en aders uitgerukt en verscheurd en hun handen in het vlees en het bloed gedompeld, daarmee het leed van onschuldige dieren tot het uiterste drijvend – terwijl een handlanger ondertussen het bloedbad fotografeerde of filmde om een document te verkrijgen dat in een kunstgalerie kon worden tentoongesteld. Die dionysische wil tot bevrijding van het dierlijke en het kwade in de mens, waartoe de Weense actionisten de aanzet hadden gegeven, bleef voortdurend een rol spelen in de daaropvolgende decennia. Volgens Daniel Macmillan was de omslag die na 1945 binnen de westerse samenleving had plaatsgevonden niets anders dan een terugkeer naar de brute krachtcultus, een afwijzing van de eeuwenoude regels die langzaam waren opgebouwd uit naam van de moraal en het recht. Weense actionisten, beatniks, hippies en seriemoordenaars hadden met elkaar gemeen dat ze door en door libertair waren en onvoorwaardelijk vasthielden aan de rechten van het individu tegenover alle sociale normen, alle vormen van huichelarij die moraal, gevoel, rechtvaardigheid en mededogen in hun ogen waren. In die zin was Charles Manson geen monsterlijke aberratie van het hippie-experiment maar juist het logische eindpunt ervan; en het enige wat David di Meola had gedaan, was de door zijn vader gepredikte waarden van individuele bevrijding doortrekken en in praktijk brengen. Macmillan behoorde tot de conservatieve partij, en sommige van zijn strafpreken tegen de individuele vrijheid leidden tot tandengeknars binnen zijn eigen kring; maar zijn boek had een enorme impact. Rijk geworden door de auteursrechten stortte hij zich fulltime in de politiek. Het jaar daarna werd hij in het Huis van Afgevaardigden gekozen.'

Bruno zweeg. Hij had zijn koffie allang op, het was vier uur 's ochtends en er was geen enkele Weense actionist in de zaal. Wat Hermann Nitsch betreft kon dat kloppen, want die verkeerde momenteel in een Oostenrijkse gevangenis, waar hij een celstraf uitzat vanwege verkrachting van een minderjarige. Die man was de zestig al gepasseerd, de hoop op een spoedig overlijden was gerechtvaardigd; dan zou er een bron van kwaad uit de wereld zijn geholpen. Er was geen enkele reden voor al die opwinding. Alles was nu rustig; een eenzame kelner liep tussen de tafeltjes door. Ze waren op dat moment de enige klanten, maar de brasserie bleef vierentwintig uur per dag open, dat stond op het raam en op de menu's, het was zo goed als een contractuele verplichting. 'Ze moeten niet gaan liggen zeiken, die flikkers,' merkte Bruno werktuiglijk op. In onze hedendaagse samenleving gaat een mensenleven noodzakelijkerwijs door één of meerdere crisisperiodes, periodes van persoonlijke bezinning. Het is daarom normaal in het centrum van een grote Europese hoofdstad ten minste één etablissement ter beschikking te hebben dat de hele nacht open is. Hij bestelde een frambozenbavarois en twee glazen kirsch. Christiane had zijn verhaal aandachtig aangehoord; haar stilzwijgen had iets gekwelds gehad. Het werd weer tijd voor ongecompliceerde genoegens.

16

Pleidooi voor een esthetica van de goede wil

> *'Zodra de dageraad is verschenen, gaan de meisjes rozen plukken. Een stroom van begrip gaat door de dalen, de hoofdsteden, schraagt het begrip van de meest enthousiaste dichters, laat schilden vallen voor de wiegen, kronen voor de jeugd, geloof in onsterfelijkheid voor de grijsaards.'*
>
> Lautréamont, *Gedichten* II

De individuen met wie Bruno in de loop van zijn leven te maken had, werden voor het merendeel uitsluitend gedreven door de zucht naar genot – mits we vanzelfsprekend onder genot ook de verschillende vormen van narcistische bevrediging verstaan, die niet los gezien kunnen worden van de waardering of bewondering van de anderen. Zo dienden zich verschillende strategieën aan, mensenlevens genoemd.

Op die regel moest echter een uitzondering worden gemaakt voor zijn halfbroer; de term genot alleen al leek moeilijk op hem van toepassing. Maar werd Michel eigenlijk wel ergens door gedreven? Een rechtlijnige eenparige beweging blijft eindeloos doorgaan bij afwezigheid van wrijving of de inwerking van een kracht van buitenaf. Het leven van zijn halfbroer was strak georganiseerd en rationeel, en het lag sociologisch gezien op de mediaan van de hoogste klassen; tot nog toe leek het zich te voltrekken zonder weerstand te ontmoeten. Het was mogelijk dat zich binnen het besloten wereldje van de moleculaire biofysici een duistere, verschrikkelijke invloedsstrijd afspeelde, maar Bruno betwijfelde het.

'Je hebt een heel sombere levensvisie...' maakte Christiane een einde aan de steeds drukkender wordende stilte.

'Een nietzscheaanse,' verduidelijkte Bruno. 'Of liever gezegd een platvloers nietzscheaanse,' achtte hij het zinvol daaraan toe te voegen. 'Ik zal je een gedicht voorlezen.' Hij haalde een notitieboekje uit zijn zak en droeg de volgende verzen voor:

Het is altijd hetzelfde stompzinnige wijsje
Van eeuwige terugkeer, etc.
En ik eet een aardbeienijsje
Op het terras van de Zarathoestra.

'Ik weet wat we moeten doen,' zei ze na een nieuwe stilte. 'We gaan lekker uitspatten in Le Cap d'Agde, in de naturistische zone. Er zijn daar Hollandse verpleegsters en Duitse ambtenaren, allemaal heel correct, burgerlijk, typisch Noord-Europa of Benelux. Waarom zouden we niet lekker gaan uitspatten met Luxemburgse politieagenten?'

'Ik heb al mijn vakantiedagen al opgenomen.'

'Ik ook, dinsdag beginnen de scholen weer. Maar ik heb nog behoefte aan vakantie. Ik ben het lesgeven beu, kinderen zijn etterbakken. Jij hebt ook behoefte aan vakantie, en aan genot, met heel veel verschillende vrouwen. Dat is mogelijk. Ik weet dat je het niet gelooft, maar ik verzeker je dat het mogelijk is. Ik heb een vriend die dokter is, die kan een attest voor ons uitschrijven.'

Ze kwamen op maandagochtend aan op het station van Agde en namen een taxi naar de naturistische zone. Christiane had extreem weinig bagage, ze had geen tijd gehad om terug naar Noyon te gaan. 'Ik zal wat geld naar mijn zoon moeten opsturen,' zei ze. 'Hij veracht me, maar ik zal hem toch nog een paar jaar moeten verdragen. Ik ben alleen bang dat hij gewelddadig wordt. Hij gaat echt met heel vreemde figuren om, moslims, nazi's... Als hij zou omkomen bij een motorongeluk zou ik het er moeilijk mee hebben, maar ik zou me denk ik wel vrijer voelen.'

Het was al september, ze vonden gemakkelijk onderdak. Het naturistencomplex van Le Cap d'Agde is onderverdeeld in vijf flats, gebouwd in de jaren zeventig en tachtig, die samen een hotelcapaciteit van tienduizend bedden hebben, wat een wereldrecord is. Hun appartement, met een oppervlakte van tweeëntwintig vierkante meter, bestond uit een woonslaapkamer met een bedbank, een minikeuken, een stapelbed, een badkamer, een aparte wc en een terras. De maximale capaciteit was vier personen – meestal een gezin met twee kinderen. Ze voelden zich er direct op hun gemak. Het terras lag op het westen en keek uit over de jachthaven; je kon er profiterend van de laatste stralen van de ondergaande zon een aperitief gebruiken.

Hoewel het naturistenoord van Le Cap d'Agde over drie winkelcentra, een midgetgolfbaan en een fietsverhuur beschikt, mikt het voor de verleiding van de zomergasten in de eerste plaats op de meer elementaire geneugten van strand en seks. Per slot van rekening staat de plek in het teken van een bijzonder sociologisch concept, dat des te verbazingwekkender is daar het zich naar geen enkel vooropgezet handvest lijkt te richten maar eenvoudigweg gedijt op basis van gelijkgestemde individuele initiatieven. In die termen begon Bruno althans een artikel waarin hij de balans opmaakte van zijn twee weken vakantie, onder de titel 'DE DUINEN VAN MARSEILLAN-PLAGE – PLEIDOOI VOOR EEN ESTHETICA VAN DE GOEDE WIL.' Het artikel zou maar net worden geweigerd door het tijdschrift *Esprit*.

'Wat in de allereerste plaats opvalt in Le Cap d'Agde,' schreef Bruno, 'is de coëxistentie van gewone consumptiefaciliteiten, volstrekt analoog aan wat men tegenkomt in alle andere Europese badplaatsen, en neringen die expliciet gericht zijn op losbandigheid en seks. Zo kan men tot zijn verbazing een bakkerswinkel en een supermarkt aantreffen met daarnaast een kledingwinkel gespecialiseerd in doorschijnende microrokjes, latex ondergoed en jurken die ontworpen zijn om de borsten en de billen onbedekt te laten. Al even verbazingwekkend is het om vrouwen en paren, al dan niet vergezeld van kinderen, tussen de schappen naar koopjes te zien snuffelen en heen en weer te zien slenteren tussen al die verschillende neringen. Ten slotte zal men er ook van opkijken dat de ter plekke aanwezige krantenkiosken naast de gebruikelijke verscheidenheid aan dagbladen en tijdschriften eveneens een bijzonder uitgebreide keuze aan erotische en pornografische bladen te bieden hebben, met daarnaast ook nog eens diverse seksuele gadgets, dat alles zonder bij de consumenten de minste of geringste opschudding te veroorzaken.

Traditioneel kunnen de reguliere vakantiecentra worden afgezet op een as met als uitersten aan de ene kant de "gezinsstijl" (Mini Club, Kid's Club, zuigflessenwarmers, commodes) en aan de andere de "jongerenstijl" (verschillende skisporten, georganiseerde avonden voor de late vogels, afgeraden beneden de twaalf jaar). Aangezien het naturistencentrum van Le Cap d'Agde in belangrijke mate in gezinsverband wordt bezocht, en aangezien er een seksuele vrijetijdsbesteding overheerst die is losgekoppeld van de gebruikelijke "versiercontext", ontsnapt het ruimschoots aan die dichotomie. Het onderscheidt zich ook, en dat is voor de bezoeker een verrassing, van de traditionele naturistencentra. Die leggen namelijk de nadruk op een "gezonde" opvatting van de naaktheid, waarin elke rechtstreekse seksuele interpretatie wordt uitgesloten; biologische gerechten staan er in hoog aanzien, tabak is er zo goed als taboe. De deelnemers zijn vaak ecologisch georiënteerd en vinden zich in activiteiten zoals yoga, schilderen op zijde en oosterse gymnastiekvormen; ze nemen graag primitieve woonomstandigheden midden in een woest landschap voor lief. De appartementen die worden aangeboden door de verhuurders van Le Cap beantwoorden daarentegen ruimschoots aan de standaard-comfortnormen van vakantieplaatsen; de natuur is er in hoofdzaak aanwezig in de vorm van grasvelden en bloemperkjes. De horecavoorzieningen, ten slotte, zijn klassiek, uiteenlopend van pizzeria's en visrestaurants tot friet- en ijskraampjes. De naaktheid zelf lijkt er, als men dat zo mag zeggen, een andere positie te bekleden. In een traditioneel nudistencentrum is zij verplicht zodra de weersgesteldheid het toelaat; die verplichting is aan een streng toezicht onderworpen en gaat gepaard met een sterke afkeuring ten aanzien van elk gedrag dat als voyeurisme kan worden aangemerkt. In Le Cap d'Agde, daarentegen, kan men zowel in de supermarkten als de bars getuige zijn van de vreedzame coëxistentie van de meest gevarieerde wijzen van kleden, uiteenlopend van volledige naaktheid tot kledij van het traditionele soort, met daartussenin allerhande kleding met een openlijk erotische bestemming (minirokjes van gaas, lingerie, lieslaarzen). Voyeurisme is er daarenboven stilzwijgend toegestaan: het is gebruikelijk dat mannen op het strand blijven stilstaan bij de vrouwelijke geslachtsdelen die ze onder ogen krijgen; veel vrouwen geven zelfs een nog intiemere dimensie aan die inspectie door te kiezen voor epilatie, waardoor ze het bestuderen van de clitoris en de grote schaamlippen vergemakkelijken. Zelfs wanneer men niet heeft deelgenomen aan de specifieke activiteiten van het centrum, schept dat alles een buitengemeen apart klimaat, dat even ver verwijderd is van de narcistisch-erotische sfeer van Italiaanse disco's als van het "louche" klimaat dat eigen is aan de rosse buurten van grote steden. We hebben kortom te maken met een klassieke, vrij gemoedelijke badplaats, met als enig verschil dat genietingen van seksuele aard er een belangrijke rol spelen – en mógen spelen. Het is verleidelijk in dit kader te spreken van zoiets als een "sociaal-democratische" seksuele sfeer, temeer daar het aanzienlijke buitenlandse bezoekersaandeel voornamelijk wordt gevormd door Duitsers, met daarnaast een sterke Nederlandse en Scandinavische afvaardiging.'

Al op de tweede dag maakten Bruno en Christiane op het strand kennis met een echtpaar, Rudi en Hannelore, dat hen enigszins vertrouwd kon maken met de wijze waarop de plek sociologisch gezien functioneerde. Rudi was technicus in een satellietbesturingscentrum, dat met name toezag op de geostationaire positionering van de telecommunicatiesatelliet Astra. Hannelore werkte in een grote boekhandel in Hamburg. Ze kwamen al een jaar of tien in Le Cap d'Agde en hadden twee jonge kinderen, maar die hadden ze dat jaar bij Hannelores ouders gelaten om er een week samen uit te zijn. Diezelfde avond gingen ze gevieren uit eten in een visrestaurant dat uitstekende bouillabaisse op het menu had staan. Daarna gingen ze naar het appartement van het Duitse paar. Na elkaar penetreerden Bruno en Rudi Hannelore terwijl die het geslachtsdeel van Christiane likte; vervolgens wisselden de twee vrouwen van positie. Hannelore verrichtte vervolgens een fellatie bij Bruno. Ze had een heel mooi, weelderig maar stevig lichaam, dat overduidelijk met sport in vorm werd gehouden. Bovendien zoog ze met heel veel gevoel; Bruno raakte erg opgewonden door de situatie en kwam jammer genoeg een beetje snel klaar. Rudi, die meer ervaring had, slaagde erin zijn zaadlozing twintig minuten lang op te houden terwijl Hannelore en Christiane hem gezamenlijk afzogen, waarbij ze vriendschappelijk hun tongen op zijn eikel in elkaar vlochten. Tot besluit van de avond bood Hannelore een glas kirsch aan.

De twee discotheken voor paren die zich in het centrum bevonden speelden eigenlijk maar een beperkte rol in het seksleven van het Duitse stel. De *Cleopatra* en de *Absolu* hadden zware concurrentie te verduren van de *Extasia*, die zich buiten de naturistische zone bevond, op het grondgebied van de gemeente Marseillan. Door zijn spectaculaire voorzieningen (*black room*, *peep room*, warmwaterzwembad, jacuzzi, en sinds kort ook de mooiste *mirror room* van de Languedoc-Roussillon), en niet te vergeten zijn betoverende ligging, had de *Extasia* de status van 'mythische tent' weten te behouden, in plaats van op de lauweren te rusten die hij sinds het begin van de jaren zeventig had geoogst. Hannelore en Rudi stelden niettemin voor de volgende avond gezamenlijk naar de *Cleopatra* te gaan. Omdat die kleiner was en gekenmerkt werd door een hartelijke, warme sfeer, vormde hij naar hun mening een voortreffelijk startpunt voor een beginnend stel, en bovendien lag hij precies in het midden van de badplaats: heel geschikt om na het avondeten gezellig een glas te gaan drinken; heel geschikt ook voor vrouwen om in een knusse sfeer nieuw aangeschafte erotische kledij uit te proberen.

Rudi liet de kirschfles nog eens rondgaan. Geen van vieren had zich weer aangekleed. Bruno merkte verheugd dat hij weer een erectie had, minder dan een uur nadat hij tussen Hannelores lippen was klaargekomen; in termen doortrokken van een naïef enthousiasme maakte hij de anderen deelgenoot van zijn ervaring. Heel ontroerd begon Christiane hem af te trekken onder het vol vertedering toeziend oog van hun nieuwe vrienden. Ten slotte knielde Hannelore tussen zijn dijbenen en zoog met kleine rukjes aan zijn geslacht, terwijl Christiane hem bleef strelen. Rudi, die een beetje aangeschoten was, herhaalde werktuiglijk: '*Gut... gut...*' Ze gingen halfdronken maar in een opperbeste stemming uiteen. Bruno begon tegen Christiane over *De vijf* en over de gelijkenis tussen haar en de voorstelling die hij zich altijd van George had gemaakt; de enige die er nog aan ontbrak was volgens hem de brave hond Timmy.

De volgende middag gingen ze samen naar het strand. Voor september was het mooi, warm weer. Het was prettig, dacht Bruno, met z'n vieren naakt langs de waterrand te lopen. Het was prettig te weten dat er geen onenigheid zou ontstaan, dat de seksuele problemen al waren opgelost; het was prettig te weten dat ieder zijn best zou doen, binnen de grenzen van zijn mogelijkheden, om de anderen genot te verschaffen.

Het naturistenstrand van Le Cap d'Agde is meer dan drie kilometer lang en loopt heel geleidelijk af, wat het zwemmen ongevaarlijk maakt, ook voor jonge kinderen. Het grootste deel van het strand is overigens bestemd voor gezinsrecreatie en sportieve activiteiten (surfen, badminton, vliegeren). Het is een stilzwijgende afspraak, legde Rudi uit, dat stellen die op zoek zijn naar een seksuele ervaring elkaar ontmoeten op het oostelijke deel van het strand, iets voorbij de strandtent van Marseillan. De duinen, die door paalheiningen zijn verstevigd, vormen er een lichte verhoging. Als je op de top daarvan staat, zie je aan de ene kant het strand, dat geleidelijk afloopt naar de zee, en aan de andere een meer geaccidenteerde zone waarin duinen en vlakkere gedeelten elkaar afwisselen, met hier en daar bosjes steeneiken. Ze vonden een plekje aan de strandzijde, vlak onder de verhoging. Ongeveer tweehonderd stellen hadden zich daar verzameld op een beperkte oppervlakte. Een paar eenzame mannen waren tussen de stellen gaan zitten; anderen ijsbeerden langs de rand van het duingebied, beurtelings de beide richtingen in het oog houdend.

'Tijdens de twee weken van ons verblijf zijn we elke middag naar dat strand gegaan,' vervolgde Bruno in zijn artikel. 'Natuurlijk is het mogelijk dood te gaan, de dood onder ogen te zien, en een streng oordeel te vellen over menselijke genietingen. Voorzover men die extremistische opvatting verwerpt, vormen de duinen van Marseillan-Plage – zoals ik zal proberen aan te tonen – de geschikte plek voor een humanistisch initiatief dat eenieders genoegen beoogt te maximaliseren zonder bij wie dan ook ondraaglijk geestelijk leed te veroorzaken. Seksueel genot (het hevigste dat de mens kan ondervinden) berust in hoofdzaak op tastindrukken, in het bijzonder op de doelbewuste prikkeling van specifieke epidermale zones die bedekt zijn met Krause-lichaampjes. Deze lichaampjes staan in verbinding met neuronen die in de hypothalamus een krachtige endorfineafscheiding op gang kunnen brengen. Bij dat eenvoudige systeem heeft zich dankzij een lange reeks van culturele generaties een rijker psychisch constructum gevoegd, dat een beroep doet op *fantasieën* en (voornamelijk bij vrouwen) *liefde*. De duinen van Marseillan-Plage – dat is althans mijn stelling – moeten niet worden beschouwd als een plek van ongebreidelde fantasieën die op geen enkele manier door het verstand in toom worden gehouden, maar juist als een voorziening die een hernieuwd evenwicht tussen de diverse seksuele drijfveren mogelijk maakt, een geografische ondersteuning, als het ware, van een poging tot terugkeer naar de normale situatie – in hoofdzaak op basis van een beginsel van *goede wil*. In concreto betekent dit dat elk van de paren die zich in de ruimte tussen de duingrens en de waterlijn ophouden het initiatief mag nemen tot openlijk seksueel contact. Vaak is het de vrouw die haar partner aftrekt of -likt, vaak ook betaalt de man haar met gelijke munt. De paren in de buurt slaan die liefkozingen bijzonder aandachtig gade, ze komen dichterbij om alles beter te kunnen zien, volgen beetje bij beetje hun voorbeeld. Zo verspreidt zich vanaf het eerste paar heel snel een golf van liefkozingen en ongelooflijk opwindende wellust over het strand. Als het seksuele vuur oplaait, naderen talloze paren elkaar om zich over te geven aan liefkozingen in groepsverband; echter, dat dient benadrukt, aan elke toenadering moet een toestemming voorafgaan, die meestal expliciet is. Als een vrouw zich aan een ongewenste liefkozing wil onttrekken, geeft ze dat heel eenvoudig aan, met een eenvoudig hoofdgebaar – dat de man meteen tot plechtstatige, bijna komische verontschuldigingen noopt.

De buitengemene correctheid van de mannelijke deelnemers blijkt nog opvallender wanneer men zich landinwaarts, over de duingrens waagt. Die zone is namelijk traditioneel voorbehouden aan de liefhebbers van *gang bangs* en van een mannelijke meerderheid. Ook daar wordt de eerste aanzet gegeven door een paar dat zich overgeeft aan een intieme liefkozing – veelal een fellatio. Algauw zien de twee partners zich omringd door een tien- of twintigtal mannen. Zittend, staand of gehurkt beginnen die te masturberen terwijl ze het schouwspel gadeslaan.

Soms blijft het daarbij, het paar hervat zijn oorspronkelijke omhelzing en de toeschouwers gaan beetje bij beetje uiteen. Soms ook geeft de vrouw met een handgebaar te kennen dat ze wil masturberen, afzuigen of zich laten penetreren door andere mannen. Dan wisselen ze elkaar af, zonder zich overdreven te haasten. Wanneer zij wil stoppen, geeft ze dat ook hier te kennen met een eenvoudig handgebaar. Er wordt geen woord gewisseld, je hoort duidelijk de wind die tussen de duinen giert en de graspollen doet wuiven. Soms gaat de wind liggen; dan heerst er doodse stilte, die alleen wordt verstoord door de reutelingen van het genot.

Het is geenszins mijn bedoeling het naturistenoord van Le Cap d'Agde af te schilderen als een of andere idyllische fourieristische leefgemeenschap. In Le Cap d'Agde krijgen een verleidelijke, viriele man en een vrouw met een jong, harmonieus lichaam net als elders van alle kanten vleiende voorstellen. In Le Cap d'Agde is een zwaarlijvig, ouder of lelijk individu net als elders tot masturbatie veroordeeld – met als enig verschil dat die handeling, die over het algemeen verboden is op openbaar toegankelijke plaatsen, hier met vriendelijke welwillendheid zal worden gadegeslagen. Toch is het verbazingwekkend dat dermate gevarieerde seksuele handelingen, die veel opwindender zijn dan wat men te zien krijgt in een willekeurige pornofilm, kunnen plaatsvinden zonder dat er ook maar het minste of geringste geweld uit voortkomt, zelfs niet de lichtste inbreuk op de hoffelijkheid. Als ik nogmaals de notie "seksuele sociaal-democratie" ter sprake mag brengen, zou ik er persoonlijk toe neigen die te omschrijven als een ongebruikelijke toepassing van dezelfde kwaliteiten van discipline en aan elk contract verschuldigd respect die het de Duitsers mogelijk hebben gemaakt twee afschuwelijk moorddadige oorlogen te voeren met slechts één generatie ertussen, en vervolgens te midden van de puinhopen een krachtige exporteconomie te doen opbloeien. Het zou in dat opzicht interessant zijn onderdanen van landen waar diezelfde culturele waarden traditioneel in hoog aanzien staan (Japan, Korea) eens te confronteren met de sociologische concepten die in Le Cap d'Agde in praktijk worden gebracht. Die respectvolle, legalistische attitude, die aan eenieder die de termen van het contract naleeft talrijke ogenblikken van vreedzaam genot garandeert, lijkt in ieder geval over grote overtuigingskracht te beschikken, aangezien ook de in de badplaats aanwezige minderheidselementen (extreem rechtse stastokken uit de Languedoc, Arabische criminelen, Italianen uit Rimini) zich er probleemloos aan conformeren, en dat buiten elke expliciet geformuleerde code om.'

Daar onderbrak Bruno zijn artikel na de eerste week van hun verblijf. Wat hij nog te zeggen had was gevoeliger, delicater en ongewisser. Ze hadden er een gewoonte van gemaakt na hun middagen op het strand rond een uur of zeven terug te gaan naar het appartement om daar een aperitief te gebruiken. Hij nam een campari, Christiane meestal een witte martini. Hij keek naar de bewegingen van de zon op de bepleistering van de muren – wit vanbinnen, lichtroze vanbuiten. Hij genoot ervan Christiane naakt door het appartement te zien lopen om de ijsblokjes en de olijven te halen. Wat hij voelde was vreemd, heel vreemd: hij ademde gemakkelijker, soms dacht hij minutenlang nergens aan, hij was niet zo bang meer. Op een middag, een week na hun aankomst, zei hij tegen Christiane: 'Ik geloof dat ik gelukkig ben.' Ze stopte plotseling, met haar hand aan de ijsla geklampt, en slaakte een diepe zucht. Hij vervolgde:

'Ik wil met jou samen verder leven. Ik heb het gevoel dat het nu wel genoeg is, dat we nu wel lang genoeg ongelukkig zijn geweest. Later zullen we ziek en invalide worden en doodgaan. Maar ik denk dat we tot het einde toe samen gelukkig kunnen zijn. In ieder geval wil ik het proberen. Ik geloof dat ik van je hou.'

Christiane begon te huilen. Later, in de *Neptune*, met een schaal zeevruchten tussen zich in, probeerden ze de praktische kanten van de zaak onder ogen te zien. Ze kon elk weekend overkomen, dat was gemakkelijk; maar het zou zeker heel moeilijk voor haar worden een overplaatsing naar Parijs gedaan te krijgen. Door de alimentatie die Bruno moest betalen was zijn salaris niet hoog genoeg om met z'n tweeën van te kunnen leven. En dan was er ook Christianes zoon nog; dat was nóg een reden om te wachten. Maar toch was het mogelijk; voor de eerste keer sinds zoveel jaren leek er iets mogelijk.

De volgende dag schreef Bruno een korte, geëmotioneerde brief naar Michel. Hij zei dat hij gelukkig was en dat het hem speet dat ze elkaar nooit helemaal hadden leren begrijpen. Hij wenste hem toe dat hij ook, voorzover mogelijk, een bepaalde vorm van geluk zou bereiken. Hij tekende met: '*Je broer, Bruno.*'

17

Toen Michel de brief ontving, zat hij net midden in een theoretische impasse. Volgens de hypothese van Margenau kon het individuele bewustzijn worden beschouwd als een waarschijnlijkheidsveld in een Fockruimte, gedefinieerd als directe som van Hilbertruimten. Die ruimte kon in principe worden geconstrueerd op basis van elementaire elektronische feiten die optraden op het microniveau van de synaptische contactplaatsen. Het normale gedrag kon dan worden beschouwd als een elastische veldvervorming, de vrije handeling als een breuk – maar in welke topologie? Het sprak geenszins vanzelf dat de natuurlijke topologie van de Hilbertruimten de verschijning van de vrije handeling kon verklaren; het was zelfs nog maar de vraag of het probleem op dit moment wel kon worden geformuleerd in andere dan extreem metaforische termen. Het was echter noodzakelijk dat er een nieuw conceptueel kader kwam, daar was Michel van overtuigd. Elke avond voordat hij zijn microcomputer uitzette verstuurde hij op internet een rondvraag naar de onderzoeksresultaten die die dag waren gepubliceerd. De volgende ochtend las hij de antwoorden en constateerde dat de onderzoekscentra overal ter wereld steeds meer op de tast leken voort te gaan, met een van zin verstoken empirisme. Op grond van de resultaten kon nog niet de minste of geringste conclusie worden getrokken of zelfs ook maar de meest bescheiden theoretische hypothese worden geformuleerd. Het individuele bewustzijn verscheen plotseling, schijnbaar zonder reden, tussen de dierlijke geslachten; ongetwijfeld was het er veel eerder dan de taal. Met hun onbewuste teleologie brachten de darwinisten zoals gewoonlijk hypothetische selectieve voordelen naar voren die met de verschijning ervan in verband stonden, en zoals gewoonlijk verklaarde dat niets, het was gewoon een aardige mythische reconstructie. Maar een antropocentrisch uitgangspunt overtuigde in dit geval evenmin: de wereld had zichzelf een oog gegeven waarmee hij kon worden bekeken, hersenen die hem konden begrijpen – ja, en wat dan nog? Dat droeg niets bij tot een beter begrip van het verschijnsel. Men had een vorm van zelfbewustzijn, dat bij draadwormen afwezig is, kunnen aantonen bij nauwelijks gespecialiseerde hagedissen zoals *Lacerta agilis*. Zeer waarschijnlijk duidde dat op de aanwezigheid van een centraal zenuwstelsel, en nog iets meer. Dat 'iets' bleef volstrekt raadselachtig; de verschijning van het bewustzijn leek met geen enkel anatomisch, biochemisch of cellulair gegeven in verband te kunnen worden gebracht; dat was ontmoedigend.

Wat zou Heisenberg hebben gedaan? Wat zou Niels Bohr hebben gedaan? Afstand nemen, nadenken; wandelen over het platteland, naar muziek luisteren. Het nieuwe ontstaat nooit eenvoudigweg door interpolatie van het oude. Als handen vol zand stroomden de nieuwe gegevens binnen, waarvan de aard van tevoren was bepaald door het conceptuele kader dat het onderzoeksterrein afbakende. Er was nu meer dan ooit behoefte aan een nieuwe invalshoek.

De dagen waren warm en kort, mistroostig volgden ze op elkaar. In de nacht van 15 september had Michel een ongewoon gelukkige droom. Hij liep naast een klein meisje dat te paard door het bos reed, omgeven door vlinders en bloemen (toen hij wakker werd besefte hij dat dat beeld, dat er dertig jaar over had gedaan om weer op te duiken, de vaste achtergrond van de aftiteling van *Prins Saffier* was, een serie waarnaar hij zondagsmiddags altijd keek bij zijn oma thuis, en die altijd zo nauwkeurig de opening van zijn hart wist te vinden). Het ogenblik daarna liep hij alleen midden in een onmetelijke, heuvelige vlakte met hoog gras. Hij kon de gezichtseinder niet zien, de grazige heuvels leken zich oneindig te herhalen onder een heldere, mooi lichtgrijze hemel. Ondertussen ging hij voort, zonder te aarzelen en zonder zich te haasten; hij wist dat er onder zijn voeten op een paar meter diepte een ondergrondse rivier stroomde, die zijn passen instinctief onfeilbaar zouden volgen. Om hem heen golfde het gras in de wind.

Toen hij wakker werd voelde hij zich vrolijker en actiever dan hij ooit was geweest sinds het begin van zijn verlof, meer dan twee maanden geleden. Hij ging naar buiten, sloeg de avenue Émile-Zola in, liep tussen de lindebomen. Hij was alleen, maar leed daar niet onder. Hij stopte op de hoek van de rue des Entrepreneurs. De winkel *Zolacolor* ging net open, de Aziatische verkoopsters namen plaats achter hun kassa's; het was ongeveer negen uur. Tussen de Beaugrenelletorens was de lucht merkwaardig helder. Het was allemaal uitzichtloos. Misschien had hij moeten praten met zijn overbuurvrouw, het meisje van *20 Ans*. Als redactrice bij een algemeen tijdschrift wist zij hoe de maatschappij in elkaar zat, en ze kende dus waarschijnlijk de mechanismen die voor binding met de wereld zorgden. Ook met de psychologische factoren was ze ongetwijfeld niet onbekend; van dat meisje kon hij waarschijnlijk veel leren. Met grote stappen, bijna rennend, liep hij terug, in één ruk door klom hij alle trappen naar haar woning op. Hij belde aan, tot drie keer toe. Niemand deed open. Ontredderd ging hij terug naar zijn eigen flat. Voor de liftdeur vroeg hij zich af wat hem mankeerde. Was hij depressief, en had die vraag een betekenis? Al een paar jaar lang werden er in de wijk steeds meer affiches opgehangen die opriepen tot waakzaamheid en verzet tegen het Front National. De extreme onverschilligheid die hij voor die kwestie tentoonspreidde, zowel de ene als de andere kant op, was op zichzelf al een verontrustend teken. De traditionele *depressieve helderheid*, vaak omschreven als een radicale demotivatie ten aanzien van menselijke beslommeringen, manifesteert zich in de allereerste plaats in de vorm van een gebrek aan interesse voor zaken die inderdaad niet erg interessant zijn. Zo kun je je eventueel nog een depressieve persoon voorstellen die verliefd is, terwijl een depressieve patriot ronduit ondenkbaar lijkt.

Terug in zijn keuken kwam hij tot het besef dat het geloof – de natuurlijke basis van de democratie – dat er aan menselijke handelingen, en individuele politieke keuzes in het bijzonder, een vrije, beredeneerde beslissing ten grondslag ligt, waarschijnlijk voortkwam uit een verwarring van vrijheid en onvoorspelbaarheid. De turbulentie van een stromende vloeistof in de buurt van een brugpijler is structureel onvoorspelbaar; het zou echter bij niemand zijn opgekomen die daarom *vrij* te noemen. Hij schonk een glas witte wijn in, trok de gordijnen dicht en ging liggen om na te denken. De vergelijkingen van de chaostheorie verwezen op geen enkele manier naar de fysieke omgeving waarin de verschijnselen die ze beschreven optraden; door die algemeengeldigheid waren ze in zowel de hydrodynamica als de erfelijkheidsleer en zowel de meteorologie als de groepssociologie toepasbaar. Voor morfologische modelvorming waren ze heel geschikt, maar de voorspellende kracht ervan was vrijwel nihil. De vergelijkingen van de kwantummechanica, daarentegen, maakten het mogelijk het gedrag van microfysische stelsels uiterst nauwkeurig te voorspellen, totaal nauwkeurig zelfs, als je elke hoop liet varen ooit nog terug te keren naar een stoffelijke ontologie. Het was op zijn minst te vroeg en misschien wel onmogelijk een wiskundig verband tussen die twee theorieen te leggen. Niettemin, daar was Michel van overtuigd, was de vorming van attractoren binnen het evoluerende stelsel van neuronen en synapsen de sleutel tot de verklaring van menselijke meningen en handelingen.

Terwijl hij naar een fotokopie van recente publicaties zocht, drong het tot hem door dat hij al langer dan een week zijn post niet had geopend. Natuurlijk was er vooral reclame. De firma TMR ambieerde met de tewaterlating van de *Costa Romantica* een nieuwe standaard te zetten op het gebied van luxe cruises. Het schip werd afgeschilderd als een *authentiek drijvend paradijs*. De eerste momenten van zijn cruise – wat weerhield hem? – zouden er zo kunnen uitzien: 'Allereerst komt u in de grote, zonovergoten hal, onder de enorme glaskoepel. Via panoramische liften bereikt u het bovendek. Door de enorme glazen ramen van de voorsteven kunt u daar de zee zien schitteren *als op een gigantisch scherm*.' Hij legde de documentatie terzijde met het voornemen er later aandachtiger naar te kijken. Over het bovendek lopen, de zee zien schitteren achter een doorzichtige wand, wekenlang onder een onbeweeglijke hemel rondvaren... waarom niet? In die tijd zou West-Europa heel goed onder bomgeweld ineen kunnen storten. Ze zouden glad en bruin aan land gaan op een nieuw continent.

In de tussentijd moest hij ook leven, en dat kon op een vrolijke, intelligente en verantwoorde manier. In zijn jongste aflevering legde het *Laatste nieuws van de Monoprix* meer dan ooit de nadruk op het begrip burgerbedrijf. Eens temeer kruiste de schrijver van het hoofdartikel de degens met de heersende opvatting dat lekker eten slecht voor de gezondheid is. In de productlijnen, de gevoerde merken en de gewetensvolle keuze van elk van zijn aanbevelingen getuigde de hele benadering van Monoprix al sinds zijn oprichting van een volledig tegenovergestelde opvatting. 'Evenwicht is voor iedereen mogelijk, nu meteen,' schroomde de redacteur niet te beweren. Na die strijdlustige of zelfs geëngageerde eerste bladzijde nam de publicatie een vrolijke wending in de vorm van slimme tips, educatieve spelletjes en 'wist-u-datjes'. Zo kon Michel voor de grap zijn dagelijkse calorieverbruik berekenen. De laatste weken had hij niet geveegd, niet gestreken, niet gezwommen, niet getennist en ook niet gevrijd; om precies te zijn waren de enige drie activiteiten die hij kon aankruisen: zitten, liggen, slapen. Alles bij elkaar bedroeg zijn behoefte 1750 kilocalorieën per dag. Uit

Bruno's brief bleek dat die veel had gezwommen en gevrijd. Hij maakte de berekening nogmaals met die nieuwe gegevens: de dagelijkse energiebehoefte werd erdoor verhoogd tot 2700 kilocalorieën.

Er was nog een andere brief, afkomstig van het gemeentehuis van Crécy-en-Brie. Vanwege de verbreding van een bushalte was het noodzakelijk de indeling van het gemeentelijke kerkhof te reorganiseren en bepaalde graven te verplaatsen, waaronder dat van zijn grootmoeder. De procedure vereiste dat er een familielid bij de overplaatsing van de stoffelijke resten aanwezig was. Hij kon tussen tien uur dertig en twaalf uur een afspraak maken bij de dienst grafrechten.

18

Weerzien

Voor de autorail* naar Crécy-la-Chapelle was een forensentrein in de plaats gekomen. Het dorp zelf was erg veranderd. Hij bleef stilstaan op het stationsplein en keek verbaasd om zich heen. Een grote Casino-supermarkt had zich gevestigd aan de avenue du Général-Leclerc, aan de rand van Crécy. Overal om zich heen zag hij nieuwe gebouwen, flats.

Dat was er allemaal gekomen na de opening van Eurodisney, legde de gemeenteambtenaar uit, en vooral nadat de RER* was doorgetrokken tot Marne-la-Vallée. Veel Parijzenaars hadden zich hier gevestigd; de grondprijzen waren bijna verdriedubbeld, de laatste boeren hadden hun boerderijen verkocht. Er waren nu twee zwembaden, een sportclub, een activiteitenhal. Wel wat criminaliteitsproblemen, maar niet meer dan elders.

Toen hij op weg ging naar het kerkhof en langs de oude huizen en de intact gebleven grachten kwam, overviel hem desondanks het verwarde, droeve gevoel dat je altijd hebt als je naar de plek van je eigen kindertijd terugkeert. Hij stak het bolwerk over en kwam uit bij de molen. De bank waarop Annabelle en hij na schooltijd altijd gingen zitten was er nog steeds. In het donkere water zwommen grote vissen tegen de stroom in. Schielijk brak de zon tussen twee wolken door.

De man stond Michel op te wachten bij de ingang van het kerkhof. 'U bent de...' – 'Ja.' Wat was het moderne woord voor 'grafdelver'? In zijn hand had hij een schop en een grote zwarte plastic zak. Michel volgde hem op de voet. 'U bent niet verplicht te kijken...' bromde hij, terwijl hij op het open graf af liep.

De dood is moeilijk te begrijpen; als een mens zich er noodgedwongen een nauwkeurige voorstelling van maakt, is dat altijd met tegenzin. Twintig jaar eerder had Michel het lijk van zijn grootmoeder gezien, hij had het een laatste kus gegeven. Toch was hij bij de eerste blik verbaasd door wat hij in het gat aantrof. Zijn grootmoeder was begraven in een doodkist; in de recentelijk omgewoelde aarde waren echter alleen houtspaanders, een verrotte plank en witte, moeilijker thuis te brengen dingen te zien. Toen het tot hem doordrong waarnaar hij keek, draaide hij met een ruk zijn hoofd om en dwong zich de andere kant op te kijken. Maar het was al te laat. Hij had de met aarde bezoedelde schedel gezien, de holle oogkassen, de plukken wit haar die eraan hingen. Hij had de verspreid liggende wervels gezien, vermengd met de aarde. Hij had het begrepen.

Terwijl de man doorging met de resten in de zak te stoppen, wierp hij een blik op Michel, die terneergeslagen naast hem stond. 'Altijd hetzelfde liedje...' bromde hij. 'Ze kunnen het niet laten, ze willen per se kijken. Een doodkist gaat geen twintig jaar mee!' zei hij met iets van woede. Michel bleef op een paar passen afstand staan terwijl de man de inhoud van de zak overhevelde naar de nieuwe plek. 'Gaat het?' Hij knikte. 'De grafsteen zal morgen worden verplaatst. Wilt u hier even tekenen?'

Zo was het dus. Zo was het, na twintig jaar. Botten vermengd met aarde, en de bos witte haren, ongelooflijk *veel* en ongelooflijk levend. Hij zag zijn grootmoeder weer borduren voor de televisie, naar de keuken gaan. Zo was het dus. Op het moment dat hij langs de Sport Bar kwam, drong het tot hem door dat hij trilde. Hij ging naar binnen, bestelde een pastis. Toen hij eenmaal zat, merkte hij dat de inrichting heel anders was dan in zijn herinnering. Er waren videospelletjes, een poolbiljart en een televisie die op MTV stond en clips uitzond.

De cover van *Newlook* die als reclamebord was opgehangen vestigde met grote koppen de aandacht op de grote Australische witte haai en de fantasieën van Zara Whites. Langzaam verzonk hij in een lichte sluimering.

Annabelle herkende hem het eerst. Ze had net haar sigaretten betaald en was op weg naar de uitgang, toen ze hem in elkaar gedoken op het bankje zag zitten. Ze aarzelde een paar seconden en liep vervolgens op hem af. Hij keek op. 'Wat een verrassing...' zei ze zachtjes, en ging tegenover hem zitten op het imitatieleren bankje. Ze was nauwelijks veranderd. Haar gezicht was ongelooflijk glad en zuiver gebleven, haar haren helblond; het leek ondenkbaar dat ze veertig was, je zou haar hooguit zeven- of achtentwintig geven.

Ze was om vergelijkbare redenen als hij in Crécy. 'Mijn vader is een week geleden gestorven,' zei ze. 'Darmkanker. Het was een eindeloze lijdensweg, en ontzettend pijnlijk bovendien. Ik ben een tijdje hier gebleven om mama te helpen. Maar verder woon ik in Parijs – net als jij.'

Michel sloeg zijn ogen neer, er viel een korte stilte. Aan de tafel naast hen hadden jongelui het over karategevechten.

'Ik heb Bruno drie jaar geleden bij toeval op een vliegveld teruggezien. Hij vertelde me dat je onderzoeker was geworden, een belangrijke, vooraanstaande figuur op je vakgebied. Hij vertelde me ook dat je niet getrouwd was. Mijn carrière is niet zo briljant, ik ben bibliothecaresse in een openbare bibliotheek. Ik ben ook niet getrouwd. Ik heb vaak aan je gedacht. Ik vond het vreselijk toen je geen antwoord gaf op mijn brieven. Dat is nu drieëntwintig jaar geleden, maar soms denk ik er nog weleens aan.'

Ze vergezelde hem naar het station. De avond viel, het liep tegen zessen. Ze bleven stilstaan op de brug over de Grand Morin. Er waren waterplanten, kastanjes en wilgen, het water was kalm en groen. Corot had van dat landschap gehouden en het meermalen geschilderd. Een onbeweeglijke oude man in zijn tuin leek op een vogelverschrikker. 'Nu zijn we op hetzelfde punt,' zei Annabelle. 'Op dezelfde afstand van de dood.'

Vlak voordat de trein wegreed klom ze op de treeplank om hem op zijn wangen te kussen. 'We zien elkaar nog wel,' zei hij. Ze antwoordde: 'Ja.'

De zaterdag daarop nodigde ze hem te eten uit. Ze woonde in een klein eenkamerflatje in de rue Legendre. De ruimte was zeer krap bemeten, maar de plek straalde een warme sfeer uit – het plafond en de muren waren bedekt met donker hout, als in een scheepshut. 'Ik woon hier al zes jaar,' zei ze. 'Ik ben erin getrokken toen ik mijn bibliotheekopleiding had gehaald. Daarvoor werkte ik bij TFI*, op de afdeling coproducties. Ik had er genoeg van, ik hield niet van dat wereldje. Toen ik van baan veranderde kreeg ik nog maar een derde van mijn oude salaris, maar het is beter zo. Ik werk bij de openbare bibliotheek van het zeventiende arrondissement, op de kinderafdeling.'

Ze had een lamscurry met Indiase linzen klaargemaakt. Tijdens de maaltijd zei Michel weinig. Hij stelde Annabelle vragen over haar familie. Haar oudere broer had het bedrijf van hun vader overgenomen. Hij was getrouwd en had drie kinderen – een jongen en twee meisjes. Helaas had het bedrijf het moeilijk, er woedde een harde concurrentiestrijd in de branche van de precisieoptiek, ze hadden al een paar keer bijna hun faillissement moeten aanvragen; hij probeerde die zorgen te vergeten door pastis te drinken en op Le Pen te stemmen. Wat haar jongere broer betreft, die was in dienst getreden van de marketingafdeling van L'Oréal. Hij was recentelijk in de Verenigde Staten benoemd – hoofd marketing voor Noord-Amerika; ze zagen elkaar niet erg vaak. Hij was gescheiden, zonder kinderen. Twee verschillende levenswegen dus, maar allebei ongeveer even symptomatisch.

'Ik heb geen gelukkig leven gehad,' zei Annabelle. 'Ik denk dat ik te veel belang hechtte aan de liefde. Ik gaf me te makkelijk, de mannen lieten me vallen zodra ze hun doel hadden bereikt, en ik leed eronder. Mannen vrijen niet omdat ze verliefd zijn, maar omdat ze opgewonden zijn; het heeft me jaren gekost die banale vanzelfsprekendheid te begrijpen. Iedereen om me heen leefde zo, ik verkeerde in een vrijgevochten wereldje, maar uitdagen of verleiden schonk me geen voldoening. Zelfs van seks kreeg ik uiteindelijk een afkeer; ik kon niet meer tegen hun triomfantelijke glimlachje op het moment dat ik mijn jurk uitdeed, de idiote bek die ze trokken als ze klaarkwamen, en vooral hun lompheid als de daad eenmaal was volbracht. Ze waren erbarmelijk, laf en zelfingenomen. Uiteindelijk doet het pijn te worden beschouwd als een inwisselbaar stuk vee – ook al ging ik door voor een *lekker* stuk, omdat er esthetisch gezien niets op me aan te merken viel en ze trots waren als ze me mee uit eten namen. Eén keer dacht ik dat het serieus was, toen ben ik met een vent gaan samenwonen. Hij was acteur en had iets heel boeiends in zijn uiterlijk, maar hij slaagde er niet in door te breken – in feite was ik vooral degene die de rekeningen van de flat betaalde. We hebben twee jaar samengewoond, toen werd ik zwanger. Hij wilde dat ik abortus liet plegen. Dat heb ik gedaan, maar op de terugweg van het ziekenhuis wist ik dat het afgelopen was. Ik ben diezelfde avond nog bij hem weggegaan, daarna heb ik een tijdje in een hotel gewoond. Ik was dertig, het was mijn tweede abortus en ik was het spuugzat. Dat was in 1988, iedereen raakte doordrongen van de gevaren van aids, ik heb dat als een soort bevrijding ervaren. Ik had met tientallen mannen geslapen en geen daarvan was het waard herinnerd te worden. We denken tegenwoordig dat er een periode in het leven is waarin je uitgaat en je vermaakt; daarna doemt het beeld van de dood op. Alle mannen die ik heb gekend waren doodsbang om ouder te worden, ze dachten onophoudelijk aan hun leeftijd. Die leeftijdsobsessie begint heel vroeg – ik heb het al meegemaakt bij mensen van vijfentwintig – en wordt daarna alleen nog maar erger. Ik besloot ermee te kappen, het spel niet meer mee te spelen. Ik leid nu een rustig leven zonder vreugde. 's Avonds lees ik, ik zet kruidenthee of een andere warme drank voor mezelf. Elk weekend ga ik naar mijn familie, ik doe veel met mijn kleine neef en nichtjes. Het valt niet te ontkennen dat ik soms behoefte heb aan een man, ik ben 's nachts bang, ik kan moeilijk in slaap komen. Er zijn natuurlijk kalmeringsmiddelen en slaapmiddelen, maar dat helpt toch nog niet voldoende. Om eerlijk te zijn zou ik willen dat het leven heel snel voorbijging.'

Michel zweeg; hij was niet verbaasd. De meeste vrouwen hebben een opwindende puberteit, ze hebben veel aandacht voor jongens en seks. Daarna worden ze het langzaam beu, ze hebben niet zoveel zin meer hun benen wijd te doen en een lordosehouding aan te nemen om hun kont te laten zien. Ze zoeken naar een innige relatie, die ze niet kunnen vinden, en naar hartstocht, waartoe ze niet echt meer in staat zijn; dan beginnen de moeilijke jaren voor hen.

Eenmaal uitgeklapt besloeg de bedbank vrijwel alle beschikbare ruimte. 'Het is de eerste keer dat ik hem gebruik,' zei ze. Ze gingen zij aan zij liggen en omhelsden elkaar.

'Ik ben al heel lang niet meer aan de pil, en ik heb geen condooms hier. Heb jij die?'

'Nee.' Hij moest glimlachen bij de gedachte.

'Wil je dat ik je in mijn mond neem?'

Hij dacht even na en antwoordde uiteindelijk: 'Ja.'

Het was prettig, maar het genot was niet heel heftig. (Dat was het in feite nooit geweest. Bij sommige mensen is seksueel genot heel intens, maar bij anderen blijft het beperkt of zelfs verwaarloosbaar; is dat een kwestie van opvoeding, van neuronale prikkeloverdracht, of iets anders?) Die fellatie was vooral ontroerend: het was het symbool van hun weerzien en van hun onderbroken lotsbestemming. Maar erna was het heerlijk Annabelle in zijn armen te nemen toen ze zich omdraaide om te gaan slapen. Haar lichaam was soepel en zacht, warm en oneindig glad. Ze had een heel slanke taille, brede heupen en kleine, stevige borsten. Hij schoof een been tussen de hare, legde zijn handpalmen op haar buik en haar borsten; in die zachtheid en die warmte bevond hij zich aan het begin van de wereld. Hij viel vrijwel onmiddellijk in slaap.

Eerst zag hij een man, een aangekleed deel van de ruimte; alleen zijn gezicht was onbedekt. Midden in het gezicht schitterden zijn ogen; de uitdrukking ervan was moeilijk te doorgronden. Tegenover hem stond een spiegel. Bij zijn eerste blik in de spiegel had de man het gevoel gehad dat hij in de leegte viel. Toch had hij plaatsgenomen, was gaan zitten. Hij had zijn beeld geïsoleerd beschouwd, als een mentale vorm die onafhankelijk van hemzelf bestond en met anderen kon worden gedeeld. Na een minuut deed het hem relatief weinig meer. Maar hij hoefde zijn hoofd maar een paar seconden af te wenden, of hij kon weer helemaal van voren af aan beginnen; opnieuw moest hij met veel pijn en moeite, als een oog dat zich accommodeert aan een voorwerp op korte afstand, dat gevoel van identificatie met zijn eigen beeld opheffen. Het ik is een intermitterende neurose, en de man was nog lang niet genezen.

Vervolgens zag hij een witte muur, waarin lettertekens verschenen. Geleidelijk aan kregen die tekens diepte en vormden op de muur een voortdurend veranderend bas-reliëf, dat op een misselijkmakende manier pulseerde. Eerst verscheen het woord 'VREDE', toen het woord 'OORLOG'; toen opnieuw het woord 'VREDE'. Toen hield het verschijnsel plotseling op, het oppervlak van de muur werd weer glad. De lucht werd vloeibaar, er ging een golf doorheen; de zon was enorm groot en geel. Hij zag de plek waar de wortel van de tijd zich vormde. Die wortel stuurde uitschieters door het heelal, ranken die knoestig waren in de buurt van het middelpunt en kleverig, fris aan de uiteinden. De ranken omsnoerden, knevelden en kluisterden de delen van de ruimte.

Hij zag de hersenen van de dode man, deel van de ruimte, de ruimte omvattend.

Tot slot zag hij het mentale aggregaat van de ruimte, en het tegendeel ervan. Hij zag het mentale conflict dat de ruimte structureerde, en de opheffing ervan. Hij zag de ruimte als een heel dunne lijn die twee sferen van elkaar scheidde. In de eerste sfeer was het zijn, en het isolement; in de tweede sfeer was het niet-zijn, en de opheffing van het individu. Rustig, zonder te aarzelen, draaide hij zich om en begaf zich naar de tweede sfeer.

Hij maakte zich los, ging rechtop in bed zitten. Naast hem ademde Annabelle regelmatig. Ze had een kubusvormige Sony-wekker, die 3:37 aangaf. Kon hij weer in slaap komen? Hij moest weer in slaap komen. Hij had Xanax-tabletten bij zich.

De volgende ochtend zette ze koffie voor hem; zelf nam ze thee en geroosterd brood. Het was een mooie, maar al een beetje koude dag. Ze keek naar zijn naakte lichaam, dat er door zijn blijvende slankheid merkwaardig jong uitzag, als van een adolescent. Ze waren veertig, en dat was moeilijk te geloven. Toch zou zij geen kinderen meer kunnen krijgen zonder daarbij een vrij ernstig risico op genetische afwijkingen te lopen; wat hemzelf betrof, zijn mannelijke potentie was al flink afgezwakt. Ten aanzien van de belangen van de soort waren ze twee oudere individuen die nog maar een middelmatige genetische waarde hadden. Zij had geleefd; ze had coke gebruikt, aan orgieën deelgenomen, in luxehotels geslapen. Door haar schoonheid had ze in het epicentrum gestaan van de seksuele revolutie die haar jeugd had getekend, en daar meer dan gemiddeld onder geleden – uiteindelijk zou ze er zo ongeveer het leven bij laten. Hij had zich uit onverschilligheid buiten die revolutie gehouden, en buiten het menselijk leven, en buiten alles, en was er dan ook slechts oppervlakkig door geraakt; hij had er genoegen mee genomen een trouwe klant van zijn buurt-Monoprix te zijn en leiding te geven aan moleculair-biologisch onderzoek. Die zo verschillende levenswegen hadden weinig zichtbare sporen in hun afzonderlijke lichamen achtergelaten. Maar het leven zelf had zijn vernietigingswerk verricht en langzaam het reproductievermogen van hun cellen en organellen geruïneerd. Als intelligente zoogdieren die van elkaar hadden kunnen houden, namen ze elkaar op in het heldere licht van die herfstochtend. 'Ik weet dat het heel laat is,' zei ze. 'Toch wil ik het proberen. Ik heb nog altijd mijn treinabonnement uit het schooljaar '74-'75, het laatste jaar dat we samen naar het lyceum gingen. Elke keer als ik ernaar kijk moet ik huilen. Ik begrijp niet hoe het allemaal zo de mist in heeft kunnen gaan. Het lukt me maar niet dat te accepteren.'

19

Het was duidelijk dat ze te midden van de westerse zelfmoord geen schijn van kans maakten. Ze bleven elkaar echter één à twee keer per week ontmoeten. Annabelle ging weer bij een gynaecoloog en begon de pil weer in te nemen. Hij slaagde erin haar te penetreren, maar wat hij het liefst deed was naast haar slapen, haar levende lijf voelen. Op een nacht droomde hij van een attractiepark in de buurt van Rouen, op de rechteroever van de Seine. Een bijna leeg reuzenrad draaide rond in een loodgrijze lucht, hoog uittorenend boven de contouren van gestrande vrachtschepen met hun door roest aangevreten metalen karkassen. Hij liep voort tussen barakken in tegelijkertijd fletse en schreeuwende kleuren; een ijskoude wind, zwaar van de regen, striemde in zijn gezicht. Toen hij de uitgang van het park bereikte werd hij aangevallen door jongeren in leren pakken gewapend met scheermessen. Nadat ze een paar minuten lang hun agressie op hem hadden botgevierd, lieten ze hem weer gaan. Zijn ogen bloedden, hij wist dat hij voorgoed blind zou zijn, en zijn rechterhand was half afgesneden. Maar ondanks het bloed en de pijn wist hij ook dat Annabelle altijd bij hem zou blijven en hem eeuwig met haar liefde zou omgeven.

In het weekend van Allerheiligen vertrokken ze samen naar Soulac, waar Annabelles broer een vakantiehuisje had. De ochtend na hun aankomst gingen ze naar het strand. Hij voelde zich moe en ging op een bankje zitten terwijl zij verderliep. De open zee bulderde en rolde voort in een vage, grijze, zilveren beweging. De golven sloegen stuk op de zandbanken en vormden aan de einder, in de zon, een fonkelend, prachtig waas. De gestalte van Annabelle, bijna onzichtbaar in haar lichte bloes, bewoog zich voort langs de waterspiegel. Tussen het witplastic meubilair van Café de la Plage liep een oude Duitse herder heen en weer, al even moeilijk te onderscheiden door het waas van lucht, water en zon, alsof hij verbleekt was.

Voor het avondeten roosterde ze een zeebaars. De maatschappij waarin ze leefden stond hun toe iets verder te gaan dan de strikte bevrediging van hun voedselbehoeften. Ze konden dus proberen te leven, maar eigenlijk hadden ze daar niet zo'n zin meer in. Hij had medelijden met haar, vanwege de onmetelijke liefdesreserves die hij in haar voelde trillen, maar die door het leven waren bedorven; hij had medelijden, en dat was misschien wel het enige menselijke gevoel waar hij nog vatbaar voor was. Voor de rest had een ijzige gereserveerdheid zich van zijn lichaam meester gemaakt. Het was een feit: hij was niet meer in staat tot liefde.

Terug in Parijs beleefden ze vrolijke momenten, van het soort dat in parfumreclames te zien is (samen de trappen van Montmartre af rennen, of in een innige omhelzing blijven stilstaan op de Pont des Arts en plotseling worden verlicht door de schijnwerpers van de rondvaartboten die hun halve draai maken). Daarnaast waren er ook de zondagmiddagruzietjes, de momenten van stilte wanneer het lichaam zich kromt tussen de lakens, de zeeën van stilte en verveling wanneer het leven spaak loopt. Annabelles eenkamerflat was donker, ze moesten al om vier uur 's middags het licht aandoen. Soms waren ze bedroefd, maar ze waren vooral ernstig. Ze wisten allebei dat het hun laatste echte menselijke relatie was, en die gewaarwording gaf elke minuut iets verscheurends. Ze voelden veel respect en eindeloos veel medelijden voor elkaar. Maar op sommige dagen kreeg een onverwachte betovering hen in de greep en beleefden ze momenten van frisse lucht en stralend, opwekkend zonlicht. Maar meestal voelden ze dat een grauwe schaduw zich in hen en over de aarde die hen droeg verspreidde, en in alles bespeurden ze het einde.

20

Ook Bruno en Christiane waren naar Parijs teruggegaan, andersom was ondenkbaar geweest. Op de ochtend dat hij voor het eerst weer naar zijn werk ging dacht hij aan de onbekende dokter die hun dat geweldige cadeau had gegeven: twee weken ongerechtvaardigd ziekteverlof; toen vervolgde hij zijn weg naar zijn kantoor in de rue Grenelle. Aangekomen op de verdieping waar hij werkte, besefte hij plotseling dat hij bruin zag en blaakte van gezondheid, en dat het een belachelijke situatie was. Hij besefte ook dat het hem geen moer kon schelen. Zijn collega's, hun bezinningsdagen, de menselijke benadering van de adolescenten, de opening naar andere culturen... het deed er in zijn ogen helemaal niets meer toe. Christiane zoog zijn pik af en zorgde voor hem als hij ziek was; Christiane deed ertoe. Hij wist op datzelfde moment dat hij nooit meer contact zou hebben met zijn zoon.

Patrice, de zoon van Christiane, had de flat als een vreselijke zwijnenstal achtergelaten: de grond was bezaaid met geplette stukken pizza, colaflesjes en peuken, en hier en daar zaten brandplekken. Ze aarzelde een moment, stond op het punt naar een hotel te gaan, maar besloot uiteindelijk alles schoon te maken en te repareren. Noyon was een smerige, oninteressante en gevaarlijke stad; ze maakte er een gewoonte van elk weekend naar Parijs te komen. Vrijwel elke zaterdag gingen ze naar een parenclub: de 2+2, *Chris et Manu*, de *Chandelles*. Aan hun eerste avond in *Chris et Manu* zou Bruno bijzonder levendige herinneringen overhouden. Naast de dansvloer bevonden zich verschillende ruimten, die in een vreemd mauve licht gedompeld waren; een hele rij bedden stond er zij aan zij. Overal om hen heen waren stellen aan het neuken, strelen of likken. De meeste vrouwen waren naakt, sommigen hadden een bloes of een T-shirt aangehouden of alleen hun jurk opgetrokken. In de grootste ruimte waren ongeveer twintig stellen. Niemand zei iets; je hoorde slechts het brommen van de airconditioning en het hijgen van de vrouwen die hun orgasme naderden. Hij ging op een bed zitten vlak naast een grote brunette met zware borsten die zich liet aflikken door een figuur van een jaar of vijftig, met zijn overhemd en zijn stropdas nog aan. Christiane knoopte Bruno's broek open en begon hem af te trekken, terwijl ze ondertussen om zich heen keek. Een man kwam op haar af en liet een hand onder haar rok glijden. Ze haakte de sluiting los, haar rok gleed op het tapijt; eronder droeg ze niets. De man knielde en begon haar te strelen terwijl zij Bruno aftrok. Vlak bij hem, op het bed, kreunde de brunette steeds harder. Hij nam haar borsten in zijn handen, hij was zo geil als een otter. Christiane bracht haar mond dichterbij en begon met het puntje van haar tong de gleuf en het bandje van zijn eikel te kittelen. Een ander paar ging naast hen zitten. De vrouw, een kleine roodharige van een jaar of twintig, droeg een minirokje van zwart skai. Ze keek hoe Christiane hem aflikte; Christiane lachte naar haar en stroopte haar T-shirt op om haar borsten te laten zien. De ander trok haar rokje op en ontblootte een goed voorzien poesje, eveneens met rood haar. Christiane pakte haar hand en bracht hem naar Bruno's geslacht. De vrouw begon hem af te trekken terwijl Christiane opnieuw met haar tong aan het werk toog. Na een paar seconden werd hij overvallen door een stuiptrekking van onbedwingbaar genot en kwam klaar op haar gezicht. Hij stond snel op en nam haar in zijn armen. 'Het spijt me,' zei hij, 'het spijt me echt.' Ze kuste hem en drukte zich tegen hem aan, hij voelde zijn sperma op zijn wangen. 'Het geeft niet,' zei ze teder, 'het geeft absoluut niet...

Wil je dat we weggaan?' stelde ze even later voor. Hij knikte mistroostig, zijn opwinding was volkomen weggezakt. Ze kleedden zich snel aan en gingen er meteen vandoor.

De weken daarna slaagde hij erin zich iets beter te beheersen, en dat was het begin van een mooie tijd, een gelukkige tijd. Zijn leven had nu een zin, die beperkt bleef tot de weekends met Christiane. In de gezondheidsafdeling van de FNAC* ontdekte hij een boek, geschreven door een Amerikaanse seksuologe, dat pretendeerde dat het mannen hun zaadlozing kon leren beheersen door middel van een reeks oefeningen met oplopende moeilijkheidsgraad. Het ging er vooral om een kleine gebogen spier te versterken die vlak onder de testikels zat, *musculus pubo-coccygeis*. Door die spier vlak voor het orgasme krachtig samen te trekken en daarbij diep in te ademen, was het in principe mogelijk de zaadlozing te voorkomen. Bruno begon die oefeningen te doen; het was een doel dat de moeite waard was. Elke keer als ze uitgingen zag hij stomverbaasd hoe mannen die soms ouder waren dan hij meerdere vrouwen achter elkaar penetreerden en zich urenlang lieten aftrekken en -zuigen zonder hun erectie te verliezen. Het geneerde hem ook dat de meesten veel groter geschapen waren dan hij. Christiane bleef hem voorhouden dat dat niets uitmaakte, dat ze daar volstrekt geen belang aan hechtte. Hij geloofde haar, ze was duidelijk verliefd; maar hij had ook de indruk dat de meeste vrouwen die hij in die tenten ontmoette lichtelijk teleurgesteld waren wanneer hij zijn geslacht te voorschijn haalde. Er werden nooit aanmerkingen op gemaakt, iedereen was uitermate hoffelijk, de sfeer was vriendschappelijk en beleefd. Er waren echter blikken die niet bedrogen, en beetje bij beetje begon hij te beseffen dat hij ook op het seksuele vlak niet helemaal aan de eisen voldeed. Niettemin beleefde hij momenten van ongelooflijk heftig genot, bijna tot bezwijmens toe, hij brulde het uit; maar dat had niets te maken met mannelijke potentie, veeleer met de fijnzinnigheid, de gevoeligheid van de organen. Overigens streelde hij heel goed, zei Christiane, en hij wist dat het waar was, het kwam maar zelden voor dat hij een vrouw niet tot een orgasme kon brengen. Half december drong het tot hem door dat Christiane een beetje magerder werd en dat er rode plekken op haar gezicht verschenen. Haar rugklachten wilden maar niet overgaan, zei ze, ze was genoodzaakt geweest de doses van haar medicijnen te verhogen. De vermagering en de vlekken waren enkel bijwerkingen van de medicijnen. Ze veranderde heel snel van onderwerp, hij merkte dat ze zich schaamde en hield er een gevoel van onbehagen aan over. Ze was ongetwijfeld in staat hem iets voor te liegen om hem niet ongerust te maken: ze was te zachtmoedig, te aardig. Over het algemeen kookte zij op zaterdagavond, ze aten heel lekker en gingen daarna naar een club. Ze droeg splitrokken, doorschijnende bovenlijfjes, jarretelgordels of soms ook een bodystocking met een opening in het kruis. Haar poesje was zacht, opwindend, direct nat. Het waren heerlijke avonden, die zijn stoutste dromen overtroffen. Soms wanneer ze zich liet nemen in een volgnummertje sloeg Christianes hart op hol en ging wat al te wild tekeer, ze zweette plotseling als een paard, en Bruno werd bang. Dan stopten ze; ze vlijde zich in zijn armen, kuste hem, streelde hem over zijn haar en zijn hals.

21

Natuurlijk bood ook dat nieuwe leven geen uitweg. De mannen en vrouwen die in parenclubs komen, verruilen hun streven naar genot (dat fijnzinnigheid, gevoeligheid, traagheid vereist) algauw voor een op waanvoorstellingen gebaseerde seksuele bedrijvigheid met nogal onoprechte uitgangspunten, die in feite rechtstreeks geënt is op de *gang bang*-scènes van de 'populaire' pornofilms die worden uitgezonden op Canal+. Bij wijze van eerbetoon aan Karl Marx, die het raadselachtige begrip 'tendentiële daling van de winstvoet' als een giftige entelechie in het middelpunt van zijn systeem plaatste, is het verleidelijk binnen het libertijnse systeem dat Bruno en Christiane zojuist hadden betreden het bestaan te postuleren van een principe van tendentiële daling van de genotsvoet. Dat zou tegelijkertijd kortzichtig en onnauwkeurig zijn. Verlangen en genot zijn culturele, antropologische, afgeleide verschijnselen, en als zodanig uiteindelijk vrijwel nutteloos als verklaring van de seksualiteit. Het zijn in de verste verte geen bepalende factoren, ze zijn juist zelf door en door sociologisch bepaald. In een monogaam, romantisch en op liefde gebaseerd systeem kunnen ze alleen worden bereikt door bemiddeling van de geliefde, waarvan er principieel maar één is. In de liberale maatschappij waarin Bruno en Christiane leefden, was het seksuele model dat de officiële cultuur (reclame, tijdschriften, sociale instellingen en gezondheidsorganisaties) voorstelde dat van het *avontuur*: binnen een dergelijk systeem vormen verlangen en genot de uitkomst van een *verleidingsproces* waarin nieuwe uitdagingen, passie en individuele creativiteit centraal staan (eigenschappen die overigens ook worden vereist van werknemers in het kader van hun beroepsleven). Door de teloorgang van de intellectuele en morele verleidingscriteria ten gunste van louter lichamelijke criteria kwamen de vaste bezoekers van parenclubs beetje bij beetje terecht in een net iets ander systeem, dat als de fantasie van de officiële cultuur kon worden beschouwd: het *sadeaanse* systeem. Binnen een dergelijk systeem zijn de pikken zonder uitzondering stijf en kolossaal, de borsten met siliconen bewerkt, de poesjes onthaard en kwijlend. De vrouwelijke bezoekers, die vaak *Connexion* of *Hot Video* lazen, stelden zich voor hun avonden een eenvoudig doel: zich op een zo groot mogelijk aantal dikke pikken te laten spietsen. In een volgende fase kwamen ze doorgaans in SM-clubs terecht. Genot is een kwestie van gewoonte, zou Pascal waarschijnlijk hebben gezegd als hij zich voor dat soort dingen zou hebben geïnteresseerd.

Met zijn pik van dertien centimeter en zijn beperkte erectievermogen (behalve helemaal aan het begin van zijn puberteit had hij hem nooit heel lang omhoog kunnen houden, en de latentietijd tussen twee zaadlozingen was sindsdien aanzienlijk langer geworden – maar hij was ook niet meer de jongste) was Bruno eigenlijk volstrekt niet op zijn plaats in dat soort gelegenheden. Hij was echter blij dat hij meer poesjes en monden tot zijn beschikking had dan hij ooit had durven dromen; dat had hij aan Christiane te danken, wist hij. De mooiste momenten waren nog altijd wanneer zij andere vrouwen streelde. Haar toevallige gezelschap betoonde zich altijd verrukt over de lenigheid van haar tong en de vaardigheid waarmee haar vingers hun clitoris vonden en prikkelden. Maar wanneer ze besloten haar met gelijke munt te betalen, liep dat doorgaans helaas op een teleurstelling uit. Hun poesjes waren door de volgnummertjes en het hardhandige gevinger (vaak met meerdere vingers, of zelfs met de hele hand) enorm uitgerekt, waardoor ze net zo gevoelig waren geworden als een blok varkensreuzel. Geobsedeerd door het razende tempo van de actrices uit de commerciële porno rukten ze zijn pik als een gevoelloze vleesschacht hardhandig af met een belachelijke zuigerbeweging (de alomtegenwoordigheid van technomuziek in plaats van subtielere, sensuelere ritmes speelde ongetwijfeld ook een rol in het uitzonderlijk mechanische karakter van hun prestaties). Hij kwam snel klaar, zonder er echt van te genieten. Voor hem was de avond dan afgelopen. Ze bleven nog een halfuur tot een uur; Christiane liet zich nemen in een volgnummertje terwijl ze ondertussen, doorgaans tevergeefs, zijn viriliteit weer tot leven probeerde te wekken. Als ze 's ochtends wakker werden, vrijden ze opnieuw. In zijn slaapdronken toestand kwamen de beelden van de afgelopen nacht weer naar boven, maar nu minder schrijnend. Dat waren momenten van een uitzonderlijke tederheid.

Het ideaal zou in feite zijn geweest een paar zorgvuldig gekozen stellen uit te nodigen en de avond thuis door te brengen, vriendschappelijk te keuvelen en ondertussen liefkozingen uit te wisselen. Die weg zouden ze inslaan, daar was Bruno vast van overtuigd. Hij zou ook de spierversterkingsoefeningen van die Amerikaanse seksuologe weer moeten oppakken. Zijn relatie met Christiane, die hem meer vreugde had verschaft dan enige andere gebeurtenis in zijn leven, was een belangrijke, serieuze aangelegenheid. Althans, dat dacht hij soms als hij toekeek terwijl ze zich aankleedde of in de keuken bezig was. Maar door de week, wanneer ze ver weg was, had hij meestal het gevoel dat het om een slechte grap ging, een allerlaatste, laag-bij-de-grondse poets die het leven hem bakte. Onze ellende bereikt zijn hoogtepunt pas wanneer we de praktische mogelijkheid van het geluk in een niet al te verre toekomst hebben zien blinken.

Het ongeluk gebeurde op een nacht in februari toen ze bij *Chris et Manu* waren. Met zijn hoofd ondersteund door kussens lag Bruno op een matras in het centrale vertrek en liet zich afzuigen door Christiane; hij hield haar hand vast. Ze hing geknield over hem heen, benen wijd, kont gereed om te worden bereden door de mannen die achter haar kwamen staan, een condoom omdeden en haar om de beurt namen. Vijf mannen waren al hun gang gegaan zonder dat ze op- of omkeek. Met halfgesloten ogen, als in een droom, liet ze haar tong over Bruno's geslacht glijden en verkende centimeter voor centimeter. Ineens slaakte ze één enkele korte kreet. De vent achter haar, een grote, potige kerel met krullen, bleef haar plichtmatig met krachtige stoten penetreren; zijn blik was leeg en een beetje afwezig. 'Stop! Stop!' slingerde Bruno hem toe; hij had het gevoel dat hij schreeuwde, maar zijn stem reikte niet ver, hij bracht niet meer dan een schor gerasp uit. Hij stond op en duwde de kerel ruw naar achteren, waar hij met opgericht geslacht en hangende armen stomverbaasd bleef staan. Christiane was opzij gevallen, haar gezicht was vertrokken van de pijn. 'Kun je je niet bewegen?' vroeg hij. Met haar hoofd schudde ze 'Nee'. Hij vloog naar de bar, vroeg om de telefoon. Tien minuten later was de ambulance er. Alle aanwezigen hadden zich weer aangekleed; in doodse stilte keken ze toe hoe de verplegers Christiane optilden en op een brancard neerlegden. Bruno klom naast haar in de ziekenwagen, het Hôtel-Dieu* was niet ver. Hij wachtte een paar uur in de met linoleum belegde gang, toen kwam de dienstdoende co-assistent hem op de hoogte stellen: ze sliep nu, haar leven was niet in gevaar.

's Zondags kreeg ze overdag een beenmergpunctie. Bruno kwam tegen zessen terug. Het was al donker, er viel een fijne, koude regen op de Seine. Christiane zat rechtop in bed met een hoop kussens in haar rug. Ze glimlachte toen ze hem zag. De diagnose was eenvoudig: de necrose van haar stuitbeenwervels had het definitieve stadium bereikt. Ze verwachtte dat al maandenlang, het kon ieder moment gebeuren; de medicijnen hadden de ontwikkeling vertraagd maar niet gestopt. Nu zou de situatie niet meer veranderen, er waren geen complicaties meer te vrezen. Maar ze zou voorgoed verlamd blijven aan haar benen.

Tien dagen later werd ze uit het ziekenhuis ontslagen, Bruno was erbij aanwezig. De situatie was nu heel anders. Het leven kenmerkt zich door lange periodes van onbestemde verveling, het is meestal bijzonder saai; dan doemt er plots een richtingverandering op, en die verandering blijkt definitief te zijn. Christiane genoot vanaf dat moment een invaliditeitspensioen, ze zou nooit meer hoeven te werken. Ze had zelfs recht op een gratis hulp in de huishouding. Ze rolde haar rolstoel naar hem toe, ze was nog onhandig – het was iets wat je even onder de knie moest krijgen, en ze was niet sterk genoeg in haar onderarmen. Hij kuste haar op haar wangen, toen op haar lippen. 'Nu kun je bij mij komen wonen,' zei hij, 'in Parijs.' Ze hief haar hoofd naar hem op en keek hem in de ogen; hij kon haar blik niet doorstaan. 'Weet je het zeker?' vroeg ze zacht. 'Weet je zeker dat je dat wilt?' Hij antwoordde niet. Of in ieder geval, hij wachtte met antwoorden. Na een stilte van een halve minuut voegde ze eraan toe: 'Niets dwingt je. Jij hebt nog wat tijd van leven, niets dwingt je die te besteden aan het verzorgen van een invalide.' De elementen van de hedendaagse mensopvatting zijn niet meer op onze sterfelijkheid afgestemd. Nog nooit, in geen enkele periode en geen enkele andere beschaving, hebben mensen zo lang en zo vaak aan hun leeftijd gedacht. Iedereen heeft een eenvoudig toekomstperspectief in zijn hoofd: ooit zal het moment komen dat de som van al het lichamelijk genot dat hij nog van het leven mag verwachten lager zal zijn dan de som van alle pijn (kortom, hij voelt diep vanbinnen de teller tikken – en de teller tikt altijd in dezelfde richting). Die rationele afweging van genot en pijn, die iedereen vroeg of laat gedwongen wordt te maken, loopt als men ouder wordt onvermijdelijk op zelfmoord uit. Het is in dat opzicht vermakelijk te constateren dat Gilles Deleuze en Guy Debord, twee gerespecteerde intellectuelen van het eind van deze eeuw, allebei zonder duidelijke reden zelfmoord hebben gepleegd, alleen omdat ze het vooruitzicht van hun eigen lichamelijke aftakeling niet konden verdragen. Die zelfmoorden hebben volstrekt geen verbazing gewekt of commentaar opgeroepen. Meer in het algemeen komen zelfmoorden van ouden van dagen, en die zijn veruit het meest frequent, ons tegenwoordig volkomen logisch voor. Een symptomatisch verschijnsel waarop eveneens gewezen kan worden is de reactie van het publiek op het vooruitzicht van een terroristische aanslag: vrijwel iedereen zou liever op slag dood zijn dan een verminkt lichaam of zelfs ook maar een geschonden gezicht te hebben. Natuurlijk is dat voor een deel omdat de mensen het leven een beetje beu zijn; maar vooral omdat niets, inclusief de dood, hun zo vreselijk lijkt als in een afgetakeld lijf te leven.

Hij sloeg af ter hoogte van La Chapelle-en-Serval. Het gemakkelijkste zou zijn geweest zich tegen een boom te pletter te rijden toen hij door het bos van Compiègne reed. Hij had een paar seconden te lang geaarzeld; arme Christiane. Hij had ook een paar dagen te lang geaarzeld voordat hij haar belde. Hij wist dat ze alleen met haar zoon in haar huurflatje zat, hij zag haar voor zich in haar rolstoel, niet ver van de telefoon. Niets dwong hem voor een invalide te zorgen, had ze gezegd, en hij wist dat ze zonder haat was gestorven. Ze hadden haar rolstoel verwrongen teruggevonden vlak bij de brievenbussen, onder aan het laatste trapdeel. Haar gezicht was opgezwollen en haar nek gebroken. Bruno stond in de rubriek 'waarschuwen bij ongeval'; ze was overleden tijdens het vervoer naar het ziekenhuis.

Het begraafcomplex lag iets buiten Noyon, aan de weg naar Chauny, je moest vlak na Baboeuf afslaan. Twee beambten in blauwe overalls stonden hem op te wachten in een wit, veel te warm gestookt montagegebouw met oneindig veel radiatoren, een beetje vergelijkbaar met een leslokaal in een technische school. Door de grote ramen waren de lage, moderne flats van een semi-luxe woonwijk te zien. De doodkist lag nog open op een schraagtafel. Bruno ging ernaartoe, zag Christianes lichaam en voelde zich naar achteren vallen; zijn hoofd sloeg hard tegen de grond. De beambten hielpen hem voorzichtig weer overeind. 'Huilen! U moet huilen!...' bezwoer de oudste van de twee hem met dringende stem. Hij schudde zijn hoofd; hij wist dat het hem niet zou lukken. Christianes lichaam kon niet meer bewegen, ademen of praten. Christianes lichaam kon niet meer liefhebben, er was voor dat lichaam geen enkel ander lot meer mogelijk, en dat was helemaal zijn fout. Dit keer waren alle kaarten geschud, het spel was gespeeld, er was voor het laatst gegeven en het eindigde allemaal met een definitieve mislukking. Net zomin als zijn ouders vóór hem was hij tot liefde in staat geweest. In een merkwaardige toestand van zintuiglijke onthechting, alsof hij een paar centimeter boven de grond zweefde, zag hij de beambten de deksel vastmaken met behulp van een elektrische schroevendraaier. Hij volgde hen naar de 'stiltemuur', een drie meter hoge muur van grauw beton waarin zich de grafnissen bevonden, met meerdere boven elkaar; ongeveer de helft was leeg. De oudste beambte raadpleegde zijn vel met instructies en begaf zich naar nis 632. Zijn collega rolde de doodkist op een wagentje achter hem aan. De lucht was vochtig en kil, het begon zelfs te regenen. Nis 632 bevond zich op halve hoogte, op ongeveer één meter vijftig van de grond. Met een soepele, efficiënte beweging, die maar een paar seconden duurde, tilden de beambten de doodkist op en lieten hem in de nis glijden. Met behulp van een pneumatisch spuitpistool verstoven ze wat ultrasneldrogend beton in de spleet, waarna de oudste beambte Bruno het protocol liet ondertekenen. Als hij dat wenste, gaf de man aan voordat hij wegliep, kon hij ter plekke een moment van bezinning in acht nemen.

Bruno reed terug via de snelweg A1 en bereikte tegen elven de Parijse ringweg. Hij had een hele dag vrij genomen, hij had niet verwacht dat de ceremonie zo kort zou duren. Hij nam de afslag Porte de Châtillon en vond een parkeerplaatsje in de rue Albert-Sorel, recht tegenover de woning van zijn ex-vrouw. Hij hoefde niet lang te wachten: tien minuten later verscheen zijn zoon, met een schooltas op zijn rug. Hij leek bezorgd en praatte al lopend in zichzelf. Waaraan zou hij denken? Het was een nogal eenzelvige jongen, had Anne gezegd. In plaats van met de anderen op school te eten kwam hij liever naar huis om de maaltijd op te warmen die zij 's ochtends voor ze wegging voor hem had achtergelaten. Had hij onder zijn afwezigheid geleden? Waarschijnlijk wel, maar hij had er niets over gezegd. Kinderen verdragen de wereld die de volwassenen voor hen hebben gemaakt, ze proberen zich zo goed mogelijk aan te passen; daarna reproduceren ze hem over het algemeen. Victor kwam bij de deur, tikte de code in. Hij was een paar meter van de auto verwijderd, maar hij zag hem niet. Bruno legde zijn hand op de portierkruk en richtte zich op in zijn stoel. De deur van de flat viel achter het kind in het slot. Bruno bleef een paar seconden onbeweeglijk hangen en liet zich toen weer neerploffen. Wat zou hij zijn zoon kunnen zeggen, wat had hij hem te melden? Niets. Er was niets. Hij wist dat zijn leven afgelopen was, maar hij begreep de afloop niet. Alles bleef duister, pijnlijk en onduidelijk.

Hij reed weg en nam de snelweg naar het zuiden. Na de afrit Antony sloeg hij af in de richting van Vauhallan. De psychiatrische kliniek van het ministerie van Onderwijs lag net iets buiten Verrières-le-Buisson, tegen het bos van Verrières aan; hij herinnerde zich het park heel goed. Hij parkeerde in de rue Victor-Considérant en legde de laatste meters die hem van het hek scheidden te voet af. Hij herkende de dienstdoende verpleger. Hij zei: 'Ik ben teruggekomen.'

22

Saorge – eindstation

'De reclamewereld, die zich blindstaart op de verleiding van de juniorenmarkt, heeft in zijn wijze van communiceren vaak de plank misgeslagen door voor strategieën te kiezen waarin arrogantie om de voorrang twist met spot en hoon. Ter verzachting van dat gebrekkige inschattingsvermogen, dat inherent is aan ons type samenleving, moeten we zien te bereiken dat elke medewerker van ons verkooppersoneel een "ambassadeur" bij de senioren wordt.'

Corinne Mégy, *Het ware gezicht der senioren*

Misschien moest het allemaal wel zo aflopen; misschien was er geen andere manier, geen andere uitweg. Misschien moest wat vermengd was worden ontward, wat begonnen was worden voltooid. Zo kon het gebeuren dat Djerzinski op weg moest naar die plek, Saorge geheten, op 44° noorderbreedte en 7°30 oosterlengte, naar die plek op een hoogte van iets boven de vijfhonderd meter. In Nice nam hij zijn intrek in hotel Windsor, een semi-luxe hotel met een nogal pretentieuze sfeer, waarvan een van de kamers is gedecoreerd door de middelmatige kunstenaar Philippe Perrin. De volgende ochtend nam hij de trein Nice-Tende, befaamd om de schoonheid van het traject. De trein reed door de noordelijke buitenwijken van Nice met hun goedkope huurflats vol Arabieren, hun roze-Minitelaffiches en hun score van zestig procent voor het Front National. Na de halte Peillon-Saint-Thècle reed hij een tunnel in; bij het verlaten van de tunnel zag Djerzinski aan zijn rechterkant in het verblindende licht de zinsbegoochelende contouren van het tegen de bergwand gekleefde dorp Peillon. Ze reden op dat moment door wat het achterland van Nice wordt genoemd; er kwamen mensen helemaal uit Chicago of Denver om de schoonheid van het achterland van Nice te bewonderen. Vervolgens doken ze de kloof van de Roya in. Djerzinski stapte uit in Fanton-Saorge; hij had geen bagage bij zich; het was eind mei. Hij stapte uit in Fanton-Saorge en liep ongeveer een halfuur. Halverwege moest hij door een tunnel; er was geen autoverkeer.

Volgens de *Trekkersgids* die hij op het vliegveld Orly had gekocht, had het dorpje Saorge, dat met zijn terrasgewijs aangelegde huizen hoog boven het dal aan een duizelingwekkende rotswand hing, 'iets Tibetaans'. Dat was goed mogelijk. In ieder geval was dit de plaats die Janine, zijn moeder, die zich had omgedoopt tot Jane, uitgekozen had om te sterven nadat ze vijf jaar had doorgebracht in Goa, in het westelijke deel van het Indiase schiereiland.

'Nou ja, ze heeft ervoor gekozen hierheen te komen, ze heeft er zeker niet voor gekozen de pijp uit te gaan,' verbeterde Bruno. 'Blijkbaar heeft die ouwe slet zich tot de islam bekeerd – via de soefimystiek, dat soort bullshit. Ze is bij een horde hippies ingetrokken die in een verlaten huis buiten het dorp wonen. Omdat de kranten het er niet meer over hebben denk je dat de hippies en de hippo's verdwenen zijn. Integendeel, er zijn er juist steeds meer gekomen, met de werkloosheid is het aantal aanzienlijk toegenomen, je kunt zelfs zeggen dat ze welig tieren. Ik heb mijn eigen onderzoekje gedaan...' Hij liet zijn stem dalen. 'De kneep zit 'm erin dat ze zichzelf nu *nieuwe plattelanders* noemen, maar in werkelijkheid voeren ze geen flikker uit, het enige wat ze doen is van de bijstand trekken en een nepsubsidie voor berglandbouw beuren.' Met een listige blik in zijn ogen schudde hij zijn hoofd, sloeg zijn glas achterover en bestelde er nog een. Hij had met Michel afgesproken in *Chez Gilou*, het enige café van het dorp. Door de morsige ansichtkaarten, de ingelijste forellenfoto's en het affiche van de 'Jeu de Boules Vereniging Saorge' (waarvan het bestuur niet minder dan veertien leden telde) riep de plek bij uitstek een *'Jagen – Vissen – Natuur – Traditie'*-sfeer op, die lijnrecht tegenover de neowoodstockiaanse invloedssfeer stond waartegen Bruno zo tekeerging. Voorzichtig haalde die laatste uit zijn portefeuille een pamflet te voorschijn met de titel 'SOLIDAIR MET DE BRIGASKISCHE SCHAPEN!'. 'Ik heb het vannacht getypt...' zei hij met gedempte stem. 'Gisteravond heb ik met de veehouders gesproken. Ze komen er niet meer uit, ze zitten vol agressie, hun schapen worden letterlijk gedecimeerd. Dat komt door de milieuactivisten en het Parc National du Mercantour. Ze hebben weer wolven uitgezet, hele hordes wolven. Die vreten de schapen op!...' Zijn stem werd ineens luider, hij barstte plotseling in snikken uit. In zijn bericht aan Michel had Bruno te kennen gegeven dat hij weer in de psychiatrische kliniek in Verrières-le-Buisson woonde, 'waarschijnlijk voorgoed'. Blijkbaar hadden ze hem voor de gelegenheid dus laten gaan.

'Dus onze moeder ligt op sterven...' onderbrak Michel hem, die graag terzake wilde komen.

'Absoluut! In Le Cap d'Agde is het precies zo, het schijnt dat ze daar de duinzone voor het publiek hebben afgesloten. Dat besluit is genomen onder druk van de kustbeschermingsstichting, die helemaal in handen van de milieuactivisten is. Die mensen deden daar geen kwaad, ze stoeiden gewoon een beetje, heel rustig; maar het schijnt dat de sterns daar last van hadden. Sterns, dat zijn een soort mussen. Mussen, daar heb ik schijt aan!' wond Bruno zich op. 'Ze willen ons beletten te stoeien en schapenkaas te eten, het zijn echte nazi's. De socialisten spelen met ze onder één hoedje. Die zijn tegen schapen omdat schapen rechts zijn, terwijl wolven links zijn. En toch lijken wolven op Duitse herders, en die zijn extreem rechts. Wie kun je nog vertrouwen?' Hij schudde bedroefd zijn hoofd.

'In welk hotel zat jij in Nice?' vroeg hij plotseling.

'Het Windsor.'

'Het Windsor, waarom?' Bruno begon zich weer op te winden. 'Heb je tegenwoordig een luxe smaak? Wat bezielt je? Ik...' (hij sprak zijn zinnen staccato en steeds krachtiger uit) '...ik blijf trouw aan de Mercure-hotels! Heb je toch in ieder geval de moeite genomen informatie in te winnen? Wist je dat het Mercure-hotel *Baie des Anges* een seizoensafhankelijk tarievensysteem heeft? In de blauwe periode bedraagt de prijs voor een kamer 330 franc! Even duur als een tweesterrenhotel! Met een standaardcomfort van een driesterren, uitzicht op de promenade des Anglais en vierentwintig uur per dag *room service*!' Bruno brulde nu bijna. Ondanks het enigszins zonderlinge gedrag van zijn klant luisterde de baas van *Chez Gilou* (heette hij Gilou? waarschijnlijk wel) vol aandacht toe. Mannen zijn altijd erg geïnteresseerd in verhalen over geld en prijs-kwaliteitverhouding, dat is een kenmerkend trekje van ze.

'Ha, daar is Klootmans!' zei Bruno opgeruimd, ineens helemaal bijgedraaid, terwijl hij op een jongeman wees die net het café binnen was gekomen. Hij was een jaar of tweeëntwintig, droeg een militair gevechtspak en een *Greenpeace*-T-shirt en had een bleke huid en zwart, in dreadlocks gevlochten haar – kortom, hij volgde de *rasta*-mode. 'Dag Klootmans,' zei Bruno vrolijk. 'Dit is mijn broer. Zullen we maar naar het oudje gaan?' De ander knikte zonder een woord te zeggen; om een of andere reden had hij blijkbaar besloten niet op provocaties te reageren.

Het pad verliet het dorp en klom geleidelijk langs de berghelling omhoog in de richting van Italië. Na een flinke heuvel kwamen ze uit in een brede vallei met beboste hellingen; het was nog maar tien kilometer naar de grens. In het oosten waren een paar besneeuwde toppen te onderscheiden. Het volmaakt verlaten landschap bood een weidse, serene indruk. 'De dokter is weer langs geweest,' legde Zwarte Hippie uit. 'Ze mag niet worden vervoerd, en sowieso is er niets meer aan te doen. De wet van de natuur...' zei hij vol ernst. – 'Hoor je dat?' spotte Bruno. 'Hoor je die pias? De "natuur", dat is het enige woord dat ze kennen. Nu ze ziek is willen ze allemaal dat ze zo snel mogelijk crepeert, als een dier in zijn hol. Je hebt het wel over mijn moeder, Klootmans!' zei hij theatraal. 'En heb je zijn *look* gezien? De anderen zijn net zo, of nog erger. Volkomen idioot, zoals ze eruitzien.'

'Het landschap is heel mooi hier...' antwoordde Michel verstrooid.

Het huis was ruim en laag, gemaakt van grove keien, met een dak van platte stenen; het lag vlak bij een bron. Voordat hij naar binnen ging haalde Michel een *Canon Prima Mini*-fototoestel uit zijn zak (inschuifbare zoom 38-105 mm, 1290 franc bij de FNAC). Hij draaide een keer volledig om zijn as, keek heel lang in de zoeker voordat hij afdrukte. Toen voegde hij zich bij de anderen.

Afgezien van Zwarte Hippie bevonden zich in het hoofdvertrek nog een onbestemd, vaalblond schepsel, waarschijnlijk Nederlands, dat een poncho breide bij de open haard, en een hippo met lang grijs haar, een al even grijs sikje en een fijn schranderegeitjesgezicht. 'Ze is daar...' zei Zwarte Hippie; hij duwde een aan de muur gespijkerde lap stof opzij en liet hen binnen in de aangrenzende kamer.

Voorzeker keek Michel met grote belangstelling naar het bruinige schepsel dat hen als een zielig hoopje vanuit het bed met de ogen volgde toen ze de kamer binnen kwamen. Per slot van rekening was het pas de tweede keer dat hij zijn moeder zag, en alles duidde erop dat het tevens de laatste keer zou zijn. Wat hem direct opviel was haar uitzonderlijke magerheid, waardoor ze uitstekende jukbeenderen en verwrongen armpjes had gekregen. Haar gelaatskleur was grauw, heel donker, ze ademde moeizaam, ze lag zichtbaar op sterven; maar boven haar ogenschijnlijk kromme neus blonken haar ogen groot en wit in het halfduister. Hij liep voorzichtig op de liggende gedaante af. 'Maak je niet druk,' zei Bruno, 'ze kan niet meer praten.' Ze kon dan misschien niet meer praten, maar ze was overduidelijk bij bewustzijn. Herkende ze hem? Waarschijnlijk niet. Misschien verwarde ze hem met zijn vader, dat was goed mogelijk – Michel wist dat hij heel veel leek op zijn vader toen die even oud was. Je kunt over ze zeggen wat je wilt, maar bepaalde mensen spelen toch een doorslaggevende rol in je leven, geven daar wel degelijk een nieuwe wending aan; ze knippen het onloochenbaar in tweeën. En voor Janine, die zich tot Jane had omgedoopt, was er een *voor* en een *na* de vader van Michel geweest. Voordat ze hem ontmoette was ze in feite niets meer en niets minder dan een losbandig, stinkend rijk burgervrouwtje. Na die ontmoeting zou ze iets anders worden, iets ontegenzeglijk veel rampzaligers. Het woord 'ontmoeting' is overigens maar een manier van zeggen, want van een echte ontmoeting was geen sprake. Ze waren elkaar tegengekomen, ze hadden een kind verwekt, en dat was het dan. Ze had het raadsel dat Marc Djerzinski in zich meedroeg niet kunnen begrijpen, ze had het niet eens kunnen benaderen. Dacht ze daaraan op dat uur waarop haar ellendige leven ten einde kwam? Dat was helemaal niet onwaarschijnlijk. Bruno liet zich neerploffen op een stoel naast haar bed. 'Je bent maar een oude del...' zei hij belerend. 'Je verdient het de pijp uit te gaan.' Michel ging tegenover hem zitten, aan het hoofdeinde van het bed, en stak een sigaret op. 'Je wilde gecremeerd worden?' raasde Bruno voort. 'Als het zover is zúl je gecremeerd worden. Dan doe ik alles wat nog van je over is in een pot, en elke ochtend als ik wakker word pis ik op je as.' Hij knikte voldaan met zijn hoofd; Jane stiet een schorre keelklank uit. Op dat moment verscheen Zwarte Hippie weer. 'Wilt u iets drinken?' zei hij op ijskoude toon. 'Natuurlijk, kerel!' brulde Bruno. 'Wat is dat nou voor vraag! Laat maar eens een peertje ploffen, Klootmans!' De jongeman ging weer weg en kwam terug met een fles whisky en twee glazen. Bruno bediende zich rijkelijk en sloeg een eerste volle teug achterover. 'Neem het hem maar niet kwalijk, hij is in de war...' zei Michel bijna onhoorbaar. – 'Zo is het,' bevestigde zijn halfbroer. 'Laat ons nu maar verdriet hebben, Klootmans.' Hij leegde met een klak van zijn tong zijn glas en schonk zich opnieuw in. 'Ze hebben er belang bij zich gedeisd te houden, die flikkers...' merkte hij op. 'Ze heeft hun alles nagelaten wat ze had, en ze weten heel goed dat kinderen een onvervreemdbaar recht op hun erfdeel hebben. Als we het testament zouden willen aanvechten, zouden we zeker winnen.' Michel zweeg, hij had geen zin daarover te praten. Er viel een duidelijk voelbare stilte. In de kamer ernaast zei ook niemand iets. Ze hoorden de hese, verzwakte ademhaling van de stervende.

'Ze wilde jong blijven, dat is alles...' zei Michel vermoeid en toegeeflijk. 'Ze wilde met jongeren omgaan, en vooral niet met haar kinderen, die haar eraan zouden herinneren dat ze tot een oudere generatie behoorde. Dat is niet moeilijk te verklaren en te begrijpen. Ik wil nu graag weer weg. Denk je dat ze snel zal doodgaan?'

Bruno haalde zijn schouders op om aan te geven dat hij het niet wist. Michel stond op en ging terug naar de andere kamer; Grijze Hippie was nu alleen, druk bezig biologische wortels te schrapen. Hij probeerde hem uit te horen om te weten te komen wat de dokter precies had gezegd, maar de oude randfiguur kon alleen vage, niet terzake doende informatie geven. 'Het was een stralende vrouw...' benadrukte hij, met zijn wortel in de hand. 'We denken dat ze klaar is voor de dood, want het niveau van spirituele verwezenlijking dat ze heeft bereikt is hoog genoeg.' Wat wilde hij daarmee zeggen? Het had geen zin in details te treden. Het was overduidelijk dat die oude sul eigenlijk geen woorden uitsprak maar enkel wat geluid maakte met zijn mond. Michel lichtte ongeduldig de hielen en voegde zich weer bij Bruno. 'Die idiote hippies,' zei hij, terwijl hij weer ging zitten, 'zijn er nog altijd van overtuigd dat religie een individuele houding is waarin meditatie, spirituele zoektocht enzovoort centraal staan. Het wil er bij hen niet in dat het juist een zuiver sociale bezigheid is, die draait om vaste gebruiken, riten, regels en ceremoniën. Volgens Auguste Comte is de enige functie van religie dat ze de mensheid in een toestand van volmaakte eenheid brengt.'

'Auguste Comte ammehoela!' onderbrak Bruno hem driftig. 'Vanaf het moment dat je niet meer in het eeuwige leven gelooft, is er geen religie meer mogelijk. En als de samenleving onmogelijk is zonder religie, zoals jij blijkbaar denkt, dan is er ook geen samenleving mogelijk. Je doet me denken aan die sociologen die zich verbeelden dat de jeugdcultus een voorbijgaande mode uit de jaren vijftig is, die zijn hoogtepunt heeft gekend in de loop van de jaren tachtig enzovoort. In werkelijkheid is de mens altijd doodsbang geweest voor de dood, hij heeft het vooruitzicht van zijn eigen verdwijning of zelfs van zijn eigen aftakeling nooit zonder angst onder ogen kunnen zien. Van alle aardse goederen is lichamelijke jeugd overduidelijk het waardevolste, en tegenwoordig geloven we alleen nog maar in aardse goederen. "Indien Christus niet is opgewekt," zegt de apostel Paulus in alle eerlijkheid, "dan is uw geloof zonder vrucht." Christus is niet opgewekt, hij heeft zijn strijd tegen de dood verloren. Ik heb een scenario geschreven voor een paradijselijke film over het thema van het nieuwe Jeruzalem. De film speelt zich af op een eiland dat helemaal bevolkt is met naakte vrouwen en kleine hondjes. Door een biologische ramp zijn alle mannen verdwenen, evenals vrijwel alle diersoorten. De tijd is tot stilstand gekomen, het klimaat is gelijkmatig en zacht; de bomen dragen het hele jaar vrucht. De vrouwen zijn eeuwig geslachtsrijp en fris, de hondjes eeuwig levendig en vrolijk. De vrouwen baden en liefkozen elkaar, de hondjes spelen en ravotten. Ze zijn er in alle kleuren en alle soorten: poedels, fox-terriërs, Brusselse griffons, Shih-tzu's, Cavalier king Charles-spaniëls, Yorkshireterriërs, leeuwhondjes, westies en beagle-harriërs. De enige grote hond is een brave, zachtaardige labrador, die voor de anderen de rol van raadgever vervult. Het enige spoor van mannelijk leven is een videoband met een keuze uit de televisietoespraken van Édouard Balladur*. Die band heeft een rustgevende uitwerking op bepaalde vrouwen, en ook op de meeste honden. Er is ook een band van *Het leven der dieren*, gepresenteerd door Claude Darget. Daar wordt nooit naar gekeken, maar hij dient als gedenkteken, en als getuigenis van de barbaarsheid van de oude tijden.'

'Dus ze laten je schrijven...' zei Michel zacht. Het verbaasde hem niet. De meeste psychiaters zien het gekrabbel van hun patiënten welwillend aan. Niet dat ze er ook maar de minste of geringste therapeutische waarde aan hechten; maar het is toch een bezigheid, denken ze, het is altijd beter dan je onderarmen met scheermesjes bewerken.

'Toch zijn er kleine gevaren op dat eiland,' vervolgde Bruno geëmotioneerd. 'Op een dag, bijvoorbeeld, waagt een van de hondjes zich te ver in zee. Gelukkig merkt zijn baasje dat hij in moeilijkheden verkeert, ze springt in een bootje, roeit uit alle macht naar hem toe en kan hem nog net opvissen. Het arme hondje heeft te veel water binnen gekregen, het is bewusteloos en alles duidt erop dat het dood zal gaan. Maar zijn baasje slaagt erin het beestje te reanimeren door middel van kunstmatige ademhaling en zo loopt het toch nog goed af, het hondje is weer vrolijk.' Hij zweeg abrupt. Hij zag er nu sereen uit, en bijna extatisch. Michel keek op zijn horloge en vervolgens om zich heen. Zijn moeder maakte geen enkel geluid meer. Het liep tegen de middag, de omgeving was uitzonderlijk rustig. Hij stond op en ging terug naar het hoofdvertrek. Grijze Hippie was verdwenen, met achterlating van zijn wortels. Hij schonk een biertje in en liep naar het raam. Het zicht reikte kilometers ver over de met sparren begroeide hellingen. Tussen de besneeuwde toppen was in de verte de blauwige schittering van een meer te onderscheiden. De lucht was zacht en vervuld van geuren; het was een heel mooie lenteochtend.

Hij stond daar al geruime tijd, het was moeilijk te zeggen hoe lang, en onthecht van zijn lichaam dreef zijn aandacht vredig tussen de toppen, toen hij plotseling tot de werkelijkheid werd teruggeroepen door iets wat hij in eerste instantie als gebrul interpreteerde. Hij had een paar seconden nodig om zijn auditieve percepties te ordenen en liep toen snel naar de slaapkamer. Nog altijd aan het voeteneinde van het bed gezeten zong Bruno uit volle borst Charles Aznavour* na:

Ils sont venus, ils sont tous là
Dès qu'ils ont entendu ce cri
Elle va mourir laâââaa Maâmmaââh...

Onberekenbaar; onberekenbaar, lichtzinnig en clownachtig, zo zijn mensen. Bruno stond op om het volgende couplet nog harder te zingen:

Ils sont venus, ils sont tous là
Même ceux du sud de l'Italie
Y a même Giorgio le fils maudit
Avec des présents pleins les braâââas...

In de stilte die op dat vocale machtsvertoon volgde, was duidelijk te horen hoe een vlieg door de lucht van de kamer vloog, om ten slotte neer te strijken op Janes gezicht. De tweevleugeligen worden gekenmerkt door de aanwezigheid van één enkel vleugelpaar bevestigd aan de tweede ring van het borststuk, een paar balanceerkolfjes (bedoeld voor stabilisatie tijdens het vliegen) bevestigd aan de derde ring van het borststuk, en een stekend of zuigend monddeel. Op het moment dat de vlieg zich op het oogoppervlak waagde, kreeg Michel een vermoeden. Hij liep naar Jane toe, maar raakte haar niet aan. 'Ik geloof dat ze dood is,' zei hij, nadat hij haar aan een kort onderzoek had onderworpen.

De dokter kon die diagnose moeiteloos bevestigen Hij werd

vergezeld door een gemeenteambtenaar, en daar begonnen de problemen. Waar wilden ze het lijk naartoe laten brengen? Een familiegraf misschien? Michel wist volstrekt niet wat hij ermee aan moest, hij voelde zich uitgeput en verward. Als ze familiebanden vol warmte en genegenheid hadden weten te ontwikkelen, zouden ze daar niet zo staan – onsterfelijk belachelijk voor de gemeenteambtenaar, die overigens heel correct bleef. Bruno stelde absoluut geen belang meer in de situatie, hij zat een beetje afzijdig en was een spelletje Tetris begonnen op zijn draagbare spelcomputer. 'Goed...' hernam de ambtenaar, 'we kunnen u een graf op de begraafplaats van Saorge voorstellen. Het is een beetje ver weg als u een bezoek wilt brengen voor een moment van bezinning, vooral wanneer u niet uit de streek afkomstig bent; maar voor het transport is het uiteraard het meest praktische. De begrafenis zou vanmiddag al kunnen plaatsvinden, het is op dit ogenblik niet bijzonder druk. Ik neem aan dat de overlijdensakte geen problemen zal opleveren...' – 'Geen enkel probleem!' riep de dokter een tikkeltje overdreven hartelijk. 'Ik heb de formulieren bij me...' Met een opgeruimde glimlach zwaaide hij met een klein stapeltje papieren. 'Shit, ik ben er geweest...' zei Bruno halfluid. Inderdaad liet zijn computer een vrolijk muziekje horen. 'Dus u kunt zich ook vinden in de teraardebestelling, meneer Clément?' vroeg de ambtenaar met geforceerde stem. – 'Absoluut niet!' Bruno sprong met een ruk overeind. 'Mijn moeder wilde gecremeerd worden, daar hechtte ze heel veel belang aan!' Het gezicht van de ambtenaar betrok. De gemeente Saorge was niet toegerust voor een crematie. Daarvoor was een heel specifieke installatie nodig, die niet gerechtvaardigd was gezien de omvang van de vraag. Nee, echt, dat ging heel moeilijk. 'Het is mijn moeders laatste wil...' zei Bruno gewichtig. Er viel een stilte. De gemeenteambtenaar dacht koortsachtig na. 'Er is wel een crematorium in Nice...' zei hij aarzelend. 'We zouden een retourtransport kunnen overwegen, als u zich nog altijd kunt vinden in een teraardebestelling hier in de gemeente. Natuurlijk zouden de kosten voor uw rekening komen...' Niemand antwoordde. 'Ik zal eens opbellen...' vervolgde hij, 'we moeten eerst weten wanneer er ruimte is voor een crematie.' Hij raadpleegde zijn agenda, haalde een draagbare telefoon te voorschijn en begon het nummer in te toetsen, maar toen onderbrak Bruno hem opnieuw. 'Laat maar zitten...' zei hij met een joviaal gebaar. 'We begraven haar hier. Haar laatste wil, daar hebben we lak aan. – Jij betaalt!' vervolgde hij op bevelende toon tegen Michel. Zonder in discussie te gaan haalde die zijn chequeboekje te voorschijn en vroeg hoeveel het grafrecht bedroeg voor een periode van dertig jaar. 'Dat is een goede keuze,' bevestigde de gemeenteambtenaar. 'Met dertig jaar heb je alle tijd.'

De begraafplaats lag ongeveer honderd meter boven het dorp. Twee mannen in overalls droegen de kist. Ze hadden het standaardmodel van blank grenen gekozen, dat opgeslagen lag in een ruimte van de gemeente; het begrafeniswezen leek in Saorge opmerkelijk goed georganiseerd. De middag liep ten einde, maar de zon was nog warm. Bruno en Michel liepen zij aan zij, twee passen achter de mannen. Grijze Hippie vergezelde hen, hij had erop gestaan Jane naar haar laatste rustplaats te begeleiden. Het pad was dor en bezaaid met keien, en dat alles moest een betekenis hebben. Een roofvogel – waarschijnlijk een buizerd – zweefde langzaam halfhoog in de lucht. 'Het stikt er vast van de slangen...' leidde Bruno eruit af. Hij raapte een witte, scherpe steen op. Alsof hij de juistheid van Bruno's woorden wilde bevestigen, verscheen er vlak voordat ze naar het kerkhof afbogen een adder tussen twee struiken die langs de ommuring groeiden; Bruno mikte en gooide uit alle macht. De steen barstte kapot op de muur en miste de kop van het reptiel maar net.

'Slangen hebben hun plaats in de natuur...' merkte Grijze Hippie op met iets van strengheid in zijn stem.

'De natuur, daar heb ik schijt aan, kerel! Die kan van mij het pokkelazerus krijgen!' Bruno was opnieuw buiten zichzelf van woede. 'Teringnatuur... natuur amme reet!' foeterde hij nog een paar minuten lang in zichzelf. Niettemin gedroeg hij zich correct toen de kist werd neergelaten, hij beperkte zich tot klokkende geluiden en hoofdknikjes, alsof de gebeurtenis hem op allerlei geheel nieuwe inzichten bracht, die echter nog te vaag waren om expliciet te worden verwoord. Na de ceremonie gaf Michel de twee mannen een flinke fooi – hij nam aan dat dat de gewoonte was. Hij had nog een kwartier om de trein te halen; Bruno besloot tegelijkertijd te vertrekken.

Ze namen afscheid op het perron van het station van Nice. Ze wisten het nog niet, maar ze zouden elkaar nooit meer terugzien.

'Gaat het daar een beetje, in die kliniek?' vroeg Michel.

'Ja ja, kalmpjes op z'n dooie akkertje 'k heb m'n lithium.' Bruno glimlachte listig. 'Ik ga niet meteen naar de kliniek, ik hoef morgen pas terug te zijn. Ik ga naar een hoerentent, die zijn er volop in Nice.' Hij fronste zijn voorhoofd, zijn gezicht betrok. 'Met dat lithium krijg ik hem niet meer omhoog, maar dat geeft niet, ik heb er toch zin in.'

Michel knikte verstrooid en stapte in de wagon. Hij had een couchette gereserveerd.

Derde deel

Emotionele oneindigheid

I

Terug in Parijs trof hij een brief van Desplechin aan. Volgens artikel 66 van het interne reglement van het CNRS moest hij twee maanden voor het verlopen van zijn sabbatical een aanvraag tot herintrede of verlenging van zijn verlof doen. De brief was beleefd en doorspekt met humor, Desplechin dreef de spot met de ambtelijke regeltjes; niettemin was de termijn al drie weken verstreken. In diepe onzekerheid gedompeld legde hij de brief op zijn bureau. Een jaar lang was hij vrij geweest zijn eigen onderzoeksterrein te bepalen. Wat had dat hem opgeleverd? Op de keper beschouwd vrijwel niets. Hij deed zijn computer aan en constateerde vol walging dat er tachtig nieuwe berichten in zijn *mailbox* stonden; toch was hij maar twee dagen weg geweest. Een van de mededelingen kwam van het Instituut voor Moleculaire Biologie in Palaiseau. De vrouwelijke collega die hem verving had een onderzoeksprogramma opgestart dat zich richtte op het mitochondriale DNA. In tegenstelling tot het DNA van de nucleus leek dat niet te beschikken over mechanismen die de genetische code konden herstellen wanneer die was beschadigd door vrije radicalen; dat was niet echt een verrassing. De universiteit van Ohio was verantwoordelijk voor een interessantere mededeling: op grond van onderzoek aan *Saccharomyces* hadden ze aangetoond dat variëteiten die zich langs de geslachtelijke weg voortplantten minder snel evolueerden dan variëteiten die zich voortplantten door middel van kloning; toevallige mutaties leken in dat geval dus doeltreffender dan natuurlijke selectie. De opzet van het experiment was vermakelijk, en het weersprak duidelijk de klassieke hypothese die de geslachtelijke voortplanting als stuwende kracht van de evolutie beschouwde; maar meer dan anekdotische waarde had het niet. Zodra de genetische code helemaal zou zijn ontcijferd (en dat was nog slechts een kwestie van maanden) zou de mensheid zijn eigen biologische evolutie kunnen beheersen. Dan zou de seksualiteit zich in haar ware gedaante vertonen: als een nutteloze, gevaarlijke en regressieve functie. Maar ook al zou men erin slagen mutaties te ontdekken zodra ze zich voordeden, of zelfs een schatting van de mogelijke nadelige gevolgen te maken, dan nog zou niets vooralsnog het minste of geringste licht werpen op de condities waaronder ze optraden. Er was dus niets op grond waarvan er een welomschreven, bruikbare betekenis aan kon worden toegekend – dát was overduidelijk de richting die het onderzoek in diende te gaan.

Zonder de ordners en de boeken waarmee zijn boekenrekken altijd vol stonden leek Desplechins kantoor enorm groot. 'Tja...' zei hij met een discreet glimlachje. 'Ik ga aan het eind van deze maand met pensioen.' Djerzinski's mond viel open van verbazing. Je gaat jarenlang met mensen om, soms decennialang, en leert beetje bij beetje de persoonlijke vragen en werkelijk belangrijke onderwerpen vermijden. Maar je blijft de hoop koesteren dat je later, in gunstiger omstandigheden, juist die onderwerpen, die vragen aan de orde zult kunnen stellen; het eindeloos naar voren geschoven vooruitzicht van een menselijkere, completere omgang vervaagt nooit helemaal, eenvoudigweg omdat dat onmogelijk is, omdat geen enkele menselijke relatie genoegen neemt met een kader dat altijd even nauw en verstard zal blijven. Het vooruitzicht van een 'authentieke, diepe' relatie blijft dus altijd bestaan; het blijft jarenlang, soms decennialang bestaan, totdat een plotselinge, onherroepelijke gebeurtenis (doorgaans in de orde van grootte van het overlijden) je voor eens en altijd doet beseffen dat het te laat is, dat die 'authentieke, diepe' relatie waarvan je het beeld hebt gekoesterd er niet zal komen, ook deze niet, net zomin als alle andere. In vijftien jaar beroepsleven was Desplechin de enige persoon geweest met wie hij graag een band zou hebben aangeknoopt die verder ging dan het zuiver utilitaire en oneindig vervelende toevalscontact dat het natuurlijke klimaat van het kantoorleven vormt. Welnu, dat was mislukt. Hij wierp een verbijsterde blik op de dozen met boeken die op de vloer van het kantoor opgestapeld stonden. 'Ik geloof dat we beter ergens een glaasje kunnen gaan drinken...' stelde Desplechin voor, adequaat de stemming van het moment samenvattend.

Ze liepen langs het Musée d'Orsay en gingen aan een tafeltje zitten op het terras van de *Dix-Neuvième Siècle*. Aan het tafeltje naast hen zat een half dozijn Italiaanse toeristen levendig te kakelen, als onschuldig pluimvee. Djerzinski bestelde een biertje, Desplechin een whisky zonder ijs.

'Wat gaat u nu doen?'

'Ik weet het niet...' Desplechin leek het werkelijk niet te weten. 'Reizen... Een beetje sekstoerisme misschien.' Hij glimlachte. Zijn gezicht had als hij glimlachte nog altijd veel charme; ontgoochelde charme, dat wel, het was duidelijk dat je te maken had met een gebroken man, maar niettemin echte charme. 'Ik maak maar een grapje... Om eerlijk te zijn interesseert dat me totaal niet meer. Kennis, ja... Ik heb nog steeds een verlangen naar kennis. Iets heel vreemds is dat, verlangen naar kennis. Heel weinig mensen hebben het, weet u, zelfs onder onderzoekers. De meesten nemen er genoegen mee carrière te maken, ze richten zich algauw op het bestuurlijke werk; toch is het vreselijk belangrijk in de geschiedenis van de mensheid. Je zou een verhaal kunnen verzinnen waarin een heel kleine groep mensen – maximaal een paar honderd personen verspreid over het gehele aardoppervlak – heel verbeten aan iets heel moeilijks, heel abstracts werkt, dat voor niet-ingewijden volstrekt onbegrijpelijk is. De rest van de bevolking zal die mensen nooit kennen. Zijzelf kennen geen macht, geen rijkdom en geen roem. Niemand is zelfs ook maar in staat het genoegen te begrijpen dat hun marginale bezigheid hun verschaft. Toch vormen zij de belangrijkste machtsfactor op aarde, en wel om een heel eenvoudige, onbenullige reden: ze hebben de sleutels van de rationele zekerheid in hun bezit. Alles waarvan zij aangeven dat het waar is, wordt vroeg of laat als zodanig erkend door de gehele bevolking. Geen enkele economische, politieke, sociale of religieuze macht is opgewassen tegen het vanzelfsprekende karakter van de rationele zekerheid. Je kunt zeggen dat het Westen een buitensporige belangstelling voor filosofie en politiek heeft gehad, dat het volstrekt irrationele oorlogen heeft gevoerd om filosofische en politieke kwesties. Je kunt ook zeggen dat het Westen altijd hartstochtelijk van literatuur en kunst heeft gehouden. Maar in werkelijkheid zal niets in de geschiedenis ervan zoveel gewicht in de schaal blijken te hebben gelegd als de behoefte aan rationele zekerheid. Aan die behoefte aan rationele zekerheid zal het Westen uiteindelijk alles hebben opgeofferd: zijn godsdienst, zijn geluk, zijn hoop, en ten slotte ook zijn leven. Dat is iets wat niet uit het oog mag worden verloren wanneer de tijd gekomen is om een totaaloordeel over de westerse beschaving uit te spreken.' Hij zweeg peinzend. Zijn blik dwaalde een moment tussen de tafels en richtte zich toen weer op zijn glas.

'Ik herinner me een jongen die ik heb leren kennen in de zesde klas, toen ik zestien was. Hij was een heel gecompliceerde, heel gekwelde persoon. Hij kwam uit een rijke, nogal traditionele familie, en hing de waarden van dat milieu ook aan. Op een keer zei hij tijdens een discussie tegen me: "Beslissend voor de waarde van een godsdienst is de kwaliteit van de moraal die je erop kunt baseren." Ik kon van verbazing en bewondering geen woord uitbrengen. Ik ben er nooit achter gekomen of hij zelfstandig die conclusie had bereikt of dat het een stelling was die hij in een boek had gelezen; in ieder geval was ik heel erg onder de indruk van die zin. Ik denk er nu al veertig jaar over na; tegenwoordig ben ik van mening dat hij ongelijk had. Mij lijkt het onmogelijk, als je het over godsdienst hebt, je uitsluitend op een moreel standpunt te plaatsen. Toch heeft Kant gelijk als hij beweert dat de Verlosser van de mensheid zelf ook moet worden beoordeeld volgens de universele maatstaven van de ethiek. Maar na lang nadenken ben ik tot de conclusie gekomen dat godsdiensten in de eerste plaats pogingen zijn de wereld te verklaren, en geen enkele poging de wereld te verklaren houdt stand als ze in conflict komt met onze behoefte aan rationele zekerheid. Wiskundig bewijs en experimenteel onderzoek zijn blijvende verworvenheden van het menselijk bewustzijn. Ik weet best dat de feiten me ongelijk lijken te geven, ik weet best dat de islam – van alle godsdiensten verreweg de domste, de meest leugenachtige en de meest obscurantistische – tegenwoordig terrein lijkt te winnen, maar dat is slechts een oppervlakkig verschijnsel van voorbijgaande aard: op de lange duur is de islam ten dode opgeschreven, meer nog dan het christendom.'

Djerzinski keek op; hij had heel aandachtig geluisterd. Hij had nooit gedacht dat Desplechin ontvankelijk was voor dat soort vragen. De ander aarzelde en vervolgde toen: 'Ik heb Philippe na het eindexamen uit het oog verloren, maar ik heb gehoord dat hij een paar jaar later zelfmoord heeft gepleegd. Afijn, ik denk niet dat er een verband is: tegelijk homoseksueel, orthodox katholiek en koningsgezind zijn, dat moet toch geen makkelijke combinatie wezen.'

Eigenlijk was Djerzinski zelf, zo besefte hij op dat moment, nooit werkelijk door religieuze vragen overvallen. Toch wist hij, heel lang al, dat de materialistische metafysica die de geloofsovertuigingen van de voorafgaande eeuwen met de grond gelijk had gemaakt nu zelf was vernietigd door de recentere ontwikkelingen in de natuurkunde. Het was toch uiterst merkwaardig dat geen van de natuurkundigen die hij in zijn leven had leren kennen er ooit ook maar iets van een twijfel of een spiritueel angstgevoel aan had overgehouden.

'Als ik voor mezelf mag spreken,' zei hij op hetzelfde moment dat hij zich er bewust van werd, 'dan lijkt me dat ik me te houden had aan het pragmatische, basale positivisme dat in de wetenschappelijke gemeenschap gebruikelijk is. De feiten bestaan, ze zijn door wetten met elkaar verbonden, het begrip oorzaak is niet wetenschappelijk. De wereld is gelijk aan de som van alle kennis die we erover hebben.'

'Ik ben geen onderzoeker meer...' antwoordde Desplechin met een ontwapenende eenvoud. 'Dat is waarschijnlijk de reden dat ik me nu, op deze leeftijd, ineens door metafysische vragen laat overrompelen. Maar natuurlijk hebt u gelijk. We moeten doorgaan met zoeken, experimenteren, nieuwe wetten ontdekken, de rest is totaal onbelangrijk. Denk maar eens aan Pascal: "*In het algemeen moet men zeggen: het gebeurt door vorm en beweging, want dat is waar. Maar te zeggen welke, en de machine in elkaar te zetten, dat is belachelijk; want het is nutteloos, en onzeker, en zwaar.*" Natuurlijk is hij eens temeer degene die gelijk heeft, en niet Descartes. Maar nu ik eraan denk... hebt u besloten wat u gaat doen? Ik vraag het vanwege...' (hij maakte een verontschuldigend gebaar) '...die kwestie met die termijnen.'

'Ja. Ik zou aangesteld willen worden in het Centrum voor Genetisch Onderzoek van Galway, in Ierland. Ik wil snel eenvoudige proefopstellingen kunnen maken, onder nauwkeurig genoeg te beheersen temperatuurs- en drukomstandigheden, met een ruime keuze aan radioactieve merkstoffen. Ik heb vooral veel rekenvermogen nodig – ik meen me te herinneren dat ze twee parallel geschakelde Crays hebben.'

'Wilt u een nieuwe richting in gaan met uw onderzoek?' Desplechins stem verried een lichte opwinding; hij merkte het zelf, en opnieuw verscheen zijn discrete glimlachje, waaruit iets van zelfspot leek te spreken. 'Verlangen naar kennis...' zei hij zacht.

'De fout die we maken is volgens mij dat we alleen willen

werken met natuurlijk DNA. Het DNA is een complexe molecuul waarvan de ontwikkeling min of meer toevallig is geweest: er zijn ongerechtvaardigde redundanties, lange niet-coderende sequenties, nou ja, zo'n beetje van alles wat. Als we werkelijk de algemene condities willen testen waaronder mutaties optreden, moeten we uitgaan van eenvoudigere, zelfreproducerende moleculen met maximaal een paar honderd koppelingen.'

Desplechin knikte, zijn ogen schitterden, hij deed geen moeite meer zijn opwinding te verbergen. De Italiaanse toeristen waren nu verdwenen. Op hen tweeën na was het café verlaten.

'Het zal zeker heel lang duren,' vervolgde Michel, 'er is niets dat mutabele configuraties a priori onderscheidt. Maar er moeten structurele stabiliteitscondities op subatomair niveau zijn. Als je erin slaagt een stabiele configuratie te berekenen, al is het maar op een paar honderd atomen, is het alleen nog maar een kwestie van rekenkracht... Nou ja, ik loop misschien wat te hard van stapel.'

'Dat weet ik nog zo net niet...' Desplechin had nu de trage, dromerige stem van een man die oneindig verre verschieten en spookachtige, onbekende verschijningen voor zijn geestesoog ontwaart.

'Ik moet volstrekt onafhankelijk kunnen werken, buiten de hiërarchie van het centrum om. Sommige dingen zijn puur giswerk: te omslachtig, te moeilijk uit te leggen.'

'Natuurlijk. Ik zal Walcott schrijven, de directeur van het centrum. Dat is een goeie vent, die zal u met rust laten. Overigens, u hebt toch al eens met hen samengewerkt, meen ik? Iets met koeien...'

'Iets heel onbenulligs, ja.'

'Wees gerust. Ik ga dan wel met pensioen...' (dit keer had zijn glimlach iets verbitterds) '...maar ik heb nog altijd de macht om dat te regelen. Ambtelijk gesproken zult u tijdelijk worden overgeplaatst – met een jaarlijkse mogelijkheid tot verlenging, zo lang u maar wilt. Wie mijn opvolger ook moge worden, het is uitgesloten dat die op de maatregel zal terugkomen.'

Ongeveer ter hoogte van de Pont Royal namen ze afscheid. Desplechin reikte hem de hand. Hij had geen zoon, dat hadden zijn seksuele voorkeuren hem verhinderd, en de gedachte van een nephuwelijk had hij altijd belachelijk gevonden. Een paar seconden lang, terwijl hij de ander de hand schudde, dacht hij bij zichzelf dat hij op dat moment iets van een hogere orde meemaakte; toen dacht hij bij zichzelf dat hij vreselijk moe was; toen draaide hij zich om en liep weg over de kade, langs de stalletjes met tweedehands boeken. Een paar minuten lang bleef Djerzinski staan kijken naar die man die zich verwijderde in het afnemende licht.

2

De volgende avond at hij bij Annabelle en legde haar heel duidelijk, op een overzichtelijke, nauwkeurige manier uit waarom hij naar Ierland moest. Voor hém lag het programma dat moest worden uitgevoerd vast, alles vloeide logisch uit elkaar voort. Het belangrijkste was dat hij zich niet moest blindstaren op het DNA maar het levende wezen in zijn algemeenheid moest beschouwen als een zelfreproducerend systeem.

Aanvankelijk antwoordde Annabelle niets. Ze kon een lichte grimas niet onderdrukken. Vervolgens schonk ze zich nog wat wijn in. Ze had die avond vis klaargemaakt, en haar kleine eenkamerappartement deed meer dan ooit aan een scheepshut denken.

'Je hebt niets geregeld om mij mee te nemen.' Haar woorden weergalmden in de stilte; de stilte hield aan. 'Je hebt er niet eens aan gedacht...' zei ze met een mengeling van kinderlijke gekrenktheid en verbazing; toen barstte ze in snikken uit. Hij verroerde geen vin. Als hij dat op dat moment had gedaan, zou ze hem zeker van zich af hebben geduwd; je moet mensen laten huilen, dat is het enige wat je kunt doen. 'En we begrepen elkaar zo goed toen we twaalf waren...' zei ze tussen haar tranen door.

Vervolgens keek ze naar hem op. Haar gezicht was zuiver en van een uitzonderlijke schoonheid. Ze sprak zonder na te denken: 'Maak een kind bij me. Ik heb iemand nodig in mijn buurt. Je hoeft het niet per se op te voeden of ervoor te zorgen, je hoeft het ook niet te erkennen. Ik vraag je zelfs niet ervan te houden, en ook niet om van mij te houden; maar maak een kind bij me, meer niet. Ik weet dat ik al veertig ben – pech gehad, dat risico neem ik. Het is nu mijn laatste kans. Soms heb ik er spijt van dat ik me heb laten aborteren. Toch was de eerste man van wie ik zwanger ben geweest een zwijn en de tweede een losbol. Toen ik zeventien was, had ik nooit gedacht dat het leven zo beperkt is, dat de mogelijkheden zo kort duren.'

Michel stak een sigaret op om na te denken. 'Het is een gek idee...' zei hij binnensmonds. 'Een gek idee, om je voort te planten als je niet van het leven houdt.' Annabelle stond op en trok stuk voor stuk al haar kleren uit. 'Laten we in ieder geval met elkaar naar bed gaan,' zei ze. 'Dat hebben we al minstens een maand niet gedaan. Ik ben twee weken geleden met de pil gestopt. Nu zit ik in een vruchtbare periode.' Ze legde haar handen op haar buik, liet ze omhoogglijden tot aan haar borsten, spreidde haar benen een beetje. Ze was mooi, begerenswaardig en aanhankelijk. Waarom voelde hij niets? Dat was onverklaarbaar. Hij stak nog een sigaret op en besefte toen plotseling dat nadenken geen zin had. Je maakt een kind of je doet het niet; dat is geen rationele beslissing, het valt niet onder de beslissingen die een mens rationeel kan nemen. Hij drukte zijn peuk uit in de asbak en mompelde: 'Ik doe het.'

Annabelle hielp hem zijn kleren uit te trekken en masturbeerde hem zachtjes, zodat hij in haar kon komen. Hij voelde niet veel, behalve de zachtheid en de warmte van haar vagina. Hij stopte algauw met bewegen, bevangen door de geometrische vanzelfsprekendheid van de paringsdaad, verwonderd ook over de soepelheid en de volheid van de slijmvliezen. Annabelle plaatste haar mond op de zijne, sloeg haar armen om hem heen. Hij sloot zijn ogen, werd duidelijker het bestaan van zijn eigen geslachtsdeel gewaar, begon weer op en neer te bewegen. Vlak voordat hij zijn zaad loosde doemde het – extreem duidelijke – beeld van de versmeltende gameten voor hem op, met meteen daarna de eerste celdelingen. Het was als een vlucht naar voren, een kleine zelfmoord. Een golf van bewustzijn klom langs zijn geslacht omhoog, hij voelde zijn sperma uit hem weggeslingerd worden. Annabelle voelde het ook, ze slaakte een lange zucht. Toen bleven ze roerloos liggen.

'U had een maand geleden een afspraak moeten maken voor een uitstrijkje...' zei de gynaecoloog met vermoeide stem. 'In plaats daarvan stopt u zonder mij te waarschuwen met de pil en stort u zich halsoverkop in een zwangerschap. U bent toch zeker geen meisje meer!...' De lucht in de praktijk was koel en een beetje klam. Toen Annabelle het gebouw verliet was ze verbaasd de junizon weer aan te treffen.

Ze belde de volgende dag op. Het celonderzoek gaf 'vrij ernstige' afwijkingen aan, er moesten een biopsie en een curettage van het baarmoederslijmvlies worden verricht. 'Wat die zwangerschap betreft, daar kunt u voorlopig uiteraard beter van afzien. Het is beter met een gezonde basis te beginnen, nietwaar?...' Hij leek niet ongerust, alleen een beetje ontstemd.

Annabelle onderging dus haar derde abortus – de foetus was maar twee weken oud, een snelle vacuümaspiratie volstond. Het instrumentarium was veel geavanceerder geworden sinds haar laatste ingreep, en tot haar grote verbazing was alles in minder dan tien minuten gebeurd. De uitslag van de analyse volgde drie dagen later. 'Tja...' De dokter zag er vreselijk oud, kundig en bedroefd uit. 'Ik denk helaas dat er geen twijfel mogelijk is: u hebt baarmoederhalskanker, in een pre-explosief stadium.' Hij zette zijn bril recht op zijn neus en bestudeerde de papieren opnieuw; de algemene indruk van kundigheid werd er nog aanzienlijk door versterkt. Hij was niet echt verbaasd: in de jaren voorafgaand aan de menopauze worden vrouwen vaak door baarmoederhalskanker getroffen, en de risicofactor is nog hoger als ze geen kinderen hebben gekregen. De behandelingswijze was bekend, op dat punt had hij niet de minste twijfel. 'Er moeten een abdominale hysterectomie en een bilaterale salpingo-ovariëctomie worden verricht. Dat zijn operatieve ingrepen die we nu goed beheersen, het risico op complicaties is vrijwel nihil.' Hij wierp een blik op Annabelle. Vervelend, ze reageerde niet, ze bleef volkomen verbijsterd zitten; waarschijnlijk was dat de voorbode van een inzinking. Algemeen werd artsen aangeraden de patiënte een ondersteunende therapie te adviseren – hij had van tevoren een adressenlijstje opgesteld – en vooral de nadruk te leggen op een *sterke gedachte*: het einde van de vruchtbaarheid betekende absoluut niet het einde van het seksleven; integendeel, er waren ook patiëntes wier begeerten er aanzienlijk door toenamen.

'Dus mijn baarmoeder wordt weggehaald...' zei ze ongelovig.

'De baarmoeder, de eierstokken en de trompetten van Fallopius; het is beter elk uitzaaiingsrisico te vermijden. Ik zal u een vervangende hormoonbehandeling voorschrijven – die wordt overigens steeds vaker voorgeschreven, ook in gevallen van eenvoudige menopauze.'

Ze ging terug naar haar ouderlijk huis in Crécy-en-Brie. De operatie was vastgesteld op 17 juli. Michel vergezelde haar samen met haar moeder naar het ziekenhuis van Meaux. Ze was niet bang. De chirurgische ingreep duurde iets langer dan twee uur. Annabelle werd de volgende ochtend wakker. Door haar raam zag ze de blauwe hemel, de lichte beweging van de wind in de bomen. Ze voelde bijna niets. Ze wilde graag het litteken in haar onderbuik zien, maar durfde het niet aan de verpleegster te vragen. Het was vreemd te bedenken dat ze nog altijd dezelfde vrouw was, maar dat haar voortplantingsorganen haar waren ontnomen. Het woord 'ablatie' dwarrelde een tijdje door haar geest en maakte vervolgens plaats voor een harder beeld. 'Ze hebben me schoongemaakt,' dacht ze, 'ze hebben me schoongemaakt als een kip.'

Een week later kwam ze uit het ziekenhuis. Michel had Walcott geschreven dat hij zijn vertrek moest uitstellen; na enig talmen stemde hij ermee in bij haar te komen wonen, in de vroegere kamer van haar broer. Annabelle merkte dat haar moeder en hij tijdens haar ziekenhuisopname sympathie voor elkaar hadden opgevat. Ook haar oudste broer kwam met meer plezier langs sinds Michel er was. Ze hadden elkaar in feite weinig te vertellen: Michel wist niets van de problemen van het kleinbedrijf en Jean-Pierre was volstrekt onbekend met de vragen die de vooruitgang van het moleculair-biologisch onderzoek opriep; toch ontstond er uiteindelijk een – deels fictieve – mannelijke verstandhouding rond het avondaperitief. Ze moest rust houden, en vooral vermijden zware voorwerpen te tillen. Maar ze kon zich nu zelfstandig wassen en normaal eten. 's Middags zat ze in de tuin; Michel en haar moeder plukten aardbeien, of mirabellen. Het was net alsof ze op een vreemde manier vakantie hadden, of naar hun kindertijd waren teruggekeerd. Ze voelde de zon over haar gezicht en haar armen strijken. Meestal deed ze niets; soms borduurde ze wat, of ze maakte knuffelbeestjes voor haar neefje en nichtjes. Een psychiater in Meaux had haar slaaptabletten en een vrij sterke dosis tranquillizers voorgeschreven. Ze sliep sowieso veel, en haar dromen waren zonder uitzondering gelukkig en vredig – de macht van de geest is grenzeloos, zolang hij maar op zijn eigen terrein blijft. Michel lag naast haar in bed. Hij legde een hand boven haar middel en voelde haar ribben regelmatig op en neer gaan. De psychiater kwam geregeld op huisbezoek, maakte zich ongerust, mompelde, had het over 'verlies van realiteitsbinding'. Ze was heel zachtmoedig geworden, een beetje eigenaardig, en lachte vaak zonder reden; soms ook vulden haar ogen zich ineens met tranen. Dan nam ze nog maar een extra Tercian.

Vanaf de derde week mocht ze naar buiten, korte wandelingen langs de rivier of in de omringende bossen maken. Het was een uitzonderlijk mooie augustusmaand; identiek en stralend volgden de dagen elkaar op zonder de minste of geringste onweersdreiging, en zonder dat er ook maar iets was wat op een einde zou kunnen duiden. Michel hield haar hand vast. Vaak gingen ze op een bank aan de oever van de Grand Morin zitten. Langs de waterkant was het gras verkoold, bijna wit; in de beschutting van de beuken liet de rivier eindeloos haar vloeibare, donkergroene golvingen rollen. De buitenwereld had zijn eigen wetten, en die wetten waren niet menselijk.

3

Op 25 augustus bracht een controleonderzoek metastasen in de buikstreek aan het licht. In normale omstandigheden zouden die zich blijven uitbreiden, en de kanker zou zich over het hele lichaam uitzaaien. Ze konden een radiotherapie proberen, in feite was dat zelfs het enige wat ze konden doen; maar, en het zou onjuist zijn dat te verhelen, het betrof een zware behandeling, en de genezingskans kwam niet boven de vijftig procent uit.

Tijdens de maaltijd werd er zeer weinig gezegd. 'Ze gaan je beter maken, schatje...' zei Annabelles moeder met enigszins trillende stem. Ze legde haar hand in haar moeders nek, hun voorhoofden drukten tegen elkaar; zo bleven ze ongeveer een minuut lang staan. Nadat haar moeder naar bed was gegaan, bleef zij nog in de woonkamer hangen en in wat boeken bladeren. Michel zat in een leunstoel en volgde haar met zijn ogen. 'We zouden nog een andere dokter kunnen raadplegen...' zei hij na een lange stilte. 'Ja, dat zou kunnen,' antwoordde ze luchtig.

Ze kon niet vrijen, daarvoor was het litteken te recent en te pijnlijk; maar ze drukte hem lange tijd in haar armen. In de stilte hoorde ze zijn tanden knarsen. Op zeker moment, toen ze met haar hand over zijn gezicht ging, merkte ze dat het nat was van de tranen. Ze streelde zachtjes over zijn geslacht, het was tegelijk opwindend en rustgevend. Hij nam twee Meproni-zine-tabletten en viel ten langen leste in slaap.

Tegen drie uur 's ochtends stond ze op, schoot een kamerjas aan en liep de trap af naar de keuken. Na enig zoeken in de keukenkast vond ze een kom met haar voornaam erin gegraveerd, die haar peetmoeder haar had gegeven toen ze tien werd. In de kom stampte ze zorgvuldig de inhoud van haar buisje Rohypnol fijn en voegde wat water en suiker toe. Ze voelde niets, alleen een bedroefdheid van zeer algemene aard, bijna metafysisch. Zo zat het leven in elkaar, dacht ze. Er was een richtingverandering opgetreden in haar lichaam, een onvoorspelbare, ongerechtvaardigde richtingverandering; en nu kon haar lichaam geen bron van geluk en vreugde meer zijn. Integendeel, zowel voor haarzelf als voor de anderen zou het geleidelijk aan, maar in feite vrij snel, een bron van overlast en ellende worden. Daarom moest haar lichaam worden vernietigd. Een massief ogende houten klok tikte luidruchtig de seconden weg; haar moeder had hem van haar grootmoeder, ze had hem gekregen bij haar huwelijk, het was het oudste meubel in huis. Ze deed nog wat suiker in de kom. Met berusting had haar houding weinig te maken, het leven kwam haar voor als een slechte grap, een ontoelaatbare grap; maar ontoelaatbaar of niet, het was toch zo. In de paar weken van haar ziekte was ze met een verbazingwekkende snelheid uitgekomen bij het gevoel dat zo vaak voorkomt bij oude mensen: ze wilde de anderen niet meer tot last zijn. Tegen het eind van haar puberteit was haar leven in een stroomversnelling gekomen. Daarna was er een lange periode van verveling geweest. Nu, op het einde, begon alles weer heel snel te gaan.

Vlak voor het licht werd draaide Michel zich om in bed en merkte dat Annabelle weg was. Hij kleedde zich aan en ging naar beneden – haar roerloze lichaam lag op de bank in de woonkamer. Vlak bij haar, op tafel, had ze een brief achtergelaten. De eerste zin luidde: 'Ik ga liever dood tussen de mensen van wie ik houd.'

Het hoofd van de eerstehulpdienst van het ziekenhuis in Meaux was een man van een jaar of dertig met krullend bruin haar en een open gezicht. Hij maakte direct een zeer goede indruk op hen. De kans was klein dat ze weer zou bijkomen, zei hij, ze mochten bij haar blijven, persoonlijk zag hij daar geen bezwaar in. Het coma was een vreemde toestand waar weinig over bekend was. Het was vrijwel zeker dat Annabelle niets van hun aanwezigheid merkte, maar toch bleef er in haar hersenen een zwakke elektrische activiteit bestaan; die moest overeenkomen met een zekere geestelijke activiteit, waarvan de aard een volstrekt raadsel bleef. De medische prognose zelf bood ook geen enkele zekerheid: ze hadden gevallen gezien waarin een zieke die al weken- of zelfs maandenlang in een diep coma verkeerde, ineens weer tot leven kwam. Maar meestal sloeg de comateuze toestand helaas al even plotseling de richting van de dood in. Ze was nog maar veertig, je kon er in ieder geval zeker van zijn dat haar hart het zou houden; dat was vooralsnog het enige wat ze konden zeggen.

De dag brak aan boven de stad. Annabelles broer zat naast Michel en schudde mompelend zijn hoofd. 'Het kan gewoon niet... Het kan gewoon niet...' herhaalde hij voortdurend, alsof die woorden iets aan de situatie konden veranderen. Maar het kon wél. Alles kan. Er liep een verpleegster voor hen langs, een metalen wagentje met rinkelende flesjes serum voor zich uit duwend.

Het zou een mooie dag worden, net zo mooi als de voorafgaande dagen. Annabelles moeder hees zich met moeite overeind. 'Ik kan beter wat gaan rusten...' zei ze, vechtend tegen haar trillende stem. Met hangende armen stond ook haar zoon op en volgde haar als een automaat. Michel beduidde met een hoofdgebaar dat hij niet meeging. Hij voelde geen spoor van vermoeidheid. De daaropvolgende minuten voelde hij vooral de vreemde aanwezigheid van de waarneembare wereld. Hij zat alleen in een zonovergoten gang op een stoel van gevlochten plastic. Die vleugel van het ziekenhuis was uitzonderlijk rustig. Af en toe ging er in de verte een deur open, een verpleegster kwam naar buiten en liep naar een andere gang. De stadsgeluiden van een paar verdiepingen lager waren heel gedempt. In een toestand van totale geestelijke onthechting liet hij de aaneenschakeling van de omstandigheden, de stadia van het mechanisme dat hun leven had geruïneerd, de revue passeren. Alles leek onherroepelijk, glashelder en onweerlegbaar. Alles leek vast te liggen in de roerloze vanzelfsprekendheid van een beperkt verleden. Het was tegenwoordig niet erg waarschijnlijk dat een meisje van zeventien blijk kon geven van een dergelijke naïviteit; en het was tegenwoordig vooral niet erg waarschijnlijk dat een meisje van zeventien een dergelijk belang aan de liefde hechtte. Er waren vijfentwintig jaar voorbijgegaan sinds de puberteit van Annabelle, en in die tijd was er veel veranderd, als hij de opiniepeilingen en de tijdschriften mocht geloven. De meisjes van tegenwoordig waren bedachtzamer en verstandiger. Ze maakten zich vooral druk om hun schoolresultaten, probeerden zich vooral te verzekeren van een toekomst met een fatsoenlijke baan. Jongens waren voor hen niet meer dan een ontspanning, een verzetje waarin seksueel genot en narcistische bevrediging allebei een ongeveer even grote rol speelden. Daarna beijverden ze zich om een weldoordacht huwelijk te sluiten: de sociale en beroepsmatige omstandigheden van de beide partners moesten voldoende op elkaar afgestemd zijn, en er moest ook een zekere overeenkomst van smaak bestaan. Uiteraard sloten ze zich daardoor af van elke mogelijkheid op geluk – dat onlosmakelijk verbonden is met een ongedifferentieerde, regressieve subject-objectverhouding die onverenigbaar is met het gezonde verstand – maar ze hoopten zo te kunnen ontkomen aan het emotionele en morele leed dat hun voorgangsters had gekweld. In die hoop werden ze overigens algauw teleurgesteld: de verdwijning van de kwellingen van de hartstocht gaf namelijk vrij spel aan de verveling, het gevoel van leegte, de angstige afwachting van ouderdom en dood. Zo was het tweede deel van Annabelles leven veel treuriger en leger geweest dan het eerste; ze zou er uiteindelijk geen enkele herinnering aan overhouden.

Rond het middaguur duwde Michel de deur van haar kamer open. Haar ademhaling was extreem zwak, het laken dat haar borst bedekte bewoog bijna niet. Volgens de dokter was het niettemin voldoende om de weefsels van zuurstof te voorzien; als de ademhaling nog zwakker zou worden, zouden ze overwegen haar aan een beademingstoestel te leggen. Vooralsnog stak er een infuusnaald in haar arm, iets boven de elleboog, en dat was alles. Een zonnestraal liep over het smetteloze laken en verlichtte een lok van haar prachtige blonde haar. Haar gezicht, net iets bleker dan normaal, met gesloten ogen, leek oneindig vreedzaam. Elke angst leek uit haar te zijn weggevloeid; ze was Michel nog nooit zo gelukkig voorgekomen. Weliswaar had hij altijd al de neiging gehad coma en geluk met elkaar te verwarren, maar dat nam niet weg dat ze hem oneindig gelukkig leek. Hij haalde zijn hand door haar haar, kuste haar voorhoofd en haar warme lippen. Het was natuurlijk te laat, maar het was toch fijn. Hij bleef in haar kamer tot het donker werd. Terug in de gang sloeg hij een boek met boeddhistische beschouwingen open, verzameld door dr. Evans-Wentz (hij had het al een paar weken in zijn zak, het was een heel klein boekje met een donkerrode kaft).

Mogen alle wezens in het Oosten,
Mogen alle wezens in het Westen,
Mogen alle wezens in het Noorden,
Mogen alle wezens in het Zuiden
Gelukkig zijn en hun geluk behouden,
Mogen zij leven zonder vijandigheid.

Het was niet helemaal hun fout, bedacht hij. Ze hadden in een vreselijke wereld geleefd, een wereld van concurrentie en strijd, van ijdelheid en geweld; ze hadden niet in een harmonieuze wereld geleefd. Anderzijds hadden ze niets gedaan om de wereld te veranderen, ze hadden geen enkele poging ondernomen hem te verbeteren. Hij zei bij zichzelf dat hij een kind bij Annabelle had moeten verwekken. Toen herinnerde hij zich plotseling dat hij dat ook had gedaan, of daar althans mee was begonnen, dat hij het vooruitzicht toch in ieder geval had aanvaard; en die gedachte vervulde hem met grote vreugde. Nu snapte hij waar de rust en de zachtmoedigheid vandaan kwamen die hem die laatste weken in hun greep hadden gehad. Hij kon nu niets meer doen, niemand kon iets doen tegen de overmacht van ziekte en dood; maar ze zou toch tenminste voor een paar weken het gevoel hebben gehad dat er iemand van haar hield.

Indien iemand de gedachte van de liefde betracht
En zich niet overgeeft aan liederlijke praktijken,
Indien hij de banden van de hartstochten verbreekt
En zijn blik naar de Weg richt –

Doordat hij in staat is geweest die liefde te betrachten
Zal hij herboren worden in de hemel van Brahma,
Hij zal weldra de Verlossing bereiken
En voor eeuwig het Rijk van het Absolute betreden.

Indien hij niet doodt, noch schade wil toebrengen,
Indien hij niet probeert zich te doen gelden door zijn medemens te vernederen,
Indien hij de universele liefde betracht –
Bij zijn dood zal hij geen haatgedachten hebben.

's Avonds voegde Annabelles moeder zich weer bij hem, ze kwam kijken of er nieuwe ontwikkelingen waren. Nee, de situatie was niet veranderd. Diepe coma's kunnen heel stabiel zijn, bracht de verpleegster haar geduldig in herinnering, soms gaan er weken voorbij voordat er een prognose kan worden gesteld.

Ze ging naar binnen om naar haar dochter te kijken en kwam na een minuut snikkend weer naar buiten. 'Ik snap niet...' zei ze hoofdschuddend, 'ik snap niet hoe het leven in elkaar zit. Het is zo'n lief meisje, weet je. Ze is altijd heel hartelijk geweest, ze deed nooit moeilijk. Ze klaagde niet, maar ik weet dat ze niet gelukkig was. Ze heeft niet het leven gehad dat ze verdiende.'

Even later ging ze weer weg, duidelijk ontmoedigd. Vreemd genoeg had hij geen honger en geen slaap. Hij ijsbeerde door de gang, liep de trap af naar de ontvangsthal. Achter de balie zat een Antilliaan een Zweeds kruiswoordraadsel op te lossen; hij begroette hem met een knikje. Hij haalde een warme chocolademelk uit de automaat en liep naar de grote ramen. De maan hing tussen de torenflats, er reden een paar auto's over de avenue de Châlons. Hij had genoeg medische kennis om te weten dat Annabelles leven aan een zijden draadje hing. Haar moeder had gelijk dat ze weigerde het te begrijpen; de mens is niet gemaakt om de dood te aanvaarden: noch die van hemzelf, noch die van de anderen. Hij liep naar de bewaker toe en vroeg of die hem wat papier kon lenen. Een beetje verbaasd gaf hij hem een stapeltje met het briefhoofd van het ziekenhuis erop (door dat briefhoofd kon Hubčejak de tekst jaren later identificeren tussen de berg aantekeningen die men in Clifden had teruggevonden). Sommige mensen klampen zich aan het leven vast, ze verlaten het met tegenzin, zoals Rousseau zei. Dat zou voor Annabelle niet opgaan, voorvoelde hij al.

Zij was dat kind, voor het geluk geboren,
Wier hart de mensheid wilde toebehoren.
Met kleintjes om zich heen zou zij haar leven
Voor andere levens hebben kunnen geven.

Door de roep van de kinderen
Door het bloed van het geslacht
Zou de droom nooit verminderen

Die hen had voortgebracht
Als een spoor in de tijd
Als een spoor in de ruimte

Als een spoor in het vlees,
Eeuwig heilig en roemrucht
In de bergen, aan de hemel,
In het water van de beken,
In de getransformeerde lucht.

En nu lig je daar
Als een zee van geduld
Voor de eeuwigheid klaar,
Van liefde vervuld.

Ons lijf zal koud en simpelweg aanwezig zijn
In 't gras, mijn Annabelle
Zeggen we zonder pijn
Ons ik voorgoed vaarwel.

We zullen weinig hebben liefgehad
In onze tijd van stoffelijk lijden
Misschien dat de zon, de wind en de vorst, de regen op ons graf
Ons van ons leed zullen bevrijden.

4

Annabelle stierf twee dagen later, en voor de familie was dat misschien ook wel beter. Bij sterfgevallen heeft men altijd de neiging dat soort idiote dingen te zeggen; maar het is waar dat haar moeder en haar broer het moeilijk hadden kunnen verdragen als de onzekerheid was blijven voortduren.

In het gebouw van wit beton en staal, op precies dezelfde plek waar zijn grootmoeder was gestorven, werd Djerzinski zich voor de tweede keer bewust van de macht van de leegte. Hij liep de kamer door naar Annabelles lichaam. Dat was identiek aan het lichaam dat hij had gekend, met als enig verschil dat de warmte langzaam uit haar wegvloeide. Haar huid was nu bijna koud.

Sommige mensen worden zeventig jaar, anderen tachtig, en blijven denken dat er altijd iets nieuws te beleven valt, dat het avontuur om de hoek ligt, zoals dat heet; je moet ze uiteindelijk bijna doodmaken, of althans in vergevorderde staat van invaliditeit brengen, voordat ze voor rede vatbaar zijn. Dat was niet het geval met Michel Djerzinski. Hij had zijn mensenleven helemaal alleen geleefd, in een siderale leegte. Hij had bijgedragen tot de vooruitgang van de kennis. Dat was zijn roeping, dat was de manier die hij had gevonden om zijn natuurlijke gaven tot uitdrukking te brengen; maar liefde had hij niet gekend. Ook Annabelle had ondanks haar schoonheid geen liefde gekend – en nu was ze dood. Haar nutteloos geworden lichaam lag op halve hoogte in het licht, als een inerte massa. De deksel van de doodkist werd gesloten.

In haar afscheidsbrief had ze verzocht te worden gecremeerd. Voorafgaand aan de ceremonie dronken ze een kop koffie in de ziekenhuisbar in de ontvangsthal. Aan het tafeltje naast hen zat een zigeuner met zijn arm aan het infuus over auto's te praten met twee vrienden die hem waren komen bezoeken. De verlichting was zwak – enkel een paar lampjes aan het plafond, omringd door een smakeloze decoratie die aan enorme kurken deed denken.

Ze gingen naar buiten, het zonlicht in. De gebouwen van het crematorium lagen niet ver van het ziekenhuis, in hetzelfde complex. De verbrandingsinrichting was een grote kubus van wit beton midden op een al even wit plein; de weerschijn was verblindend. De warme lucht golfde om hen heen als een myriade van kleine slangetjes.

De doodkist werd vastgemaakt op een beweegbaar plateau dat de oven in kon worden geschoven. Er was een halve minuut gelegenheid tot bezinning, toen stelde een beambte het mechaniek in werking. De tandwielen die het plateau aandreven piepten een beetje. De deur ging dicht. Door een raampje van vuurvast glas was de verbranding te zien. Op het moment dat de vlammen uit de enorme branders schoten wendde Michel zijn hoofd af. Ongeveer twintig seconden lang bleef er een rode gloed zichtbaar aan de rand van zijn gezichtsveld, en dat was het dan. Een beambte verzamelde de as in een klein doosje, een parallellepipedum van wit grenen, en gaf het aan Annabelles oudste broer.

Ze reden langzaam terug naar Crécy. De zon schitterde tussen de bladeren van de kastanjes langs de allée de l'Hôtel-de-Ville. Vijfentwintig jaar eerder hadden Annabelle en hij na schooltijd door diezelfde laan gewandeld. Een vijftiental mensen had zich verzameld in de tuin van haar moeders huis. Haar jongste broer was voor de gelegenheid overgekomen uit de Verenigde Staten. Hij was mager, zenuwachtig, zichtbaar gestrest en een beetje al te elegant gekleed.

Annabelle had verzocht dat haar as zou worden uitgestrooid in de tuin van haar ouderlijk huis; ook dat werd gedaan. De zon begon al te dalen. Het was een grote stofwolk – een bijna witte stofwolk. Hij daalde zachtjes, als een sluier neer op de grond tussen de rozenstruiken. Op dat moment hoorden ze in de verte het signaal van de overweg. Michel herinnerde zich de middagen van toen hij vijftien was, wanneer Annabelle hem van het station kwam afhalen en zich in zijn armen drukte. Hij keek naar de grond, de zon, de rozen; het veerkrachtige grasoppervlak. Het was onbegrijpelijk. De aanwezigen zeiden niet veel. Annabelles moeder had wijn ingeschonken om haar dochter te eren. Ze reikte hem een glas aan en keek hem in de ogen. 'Je kunt hier nog een paar dagen blijven, Michel, als je wilt,' zei ze zacht. Nee, hij ging weg, hij ging aan het werk. Hij wist niet wat hij anders moest doen. Stralen leken de lucht te doorklieven; hij besefte plotseling dat hij huilde.

5

Op het moment dat het vliegtuig het wolkendek naderde dat zich eindeloos uitstrekte onder de ongrijpbare hemel, overviel hem het gevoel dat zijn hele leven onafwendbaar op dat ene moment gericht was. Nog een paar seconden lang was er slechts die onmetelijke koepel van het hemelblauw en een onmetelijke, golvende vlakte waarin verblindend wit en mat wit elkaar afwisselden. Toen drongen ze door in een beweeglijke grijze tussenzone, waar de waarnemingen confuus waren. Daarbeneden, in de mensenwereld, waren grasvlaktes, dieren en bomen; alles was groen, vochtig en oneindig gedetailleerd.

Walcott stond hem op te wachten op het vliegveld van Shannon. Hij was een gedrongen man met levendige gebaren; zijn geprononceerde kale kruin werd omringd door een kroon van roodblond haar. Met zijn Toyota Starlet reed hij met grote snelheid tussen de mistige weilanden en de heuvels door. Het centrum was iets ten noorden van Galway gevestigd op het grondgebied van de gemeente Rosscahill. Walcott leidde hem rond langs de apparatuur en stelde de technici aan hem voor; ze zouden tot zijn beschikking staan om de proeven uit te voeren en de berekening van de moleculaire configuraties te programmeren. Alle installaties waren ultramodern, de ruimten vlekkeloos schoon – het geheel was gefinancierd met geld van de EG. In een gekoelde ruimte wierp Djerzinski een blik op de twee grote, torenvormige Crays, waarvan de controlepanelen oplichtten in het halfduister. De miljoenen processoren met hun grootschalige parallelle constructie hielden zich gereed voor de verwerking van de Lagrangeaanse functies, de spectraalanalyses, de golffuncties en de operatoren van Hermite. In dat wereldje zou zijn leven zich voortaan afspelen. Hij kruiste zijn armen voor zijn borst, drukte ze tegen zijn lichaam, maar slaagde er toch niet in het gevoel van bedroefdheid, van innerlijke kou te verdrijven. Walcott bood hem bij de automaat een bekertje koffie aan. Door de grote ramen waren grazige groene hellingen te onderscheiden, die wegzonken in het donkere water van Lough Corrib.

Toen ze de weg naar Rosscahill af reden kwamen ze langs een licht glooiende wei waar een kudde koeien stond te grazen, kleiner dan gemiddeld en mooi lichtbruin van kleur. 'Herkent u ze?' vroeg Walcott met een glimlach. 'Ja... het zijn de afstammelingen van de eerste koeien die uw onderzoek heeft opgeleverd, tien jaar geleden is dat nu alweer. Destijds waren we een heel klein, niet al te best uitgerust centrum, u hebt ons verdomd goed geholpen. Ze zijn sterk, ze planten zich moeiteloos voort en leveren voortreffelijke melk. Wilt u ze zien?' Hij parkeerde in een hol weggetje. Djerzinski liep naar het stenen muurtje dat om de wei stond. De koeien graasden rustig, wreven met hun koppen tegen de flanken van hun soortgenoten; een paar lagen er op de grond. De genetische code die de replicatie van hun cellen bepaalde had híj gemaakt, of in ieder geval verbeterd. Voor hen had hij als een God moeten zijn; toch leek zijn aanwezigheid ze koud te laten. Een mistbank daalde neer vanaf de top van de heuvel en onttrok ze geleidelijk aan het zicht. Hij liep naar de auto terug.

Walcott zat achter het stuur en rookte een Craven. De regen had de voorruit bedekt. Met zijn zachte, discrete stem (een discretie die echter geenszins een teken van onverschilligheid leek) vroeg hij: 'Hebt u een sterfgeval gehad?...' Daarop vertelde hij hem het verhaal van Annabelle, en van haar einde. Walcott luisterde, af en toe knikte hij of slaakte een zucht. Na het relaas bleef hij zwijgen, stak een nieuwe sigaret aan, doofde die weer en zei: 'Ik ben niet uit Ierland afkomstig. Ik ben in Cambridge geboren, en blijkbaar ben ik heel Engels gebleven. Ze zeggen vaak dat Engelsen een koelbloedige, gereserveerde houding hebben ontwikkeld, en ook een manier om de gebeurtenissen van het leven – de meest tragische daarbij inbegrepen – vanuit een humoristisch oogpunt te beschouwen. Daar zit een grote kern van waarheid in – het is volstrekt idioot van ze. Humor is geen redding, humor dient uiteindelijk vrijwel nergens toe. Je kunt de gebeurtenissen van het leven jarenlang vanuit een humoristisch oogpunt beschouwen, soms decennialang, in sommige gevallen kun je vrijwel tot het einde toe een humoristische houding aannemen; maar uiteindelijk breekt het leven je hart. Hoeveel moed, koelbloedigheid en humor je ook hebt ontwikkeld in de loop van je leven, je eindigt toch altijd met een gebroken hart. Dan vergaat het lachen je wel. Aan het einde van de rit is er alleen nog maar eenzaamheid, kou en stilte. Aan het einde van de rit is er alleen nog de dood.'

Hij zette de ruitenwisser aan en startte de motor weer. 'Veel mensen hier zijn katholiek,' ging hij verder. 'Nou ja, daar komt nu wel verandering in. Ierland wordt moderner. Veel hightechbedrijven hebben zich hier gevestigd vanwege de gunstige regelingen voor de belastingen en de sociale lasten – in de regio hebben we Roche en Lilly. En je hebt natuurlijk Microsoft: alle jongeren in dit land dromen ervan voor Microsoft te mogen werken. De mensen gaan minder naar de kerk, er zijn steeds meer discotheken en antidepressiva. Afijn, het klassieke scenario...'

Ze reden weer langs het meer. De zon dook op midden in een mistbank en tekende glinsterende iriseringen op het wateroppervlak. 'Maar toch...' vervolgde Walcott, 'toch is het katholicisme hier heel sterk gebleven. De meeste technici van het centrum zijn bijvoorbeeld katholiek. Dat maakt het er voor mij niet gemakkelijker op met ze te werken. Ze zijn correct, beleefd, maar ze beschouwen me als een buitenstaander met wie je niet echt kunt praten.'

De zon brak nu helemaal door de wolken en vormde een volmaakt witte cirkel; het hele meer werd zichtbaar, badend in het licht. Aan de horizon lagen de ketens van de Twelve Bens Mountains opgestapeld in een gamma van aflopende grijstinten, als de vliesjes van een droom. Ze zwegen. Toen ze Galway binnen reden doorbrak Walcott de stilte: 'Ik ben atheïst gebleven, maar ik kan goed begrijpen dat ze hier katholiek zijn. Dit land heeft iets heel bijzonders. Alles trilt voortdurend, zowel het gras van de vlakten als het oppervlak van het water, alles lijkt op een bepaalde aanwezigheid te duiden. Het licht is beweeglijk en zacht, het is als een materie die onophoudelijk verandert. U zult het wel zien. En ook de lucht leeft.'

6

Hij huurde vlak bij Clifden een appartement aan de Sky Road, in een oud kustwachtershuis dat tot toeristenverblijf was omgebouwd. De kamers waren versierd met spinnewielen, petroleumlampen, kortom oude voorwerpen die geacht werden de toeristen te plezieren; hij stoorde zich er niet aan. Hij wist dat hij zich in dat huis, en in het leven in het algemeen, vanaf nu zou voelen als in een hotel.

Hij was absoluut niet van plan naar Frankrijk terug te keren, maar gedurende de eerste weken moest hij meermalen naar Parijs om de verkoop van zijn appartement en de overzetting van zijn bankrekeningen te regelen. Hij nam de vlucht van 11.50 uur vanaf Shannon. Het vliegtuig vloog boven zee, de zon brandde het wateroppervlak witgloeiend; de golven leken op wormen die over een enorme afstand door elkaar kronkelden en draaiden. Onder dat onmetelijke wormenvlies, zo wist hij, brachten weekdieren hun eigen vlees voort; vissen met scherpe tandjes verzwolgen de weekdieren, om vervolgens zelf te worden verzwolgen door andere, grotere vissen. Vaak viel hij in slaap en had dan akelige dromen. Wanneer hij weer wakker werd, vloog het vliegtuig boven het platteland. In zijn slaapdronken toestand verbaasde hij zich over de monotone kleur van de velden. De velden waren bruin, soms groen, maar altijd vaal. De Parijse agglomeratie was grauw. Het vliegtuig verloor hoogte, zonk traag de diepte in, onweerstaanbaar aangetrokken door dat leven, die pulsatie van miljoenen levens.

Vanaf half oktober bedekte een dichte mist, die rechtstreeks van de Atlantische Oceaan afkomstig was, het schiereiland van Clifden. De laatste toeristen waren vertrokken. Het was niet koud, maar alles was ondergedompeld in een diepe, zachte grauwheid. Djerzinski ging niet vaak van huis. Hij had drie DVD's meegenomen, samen goed voor meer dan veertig gigabyte aan gegevens. Af en toe deed hij zijn computer aan en bestudeerde een moleculaire configuratie, vervolgens ging hij op het kolossale bed liggen, met zijn sigarettenpakje binnen handbereik. Hij was nog niet naar het centrum terug geweest. Traag bewogen de mistmassa's achter het grote raam.

Rond 20 november klaarde de lucht op, het weer werd kouder en droger. Hij maakte er een gewoonte van lange wandelingen over de kustweg te maken. Hij liep voorbij Gortrumnagh en Knockavally en ging meestal door tot Claddaghduff, soms tot Aughrus Point. Dan bevond hij zich op het meest westelijke punt van Europa, op het uiteinde van de westerse wereld. Vóór hem strekte de Atlantische Oceaan zich uit, vierduizend kilometer oceaan scheidden hem van Amerika.

Volgens Hubčejak moeten die paar maanden van eenzame overpeinzing, waarin Djerzinski niets deed, geen enkel experiment op touw zette en geen enkele berekening programmeerde, worden beschouwd als een sleutelperiode waarin de hoofdelementen van zijn latere denken op hun plek vielen. De laatste maanden van 1999 waren voor de gehele mensheid sowieso een vreemde tijd, die gekenmerkt werd door een opmerkelijk afwachtende houding, een soort van stil gemijmer.

31 december 1999 viel op een vrijdag. In de kliniek van Verrières-le-Buisson, waar Bruno de rest van zijn levensdagen zou slijten, vond een klein feestje plaats voor de patiënten en het verplegend personeel. Ze dronken champagne en aten paprikachips. Later op de avond danste Bruno met een verpleegster. Hij was niet ongelukkig; de medicijnen deden wat ze moesten doen, en alle begeerte in hem was uitgedoofd. Hij hield van de

middagthee en van de televisiespelletjes waarnaar ze voor het avondeten gezamenlijk keken. Hij verwachtte niets meer van het verstrijken van de dagen, en die laatste avond van het tweede millennium verliep goed voor hem.

Op de begraafplaatsen van de hele wereld bleven de recentelijk overleden mensen rotten in hun graven en geleidelijk aan in skeletten veranderen.

Michel bracht de avond thuis door. Hij woonde te ver van het dorp vandaan om het gedruis van het feest dat daar plaatsvond te kunnen horen. Herhaaldelijk schoten er rustige, vredige beelden van Annabelle door zijn geheugen, en ook beelden van zijn grootmoeder.

Hij herinnerde zich dat hij op zijn dertiende of veertiende staaflampen kocht, kleine mechanische voorwerpen die hij de hele tijd vol overgave uit elkaar haalde en weer in elkaar zette. Hij herinnerde zich ook een vliegtuig met een motor dat hij van zijn grootmoeder had gekregen; hij was er nooit in geslaagd het te laten opstijgen. Het was een mooi vliegtuig met kaki camouflage; uiteindelijk bleef het ding in zijn doos zitten. Hoewel zijn leven door verschillende historische tendensen was getekend, vertoonde het toch bepaalde individuele trekken. Er zijn mensen, er zijn gedachten. Gedachten nemen geen ruimte in beslag. Mensen nemen een deel van de ruimte in beslag, we zien ze. Op de ooglens vormen ze een beeld, dat door het glasachtig lichaam gaat en het netvlies treft. Moederziel alleen in het verlaten huis zag Michel een bescheiden stoet van herinneringen aan zich voorbijtrekken. Van één zekerheid raakte hij in de loop van de avond langzamerhand doordrongen: hij zou weldra weer aan het werk kunnen.

Overal op het planeetoppervlak maakte de vermoeide, uitgeputte mensheid, die aan zichzelf en aan haar eigen geschiedenis twijfelde, zich zo goed en kwaad als het ging klaar om een nieuw millennium in te gaan.

7

Er zijn er die zeggen:
'De beschaving die we hebben opgebouwd is nog broos,
We hebben de nacht nog maar net verlaten.
Van die eeuwen van ellende dragen we nog altijd het beeld mee, bar en boos;
Zouden we dat alles niet beter onaangeroerd kunnen laten?'

De verteller staat op, raapt zijn krachten bijeen en brengt in herinnering
Gelijkmoedig doch standvastig staat hij op en brengt in herinnering
Dat er een metafysische revolutie heeft plaatsgevonden.

Zoals de christenen zich de antieke beschavingen konden voorstellen, zich een volledig beeld konden vormen van de antieke beschavingen zonder ook maar door de minste of geringste onzekerheid of twijfel te worden overvallen,
Want ze hadden een stadium achter zich gelaten,
Een fase,
Ze waren een breekpunt gepasseerd;

Zoals de mensen van de materialistische tijd getuige konden zijn van de herhaling van de christelijke rituele ceremoniën zonder ze te begrijpen of ze zelfs ook maar echt te zien,
En zoals ze de werken die hun oude christelijke cultuur had voortgebracht niet konden lezen of herlezen zonder zich op een

quasi-antropologisch gezichtspunt te plaatsen,
Niet in staat de disputen te begrijpen waarin hun voorvaderen redetwistten over de slingerbeweging van zonde en genade;

Zo kunnen wij nu ook luisteren naar dat verhaal van de materialistische tijd
Als naar een oud menselijk verhaal.
Het is een droevig verhaal, maar toch voelen wij geen echte droevigheid
Want wij lijken niet meer op die mensen.
Wij zijn geboren uit hun vlees en hun verlangens maar delen hun categorieën en overtuigingen niet meer;
Hun vreugde is ons onbekend, hun leed al evenzeer,
Geheel onaangedaan
En vrijwel moeiteloos
Hebben wij ons bevrijd
Van hun wereld van strijd.

Die tijd van pijn en dood is onze erfenis,
Die wij nu kunnen redden uit de duisternis.
Er was een nieuw begin, er is opnieuw gegeven,
En wij hebben het recht om ons leven te leven.

Tussen 1905 en 1915 slaagde Albert Einstein er met beperkte wiskundige kennis vrijwel in zijn eentje in om uitgaande van zijn eerste intuïtie, de speciale relativiteitstheorie, een alomvattende theorie van gravitatie, ruimte en tijd uit te werken, die een doorslaggevende invloed zou hebben op de verdere ontwikkeling van de astrofysica. Die hachelijke, eenzame poging, die in de woorden van Hilbert louter 'voor de eer van de menselijke geest' werd ondernomen op ogenschijnlijk van elk praktisch nut verstoken terreinen die destijds ontoegankelijk waren voor de wetenschappelijke gemeenschap, kan worden vergeleken met het werk van Cantor toen die een typologie van de actuele oneindigheid opstelde, of met de inspanningen van Gottlob Frege om de fundamenten van de logica opnieuw te definieren. Ze kan ook worden vergeleken, benadrukt Hubčejak in zijn inleiding bij de *Clifden Notes*, met de eenzame intellectuele arbeid van Djerzinski in Clifden tussen 2000 en 2009 – temeer omdat Djerzinski net zomin als Einstein in zijn tijd over voldoende wiskundig vakmanschap beschikte om zijn intuïties met de vereiste stringentie te kunnen uitwerken.

Topologie van de meiose, zijn eerste, in 2002 verschenen publicatie, vond niettemin een aanzienlijke weerklank. Djerzinski bewees daarin voor het eerst op grond van onweerlegbare thermodynamische argumenten dat de chromosomensplitsing die op het moment van de meiose optreedt om haploïde gameten voort te brengen, in zichzelf een bron van structurele instabiliteit vormde; met andere woorden, dat elke soort met geslachtskenmerken noodzakelijkerwijs sterfelijk was.

Drie hypothesen omtrent topologie in Hilbertruimten, dat in 2004 verscheen, zou verbazing wekken. Men heeft die publicatie kunnen analyseren als een reactie tegen de dynamiek van het continuüm, als een poging – met een merkwaardig platonistische bijklank – een nieuwe vormenalgebra te formuleren. Hoewel ze het belang van de voorgestelde hypothesen erkenden, kostte het de professionele wiskundigen weinig moeite het gebrek aan stringentie van de voorstellen en het enigszins anachronistische karakter van de benadering bloot te leggen. Inderdaad, zo geeft ook Hubčejak toe, had Djerzinski toentertijd geen toegang tot de recentste wiskundige publicaties, en het heeft er zelfs alle schijn van dat hij zich er niet bijster meer voor interesseerde. Zeker weten doen we dat niet, want over zijn doen en laten in de jaren 2004 tot 2007 staan ons zeer weinig getuigenissen ter beschikking. Hij ging regelmatig naar het centrum in Galway, maar zijn betrekkingen tot de proefnemers bleven louter technisch, functioneel. Hij had zich de grondbeginselen van de Cray-assembleertaal eigen gemaakt, waardoor hij meestal geen beroep op de programmeurs hoefde te doen.

Alleen Walcott schijnt een iets persoonlijkere band met hem te hebben gehad. Hij woonde zelf ook in de buurt van Clifden en kwam hem 's middags soms opzoeken. Volgens zijn getuigenis had Djerzinski het vaak over Auguste Comte, met name over de brieven aan Clotilde de Vaux en de *Subjectieve synthese*, het onvoltooide laatste werk van de filosoof. Comte mocht worden beschouwd als de ware grondlegger van het positivisme, ook op het vlak van de wetenschappelijke methode. Geen enkele metafysica of ontologie die in zijn tijd denkbaar was, had gratie gevonden in zijn ogen. Het is zelfs waarschijnlijk, benadrukte Djerzinski, dat Comte in de intellectuele context waarin Niels Bohr tussen 1924 en 1927 verkeerde, zou hebben vastgehouden aan zijn onwrikbaar positivistische houding en hebben ingestemd met de Kopenhaagse interpretatie. Echter, de nadruk die de Franse filosoof legde op de realiteit van de sociale toestanden tegenover de fictie van de individuele levens, zijn voortdurend opnieuw aanwakkerende belangstelling voor historische processen en maatschappelijke tendensen, en vooral zijn enorme sentimentalisme, doen vermoeden dat hij misschien niet afwijzend zou hebben gereageerd op een recenter ontologisch vernieuwingsplan, dat aan geloofwaardigheid had gewonnen sinds het werk van Zurek, Zeh en Hardcastle: de vervanging van een voorwerpontologie door een toestandontologie. Alleen die laatste kon namelijk de praktische mogelijkheid van menselijke verhoudingen in ere herstellen. In een toestandontologie waren de deeltjes identiek, en het enige waarmee ze gekwalificeerd konden worden was een waarneembaar *aantal*. De enige entiteiten die in een dergelijke ontologie nog konden worden onderscheiden en benoemd waren de golffuncties, en daardoor indirect ook de toestandsvectoren – vanwaar, mutatis mutandis, de mogelijkheid weer een zin te geven aan verbondenheid, sympathie en liefde.

Ze liepen over de weg naar Ballyconneely, de Atlantische Oceaan schitterde aan hun voeten. In de verte, aan de gezichtseinder, ging de zon onder boven de oceaan. Steeds vaker had Walcott de indruk dat Djerzinski's denken afdwaalde, een onzekere of zelfs mystieke richting in ging. Hijzelf bleef een radicaal instrumentalisme aanhangen. Hij was afkomstig uit een Angelsaksische pragmatische traditie en had daarnaast de invloed van de Wiener Kreis ondergaan, en hij koesterde dan ook een licht wantrouwen jegens het werk van Comte, dat in zijn ogen nog te romantisch was. In tegenstelling tot het materialisme waarvoor het in de plaats was gekomen, kon het positivisme de basis vormen voor een nieuw humanisme, benadrukte hij, en in feite was dat voor het eerst het geval (want het materialisme was in wezen onverenigbaar met het humanisme, en zou dat uiteindelijk zelfs omverwerpen). Wat niet wegnam dat het materialisme zijn historische belang had gehad: er moest een eerste barrière worden overwonnen, dat was God; een aantal mensen was daarin geslaagd, om vervolgens te ontdekken dat ze zich midden in de ontreddering en de vertwijfeling bevonden. Maar er was nu een tweede barrière overwonnen, en dat was in Kopenhagen gebeurd. Ze hadden geen God meer nodig, noch de idee van een onderliggende werkelijkheid. 'Er zijn', zei Walcott, 'menselijke waarnemingen, menselijke getuigenissen, menselijke experimenten. Er is het verstand dat die waarnemingen met elkaar verbindt, en het gevoel dat ze tot leven wekt. Dat voltrekt zich allemaal zonder enige metafysica of ontologie. We hebben de ideeën God, natuur of werkelijkheid niet meer nodig. Op grond van de resultaten van de experimenten kan de gemeenschap van waarnemers tot overeenstemming komen door middel van een rationele intersubjectiviteit. De experimenten worden met elkaar verbonden door theorieën, waarvoor geldt dat ze falsificeerbaar en zo economisch mogelijk geformuleerd moeten zijn. Er is een waargenomen wereld, een gevoelde wereld, een menselijke wereld.'

Tegen zijn standpunt viel niets in te brengen, besefte Djerzinski; was de behoefte aan een ontologie een kinderziekte van de menselijke geest? Tegen het einde van het jaar 2005 ontdekte hij op een reis naar Dublin het *Book of Kells*. Hubčejak deinst er niet voor terug te beweren dat de ontmoeting met dat verluchte manuscript met zijn ongelofelijke formele complexiteit, waarschijnlijk het werk van Ierse monniken uit de zevende eeuw van onze jaartelling, een doorslaggevend moment in de ontwikkeling van zijn denken zou betekenen, en dat de aandachtigheid waarmee hij dat werk langdurig bestudeerde waarschijnlijk aan de oorsprong ligt van de oplossing die hij wist te vinden, door middel van een reeks intuïtieve stappen die ons achteraf gezien een mirakel lijkt, voor de complexe energetische stabiliteitsberekeningen van de macromoleculen waarmee de biologie te maken heeft. Zonder daarmee Hubčejaks beweringen volledig te willen onderschrijven, kunnen we alleen maar beamen dat het *Book of Kells* in de loop der eeuwen altijd bijna extatische loftuitingen aan zijn exegeten heeft ontlokt. We kunnen bijvoorbeeld de beschrijving citeren die Giraldus Cambrensis er in 1185 van geeft:

'Dit boek bevat de concordantie van de vier Evangeliën volgens de tekst van de heilige Hiëronymus, en bijna evenveel tekeningen als bladzijden, allemaal verlevendigd met wonderschone kleuren. Op de ene plek kan men het aangezicht van de goddelijke majesteit aanschouwen, op een buitengewone manier verbeeld; op een andere de mystieke voorstellingen van de evangelisten, de een met zes vleugels, een ander met vier, een derde met twee. Hier ziet men de adelaar, daar de stier, hier het gezicht van een mens, daar dat van een leeuw, en bijna ontelbare andere afbeeldingen. Wanneer men ze achteloos, in het voorbijgaan bekijkt, zou men kunnen denken dat het slechts kladdertekeningen zijn, in plaats van verzorgde composities. Men zal er niets verfijnds in zien, terwijl alles er verfijnd aan is. Maar wanneer men de moeite neemt ze zeer aandachtig te bekijken en met de blik de geheimen van de kunst te doorgronden, zal men een dermate complex geheel ontdekken, zo delicaat en verfijnd, met lijntjes die zo dicht op elkaar staan, verstrengeld en verstrikt, en kleuren zo fris en zo helder, dat men ronduit zal verklaren dat al die dingen niet het werk van mensen, maar van engelen moeten zijn.'

We kunnen het ook met Hubčejak eens zijn wanneer hij stelt dat elke nieuwe filosofie, zelfs wanneer zij als uitdrukkingsvorm een ogenschijnlijk zuiver logische redeneertrant verkiest, altijd met een nieuwe wereldbeschouwing gepaard gaat. Door de mensheid lichamelijke onsterfelijkheid te geven, heeft Djerzinski uiteraard onze opvatting van de tijd radicaal veranderd, maar zijn grootste verdienste is volgens Hubčejak dat hij de grondslagen heeft gelegd voor een nieuwe filosofie van de ruimte. Zoals het wereldbeeld dat het Tibetaanse boeddhisme in zich bergt onlosmakelijk verbonden is met een voortdurende aanschouwing van de oneindige, circulaire vormen van de *mandala's*, en zoals men zich een goed beeld van het denken van Democritus kan vormen door op een Grieks eiland op een middag in augustus naar de glans van de zon op de witte stenen te kijken, zo kan men Djerzinski's denken ook gemakkelijker benaderen door zich over te geven aan de oneindige architectuur van kruisen en spiralen die de decoratieve achtergrond van het *Book of Kells* vormt, of door de prachtige, door dat werk geïnspireerde *Beschouwing over de verstrengeling* te herlezen, die los van de *Clifden Notes* is gepubliceerd.

'*De vormen van de natuur*', schrijft Djerzinski, '*zijn menselijke vormen. Driehoeken, verstrengelingen en vertakkingen zijn vormen die in onze hersenen verschijnen. We herkennen ze, we waarderen ze; we leven er midden tussenin. Te midden van onze scheppingen, menselijke scheppingen, die aan de mens kunnen worden overgedragen, ontplooien we ons en sterven we. Te midden van de ruimte, de menselijke ruimte, voeren we metingen uit; met die metingen scheppen we de ruimte, de ruimte tussen onze instrumenten.*'

'*Onontwikkelde mensen*', vervolgt Djerzinski, '*vinden de gedachte van de ruimte angstaanjagend; ze stellen zich die voor als een onmetelijk, duister, gapend gat. Ze stellen zich de mensen voor in de elementaire vorm van een bol, helemaal alleen in de ruimte, ineengedoken in de ruimte, overweldigd door de eeuwige aanwezigheid van de drie dimensies. Omdat de gedachte aan de ruimte hen beangstigt, duiken de mensen ineen; ze hebben het koud, ze zijn bang. In het beste geval begeven ze zich door de ruimte en groeten elkaar bedroefd te midden van de ruimte. En toch bevindt die ruimte zich in henzelf, het is hun eigen mentale schepping.'*

'*In die ruimte waarvoor ze zo bang zijn*', gaat Djerzinski verder, '*leren de mensen leven en sterven. Te midden van hun mentale ruimte ontstaan het isolement, de verwijdering en het lijden. Dit behoeft nauwelijks commentaar: de minnaar hoort de roep van zijn geliefde over de oceanen en de bergen, over de bergen en de oceanen hoort de moeder de roep van haar kind. De liefde bindt, en zij bindt voor eeuwig. De betrachting van het goede is een binding, de betrachting van het kwade een ontbinding. Het isolement is een andere naam voor het kwaad; het is ook een andere naam voor de leugen. Want er bestaat alleen een prachtige, grenzeloze, wederzijdse verstrengeling.'*

Hubčejak merkt terecht op dat Djerzinski's grootste verdienste niet is geweest dat hij het begrip 'individuele vrijheid' heeft weten te overstijgen (want dat begrip had in zijn tijd al vrijwel afgedaan, en iedereen erkende op zijn minst stilzwijgend dat er niet de minste of geringste menselijke vooruitgang mee kon worden geboekt), maar dat hij, al is het door middel van enigszins gewaagde interpretaties van de kwantummechanische postulaten, de mogelijkheidsvoorwaarden van de liefde in ere heeft weten te herstellen. In dat opzicht moeten we opnieuw het beeld van Annabelle ter sprake brengen: zonder dat hijzelf de liefde had gekend, had Djerzinski zich er via Annabelle een beeld van weten te vormen. Hij had beseft dat liefde op een bepaalde manier, en onder omstandigheden die nog niet bekend waren, nog altijd mogelijk was. Dat besef was zeer waarschijnlijk zijn leidraad tijdens de laatste maanden van zijn theoretische arbeid, waarover we zo weinig bijzonderheden kennen.

Volgens het getuigenis van de weinige personen die in Ierland tijdens de laatste weken contact hadden met Djerzinski, leek er een zekere gelatenheid over hem te zijn gekomen. Zijn gespannen, beweeglijke gezicht leek gekalmeerd. Zonder specifiek doel liep hij urenlang over de Sky Road, in gedachten verzonken maakte hij eindeloze wandelingen; hij liep in het gezelschap van de lucht. De weg naar het westen slingerde langs de heuvels, afwisselend abrupt en geleidelijk. De zee schitterde en zette de laatste rotseilandjes in een beweeglijk licht. De wolken dreven met grote snelheid naar de horizon en vormden een heldere, chaotische massa met een vreemde, bijna tastbare aanwezigheid. Hij liep langdurig, zonder zich in te spannen, zijn gezicht was nat van een lichte, vochtige mist. Zijn werk was klaar, wist hij. In de ruimte die hij tot zijn studeerkamer had gemaakt, waarvan het raam uitkeek over de landtong van Errislannan, had hij zijn aantekeningen op orde gebracht – honderden bladzijden, die over de meest uiteenlopende onderwerpen gingen. Het resultaat van zijn strikt wetenschappelijke werk bestond uit tachtig getypte vellen – hij had het niet nodig geacht de berekeningen tot in de details uit te werken.

Op 27 maart 2009, aan het einde van de middag, ging hij naar het hoofdpostkantoor van Galway. Hij stuurde een eerste exemplaar van zijn onderzoeksresultaten naar de Parijse Académie des Sciences en vervolgens een tweede naar het tijdschrift *Nature* in Groot-Brittannië. Over wat er daarna is gebeurd valt niets met zekerheid te zeggen. Het feit dat zijn auto vlak bij Aughrus Point werd teruggevonden riep natuurlijk meteen de gedachte aan zelfmoord op – vooral omdat noch Walcott, noch enige andere technicus van het centrum zich echt over die afloop leek te verbazen. 'Hij had iets vreselijk sombers over zich,' zou Walcott verklaren, 'ik denk dat hij de somberste persoon is die ik in mijn hele leven heb ontmoet, en dan lijkt het woord somber me nog zwak uitgedrukt: ik zou eerder moeten zeggen dat hij iets van vernieling, van totale verwoesting over zich had. Ik heb altijd de indruk gehad dat het leven een last voor hem was, dat hij geen enkele betrokkenheid meer voelde bij welk levend wezen dan ook. Ik denk dat hij het precies lang genoeg heeft volgehouden om zijn werk te voltooien, en dat niemand van ons zich kan voorstellen hoe groot de inspanning was die hij heeft moeten leveren.'

De raadselen waarin Djerzinski's verdwijning niettemin gehuld bleef, en het feit dat zijn lichaam nooit is teruggevonden, zouden voedsel geven aan het hardnekkige gerucht dat hij naar Azië zou zijn gegaan, met name naar Tibet, om zijn eigen conclusies met bepaalde leerstellingen uit de boeddhistische traditie te confronteren. Die mogelijkheid wordt tegenwoordig unaniem verworpen. Enerzijds heeft men geen enkel spoor kunnen ontdekken van een vertrek uit Ierland per vliegtuig; anderzijds heeft men de tekeningen op de laatste bladzijden van zijn notitieboekje, die een tijdlang voor mandala's waren aangezien, uiteindelijk kunnen identificeren als combinaties van Keltische symbolen, die veel lijken op die van het *Book of Kells*.

We denken tegenwoordig dat Michel Djerzinski in Ierland aan zijn einde is gekomen, op dezelfde plek waar hij verkozen had zijn laatste levensjaren door te brengen. We denken ook dat hij, toen zijn werk eenmaal voltooid was, verkozen heeft te sterven, omdat hij zich verstoken voelde van elke menselijke binding. Uit talloze getuigenissen blijkt zijn fascinatie voor dat uiteinde van de westerse wereld, voortdurend badend in een zacht, beweeglijk licht, waar hij zo graag wandelde en waar, zoals hij in een van zijn laatste aantekeningen schrijft, 'lucht, licht en water samensmelten'. We denken tegenwoordig dat Michel Djerzinski de zee in is gegaan.

Epiloog

Over het leven, het uiterlijk en het karakter van de personages die centraal stonden in dit relaas kennen we talloze bijzonderheden. Toch moet dit boek worden beschouwd als een fictie, een geloofwaardige reconstructie op grond van onvolledige herinneringen, en niet als de afspiegeling van een eenduidige, controleerbare waarheid. Weliswaar zouden we door de publicatie van de *Clifden Notes*, een ingewikkelde mengeling van herinneringen, persoonlijke indrukken en theoretische beschouwingen die Djerzinski op papier heeft gezet tussen 2000 en 2009, dezelfde tijd dat hij aan zijn grote theorie werkte, veel te weten komen over de gebeurtenissen van zijn leven en de keuzes, confrontaties en drama's die zijn specifieke kijk op de wereld hadden bepaald, maar toch blijven er zowel in zijn leven als in zijn persoonlijkheid veel schaduwgebieden bestaan. Wat nu volgt behoort daarentegen tot de Geschiedenis, en de gebeurtenissen die uit de publicatie van Djerzinski's werk voortvloeien zijn al zo vaak beschreven, becommentarieerd en geanalyseerd dat we ons hier tot een korte samenvatting kunnen beperken.

In juni 2009 ging er een enorme schokgolf door de wetenschappelijke gemeenschap toen in een aparte bijlage van het tijdschrift *Nature*, onder de titel *Prolegomena tot de volmaakte replicatie*, de tachtig bladzijden werden gepubliceerd die de synthese vormden van Djerzinski's laatste onderzoekingen. Over de hele wereld trachtten tientallen moleculaire biologen de beschreven experimenten te herhalen en de berekeningen nauwkeurig te controleren. Na een paar maanden werden de eerste resultaten bekend, en daarna bleven ze week in, week uit binnenstromen; alle resultaten bevestigden met een volmaakte nauwkeurigheid de geldigheid van de uitgangshypothesen. Tegen het einde van 2009 was er geen enkele twijfel meer mogelijk: Djerzinski's resultaten waren valabel, ze mochten als wetenschappelijk bewezen worden beschouwd. De praktische consequenties waren natuurlijk duizelingwekkend: elke genetische code, hoe complex ook, kon worden herschreven in een standaardvorm met een stabiele structuur die niet vatbaar was voor afwijkingen en mutaties. Elke cel kon dus worden uitgerust met de capaciteit zich onbeperkt te blijven repliceren. Elke dierlijke soort, hoe ontwikkeld ook, kon worden getransformeerd in een aanverwante, door kloning reproduceerbare en onsterfelijke soort.

Toen hij met Djerzinski's werk in aanraking kwam, tegelijk met honderden andere onderzoekers verspreid over het planeetoppervlak, was Bedřich Hubčejak zevenentwintig jaar oud en bezig met de afronding van zijn proefschrift in de biochemie aan de universiteit van Cambridge. Hij bezat een ongedurige, warrige, grillige geest en bewoog zich een aantal jaren kriskras door Europa – wie zijn bewegingen volgt, ziet dat hij achtereenvolgens ingeschreven heeft gestaan aan de universiteiten van Praag, Göttingen, Montpellier en Wenen – op zoek, in zijn eigen woorden, naar 'een nieuw paradigma, maar ook naar iets anders: niet alleen naar een andere manier om naar de wereld te kijken, maar ook naar een andere opstelling ten opzichte van die wereld'. Hij was in ieder geval de eerste, en jarenlang de enige, die deze radicale stelling verdedigde die uit Djerzinski's werk voortvloeide: de mensheid moest verdwijnen, de mensheid moest een nieuwe, ongeslachtelijke en onsterfelijke soort voortbrengen die de individualiteit, het isolement en de verwording achter zich had gelaten. Het is overbodig te wijzen op de vijandigheid die een dergelijk plan wel moest ontketenen bij de aanhangers van de geopenbaarde godsdiensten – jodendom, christendom en islam waren het voor één keer met elkaar eens en spraken gezamenlijk de banvloek uit over het werk, waarvan ze vonden dat het 'een ernstige inbreuk maakt op de menselijke waardigheid, die tot stand komt in de unieke betrekking van de mens tot zijn Schepper'. Alleen de boeddhisten merkten op dat het denken van de Boeddha in het begin toch ook was voortgekomen uit de bewustwording van de drie hindernissen die ouderdom, ziekte en dood vormden, en dat de Wereldgeëerde, ook al had hij zelf voor de weg van de meditatie gekozen, een oplossing van technische aard niet noodzakelijkerwijs bij voorbaat zou hebben afgewezen. Hoe het ook zij, Hubčejak kon duidelijk weinig steun verwachten van de zijde van de gevestigde godsdiensten. Verbazingwekkender is echter dat de traditionele aanhangers van het humanisme met een radicale verwerping reageerden. Maar we moeten niet vergeten dat voor de mensen van het materialistische tijdperk (dat wil zeggen de eeuwen die de ondergang van het middeleeuwse christendom scheidden van de publicatie van Djerzinski's werk) de begrippen *individuele vrijheid*, *menselijke waardigheid* en *vooruitgang* een centrale plaats innamen, ook al zijn dat noties die ons nu moeilijk te begrijpen lijken. Door het vage, willekeurige karakter ervan was bij voorbaat uitgesloten dat ze ook maar de minste of geringste maatschappelijke uitwerking zouden hebben, en zo kan de menselijke geschiedenis van de vijftiende tot en met de twintigste eeuw van onze jaartelling worden geken-schetst als de geschiedenis van een geleidelijke ontbinding en verbrokkeling – wat niet wegneemt dat de ontwikkelde of semi-ontwikkelde bevolkingslagen die die noties zo goed en zo kwaad als het ging op hun voetstuk hadden geholpen, er uit alle macht aan vast bleven houden. Dat verklaart waarom het Bedřich Hubčejak de eerste jaren zoveel moeite kostte een gehoor te vinden.

Uit de geschiedenis van de paar jaar die Hubčejak nodig had om de steun van een steeds groter deel van de mondiale publieke opinie te winnen voor een plan dat aanvankelijk met unanieme afkeuring en afkeer werd ontvangen, maar dat uiteindelijk zelfs gefinancierd zou worden door de Unesco, komt het portret naar voren van een uitzonderlijk briljante, strijdlustige persoonlijkheid met een tegelijkertijd pragmatische en grillige geest – het portret, kortom, van een uitzonderlijke stimulator van ideeën. In hemzelf stak zeker geen groot onderzoeker, maar hij wist ten volle de unanieme waardering te benutten die de naam en het werk van Michel Djerzinski in de internationale wetenschappelijke gemeenschap genoten. Nog minder had hij de instelling van een originele, diepzinnige wijsgeer; maar met zijn voorwoorden en annotaties bij de uitgaven van de *Beschouwing over de verstrengeling* en de *Clifden Notes* wist hij van Djerzinski's denken een even treffende als nauwkeurige voorstelling te geven, toegankelijk voor een groot publiek. Hubčejaks eerste artikel, 'Michel Djerzinski en de Kopenhaagse interpretatie', is ondanks zijn titel opgebouwd als een lange beschouwing rond deze opmerking van Parmenides: 'De handeling van het denken en het voorwerp van het denken vallen samen.' In zijn volgende werk, *Verhandeling over de concrete beperking*, en in het werk dat de soberdere titel *De werkelijkheid* draagt, onderneemt hij een wonderlijke synthese tussen het logisch positivisme van de Wiener Kreis en het religieuze positivisme van Comte, waarbij hij niet schroomt hier en daar een lyrische toon aan te slaan, zoals deze vaak geciteerde passage bewijst: 'Er is geen *eeuwige stilte van de eindeloze ruimten*, zoals Pascal zei, want in werkelijkheid is er geen stilte, geen ruimte en geen leegte. De wereld die we kennen, de wereld die we maken, de menselijke wereld, is rond, glad, homogeen en warm als een vrouwenborst.' Hoe het ook zij, hij slaagde erin bij een steeds groter publiek de gedachte te doen postvatten dat de mensheid, in het stadium dat zij had bereikt, de evolutie van de wereld geheel kon en moest beheersen – en in het bijzonder haar eigen biologische evolutie kon en moest beheersen. In die strijd kreeg hij de gewaardeerde steun van een aantal neokantianen, die hadden geprofiteerd van het algemene prestigeverlies van de nietzscheaans georiënteerde denkrichtingen en op verschillende belangrijke plaatsen in de intellectuele, academische en uitgeefwereld de teugels in handen hadden genomen.

Naar het algemeen gevoelen was Hubčejaks meest geniale inval echter dat hij, door ongelofelijk precies in te schatten wat er op het spel stond, de halfslachtige, vage ideologie die aan het einde van de twintigste eeuw was opgekomen onder de benaming *new age* in het voordeel van zijn eigen thesen wist te keren. Als eerste in zijn tijd zag hij dat de new age meer was dan de opeenhoping van achterhaalde, tegenstrijdige en belachelijke bijgelovigheden waaruit hij op het eerste gezicht bestond: het was een antwoord op een reëel lijden, dat voortkwam uit psychologische, ontologische en sociale onthechting. Afgezien van de weerzinwekkende mengeling van fundamenteel ecologisme en verheerlijking van traditionele ideeën en het 'heilige', overgeërfd van zijn verwantschap met de hippiebeweging en het gedachtegoed van Esalen, gaf de new age blijk van een reële wil te breken met de twintigste eeuw, zijn immoralisme, zijn individualisme en zijn libertaire, antisociale karakter. Hij getuigde van het angstige besef dat geen enkele samenleving levensvatbaar is zonder de samenbundelende spil van een religie; in feite vormde hij een krachtige oproep tot een paradigmawisseling.

Meer dan enig ander was Hubčejak ervan doordrongen dat bepaalde compromissen noodzakelijk zijn, en binnen de 'Beweging van het Menselijk Potentieel' die hij aan het eind van het jaar 2011 oprichtte zou hij dan ook niet schromen bepaalde thema's voor zijn rekening te nemen die overduidelijk aan de new age waren ontleend, uiteenlopend van de 'constitutie van de cortex van Gaia' tot de beroemde vergelijking 'tien miljard individuen op het planeetoppervlak – tien miljard neuronen in de menselijke hersenen', van de oproep tot het instellen van een wereldregering gebaseerd op een 'nieuw verbond' tot de reclameachtige slogan: 'MORGEN ZAL VROUWELIJK ZIJN'. Hij deed dat met een handigheid die bij de commentatoren algemeen bewondering afdwong, door zorgvuldig elke irrationele of sektarische afdwaling te vermijden en zich juist van krachtige steun binnen de wetenschappelijke gemeenschap te verzekeren.

Binnen de studie van de geschiedenis van de mensheid heerst traditioneel een zeker cynisme, dat algemeen de neiging heeft 'handigheid' als een sleutel tot succes te presenteren, terwijl die eigenschap toch onmogelijk voor een werkelijk doorslaggevende verandering kan zorgen als zij niet met een krachtige overtuiging gepaard gaat. Iedereen die de gelegenheid heeft gehad Hubčejak te ontmoeten of met hem in debat te treden, is het erover eens dat zijn overtuigingskracht, zijn verleidingskracht en zijn uitzonderlijke charisma voortkwamen uit een totale ongedwongenheid en een authentieke persoonlijke overtuiging. Hij zei in alle omstandigheden vrijwel precies wat hij dacht – en bij zijn tegenstanders, die verstrikt waren in de belemmeringen en beperkingen van achterhaalde ideologieën, had een dergelijke ongedwongenheid een verwoestende uitwerking. Een van de eerste kritieken die op zijn plan werden geleverd betrof de afschaffing van de geslachtelijke verschillen, die zo bepalend waren voor de menselijke identiteit. Hubčejak antwoordde daarop dat het niet de bedoeling was de menselijke soort tot in de kleinste details te reproduceren, maar een nieuwe met rede begaafde soort te creëren, en dat het einde van de seksualiteit als voortplantingswijze geenszins het einde van het seksuele genot betekende – integendeel. De coderende sequenties die tijdens de embryogenese verantwoordelijk waren voor de vorming van Krause-lichaampjes waren recentelijk geïdentificeerd. In de huidige toestand van de menselijke soort waren die lichaampjes karig verspreid over het oppervlak van de clitoris en de eikel. Er was niets dat ons belette ze in een toekomstige toestand over het gehele huidoppervlak aan te brengen – wat binnen het genotssysteem voor nieuwe, ongeëvenaarde erotische gewaarwordingen zou zorgen.

Andere kritieken – waarschijnlijk de meest diepgaande – concentreerden zich op het feit dat in de nieuwe soort die op grond van Djerzinski's inzichten zou worden gecreëerd, alle individuen dragers van dezelfde genetische code zouden zijn; een van de fundamentele elementen van de menselijke persoonlijkheid zou dus verdwijnen. Daarop antwoordde Hubčejak met verve dat de genetische individualiteit waarop wij door een even tragische als belachelijke omkering zo trots waren, nu juist de oorzaak van het grootste deel van onze ellende was. Als argument tegen de gedachte dat de menselijke persoonlijkheid dreigde te verdwijnen voerde hij het concrete, aanschouwelijke voorbeeld van eeneiige tweelingen aan, die ondanks een volkomen identieke genetische erfmassa door hun individuele geschiedenis inderdaad hun eigen persoonlijkheid ontwikkelen, maar tegelijkertijd ook een raadselachtig gevoel van verbondenheid blijven behouden. En juist die verbondenheid was volgens Hubčejak het element dat het meest noodzakelijk was voor de totstandbrenging van een eendrachtig mensdom.

Het lijdt geen twijfel dat Hubčejak oprecht was toen hij zich presenteerde als een eenvoudige navolger van Djerzinski, als een uitvoerder wiens enige ambitie het was de ideeën van de meester in praktijk te brengen. Daarvan getuigt bijvoorbeeld zijn trouw aan het bizarre idee dat wordt geformuleerd op bladzijde 342 van de *Clifden Notes*: het aantal individuen van de nieuwe soort moest voortdurend een priemgetal blijven vormen – men moest dus eerst één, dan twee, dan drie, dan vijf individuen maken... kortom nauwgezet de volgorde van de priemgetallen aanhouden. Het doel daarvan was uiteraard dat men, door te zorgen dat het aantal individuen alleen door zichzelf en door 1 te delen was, symbolisch de aandacht vestigde op het gevaar dat de vorming van kleinere groepen binnen elke samenleving inhoudt. Maar het heeft er alle schijn van dat Hubčejak die voorwaarde in zijn bestek heeft opgenomen zonder ook maar in het minst over de betekenis ervan na te denken. Meer in het algemeen zou hij door zijn strikt positivistische lezing van Djerzinski's werk voortdurend de omvang onderschatten van de metafysische kentering die een dermate ingrijpende biologische omwenteling noodzakelijkerwijs met zich mee zou brengen – een omwenteling, om precies te zijn, die voorzover bekend zonder weerga was in de geschiedenis van de mensheid.

Toch zou die grove miskenning van de filosofische inzet van het plan, en zelfs van de idee van filosofische inzet *in het algemeen*, de verwezenlijking ervan geenszins in de weg staan of zelfs ook maar vertragen. Daaruit blijkt wel hoezeer in de westerse samenleving als geheel, en in het bijzonder in de voorhoede die de *new age*-beweging vormde, de gedachte terrein had gewonnen dat een fundamentele omwenteling onvermijdelijk was geworden om het voortbestaan van de samenleving veilig te stellen – een omwenteling die op een geloofwaardige manier de gemeenschapszin en het gevoel voor het duurzame en het heilige in ere zou herstellen. Er blijkt ook uit hoe weinig werkelijkheidswaarde filosofische vraagstukken in de ogen van het publiek nog hadden. De algemene reputatie van belachelijkheid die het werk van Foucault, Lacan, Derrida en Deleuze* na decennia van onzinnige overwaardering plotseling had gekregen, zou op het moment zelf voor geen enkele nieuwe filosofie de weg effenen, maar juist alle intellectuelen in diskrediet brengen die zich beriepen op de 'menswetenschappen'; de opmars van de exacte wetenschappers op alle geestelijke terreinen was daarmee onvermijdelijk geworden. Zelfs de incidentele, tegenstrijdige en wisselende belangstelling die de sympathisanten van de new age af en toe veinsden te voelen voor het een of andere geloof afkomstig uit de 'oude spirituele tradities' was slechts een bewijs van de schrijnende staat van ontreddering waarin ze verkeerden, op de rand van het schizofrene. Net als alle andere leden van de samenleving, en misschien nog wel meer dan zij, hadden ze in werkelijkheid alleen vertrouwen in de wetenschap, de wetenschap was voor hen een uniek en onweerlegbaar waarheidscriterium. Net als alle andere leden van de samenleving waren ze diep in hun hart van mening dat voor elk probleem – inclusief psychologische, sociologische of meer algemeen menselijke problemen – de oplossing niet anders dan van technische aard kon zijn. Hubčejak liep dan ook nauwelijks het gevaar te worden weersproken toen hij in 2013 de beroemde slogan lanceerde die op planetaire schaal voor de werkelijke kentering in de publieke opinie zou zorgen: 'DE OMWENTELING ZAL NIET GEESTELIJK MAAR GENETISCH ZIJN'.

In 2021 kende de Unesco de eerste subsidie toe; onder leiding van Hubčejak toog een team van onderzoekers onmiddellijk aan het werk. Om eerlijk te zijn stelde die leiding wetenschappelijk gezien niet veel voor, maar hij zou een geweldige doelmatigheid aan de dag leggen in een rol die men als 'public relations' zou kunnen bestempelen. De uitzonderlijke snelheid waarmee de eerste resultaten bekend werden zou verbazing wekken; pas veel later werd onthuld dat heel veel onderzoekers, aanhangers of sympathisanten van de Beweging van het Menselijk Potentieel, in werkelijkheid het groene licht van de Unesco niet hadden afgewacht en al veel eerder met hun werk waren begonnen in hun Australische, Braziliaanse, Canadese of Japanse laboratoria.

De creatie van het eerste wezen, de eerste vertegenwoordiger van een nieuwe intelligente soort die de mens 'naar zijn beeld en gelijkenis' had geschapen, vond plaats op 27 maart 2029, op de dag af twintig jaar na de verdwijning van Michel Djerzinski. Eveneens als eerbetoon aan Djerzinski vond de synthese plaats in het laboratorium van het Instituut voor Moleculaire Biologie in Palaiseau, hoewel er geen enkele Fransman in het team zat. De televisie-uitzending van de gebeurtenis maakte uiteraard een enorme indruk – onvergelijkbaar veel groter dan de indruk die bijna zestig jaar eerder, in een julinacht in 1969, de rechtstreekse uitzending van de eerste stappen van de mens op de maan had gemaakt. Voorafgaand aan het verslag sprak Hubčejak een heel korte rede uit, waarin hij met zijn gebruikelijke overrompelende openhartigheid verklaarde dat de mensheid er trots op mocht wezen 'de eerste dierlijke soort in het ons bekende universum te zijn die zelf de voorwaarden voor zijn eigen vervanging bepaalt'.

Nu, bijna vijftig jaar later, heeft de werkelijkheid de profetische strekking van Hubčejaks woorden ruimschoots bevestigd – in een mate zelfs die hij waarschijnlijk nooit voor mogelijk zou hebben gehouden. Er bestaat nog altijd een aantal mensen van het oude ras, met name in de gebieden die lange tijd de invloed van de traditionele godsdienstige doctrines hebben ondergaan. Hun vruchtbaarheidscijfer daalt echter elk jaar, en het lijkt nu onvermijdelijk dat ze zullen uitsterven. Tegen alle pessimistische verwachtingen geschiedt die uitsterving heel rustig, met hooguit wat geïsoleerde gewelddadigheden, die echter voortdurend in aantal afnemen. Het is zelfs verbazingwekkend te zien hoe kalm, gelaten, en heimelijk misschien wel opgelucht, de mensen hebben ingestemd met hun eigen verdwijning.

Wij hebben de kinderlijke band die ons aan de mensheid bond verbroken, en we leven. Naar het oordeel van de mensen is ons leven gelukkig. Inderdaad hebben we ons weten te bevrijden van de voor hen onontkoombare invloed van egoïsme, wreedheid en woede; we leiden in ieder geval een ander leven. Wetenschap en kunst bestaan nog altijd in onze samenleving, maar het streven naar het Ware en het Schone heeft wel een minder urgent karakter gekregen nu het niet meer zo sterk door de prikkel van de individuele ijdelheid wordt gedreven. Op de mensen van het oude ras komt onze wereld over als een paradijs. Het gebeurt overigens weleens dat we onszelf – met iets van humor, dat wel – betitelen met de naam 'goden' die hen altijd zo dromerig stemde.

De geschiedenis bestaat, ze doet zich gelden, overheerst, haar heerschappij is onontkoombaar. Maar de uiteindelijke ampitie van dit werk reikt verder dan het strikt historische vlak: het is geschreven om de ongelukkige en dappere soort te eren die ons heeft geschapen. Die deerniswekkende, vuige soort, nauwelijks van de aap te onderscheiden, die toch zoveel edele ambities in zich meedroeg. Die gekwelde, tegenstrijdige, individualistische en twistzieke soort met zijn grenzeloze egoïsme, die soms tot enorme geweldsuitbarstingen in staat was maar toch altijd in goedheid en liefde bleef geloven. De soort ook die voor het eerst in de geschiedenis van de wereld in staat was de mogelijkheid van zijn eigen opheffing in overweging te nemen, en die die opheffing een aantal jaren later ook in praktijk wist te brengen. Nu het moment daar is dat haar laatste vertegenwoordigers zullen uitsterven, achten wij het gerechtvaardigd de mensheid deze laatste eer te bewijzen. Ook dit eerbewijs zal uiteindelijk vervagen en in het zand van de tijd verdwijnen. Toch moet een dergelijk eerbewijs ten minste één keer zijn gebracht. Dit boek is opgedragen aan de mens.

Verklarende woordenlijst

In deze lijst zijn alleen items opgenomen die voor Franse lezers bekend mogen worden verondersteld maar voor Nederlandse lezers problemen kunnen opleveren. Ze zijn in de tekst gemarkeerd met een asterisk (*). Vanwege de documentaire waarde is geen poging gedaan Nederlandse equivalenten te vinden.

20 Ans – in 1960 opgericht maandblad dat zich richt op oudere meisjes.

3 Suisses – in 1932 opgericht postorderbedrijf voor confectiekleding.

Autorail – met diesel aangedreven motorrijtuig op rails, al dan niet voorzien van rubberbanden.

Charles Aznavour – bekende Franse zanger. Bruno zingt een fragment uit het chanson 'La mamma' uit 1975. De geciteerde tekst luidt prozaïsch vertaald: 'Ze zijn gekomen, ze zijn er allemaal / Zodra ze die kreet hebben gehoord / Ze gaat sterven, *la Mamma* / Ze zijn gekomen, ze zijn er allemaal / Zelfs die uit Zuid-Italië / Zelfs Giorgio, het zwarte schaap, is er / Met zijn armen vol cadeaus.'

Édouard Balladur – oud-premier van Frankrijk (1993-1995), afkomstig uit de Gaullistische RPR (de partij van Jacques Chirac).

CAMIF – groot postorderbedrijf, opgezet voor leraren.

Carambar – caramelreep met op de binnenkant van de wikkel een mop, de befaamde *blague Carambar*.

CNRS – Centre National de la Recherche Scientifique, Fran instituut voor zuiver wetenschappelijk onderzoek.

Cyclus – Het Franse universitaire stelsel kent drie cycli: een oriënterende cyclus van twee jaar, een verdiepingscyclus van één of twee jaar en een specialiseringscyclus van één tot vijf jaar. Er bestaan twee doctorsgraden: het doctoraat van de derde cyclus en het prestigieuze staatsdoctoraat. Voor beide dient een proefschrift te worden geschreven.

Defrance – leraar die zijn leerlingen om pedagogische redenen uit de kleren liet gaan. Hij schreef ook een aantal boeken waarin hij het opnam voor de jeugd.

Gilles Deleuze – nietzscheaans geïnspireerde filosoof (1925-1995), wiens denken vooral draait om het 'andere', het 'marginale' dat de westerse filosofische traditie buitensluit. Met o.a. Foucault, Lacan en Derrida wordt hij tot de zgn. 'poststructuralisten' gerekend.

École polytechnique – in 1794 opgerichte prestigieuze technische hogeschool (een van de *grandes écoles**) waar topingenieurs voor overheid en bedrijfsleven worden opgeleid.

FNAC – grote boekhandelsketen, die ook platen en audiovisuele apparatuur verkoopt.

Gezinsplanning – in 1956 opgerichte organisatie (*Planning familial*) ter bevordering van de geboorteregeling.

Grandes écoles – de meest prestigieuze hogere opleidingen in Frankrijk, die als een kweekvijver voor topfunctionarissen fungeren. Als voorbereiding op het toelatingsexamen dienen de leerlingen de *classes préparatoires* te volgen.

Groene Reeks – kinderboekenreeks (*Bibliothèque verte*) van uitgeverij Hachette, bestemd voor iets oudere kinderen (voor de jongsten is er de *Bibliothèque rose*).

Gymnase Club – in 1979 opgerichte sportschoolketen.

Hôtel-Dieu – het oudste en beroemdste Parijse ziekenhuis, gelegen op het Ile de la Cité.

Maries pas claires – Franse feministische beweging. Woordspeling op de naam van het tijdschrift *Marie-Claire*.

Middenschool – In Frankrijk kent het middelbaar onderwijs twee cycli: het algemene *collège* (vier jaar), hier vertaald als 'middenschool', en het gespecialiseerde *lycée* (twee of drie jaar, afhankelijk van de specialisatie), hier vertaald als 'lyceum'. Vaak heeft een lyceum zijn eigen middenschool.

Minitel – in 1980 opgericht informatienetwerk van de Franse PTT. Roze Minitel: erotische babbelboxen en dergelijke op Minitel.

Monoprix – grote supermarkt- en warenhuisketen met een vrij lage status.

Le Nouvel Observateur – links georiënteerd opinieweekblad dat sinds 1964 in Parijs verschijnt.

RER – Réseau Express Régional, snelmetro die Parijs met de voorsteden verbindt.

Sainte-Anne – beroemd Parijs psychiatrisch ziekenhuis.

Philippe Sollers – romancier, literatuurtheoreticus en publieke figuur, stuwende kracht achter de tijdschriften *Tel Quel* en *L'Infini*. Hij is ook actief bij uitgeverij Gallimard, waarvan Denoël (de uitgeverij van o.a. Céline) sinds 1951 deel uitmaakt. Zelf schreef hij onder andere *Een wonderlijke eenzaamheid* en *Vrouwen*, de boeken die Bruno in de trein leest.

TF1 – oorspronkelijk het eerste Franse staatsnet, in 1987 geprivatiseerd.

UCPA – Union nationale des centres sportifs de plein air, Franse overheidsorganisatie ter bevordering van de buitensport.

Paul Valéry – neosymbolistische dichter en kunsttheoreticus (1871-1945).

Yéyé – op Amerikaanse leest geschoeide muziekstijl (de term is afgeleid van *yeah yeah*) die in de jaren zestig veel succes had bij de jeugd, met als belangrijkste vertegenwoordigers Johnny Hallyday, Sylvie Vartan en Françoise Hardy. Het jongerentijdschrift *Salut les copains* speelde een belangrijke publicitaire rol voor de *yéyé*-beweging.